HILDEGUNDIS
UND DIE
KINDERKRONE

REGINA E.G. SCHYMICZEK

HILDEGUNDIS UND DIE KINDERKRONE

Bibliografische Informationen der Deutsche Nationalbibliothek: Die Deutsche Nationalbibliothek verzeichnet diese Publikation in der Deutschen Nationalbibliografie;
detaillierte bibliografische Daten sind im Internet über dnb.dnb.de abrufbar.

Cover Design: Regina E.G. Schymiczek, © 2019

Herstellung und Verlag: BOD - Books on Demand, Norderstedt
ISBN: 978-3-8391-8099-0

Gisela gab den Anstoss,
Ingrid und Lottie gaben
consilium et auxilium

ihnen ist dieses Buch gewidmet

Inhaltsverzeichnis

1. Die Abreise

„Steht auf, Kinder!", rief die Magd Imma, als sie die Kammer betrat, in der die gräflichen Kinder schliefen.

Hildegundis schlug die Augen auf und war sofort hellwach. Heute war ihr großer Tag, und sie hatte gestern schon vor Aufregung kaum einschlafen können. Sie blinzelte, doch erkennen konnte sie in dem dunklen Raum nur, was der Schein von Immas Kerze erhellte. Die Zwillinge Altfrid und Agana lagen wie immer eng aneinandergekuschelt auf ihrem Lager aus Stroh und Fellen und murrten unwillig, als die stämmige Magd sie energisch weckte. Hildegundis streckte sich und stand auf. Als ihr Blick auf ihr eigenes Lager fiel, dachte sie daran, dass hier bald die kleine Herika schlafen würde. Herika war Hildegundis' jüngste Schwester. Sie war erst zwei Jahre alt und schlief jetzt noch bei ihrer Amme.

Imma hatte inzwischen das Fenster geöffnet und ließ die kühle Luft eines frühen Aprilmorgens im Jahre des Herrn 1040 hinein, bevor sie mit dem Nachtgeschirr nach unten ging. Die Sonne war noch nicht aufgegangen, nur ein leichter rötlicher Schimmer zeigte sich in der Ferne.

„Macht euch fertig, Kinder, dass ihr rechtzeitig zum Morgenmahl erscheint", sagte die Magd mit strenger Stimme und ging dann hinunter in die Halle.

Trotz der frühen Stunde war aus dem Burghof schon eine Vielzahl von Geräuschen zu hören. Ein Hahn krähte aus voller Kehle, Gänse schnatterten, und das zornige Wiehern und Stampfen eines Pferdes war zu hören, das vom heftigen Fluchen eines jungen Mannes begleitet wurde. Hildegundis lehnte sich über die Brüstung und schaute hinunter. Ihr blondes Haar, das sich in vielen kleinen Locken ringelte, fiel ihr dabei vorwitzig ins Gesicht.

„Gernot versucht, Vaters Hengst zu striegeln", rief sie ihren Geschwistern zu.

„Lass mich sehen, lass mich sehen!"

Altfrid und war plötzlich auch ganz munter. Seine blonden Locken, die denen seiner großen Schwester glichen, waren noch vom Schlaf zerzaust und standen zu allen Seiten ab. Vor zwei Wochen waren die Zwillinge sechs Jahre alt geworden, und seit diesem Tag erhielt Altfrid auch Reitunterricht von einem Knecht seines Vaters. Genau wie seine elf Jahre alte Schwester Hildegundis hatte er eine natürliche Begabung für das Reiten und interessierte sich für alles, was mit Pferden zu tun hatte. Agana, seine Zwillingsschwester, die ihm mit ihrem glatten braunen Haar auch äußerlich nicht sehr ähnlich sah, war da ganz anders. Sie hatte Angst vor Pferden. Ihre erste Reitstunde endete mit lautem Geschrei und ihrem festen Vorsatz, nie wieder auf solch ein Untier zu steigen.

Hildegundis hob ihren Bruder, der zwei Köpfe kleiner war, hoch und zusammen sahen sie lachend den verzweifelten Versuchen des Reitknechtes zu, das Tier zu bändigen. Beide Kinder erhielten ihren Reitunterricht zwar auf der sanften Stute, die ihrer Mutter als Reittier diente, bewunderten aber das mächtige schwarze Streitross ihres Vaters weit mehr und hielten sich oft in dessen Stall auf. Bei ihnen gab sich der große Hengst stets ganz sanftmütig – sehr zum Ärger von Gernot, dem Knecht, der vom Grafen dazu bestimmt worden war, sich um das Tier zu kümmern, dem es aber einfach nicht gehorchen wollte. Auch jetzt trat er voller Wut nach dem Tier, das dem Tritt aber geschickt auswich.

„Gut gemacht, Grani!", rief Hildegundis in den Hof hinunter dem Pferd zu. Die brutale Art des Knechtes war ihr zuwider.

Gernot warf einen wütenden Blick nach oben. Diese kleine Zicke! Es ärgerte ihn maßlos, dass das Mädchen, dem er an Körperkraft ja haushoch überlegen war, trotzdem besser mit dem muskulösen Tier umgehen konnte als er. Doch dann senkte er schnell wieder den Kopf – es durfte ja niemand mitbekommen, dass er die Tochter seines Herrn derart unehrerbietig ansah. Seine dunklen Gedanken konnte jedoch niemand sehen.

Da ging die Tür wieder auf und die Magd Imma stand erneut in der Kammer.

„Ja, seid ihr denn noch nicht fertig?! Hildegundis, komm vom Fenster weg und hilf deinen Geschwistern beim Anziehen. Agana, steh jetzt endlich auf – sonst gieß' ich dir Wasser übers Gesicht!"

Da stand auch Agana auf, denn sie wusste, dass Imma keine leeren Drohungen ausstieß. Imma blieb nun auch dabei und beaufsichtigte das Anziehen, dann führte sie die Kinder in die große Halle hinunter.

*

Hier hatte sich schon das ganze Gesinde eingefunden. Im Kamin loderte ein wärmendes Feuer. Davor lagen drei große struppige Hunde, deren Schwanzwedeln verriet, dass sie sich auch ein paar Brocken vom Frühstück erhofften. Der große Raum war von vielfältigen Geräuschen erfüllt. Die Mägde schwatzten und lachten miteinander, während sie das Geschirr auf der langen Holztafel auftrugen. Die Knechte kamen von ihrer Morgenarbeit herein und sogen hungrig die Düfte ein, die die Frauen wie einen Schleier aus der Küche hinter sich herzogen.

Hildegundis kicherte, als sie sah, dass Gernot, noch von dem Kampf mit dem Pferd erhitzt, sich den Schweiß von der Stirn wischte. Das brachte ihr einen strafenden Blick von Imma ein. Imma war ganz der Meinung ihrer Herrin, Hildegundis' Mutter, dass ein hochgeborenes Mädchen immer Haltung bewahren sollte. Inzwischen waren alle an ihre Plätze an dem langen Tisch getreten und warteten darauf, dass der Hausherr erschien – erst dann durfte man sich setzen.

Endlich betrat das Grafenpaar die Halle. Graf Thietmar war ein hochgewachsener, dunkelhaariger Mann von athletischem Körperbau, dem man ansah, dass er sich zu Pferd und im Kampf gut behaupten konnte. Gräfin Elisabeth entsprach dem Schönheitsideal der Zeit: Sie war schlank, hatte zarte Gliedmaßen und ein feines, oval geschnittenes Gesicht. Ihrem Stand gemäß trug sie ihr Haar von einem Schleier bedeckt. Doch wenn dieser ein wenig verrutschte, konnte man sehen, dass Hildegundis die Lockenpracht von ihrer Mutter geerbt hatte.

Ihnen folgten die Kammerzofe der Gräfin und Martin, der Sohn eines fränkischen Adeligen, der etwas älter als Hildegundis war und seit Kurzem als Junker am Hof des Grafen Thietmar diente. Wie es üblich war, wurde er seit seinem siebten Lebensjahr zum Ritter ausgebildet. Die ersten Jahre dieser Ausbildung hatte er bei einem Adeligen verbracht, der dann bei einer Fehde ums Leben gekommen war. Zusammen mit den Kindern des Grafen erhielt er von Gräfin Elisabeth und dem Burgkaplan Unterricht in höfischem Benehmen, in Literatur und Religion. Außerdem wurden er und der Sohn des Grafen vom gräflichen Waffenmeister in den verschiedenen Kampftechniken geschult.

Im Alter von 14 Jahren würde er den ersten Teil seiner Ausbildung abschließen und sich dann Knappe nennen dürfen. Danach galt es, sich in der Beherrschung der ritterlichen Künste zu üben und diese zu vervollkommnen: Reiten, Schwimmen, Speerwerfen, Jagen und die Beherrschung von Brettspielen gehörte dazu. Nach dem Ablegen zahlreicher Prüfungen würde er dann endlich den ersehnten Ritterschlag bekommen.

Hildegundis rannte auf die Eltern zu, gefolgt von ihren Geschwistern.

„Kind, nicht immer so wild!", mahnte die Gräfin, drückte ihre älteste Tochter aber doch ein wenig länger als sonst an sich. Auch der Graf strich dem Mädchen mit einem etwas wehmütigen Blick durchs Haar, bevor er die Zwillinge begrüßte. Nachdem alle an der langen Holztafel Platz genommen hatten, verteilten die jüngsten Mägde dampfenden Hirsebrei, das übliche Morgenmahl, in die bereit stehenden Tonschüsseln.

Der Burgkaplan sprach ein Gebet, dann beugte sich der Graf zu seiner Gemahlin und flüsterte ihr etwas ins Ohr. Sie nickte, löste den Schlüsselring, den nur sie als Hausherrin zu tragen berechtigt war, von ihrem Gürtel, winkte eine Magd heran und erteilte ihr einen Auftrag.

„Bevor wir mit dem Morgenmahl beginnen", sprach der Graf, der sich erhoben hatte, und einige Voreilige ließen schnell die Löffel wieder sinken, „möchte ich ein paar Worte an euch richten."

Hildegundis schaute ihren Vater mit leuchtenden Augen und vor Aufregung roten Wangen an, denn sie wusste, gleich würde er von ihr sprechen.

„Wie ihr wisst", fuhr der Graf fort, „ist heute der Tag, an dem meine Tochter Hildegundis mein Haus verlassen wird, um im Hochedlen Stift Astnide erzogen zu werden, für unsere verstorbenen Angehörigen zu beten und ein gottgefälliges Leben zu führen. Um diesen freudigen Tag zu ehren und alle, die Hildegundis auf ihrer Reise begleiten werden, zu stärken, lässt meine Gemahlin nun die Keller öffnen und Bier bringen. Dazu gibt es noch Brot und Käse. Stärkt euch und betet für die glückliche Reise meiner Tochter!"

Der Graf setzte sich und laute Hochrufe auf Hildegundis und ihre Eltern erklangen, als die Mägde Bierkrüge, Brot- und Käselaibe herein trugen. Solch ein üppiges Frühstück gab es sonst nicht mal an hohen Feiertagen.

Während Agana eifrig den Hirsebrei löffelte und dabei schon nach dem frisch gebackenen Brot Ausschau hielt, hatte Altfrid seine Schüssel noch nicht angerührt.

„Gehst du wirklich heute fort?", fragte er Hildegundis, die ihm gegenüber saß, mit leiser Stimme.

„Ja!" antwortete Hildegundis glücklich. „Mutter sagt, das Stift Astnide ist das schönste Bauwerk, das sie je gesehen hat – beinahe so schön wie das Himmlische Jerusalem. Und stell dir vor, die neue Äbtissin Theophanu ist die Enkelin von Kaiser Otto. Es gibt dort zierliche Säulen aus Marmor, einen herrlichen Garten, einen Brunnen – und ich werde tatsächlich die Goldene Madonna sehen!"

Die Gräfin hatte ihrer ältesten Tochter das Stift, das an einer der wichtigsten Heerstraßen des Reiches, dem Hellweg, lag und das berühmte Marienbildnis in den prächtigsten Farben geschildert. Im Februar waren Hildegundis' Eltern nach Astnide gereist, um am Fest Maria Lichtmess an der Prozession teilzunehmen, bei der die Goldene Madonna ihre Schatzkammer verließ und zur Kirche getragen wurde. Das Marienbildnis war in der ganzen abendländischen Christenheit berühmt. Seinen Namen verdankte es der Tatsache, dass der hölzerne Kern komplett mit Gold verkleidet war. Die Äbtissinnen von Astnide waren seit jeher als kunstsinnig bekannt – so waren auch nur die besten Künstler mit der Herstellung der Statue beauftragt worden, die ungefähr 50 Jahre zuvor, also um das Jahr 990, fertig gestellt worden war.

Auch über die Geschichte des Stiftes hatte Hildegundis viel von ihrer Mutter gehört. Das Stift selbst war um das Jahr 852 von Bischof Altfrid gegründet worden. Er gehörte zu einem mächtigen Adelgeschlecht und wollte einen Ort schaffen, an dem die weiblichen Mitglieder seiner Familie erzogen wurden und für ihre verstorbenen Angehörigen beten konnten. Gräfin Elisabeth hatte ihrer Tochter erklärt, dass das Gedächtnis der toten Angehörigen bis zur Auferstehung am Jüngsten Tag bewahrt werden müsse – einerseits, damit die Toten nicht vergessen würden, andererseits auch, um deren irdische Sünden auszugleichen, für die sie selbst nicht mehr sühnen konnten. Diese wichtige Aufgabe innerhalb einer Familie fiel den weiblichen Mitgliedern zu oder den Jungen, die für eine geistliche Laufbahn ausersehen waren. Die Mädchen, die auf Astnide unterrichtet wurden, stammten hauptsächlich aus dem Hochadel oder waren direkt mit dem Kaiserhaus verwandt. Sie mussten kein Ewiges Gelübde ablegen wie in einem Nonnenkloster, sie konnten das Stift auch wieder verlassen, wenn sie heiraten wollten.

Nur wenigen Mitgliedern des niederen Adels wurde die Gunst gewährt, ihre Töchter ebenfalls dorthin zu schicken. Die Aufnahme erfolgte nach einer strengen Auswahl. Hildegundis' Eltern waren froh und stolz, dass ihre Tochter dafür erwählt worden war. Für Hildegundis war Astnide, wovon sie schon so viel gehört hatte, fast ein magischer Ort, den sie sich so schön wie das Paradies vorstellte. Sie war aufgeregt und glücklich, dorthin gehen zu dürfen.

„Aber mit wem soll ich dann reiten, wenn ich mein eigenes Pferd bekomme, mit wem kann ich mich im Hengststall verstecken?", fragte Altfrid, der sehr an seiner großen Schwester hing, traurig.

Hildegundis sah zu Martin hinüber, der neben Altfrid saß. „Martin wird sich um dich kümmern, nicht wahr?", sagte sie und blickte Martin eindringlich an. Der bekam einen roten Kopf, wie so oft, wenn Hildegundis ihn direkt ansprach, fuhr sich verlegen mit einer Hand durch seine dunklen Haare und beeilte sich zu nicken.

„Und bald bist du alt genug, dann wirst auch du als Junker deinen Dienst in einer anderen Burg antreten. Das wird so aufregend, dass du mich dann gar nicht mehr vermisst", versuchte Hildegundis ihren kleinen Bruder aufzumuntern. Der seufzte und sah zu seiner Zwillingsschwester hinüber, die ungerührt weiterlöffelte. Er stieß sie mit dem Ellbogen an.

„Du bist wohl gar nicht traurig, dass Hildegundis weggeht, was?"

„Mutter hat gesagt, wenn Hildegundis weg ist, dann zieht Herika in unsere Kammer. Und dann bin ich die Älteste. Ich habe dann das Sagen!", wich Agana einer direkten Antwort aus, kratzte zufrieden ihre Schüssel leer und sah ihren Bruder herausfordernd an.

„Ich bin genauso alt wie du!", protestierte Altfrid.

„Ja, aber in der Kammer hat die Frau das Sagen, sagt Mutter!", beharrte das Mädchen.

*

Nachdem das Morgenmahl beendet war, zerstreuten sich alle, um ihre Aufgaben zu erledigen. Die letzten Gepäckstücke wurden auf die Wagen geladen. Das Licht der aufgehenden Sonne fiel auf den geschäftigen Burghof. Noch war es so kühl, dass man den Atem der kräftigen flämischen Zugpferde sehen konnte, die ungeduldig mit den Köpfen schlugen und mit den Hufen scharrten. Es versprach, ein schöner, sonniger Tag zu werden. Langsam versammelte sich das Gesinde im Burghof. Die Zeit war gekommen, Abschied zu nehmen.

„Wo ist denn Hildegundis?", fragte die Gräfin beunruhigt, als sie ihre Tochter nirgendwo sah.

„Ich komme schon, Mutter!", rief Hildegundis und zerrte den Hengst ihres Vaters am Zügel hinter sich her. Das große Tier trottete gutmütig mit. An ihrer Seite lief Martin. Hildegundis hatte bemerkt, dass Gernot das Pferd nur mit Mühe gesattelt hatte und nun losgegangen war, um Hilfe zu holen, da er den Hengst nicht dazu bringen konnte, ihm aus dem Stall nach draußen zu folgen. Sie hatte Martin überredet, mit ihr in den Hengststall zu gehen, um das Tier zu holen.

„Altfrid ist noch zu klein, um allein mit Vaters Pferd fertig zu werden. Wenn ich jetzt weggehe, musst du ihm helfen. Und meinem Vater gefällt es bestimmt auch, wenn er sieht, dass du dich mit Grani verstehst", erklärte Hildegundis, als sie Martins fragenden Blick sah und streichelte das samtene Maul des Pferdes.

„Gib ihm ein bisschen von dem Futter", ermutigte sie Martin, der respektvoll die mächtigen Muskeln des Tieres betrachtete.

Zögernd streckte Martin die Hand aus und ließ Grani daran schnuppern. Vorsichtig nahm das Tier die darauf liegenden Körner mit den weichen Lippen auf.

„Er ist wirklich schön – ein Pferd von dieser Rasse habe ich noch nie zuvor gesehen", sagte Martin.

„Er stammt aus dem Norden. Dort lebt ein wilder Stamm, der diese Pferde züchtet. Friesen heißen sie, glaube ich", erläuterte Hildegundis. „Vater hat ihn von dort mitgebracht, als er gerade ein Jährling war. Ich kann mich noch daran erinnern, wie alle gelacht haben, weil er mit seinen langen Beinen so staksig aussah. Jetzt hat man ihm schon viel Gold für den Hengst geboten. Aber Vater wird Grani niemals hergeben."

Die Gräfin seufzte, als sie sah, dass Hildegundis, trotz des guten Kleides, das sie trug, mal wieder die Arbeiten eines Stallknechtes verrichtete. Kurz bevor sie bei den Wagen ankamen, drückte Hildegundis dem Jungen den Zügel in die Hand.

„Jetzt mach' du weiter", flüsterte sie ihm zu.

Martin starrte sie erst verblüfft an, dann führte er den Hengst, der auch willig mitging, vor den Grafen, der die Verzurrung der Gepäckstücke überprüfte.

„Herr Graf, Euer Pferd", sagte er bescheiden.

Hinten aus den Stallungen kam Gernot gelaufen. Während sich der Graf in den Sattel schwang rief er: „Gernot! Ich hatte schon vor zehn Minuten nach dem Pferd verlangt! Jetzt haben es mir die Kinder gebracht – so geht das nicht! Ich werde mir jemand anderen suchen, der sich um das Tier kümmert!"

Dann beugte er sich von dem tänzelnden Hengst herunter und sagte zu Martin: „Gut gemacht, mein Junge! Jetzt geh und hole die Überraschung!"

Erleichtert, dass der Graf die Eigenmächtigkeit nicht übel nahm, rannte Martin zurück zu den Stallungen, in dem normalerweise die Zugpferde untergebracht waren.

Hildegundis verabschiedete sich inzwischen von ihrer Mutter und den Zwillingen. Während Agana es ungerührt über sich ergehen ließ, dass Hildegundis sie an sich drückte, kullerten Altfrid dicke Tränen übers Gesicht, als ihn seine große Schwester in die Arme nahm.

„Du kommst mich bestimmt mal besuchen", flüstert Hildegundis ihm ins Ohr und hatte für einen winzigen Moment einen Kloß im Hals.

Als sie dann ihre Mutter umarmte, sagte die Gräfin: „Oh Kind, ich hätte dich so gern begleitet, aber es geht leider nicht – die Umstände …", ihre Hand glitt über ihren Bauch, „zu Michaelis werden wir dich sicher besuchen."

Hildegundis lächelte. Die Vorfreude über ihr neues Leben, von dem ihre Mutter ihr schon so viel erzählt hatte, hatte wieder Überhand gewonnen.

„Ist schon gut, Mutter", sagte sie. Sie wusste, dass ihre Mutter wieder ein Kind erwartete und eine lange Reise daher nicht in Frage kam. Trotzdem musste sie schlucken, denn plötzlich wurde ihr bewusst, dass eine sehr lange Zeit vergehen würde, bis sie die Burg am Niederrhein, ihre Mutter und Geschwister – die ganze vertraute Umgebung ihrer Kindheit – wiedersehen würde.

Dann fiel ihr Blick auf Martin, der eine hübsche Fuchsstute, die eine breite Blesse trug, über den Burghof führte. Sie hatte ein kleines, edles Köpfchen und spitzte aufmerksam die Ohren. Die lange Mähne umspielte ihren Hals wie flüssige Seide. Der Graf drängte sein Pferd ganz nahe an seine älteste Tochter und beugte sich herunter.

„Ich dachte, meine Hildegundis kann doch nicht in die Fremde gehen, ohne ein eigenes Reitpferd zu besitzen", sagte er lächelnd.

Hildegundis strahlte ihn an. „Für mich?", fragte sie glücklich.

Der Graf nickte. Stolz ging Hildegundis einmal um ihr erstes eigenes Pferd herum. Dann formte Martin mit den Händen einen Steigbügel und im Nu war Hildegundis im Sattel.

„Und du hast nichts verraten!", strahlte sie Martin an.

Der blickte lachend von unten auf.

„Dann wäre ja die Überraschung verdorben gewesen! Wir haben schon die ganze Zeit befürchtet, dass du mal in den Stall der Zugpferde gehen und sie entdecken würdest".

Hildegundis streichelte den glänzenden Hals des Pferdes und nahm die Zügel auf.

„Es kann losgehen!" rief sie fröhlich.

Die Gräfin seufzte wieder. Dieses Kind, dachte sie, wie wird es ihr wohl ergehen? Dann beugte sie sich herunter und versuchte ihren Sohn zu beruhigen, der heftig schluchzte. Seine Schwester Agana stand schweigend dabei und kaute nachdenklich auf ihrer Unterlippe.

Gewa, die Tochter eines Leibeigenen des Grafen und kaum älter als Hildegundis, war ausersehen worden, sie als Dienstmagd zu begleiten, und saß mit großen ängstlichen Augen schon auf einem der Wagen. Sie hatte sich bereits von ihrer Familie verabschiedet. Mit ihren mageren Fingern hielt sie krampfhaft ein kleines Bündel umklammert, das ihre Habseligkeiten enthielt. Auch für sie war es das erste Mal, dass sie die Umgebung der Burg verlassen würde. Sie hatte große Angst vor der Fremde. Und vor der Reise. Schließlich gab es genug Geschichten über Räuber, die Überfälle auf Reisende verübten. Ganz zu schweigen von den Dämonen, die angeblich in den Wäldern hausten. Und auf dem Weg nach Astnide gab es viele Wälder, die durchquert werden mussten.

Gewa rollte eine Träne über die Wange. Sie war fest davon überzeugt, dass sie ihre Familie nie wieder sehen würde. Mit einer Hand fingerte sie nach dem Amulett, das ihre Großmutter ihr in der letzten Nacht als Schutz vor bösen Geistern um den Hals gehängt hatte. Und jetzt war auch noch Gernot, ihr Vetter, beim Grafen in Ungnade gefallen.

Es hatte sie getröstet zu wissen, dass wenigstens ein Verwandter sie auf dieser Reise begleiten würde, wenn er dann auch wieder mit dem Grafen hätte zurückkehren müssen. Aber Graf Thietmar machte Ernst: Mit seiner Anweisung war Gernot seiner Sonderstellung als Pfleger des gräflichen Streitrosses enthoben worden und wieder einfacher Knecht. Damit gehörte er auch nicht mehr zur Reisebegleitung nach Astnide. Gernot stand nun beim übrigen Gesinde und starrte Martin wütend an, den er für sein Unglück verantwortlich machte. Martin war aber viel zu aufgeregt, um dies zu bemerken.

Schließlich war alles bereit. Nachdem der Burgkaplan den Reisesegen erteilt hatte, gab der Graf das Zeichen zum Aufbruch. Die Fuhrleute knallten mit den Peitschen, die grauen Zugpferde stemmten sich in das Geschirr und die beiden schweren Wagen setzten sich knarrend in Bewegung. Der Graf winkte noch einmal, überholte dann die Wagen und setzte sich an die Spitze. Hildegundis folgte ihm. Sie freute sich, wie feinfühlig die Stute auf ihre Hilfen reagierte. Ihr Vater musste eine Menge Gold für das Tier bezahlt haben. An ihrer Seite ritt Martin auf seinem braunen Wallach. Den Schluss bildeten vier bewaffnete Gefolgsleute des Grafen. Dann passierten sie das Burgtor. Hildegundis blickte nicht mehr zurück.

2. Über Werden nach Astnide

Der erste Reisetag verlief ruhig und ereignislos. Die Reisegruppe benutzte zum großen Teil die breiten Heer- oder Pilgerstraßen, die das Reich in alle Richtungen durchzogen. Sie trafen unterwegs Händler mit ihren langsamen Ochsenkarren, Mönche, die auf Eseln unterwegs waren und Pilger, die zu Fuß gingen und an ihren Pilgerhüten, Stöcken und Flaschen zu erkennen waren. Die meisten von ihnen waren auf dem Weg zu den großen Pilgerstädten im Süden und versuchten über Köln nach Rom und Jerusalem oder nach Santiago de Compostella zu gelangen.

Wenigstens einmal im Leben eine Pilgerreise zu unternehmen, war der größte Wunsch der Christen in dieser Zeit. Selbst arme Leute nahmen dafür viel auf sich. Manche schafften es erst in fortgeschrittenem Alter, sich auf die Reise zu machen. Der Abschied von ihren Familien war dann oftmals ein Abschied für immer, denn die Reisen waren beschwerlich und dauerten lang. Zudem war das Reisen in diesen Zeiten auch sehr gefährlich. Pilger waren daher selten allein unterwegs, meist schlossen sie sich zu Gruppen zusammen. Dies bot dem Einzelnen mehr Schutz vor Straßenräubern, die selbst vor einfachen Pilgern nicht haltmachten.

Aufgrund der edlen Pferde, ihrer vornehmen Kleidung und der Soldaten war die Gruppe von Graf Thietmar sofort als Angehörige des Adels erkennbar. Sie wurden ehrerbietig gegrüßt und man machte sofort für sie Platz. Doch zweimal musste auch Graf Thietmar für einen noch Vornehmeren Platz machen. Einmal war es der Erzbischof von Köln, der ihnen mit großem Gefolge in schnellem Tempo entgegen kam. Soldaten mit Fahnen ritten ihm voran und sorgten dafür, dass es für Hermann I. keinen Aufenthalt gab. Graf Thietmar ließ seine Wagen an den Straßenrand fahren und halten. Er neigte respektvoll den Kopf, als der Erzbischof vorüber ritt, Hildegundis aber konnte den Blick nicht abwenden und betrachtete begeistert den herrlichen Schimmelhengst, den der Kirchenfürst ritt.

„Das war Hermann I., der Erzbischof von Köln", erklärte Graf Thietmar seiner Tochter. „Er ist der Bruder der Äbtissin Theophanu. Vielleicht kommt er gerade von einem Besuch in Astnide."

Die andere Begegnung war weniger erfreulich. Schon von weitem hörte man das Geräusch galoppierender Pferde, erschreckte Rufe von Menschen und das Knallen von Peitschen. Hildegundis drehte sich im Sattel um, denn die Laute näherten sich von hinten. Auch Graf Thietmar zügelte seinen Rappen und drehte sich um. Dann kamen auch schon einige Reiter herangedonnert. Zwei Soldaten jagten vorweg und schwangen ihre Peitschen. Wer nicht frühzeitig Platz machte, ob Mensch oder Tier, wurde gnadenlos davon getroffen.

„Platz für Seine Hoheit, Platz für Prinz Widukind!", schrieen sie immer wieder und hatten offensichtlich großen Spaß dabei, die Leute auf dem Weg in Angst und Schrecken zu versetzen.

Hinter den beiden Soldaten kam ein Reiter auf einem großen Fuchshengst. Das war Prinz Widukind. Er grinste breit, als er sah, dass einer der Soldaten das linke Zugpferd des ersten Wagens von Graf Thietmar empfindlich an der Kruppe getroffen hatte und dieses sich erschreckt aufbäumte, was wieder die anderen Pferde scheu machte. Die Wagenlenker und Reiter hatten alle Hände voll zu tun, ihre Tiere zu beruhigen. Doch genauso schnell wie er gekommen war, so schnell war der Spuk dann auch vorbei. Wütend starrte Graf Thietmar dem Prinzen hinterher. Auch sein Hengst hatte die Ohren flach nach hinten gelegt und wieherte zornig hinter dem Fuchshengst her. Nur zu gern hätte er ihn zu einer Kraftprobe herausgefordert.

Danach ging die Reise friedlich weiter. Auf den sicheren Wegstrecken konnte Hildegundis ihr neues Pferd in allen Gangarten gut ausprobieren. Das schöne Wetter und der gute Reiseverlauf stimmten alle fröhlich. Als sie eine übersichtliche Ebene erreicht hatten, forderte Hildegundis übermütig Martin und ihren Vater zu einem Wettrennen heraus. Während Martin den Grafen noch fragend ansah, gab dieser statt einer Antwort seinem Hengst die Sporen. Das große Tier schoss sofort in weiten Sätzen davon. Lachend jagten die Kinder hinter ihm her. Als sie in einem weiten Bogen zu den Wagen zurückkehrten, zügelte Graf Thietmar seinen Rappen, so dass Hildegundis aufschließen konnte. Martins Brauner war weit abgeschlagen.

„Beim nächsten mal gewinne ich, Vater!" rief Hildegundis atemlos, als sie bei ihm ankam.

„Da bin ich sicher!", antwortete der Graf und blickte seine Tochter liebevoll und stolz an.

Die Nacht verbrachte die Reisegruppe auf der Burg eines befreundeten Adeligen, wo sie herzlich aufgenommen wurden. Menschen und Tiere konnten sich erst einmal ausruhen. Am Abend gab es ein großes Festessen, bei dem sich alle stärken konnten. Spielleute traten auf und musizierten zu Ehren der Gäste.

Ein Bänkelsänger brachte sie mit seinen frechen Liedern zum Lachen. Doch als er dann aus dem Stegreif ein Loblied auf ihre Anmut und Schönheit dichtete, wurde Hildegundis ziemlich verlegen. Es war das erste Mal, dass jemand sie als Erwachsene behandelte. Sie sah nicht, dass Martins Augen einen verträumten Glanz bekommen hatten.

Am Nachmittag des zweiten Tages erreichten sie das Benediktinerkloster zu Werden. Es war bereits 50 Jahre vor dem Stift Astnide von Bischof Ludgerus gegründet worden, als christlicher Stützpunkt im damals noch heidnischen Sachsengebiet. Hoch über dem Fluss Ruhr ragte der mächtige Turm von St. Ludgerus auf – die Kirche war nach dem inzwischen heilig gesprochenen Klostergründer benannt worden. Der Graf hatte beschlossen, hier die Nacht zu verbringen, so dass man am nächsten Tag zur Mittagsstunde das Stift Astnide erreichen konnte.

Heithanrich von Altenburg empfing die Gäste. Als Abt des Werdener Klosters hatte er den Status eines Fürsten. Entsprechend ehrerbietig wurde er von Graf Thietmar und Hildegundis begrüßt. Er war jedoch ein leutseliger Mann, der sich immer freute, wenn er Gäste beherbergen konnte. So konnte er Neues erfahren und Kontakte knüpfen. Er schüttelte dem Grafen die Hand und lächelte Hildegundis aufmunternd an.

„Es wird dir auf Astnide bestimmt gut gefallen. Die edle Theophanu ist zwar erst seit kurzer Zeit Äbtissin von Astnide, doch ich habe gehört, sie hat große Pläne für das Stift. Ich denke, sie ist eine kluge Frau, die den Mädchen, die ihr anvertraut werden, viel beibringen kann. Und die Verbindung zum Königshof", hier blickte der Abt bedeutungsvoll Hildegundis' Vater an, „ist auch nicht zu verachten."

Graf Thietmar nickte. Auch er hatte natürlich nicht nur eine standesgemäße Ausbildung im Sinn gehabt, als er alle Hebel in Bewegung setzte, um Hildegundis auf Astnide erziehen zu lassen. Der Kontakt zum Hochadel, den das Stift hatte, konnte für eine spätere Heirat seiner Tochter eine entscheidende Bedeutung haben.

Der Abt ließ es sich nicht nehmen, seinen Gästen persönlich die Kirche zu zeigen. Hildegundis staunte. Sie war noch nie zuvor in einem so großen Gotteshaus gewesen. Sie kannte nur die kleine Kappelle auf der Burg daheim und die Burgkapellen der befreundeten Adeligen.

Nach dem Rundgang stiegen sie hinab in die Krypta, die gerade erst nach umfangreichen Bauarbeiten erweitert worden war. Hier befand sich nicht nur die Grabstätte des Klostergründers, hier wurden auch die wertvollsten Reliquien des Klosters aufbewahrt. Nach einem kurzen Gebet am Grab des Heiligen zeigte ihnen der Abt einen Kelch.

„Dies ist der Kelch des Heiligen Luidger, den er selbst benutzt hat", erklärte er.

Als er sah, dass Hildegundis angestrengt auf das Schriftband starrte, das am oberen Rand des Kelches zu sehen war, fragte er das Mädchen: „Nun, Hildegundis, kannst du lesen, was da steht?"

„Ja", antwortete Hildegundis ohne zu zögern, "da steht: AGITUR HEC SUMMUS PER POCLA TRIUMPHUS. Das bedeutet: Durch diesen Becher vollzieht sich der höchste Triumph. Auf dem unteren Schriftband steht …".

Erstaunt unterbrach der Abt Hildegundis und sah Graf Thietmar an. „Ihr habt Eure Tochter bereits Lesen gelehrt? Und in lateinischer Sprache unterrichtet?"

Der Graf lächelte.

"Das war die Idee meiner Gemahlin. Sie ist selbst sehr bewandert darin und unterrichtet alle meine Kinder. Es ist ihre Überzeugung, dass Lesen und Schreiben für eine Frau, die mal einem großen Haushalt vorstehen wird, sehr hilfreich sein können. Und jetzt, wo Hildegundis nach Astnide geht – da muss sie keine Angst vor einem Vergleich mit den Prinzessinnen haben. Unser Burgkaplan, Pater Benedikt, ist sehr aufgeschlossen und unterstützt die Gräfin. Von ihm lernen die Kinder auch Latein. Ja, sogar die Knaben, mein Sohn Altfrid und Martin, der als Junker bei mir dient, stellen sich gar nicht so ungeschickt an. Na ja, so lange die Zeiten friedlich sind und die beiden ihre Ausbildung im Kriegshandwerk nicht vernachlässigen, habe ich auch nichts dagegen. Ich selbst habe mich mit diesen Dingen nie abgegeben. Reiten und Fechten – das sind die Dinge, die ein Mann beherrschen muss!"

Der Abt zog die Augenbrauen hoch.

„Es sei denn, Euer Sohn würde sich für eine geistliche Laufbahn entscheiden."

„Altfrid ist mein einziger Sohn und mein Erbe. Es steht fest, dass er einmal mein Land übernehmen wird. Spätestens im nächsten Jahr wird er seine Ausbildung als Junker beginnen. Sollte Gott in seiner Güte uns allerdings noch einen Sohn schenken – Ihr müsst wissen, meine Gattin ist gesegneten Leibes und erwartet in Kürze ihre Niederkunft – so wird es diesem, als dem Jüngeren, natürlich freistehen, in ein Kloster einzutreten. Ich würde das sogar begrüßen."

Der Abt nickte bedächtig und beschloss, die Entwicklung im Hause des Grafen Thietmar im Auge zu behalten. Die Aufnahme von Hildegundis in das Stift Astnide deutete darauf hin, dass sich der Graf der Gunst des Königshauses erfreute – seinen Sohn als Mönch im Werdener Kloster aufzunehmen, könnte daher ein vorteilhaftes Bündnis darstellen.

Hildegundis hatte dem Gespräch still zugehört. Der Unterricht der Kinder, besonders der Jungen, war oft Gegenstand einer gutmütigen Plänkelei zwischen ihren Eltern. Doch so oft ihr Vater sich auch darüber lustig machte, so standhaft blieb ihre Mutter bei ihrer Meinung, dass das für die Kinder das Richtige wäre. Sie stammte aus dem südfränkischen Adel, wo diese Sitte weiter verbreitet war. Auch Martin hatte berichtet, dass in seiner Heimat nicht nur diejenigen Jungen, die für ein Leben im Dienste der Kirche bestimmt waren, Lesen und Schreiben lernten.

*

Nach der Besichtigung der Krypta war es Zeit für die Abendmesse, die Graf Thietmar aus Dank für die bisher so glücklich verlaufene Reise lesen ließ. Alle Mitglieder der Reisegruppe nahmen daran teil.

Als die Mönche in die St. Ludgeruskirche einzogen und mit ihren vollen, klaren Stimmen zu singen begannen, bekam Hildegundis eine Gänsehaut. Die feierlichen Gesänge hallten von den hohen Mauern wieder, die von Dutzenden von Kerzen beleuchtet wurden. Ihr flackerndes Licht erhellte auch die feine Malerei an den Wänden der Seitenschiffe. Duftender Weihrauch stieg auf.

„Und Astnide soll noch schöner sein", dachte Hildegundis und seufzte.

Gewa, die hinter ihr stand, wagte kaum die Augen zu erheben. Sie musste sich in den Arm kneifen, um sicher zu sein, dass sie nicht schon längst tot war und nun mitten zwischen den Himmlischen Heerscharen stand.

Nach der Messe gab es ein einfaches, aber schmackhaftes Mahl im Refektorium des Klosters. Martin, der sich auf der Reise im Umgang mit den Pferden und besonders in der Betreuung von Grani bestens bewährt hatte, war vom Grafen nun zum Verantwortlichen für die Reitpferde ernannt worden. Als das Essen beendet war, ging er daher hinaus, um zu überprüfen, ob die Tiere gut versorgt waren. Hildegundis, die das sah, entschuldigte sich schnell und folgte ihm.

„Warte auf mich!", rief sie etwas atemlos, als sie Martin bei den Stallungen eingeholt hatte.

Martin blieb stehen.

„Danke!", sagte er und lächelte sie an.

„Wofür?" fragte Hildegundis erstaunt.

"Na, dafür, dass du das mit dem Hengst eingefädelt hast – sonst wäre ich heute nicht so von deinem Vater belohnt worden".

„Ach, ich wusste gleich, dass Grani dir gehorchen würde. Komm, wir sehen mal, wie es ihm geht. Hier, ich habe ein paar Möhren mitgenommen. Die reichen auch für die anderen Pferde. Schließlich muss sich meine neue Stute noch an mich gewöhnen."

Die Kinder gingen durch die Stallungen, wo die Pferde auf frischem Stroh standen und zufrieden ihr Futter kauten. Martin nahm seine neue Position sehr ernst und überprüfte nicht nur die Unterbringung der Tiere, sondern kontrollierte auch das Geschirr und Sattelzeug. Er hatte schon früh gelernt, dass schadhaftes Zaumzeug für einen Reiter sehr gefährlich werden konnte. Außerdem sollten Pferde und Geschirr morgen besonders glänzen, damit man beim Einzug auf Astnide einen guten Eindruck machte.

„Wigger", rief er einen der mitgereisten Reitknechte, „hier liegt noch eine schmutzige Trense auf dem Boden!"

„Ich kümmere mich sofort darum, Junker Martin", antwortete der Knecht diensteifrig.

Obwohl Martin erst kurze Zeit im Hause des Grafen Thietmar war, war er wegen seiner bescheidenen Art sehr beliebt. Die Reitknechte waren froh, dass Martin jetzt anstelle des herrischen und oft brutalen Gernot die Verantwortung für die Pferde hatte. Trotz seiner Jugend respektierten sie ihn.

Als die Kinder zu der Box kamen, in der Grani stand, hob der Hengst den Kopf vom Futtertrog und wieherte leise. Seine lange schwarze Mähne fiel ihm über die Augen. Begeistert kaute er dann auf der Möhre, die Martin ihm gab. Anschließend besuchten sie Martins Braunen und Hildegundis' Fuchsstute. Hildegundis streichelte ihre Blesse und hielt ihr eine Möhre hin, die sie vorsichtig anknabberte.

„Vielleicht werde ich sie Freya nennen", sagte Hildegundis zu Martin.

Beide hatten nicht bemerkt, dass Gewa inzwischen den Stall betreten hatte. Sie hatte Hildegundis' Bemerkung mitbekommen und riss entsetzt die Augen auf.

„Das bringt Unglück, ein Pferd nach einer Göttin zu benennen", murmelte sie und griff nach dem Amulett an ihrem Hals.

Ihre Großmutter hatte ihr viel von den alten Göttern ihrer Vorfahren erzählt. So wusste sie, dass Freya die germanische Göttin der Fruchtbarkeit war. Auch ihre Mutter hielt es für klug, sich nicht nur auf den christlichen Gott zu verlassen, sondern gleichermaßen die germanischen Gottheiten zu ehren, wie es ihre Ahnen schon immer getan hatten. Das konnte natürlich nur im Verborgenen geschehen, denn der Graf duldete keinen heidnischen Kult auf seiner Burg.

„Herrin", sprach Gewa dann Hildegundis an, „Euer Vater hat mich geschickt, Euch zu suchen. Das Lager ist fertig und es ist Zeit schlafen zu gehen."

Hildegundis runzelte die Stirn. „Schon? Aber ich bin noch gar nicht müde!"

„Hildegundis", meinte Martin diplomatisch und tätschelte den Hals der Stute, „ich glaube, es wäre besser, deinem Vater zu gehorchen – wo er dir solch ein wertvolles Geschenk gemacht hat."

Hildegundis überlegt kurz und nickte dann.

„Ja, du hast wohl Recht. Ich wünsche dir eine gute Nacht."

„Dir auch eine gute Nacht!", antwortete Martin. Als sie mit Gewa den Stall verließ, blickte er ihr nach. Zum ersten Mal dachte er daran, dass er die junge Grafentochter wohl vermissen würde.

Als Hildegundis und Gewa das Hauptgebäude betraten, trafen sie den Grafen, der gerade dem Abt eine gute Nacht wünschte.

„Nun, Hildegundis, warst du wieder im Stall?"

„Die Stute ist ein wunderschönes Tier, Vater, vielen Dank!", wich Hildegundis einer direkten Antwort aus und umarmte ihren Vater.

Graf Thietmar küsste seine Tochter auf die Stirn.

„Schön, dass sie dir gefällt. Sie hat orientalisches Blut. Hast du schon einen Namen für sie?"

„Ich wollte sie Freya nennen."

„Na, bei ihrer Herkunft würde ein maurischer Name wie *Fatima* wohl besser passen als der Name einer nordischen Göttin", lachte der Graf.

„Das stimmt", nickte Hildegundis und Gewa atmete erleichtert auf.

Graf Thietmar begleitete seine Tochter und das Dienstmädchen bis zu der Zelle, die den Mädchen als Nachtlager zur Verfügung gestellt worden war.

„Du brauchst keine Angst zu haben", sagte er, „ich schlafe gleich nebenan".

„Gute Nacht, Vater."

„Gute Nacht, mein Kind."

*

Gewa hatte für ihre junge Herrin und sich selbst zwei Lager bereitet. Über das Stroh, das sie von den Mönchen bekommen hatte, hatte sie weiche Decken gebreitet. Nachdem sie Hildegundis aus dem Kleid geholfen und sie mit weiteren Decken zugedeckt hatte, löschte Gewa die Kerze und schlüpfte selbst auch unter ihre Decke.

Durch die dicken Mauern erklang gedämpft der Gesang der Mönche, die zum Nachtgebet, zur Komplet, in die Kirche zogen. Gewa umklammerte ihr Amulett und wagte nicht, die Augen zu schließen. Die fremde Umgebung, der mystische Klang der Gesänge – all das machte ihr Angst. Als sie schließlich doch von der Müdigkeit übermannt wurde, hatte sie einen schrecklichen Traum von der germanischen Göttin Freya, die, erbost über die Idee, einem Pferd ihren Namen zu geben, rachedurstig ihren wilden Keiler Hildesvini aussandte, um Hildegundis zu bestrafen.

Die Mönche kamen schon vom Morgenlob, der Laudes, zurück, als Hildegundis erwachte. Sie fühlte sich frisch und ausgeruht. Gewa war zeitig aufgestanden und hatte bereits die meisten ihrer Sachen gepackt. Es gab ein einfaches Frühstück, dann wurden die Reitpferde gesattelt und die Wagenpferde angespannt. Abt Heithanrich brachte seine Gäste persönlich an die Pforte.

„Bei Eurem nächsten Besuch wird es vielleicht schon eine Brücke über die Ruhr geben – die Pläne sind fertig und die Arbeiten können beginnen. Doch heute müsst Ihr noch die Fähre benutzen. Ich habe bereits einen Boten hinuntergeschickt, der alles vorbereitet."

Graf Thietmar dankte dem Abt nochmals für seine Gastfreundschaft, dann brach man auf.

Auf dem abschüssigen Weg den Klosterberg hinunter zum Ufer des Flusses mussten die Fuhrleute ihre Gespanne gut im Zaum halten, damit sie nicht zu schnell wurden. Die Tiere waren ausgeruht und die Frühlingssonne spornte sie zusätzlich an, so dass sie am liebsten in Galopp gegangen wären.

Am Anlegesteg der Fähre herrschte ein reges Treiben. Die Fährmänner diskutierten lebhaft mit dem Boten des Klosters, einigen Bauern und zwei Kaufleuten, die augenscheinlich mit ihren schwer beladenen Fuhrwerken übersetzen wollten, aber nun der Reisegruppe des Grafen den Vortritt lassen sollten.

Graf Thietmar befahl seinen Kutschern etwas abseits vom Steg anzuhalten. Dann winkte er zwei Männer seiner Eskorte zu sich. Die beiden anderen blieben zur Bewachung der Wagen zurück. Auch die Kinder sollten hier warten. Zu Martin sagte er: „Du bleibst bei Hildegundis!"

Langsam ritt der Graf mit seinen Männern auf die Menschen am Ufer zu. Er schlug seinen Umhang zurück, so dass sein Schwert frei lag und er ungehindert zur Waffe greifen konnte, sollte das nötig werden.

Graf Thietmar hatte schon mehrfach erlebt, dass eine bloße Unmutsstimmung in einer Menschenmenge plötzlich in rohe Gewalt umschlagen und schließlich einen blutigen Kampf nach sich ziehen konnte. Sein Hengst spürte ebenfalls die Spannung, die in der Luft lag, ließ seine Ohren spielen und kaute unruhig auf dem Gebiss.

Als sie die Menge erreichten, verstummten die Menschen. Der Bote des Klosters bahnte sich einen Weg durch die Leute.

„Herr Graf, die Fähre ist bereit."

Graf Thietmar ließ seinen Blick über die Menge schweifen, die sich nun langsam teilte und den Weg frei gab.

„Sehr gut", antwortete er ruhig.

Hildegundis und Martin, die das Geschehen mit Sorge verfolgt hatten, atmeten erleichtert auf.

Mit seinem furchtlosen Auftreten und den offen zur Schau getragenen Waffen hatte Graf Thietmar sich den Respekt der Leute erworben, die jetzt neugierig die vornehme Reisegruppe betrachteten. Sie hatten nicht oft die Gelegenheit, Adelige in ihrem besten Hofstaat aus der Nähe zu betrachten. Nicht nur Hildegundis trug heute ihr schönstes Gewand, vom Grafen bis zum jüngsten Reitknecht hatten sich alle auf das Feinste herausgeputzt. Sogar Gewa sah ganz manierlich aus. Die Beschläge am Geschirr der blank gestriegelten Pferde blitzten und ihre Hufe glänzten, als wären sie mit Lack bestrichen.

Tuschelnd tauschten sich die Bauernfrauen über Hildegundis' wunderschönes Kleid aus, während ihre Männer sich gegenseitig auf die edlen Pferde aufmerksam machten. Die Kaufleute neigten ehrerbietig die Köpfe und lenkten ihre Wagen zur Seite, damit der Tross des Grafen Platz hatte.

Das Verladen der Fuhrwerke und der Pferde verlief problemlos. Für Hildegundis und auch für ihre Stute Fatima war es das erste Mal, dass sie eine Fähre betraten. Beide waren aufgeregt.

„Komm einfach hinter mir her", sagte Martin aufmunternd und ging mit seinem erfahrenen Braunen voran.

Vorsichtig folgte Hildegundis ihm. Auch der Bote des Klosters kam mit seinem Pferd auf die Fähre.

„Der Hochwürdige Herr Abt hat mir aufgetragen, Euch voran zu reiten, um Euer Kommen in Astnide anzukündigen", erklärte er dem Grafen.

„Da sag dem Hochwürdigen Herrn Abt meinen besten Dank, wenn du ins Kloster heimkehrst", antwortete Graf Thietmar erfreut.

Es lag noch ein großes Stück dichten Waldes vor ihnen, das außer wilden Tieren auch allerlei Gesindel beherbergen konnte. Nur ungern hätte er auf einen seiner Männer verzichtet, um ihn als Boten zum Stift vorauszuschicken – und unangemeldet vor der Edlen Theophanu zu erscheinen, wäre völlig unschicklich und undenkbar gewesen. Der Graf war dem Abt für seine Weitsicht daher sehr dankbar.

Am anderen Ufer angekommen, verabschiedete sich der Bote und verließ als erster die Fähre. Im Galopp jagte er in den Wald hinein und war schon bald nicht mehr zu sehen. Die Reisegruppe formierte sich wieder und folgte mit den schweren Wagen langsam nach, wobei der Graf nun zwei bewaffnete Männer an die Spitze gestellt hatte.

*

„Der Wald ist wirklich sehr dicht", meinte Hildegundis zu Martin, der neben ihr ritt.

Sie betrachtete die hohen Bäume und hatte automatisch die Stimme gesenkt. Bevor Martin antworten konnte, hob einer der beiden Männer, die voran ritten, die Hand. Knirschend kamen die Wagen zum Stehen und die Reiter zügelten ihre Pferde.

Ein umgestürzter Baum versperrte den Weg. Es war nur ein dünner Baumstamm, der den Reitern keine Probleme bereitet hätte, für die Fuhrwerke stellte er jedoch ein unüberwindliches Hindernis dar.

Keiner sprach ein Wort, aber alle Männer hatten wie auf ein Kommando ihre Schwerter gezogen und suchten mit wachsamen Augen den Waldrand ab.

Auch Martin hatte seinen Dolch gezückt und stellte sich mit seinem Pferd schützend vor Hildegundis. Alle wussten, dass Räuber und Wegelagerer ihren Opfern mit Baumstämmen den Weg zu versperren pflegten, um sie dann bequem ausrauben zu können.

Alles blieb still. Der ganze Wald schien den Atem anzuhalten. Graf Thietmar ritt ein kurzes Stück des Weges zurück, doch es war niemand zu sehen. Als er zurückkam, steckte er sein Schwert wieder in die Scheide. Alle atmeten auf und taten es ihm nach. Jetzt waren auch die Vögel wieder zu hören.

„Gott sei es gedankt, es scheint keine Falle zu sein!", sagte Martin erleichtert zu Hildegundis und sprang vom Pferd.

Der Graf war bereits abgestiegen und warf Martin die Zügel seines Hengstes zu. Einen Mann ließ er dann über den Baumstann setzten, um den Verlauf des Weges zu überprüfen, ein weiterer blieb hinter den Wagen. Mit den anderen beiden machte sich Graf Thietmar dann daran, den Baumstamm aus dem Weg zu räumen.

Hildegundis war im Sattel geblieben und ließ ihre Stute am Wegesrand nach Gräsern suchen. In Gedanken war sie schon in Astnide und stellte sich vor, wie man sie dort wohl empfangen würde.

Völlig unerwartet riss ihr Pferd da auf einmal den Kopf hoch und machte einen Satz zur Seite. Das war so plötzlich passiert, dass Hildegundis fast aus dem Sattel geschleudert worden wäre. Nur mit Mühe konnte sie sich halten und versuchte Fatima zu beruhigen, die wild mit den Augen rollte und auf der Stelle tänzelte. Auch die anderen Pferde wurden unruhig und Grani wieherte.

Während sich alle um die Pferde kümmerten, sah Gewa von ihrem erhöhten Platz auf dem Wagen, wie sich das Unterholz bewegte.

Dann hörte man Äste knacken und bald darauf das zornige Schnaufen eines übel gelaunten Wildschweins. Der Kopf eines Keilers mit mächtigen Hauern schob sich durch das Gebüsch.

Gewa dachte sofort an ihren Traum und glaubte, ihr letztes Stündlein hätte geschlagen.

„Hildesvini!", schrie sie in höchster Angst.

„Mädchen!", donnerte Graf Thietmar, der schnell herbeigeeilt kam, sie an. „Was ist das für ein heidnischer Unsinn! Das ist kein mystischer Göttergefährte, sondern bloß ein wildes Schwein!"

Natürlich war dem Grafen bewusst, dass die Begegnung mit dem wütenden Keiler trotzdem gefährlich war. Immer wieder kamen auch erfahrene Jäger bei der Wildschweinjagd zu Tode, wenn die Tiere sich in die Enge gedrängt fühlten und angriffen.

Da er keine Lanze zur Hand hatte, mit der Wildschweine normalerweise gejagt wurden, hatte Graf Thietmar sein Schwert gezogen. Er ging energisch auf den

Keiler zu und schwang das Schwert gegen ihn, um ihn zu vertreiben. Das Tier war davon aber nicht beeindruckt – im Gegenteil. Es schnaufte wieder, schüttelte den Kopf und stürzte plötzlich auf den Grafen zu. Blitzschnell senkte der sein Schwert und machte einen Schritt zur Seite. Er konnte dem rasenden Keiler aber nicht ganz ausweichen, wurde von einem seiner Hauer am Bein gestreift und umgerissen. Im Fallen konnte er dem Tier jedoch die Klinge zwischen die Rippen stoßen. Tödlich getroffen brach das Wildschwein zusammen. Es zuckte noch einige Male und blieb dann still liegen.

Wie erstarrt hatten alle dem Schauspiel zugesehen. Jetzt kam wieder Bewegung in die Gruppe und alle redeten durcheinander. Hildegundis sprang vom Pferd und rannte zu ihrem Vater. Der rappelte sich gerade mit Martins Hilfe auf und klopfte sich den Staub von den Kleidern.

„Sankt Hubertus sei Dank – das ist ja gerade noch mal gut gegangen."

„Du bist verletzt, Vater!", rief Hildegundis, als sie das Blut an seinem Bein bemerkte.

„Ach, das ist nur ein Kratzer", beruhigte Graf Thietmar seine Tochter, humpelte aber doch ein wenig und ließ sein Pferd von Martin halten, als er aufstieg.

„Packt den Keiler auf den ersten Wagen", rief er seinen Männern zu und meinte dann verschmitzt zu Hildegundis: „Da wird sich die Stiftsküche aber freuen, wenn wir so prächtiges Wildbret mitbringen."

Die Männer luden das Wildschwein auf und bestiegen dann auch ihre Pferde. Der Weg war frei geräumt und es konnte weitergehen.

Von keinem bemerkt, schnitt Gewa mit ihrem kleinen Messer dem Keiler ein paar Haare aus der Schwanzquaste und steckte sie in einen winzig kleinen Lederbeutel, den sie dann zwischen ihren Sachen versteckte. Sie war fest davon überzeugt, dass das gefährliche Tier sie auf Befehl der Göttin Freya angegriffen hatte und seine Haare daher über magische Qualitäten verfügten.

Endlich ließen sie den Wald hinter sich. Sie erreichten die ersten Felder und kamen bald an kleinen Gehöften vorüber.

Hildegundis suchte den Horizont mit den Augen ab. Dann zeigte sie mit ausgestrecktem Arm in die Ferne: „Da ist es!"

In der hügeligen Landschaft, die sich vor ihnen ausbreitete, an einem kleinen Flüsschen namens Berne gelegen, ragte der Turm der Stiftskirche in den Himmel. Daneben erstreckten sich zahlreiche Wohn- und Wirtschaftsgebäude, die von einer wehrhaften Mauer umgeben waren. Auch eine kleine Ansiedlung war zu sehen.

Vor ihnen lag das Stift Astnide.

3. Neue Freundinnen

Als sich die Gruppe dem Stift weiter näherte, sahen sie, dass ihnen von dort eine kleine Gruppe Berittener entgegenkam.

„Äbtissin Theophanu schickt uns eine Eskorte!", rief Martin aufgeregt.

Hildegundis schluckte und nickte nur. So kurz vor der Ankunft war sie doch ziemlich aufgeregt.

Als die neun Reiter die Reisegruppe erreicht hatten, ließ der Graf halten. Der Hauptmann der Truppe ritt auf ihn zu und begrüßte ihn.

„Die Hochwürdige Frau Äbtissin heißt Euch Willkommen und bietet Euch und Eurem Gefolge den Schutz ihrer Mauern an. Meine Männer und ich haben die Ehre, Euch hin zu geleiten."

Graf Thietmar bedankte sich, dann setzte sich der Tross wieder in Bewegung. Als Graf stand ihm eine Eskorte für ein bestimmtes Wegstück zu. Je edler ein Gast war, desto mehr Leute wurden ihm entgegengeschickt und desto früher begann die Begleitung. Kündigte ein König sein Kommen an, so zogen ihm oft mehr als hundert Männer entgegen und begleiteten ihn mehrere Tage lang zu seinem Ziel.

Sie näherten sich dem Stift und kamen zunächst durch die kleine Ansiedlung, die sich rund um die Stiftsgebäude gebildet hatte. Handwerker und Kaufleute hatten sich hier niedergelassen.

Die Ankunft eines adeligen Trosses war für die Anwohner immer wieder ein Schauspiel, das sie sich nicht entgehen ließen. Die Nachricht, dass eine neue kleine Stiftsdame ihren Einzug hielt, hatte sich wie ein Lauffeuer verbreitet. Die Leute drängten sich am Weg und starrten neugierig die Fremden an. Schließlich passierte die Reisegruppe das große Tor des Stiftes und hielt vor dem Hauptgebäude an. Bedienstete eilten herbei, um sich um die Pferde zu kümmern.

Eine Dienstmagd begrüßte sie ehrfurchtsvoll und brachte dann Graf Thietmar und Hildegundis in den Empfangsraum der Äbtissin. Eine Gruppe edel gekleideter Damen und zwei Mädchen in Hildegundis' Alter standen bereits zu ihrem Empfang bereit.

Graf Thietmar legte Hildegundis eine Hand auf die Schulter und führte sie zu der Frau, die am Kopfende des Raumes auf einem thronartigen Sessel saß.

„Hochwürdige Äbtissin Theophanu", sagte er und verneigte sich, „hier bringe ich Euch meine Tochter Hildegundis."

„Seid willkommen, Graf Thietmar", antwortete die Äbtissin und wandte sich dann an Hildegundis, die in eine tiefe Kniebeuge versank: „Sei auch du mir herzlich willkommen, Kind. Möge Astnide dir eine neue Heimat werden."

Ihre Stimme klang überraschend dunkel, aber freundlich. Nach einem Moment wagte Hildegundis schließlich den Blick zu heben und sie anzuschauen. Das war also die berühmte Äbtissin Theophanu!

Theophanu gab ihr einen Wink, sich zu erheben und blickte sie ebenfalls forschend mit ihren dunklen, ein wenig mandelförmigen Augen an. Sie trug nicht nur den Namen ihrer Großmutter, die als byzantinische Prinzessin geboren worden war und als Kaiserin einen Großteil Europas regiert hatte. Ihr dunkler Teint verriet, dass sie auch viel von deren orientalischem Blut geerbt hatte. Sie war älter als Hildegundis Eltern und hatte die 40 wohl schon überschritten, doch strahlte sie eine Tatkraft aus, die sie wesentlich jünger machte. Man merkte ihr auch an, dass sie von Kindheit an auf eine herausragende Stellung vorbereitet worden war und gewohnt war, Befehle zu erteilen.

Die Äbtissin stellte dann die Stiftsdamen vor, deren Namen Hildegundis vor lauter Aufregung sofort wieder vergaß.

Bis die Reihe an die Letzte kam. „Dies ist Reganwi. Sie ist für unsere jüngsten Zöglinge verantwortlich", erläuterte Theophanu. „Sie wird dir alles zeigen und erklären", meinte sie zu Hildegundis.

„Herzlich willkommen auf Astnide, Hildegundis", sagte Reganwi und strahlte sie an.

Hildegundis lächelte etwas scheu zurück, schloss die junge Stiftsdame, die ungefähr 17 Jahre alt war, aber sofort in ihr Herz.

Dann stellte Reganwi die beiden Mädchen vor, die Hildegundis neugierig betrachteten.

„Die beiden sind vor drei Wochen angekommen", sagte die Stiftsdame, „dies ist Doda aus Limburg und hier haben wir Frithuwif aus dem Herzogtum Bayern."

„Willkommen, Hildegundis!", riefen die Mädchen im Chor.

Die beiden hätten kaum unterschiedlicher sein können. Während die blasse Doda dunkelhaarig und von zierlicher Statur war, war Frithuwif kräftig gebaut und besaß leuchtend kastanienrotes Haar. Sie hatte ein freundliches, pausbäckiges Gesicht, lustige Augen und Sommersprossen.

Die Äbtissin lud die gesamte Reisegruppe des Grafen nun zum Mittagsmahl. Da die Zeit schon weit fortgeschritten war, fiel es recht einfach aus.

Das Wildschwein, das Graf Thietmar erlegt hatte, war freudig begrüßt worden und sollte am Abend des nächsten Tages, zur Feier von Hildegundis' offizieller Aufnahme in das Stift, verzehrt werden.

Der Bericht über das Jagderlebnis brachte Graf Thietmar bewundernde Blicke der Damen ein. Nach dem Essen wurde dem Grafen ein Gästequartier zugewiesen. Theophanu schickte ihm auch eine Stiftsdame, die sich in der Heilkunde auskannte, mit einer Salbe für die Wunde.

Hildegundis wurde inzwischen von Reganwi durch die Hauptgebäude der Abtei geführt. Doda und Frithuwif begleiteten sie. Die weitläufige Anlage beeindruckte Hildegundis sehr. Für die Ausstattung waren nur die besten Materialien verwendet worden.

Mutter hat nicht übertrieben, dachte Hildegundis.

Während Frithuwif jede Erklärung von Reganwi kommentierte, war Doda eher still und lächelte Hildegundis nur ab und zu freundlich an. Besonders gut gefiel Hildegundis der Kreuzgang, von dem ihre Mutter ja schon berichtet hatte. Die zierlichen Marmorsäulen hatten wunderschöne Kapitelle, in die filigrane Löwen, Drachen und Fabelwesen gemeißelt waren. Der herrlich angelegte Garten mit dem Brunnen in der Mitte strahlte eine paradiesische Ruhe aus. Genauso hatte sie es sich vorgestellt.

„Werde ich jetzt die Goldene Madonna sehen?", fragte sie Reganwi.

„Nein, da musst du dich noch gedulden. Sie ist in der Schatzkammer verwahrt und da haben wir keinen Zutritt. Ich zeige dir nun die übrigen Gebäude."

Als sie weitergingen, sagte Doda leise zu Hildegundis: „Die Goldene Madonna ist wunderschön. Man meint, dass sie von innen strahlt. Sie sieht aus, als wäre sie direkt vom Himmel gekommen."

*

„Hier ist das Dormitorium, hier schlafen wir. Siehst du, hier ist mein Bett, dort drüben Dodas. Neben mir ist noch eins frei – das könntest du nehmen", erklärte Frithuwif, als sie den Raum betraten, der als Schlafsaal für die jüngsten Mitglieder des Stiftes diente.

Hildegundis nickte. Sie freute sich, dass sie von den beiden Mädchen so nett aufgenommen wurde. Ihr Blick wanderte in dem Raum umher und sie bemerkte, dass es noch zwei weitere Betten gab. Fragend blickte sie Reganwi an.

„Kommen noch mehr Mädchen?"

„Ja. Wir erwarten noch zwei sächsische Prinzessinnen. Ihr Bote kam auch heute Morgen an und informierte uns, dass sie in einigen Tagen hier sein werden."

„Dann werden wir ihre Aufnahme auch noch gerade vor Beginn der Karwoche feiern können", fügte Frithuwif hinzu.

„Du denkst aber auch immer ans Essen!", sagte Doda mit leichter Empörung in der Stimme. „Da ist es kein Wunder, wenn man von euch Bayern erzählt, ihr würdet auch Gänse zu den Wassertieren zählen, nur um in der Fastenzeit auch einen Gänsebraten essen zu können!"

„Aber, es wäre doch Verschwendung, wenn ein Grund zum Feiern ausgerechnet in die Fastenzeit fiele", versuchte Frithuwif sich zu rechtfertigen. Dann stieß sie Hildegundis an. „Ich freue mich schon auf den Wildschweinbraten morgen Abend."

Hildegundis kicherte, während Doda den Mund verzog.

„Wir haben jetzt schon Fastenzeit", sagte sie ernst.

„Ich weiß, ich weiß. Aber jetzt sind Ausnahmen noch erlaubt. In der Karwoche nicht mehr. Dann gibt's erst Ostersonntag wieder einen richtigen Braten. Sonst essen wir nur Fisch. So kenne ich das schon von zu Hause."

Frithuwif schüttelte sich und Hildegundis musste wieder lachen.

Reganwi lachte auch und meinte: „Du wirst das schon überstehen, Frithuwif. Jetzt freuen wir uns erstmal auf Morgen. Das ist schließlich Hildegundis' großer Tag. Bist du gut vorbereitet?"

„Ich glaube schon. Mit meiner Mutter und mit unserem Burgkaplan habe ich immer wieder geübt", antwortete Hildegundis.

„Frithuwif ist bei ihrer Aufnahme mitten im Glaubensbekenntnis stecken geblieben."

„Nur einmal, Doda – und nur, weil ich so aufgeregt war! Dafür musste der Kaplan der Äbtissin dir zweimal sagen, dass du aufstehen sollst, sonst würdest du heute noch in der Kirche knien."

Hildegundis seufzte.

„Ich werde auch ganz schön aufgeregt sein. Hoffentlich mache ich alles richtig."

„Mach dir keine Sorgen. Es wird schon klappen", beruhigte Reganwi sie.

„Ihr zwei", sagte sie dann zu Doda und Frithuwif, „ihr geht jetzt ins Schulzimmer und übt eure Psalmen. Ich werde mit Hildegundis jetzt noch den genauen Ablauf für morgen durchgehen. Wir sehen uns dann zur Vesper."

Nachdem die beiden verschwunden waren, erklärte Reganwi Hildegundis geduldig Schritt für Schritt, was am morgigen Tag passieren würde.

*

Als die Glocke zur Vesper läutete, brachte Reganwi Hildegundis zu ihrem Vater, um sich selbst den übrigen Stiftsdamen anzuschließen, die dann gemeinsam mit der Äbtissin in die Kirche ziehen würden. Den Stiftsdamen war ein besonderer Teil der Kirche im Altarraum vorbehalten. Graf Thietmar und Martin konnten Hildegundis nur kurz begrüßen, bevor sie gemeinsam den Kirchenraum betraten.

„Wie gefällt es dir denn?", flüsterte Martin ihr zu.

Hildegundis lächelte und nickte nur. Sie war viel zu sehr damit beschäftigt, alle neuen Eindrücke zu verarbeiten. Schon die große Ludgeruskirche in Werden war für sie überwältigend gewesen. Doch die vielen Kostbarkeiten, die es hier zu sehen gab, verschlugen ihr den Atem. Der riesige siebenarmige Bronzeleuchter am Altar beleuchtete den Einzug der Stiftsdamen, deren Gesang den Raum erfüllte. Ab morgen würde auch Hildegundis im Chor der Stiftsdamen ihren Platz haben.

Zum Abendessen versammelten sich die Stiftsdamen und alle Gäste, so dass der Saal sehr voll wurde. Frithuwif bahnte sich einen Weg durch die Menschen, hin zu Hildegundis, die mit ihrem Vater und Martin zusammenstand. An der Hand zog sie einen jungen Mann hinter sich her, dessen dunkle Locken einen leichten kastanienfarbenen Schimmer aufwiesen. Auch seine Augen blitzten so lustig wie Frithuwifs, so dass man schnell ein verwandtschaftliches Verhältnis zwischen den beiden vermuten musste.

„Graf Thietmar, ich grüße Euch", sagte Frithuwif etwas atemlos, „dies ist mein großer Bruder Tassilo. Er ist gerade angekommen. Er hat Euer Streitross im Stall gesehen und will Euch fragen …"

„Ist ja gut Frithuwif, das kann ich Graf Thietmar auch selbst sagen", unterbrach sie ihr Bruder. „Herr Graf, ich muss das ungebührliche Benehmen meiner Schwester entschuldigen – ihr Temperament geht einfach oft mit ihr durch", meinte er dann ein wenig verlegen.

„Dann ist es ja kein Wunder, dass sie sich sofort mit Hildegundis angefreundet hat", antwortete Graf Thietmar mit einem belustigten Blick auf seine Tochter.

„Nun, Doda wird da schon für den richtigen Ausgleich sorgen", ließ sich da eine weibliche Stimme vernehmen. Es war Reganwi, die mit Doda zu der kleinen Gruppe stieß. Da Dodas Eltern bereits hatten abreisen müssen, war sie nun ganz allein. Darum hatte sich Reganwi ihrer angenommen. Frithuwif stieß Hildegundis an und beide kicherten, als sie beobachteten, wie Tassilo fasziniert Reganwi anstarrte, die ganz rot wurde.

Graf Thietmar räusperte sich schließlich und fasste den jungen Ritter am Arm.

„Wie geht es denn Eurem Vater, dem Grafen Heinrich? Ich habe ihn schon lange nicht mehr gesehen. Und habe ich recht gehört, Ihr wolltet etwas über die Herkunft meines Hengstes erfahren, Tassilo?"

„Äh, ja, äh, genau …", Tassilo ließ sich widerstrebend vom Grafen wegziehen.

In diesem Moment wurde es schlagartig ruhig, denn Äbtissin Theophanu betrat den Saal. Sie gab ein Zeichen und alle traten an die langen Tische. Nachdem sie ein kurzes Gebet gesprochen hatte, setzten sich alle und dann wurde das Essen aufgetragen. Es gab reichlich Fisch aus dem stiftseigenen Weiher, Käse, frisches Brot und Bier.

Martin, der seit ihrer Ankunft kaum Zeit gehabt hatte mit Hildegundis zu sprechen, setzte sich neben sie. An seiner anderen Seite nahm Doda Platz.

„Bist du Hildegundis' Bruder?", fragte sie ihn.

Frithuwif, die neben Hildegundis saß, beugte sich neugierig nach vorn, um den Jungen besser betrachten zu können und seine Antwort zu hören.

„Nein, das ist Martin aus dem Frankenland. Er ist Junker bei meinem Vater", antwortete Hildegundis an Martins Stelle.

„Es wird gemunkelt, dass demnächst auch Jungen hier aufgenommen werden sollen. Ich dachte schon, du wärst der Erste", meinte Frithuwif mit vollem Mund, weil sie gleichzeitig auf einem großen Stück Käse kaute. Reganwi, die gegenüber saß, sah sie missbilligend an.

„Nein, nein", antwortete Martin jetzt schnell, „ich will Ritter werden. Alles, was ich dafür brauche, lerne ich bei Graf Thietmar. Und dann werde ich einmal die Nachfolge meines Vaters als Burgherr in meiner Heimat antreten. Wir haben große Ländereien, da gibt es oft Grenzstreitigkeiten – dann muss man gut mit der Waffe umgehen können."

„Martin kann auch sehr gut mit Pferden umgehen", erzählte Hildegundis nicht ohne Stolz.

„Tatsächlich?", fragte Frithuwif und beugte sich wieder vor, so dass sie beinahe halb auf dem Tisch lag, „wie lange bleibt ihr denn? Wir können dann ja mal zusammen ausreiten."

„Wir werden das Osterfest noch hier verbringen. Auszureiten ist eine gute Idee, ich würde sehr gern die Gegend hier ein bisschen kennen lernen", antwortete Martin erfreut.

Zu der stillen Doda gewandt meinte er: „Reitest du auch?" Bevor sie antworten konnte, kam Hildegundis ihr zuvor: "Du weißt ja noch gar nicht, ob du überhaupt Zeit zum Ausreiten hast. Vielleicht braucht mein Vater dich!"

Überrascht sah Martin sie an. Wenn es um das Reiten ging, hatte Hildegundis bisher noch nie Einwände gehabt. Er ahnte nicht, dass Hildegundis zum ersten Mal so etwas wie Eifersucht verspürte.

„Wir haben auch viel zu tun", wandte Doda jetzt ein. "Wir haben Unterricht in Latein und in Chorgesang. Außerdem müssen wir zu den Stundengebeten in die Kirche – und jedes Mal muss vorher eine von uns die Glocken läuten."

„Die Kirche ist wirklich wunderschön", wechselte Martin schnell das Thema, „ich freue mich schon auf Morgen. Das wird sicher ein sehr festlicher Gottesdienst", fügte er hinzu und lächelte Hildegundis an.

Hildegundis' Laune besserte sich sofort. „Ich bin so aufgeregt. Bestimmt kriege ich kein Wort heraus", seufzte sie.

„Hab' keine Angst, Hildegundis", sagte Doda und sah ihr fest in die Augen, „ich werde für dich beten".

Nach dem Abendessen wollte Hildegundis ihren neuen Freundinnen noch ihre Stute zeigen. Die drei Mädchen und Martin gingen zusammen zu den Stallungen.

„Ich habe den Stallknechten schon genau erklärt, wie sie deine Fatima behandeln sollen", sagte Martin und bekam einen dankbaren Blick von Hildegundis.

Neben Fatima war Dodas dunkelbraune Stute untergebracht. Sie war ein älteres Tier, das gelassen sein Futter kaute. Daneben stand ein schwarzweiß gescheckter Wallach.

„Das ist mein Buntspecht", sagte Frithuwif und zauste dem Schecken freundschaftlich die Stirnlocke, was der mit einem Schnauben quittierte.

„Ja, der passt zu dir!", meinte Hildegundis und lachte. Sie konnte sich genau vorstellen, wie Frithuwif mit wehenden rotbraunen Locken auf dem schwarzweißen Pferd dahin jagte – rundherum eine temperamentvolle, bunte Erscheinung.

Sie gingen weiter und Frithuwif erklärte, welcher Stiftsdame welches Pferd gehörte. Als sie am Ende der Stallgasse angelangt waren, fragte Martin neugierig: „Und wo ist das Pferd der Äbtissin?"

„Das steht im Hengststall."

„Die Äbtissin reitet einen Hengst?", fragte Martin erstaunt.

Da das Bändigen eines Hengstes eine Menge Körperkraft erforderte, ritten Frauen normalerweise nur Stuten oder Wallache. Dass Hildegundis so gut mit dem Hengst ihres Vaters umgehen konnte, war für ihn schon verwunderlich genug. Aber schließlich hatte sie das Tier ja nie geritten.

„Ja. Tassilo meint, sie tut das, weil sie immer noch um den Respekt ihres Bruders, des Erzbischofs, und der Fürsten kämpfen muss. Sie will zeigen, dass sie ihnen ebenbürtig ist. Und ich habe gehört, dass der Erzbischof ganz schön dumm geguckt hat, als er das letzte Mal hier war. Sie hatte den Hengst gerade neu bekommen – von ihren Verwandten aus Byzanz, wie es heißt. Dann hat sie den Herrn Erzbischof zu einem Jagdausflug eingeladen. Er hat aber nichts erlegt, weil er die ganze Zeit nur gestaunt hat, wie gut sie reiten kann", erzählte Frithuwif.

„Ich bin froh, dass ich mich mit meinem Bruder besser verstehe", fügte sie dann hinzu.

„Ich auch!", meinte Hildegundis.

„Ihr müsst bedenken, dass die beiden nicht wie Geschwister aufgewachsen sind. Sie wohnten nicht zusammen und jeder ist von klein auf auf seine Aufgabe vorbereitet worden. Sie kennen sich praktisch gar nicht", erklärte Doda, worauf Hildegundis und Frithuwif sehr nachdenklich wurden.

47

Im Hengststall begrüßten sie Graf Thietmars Grani und sahen sich auch die anderen Tiere an, die den Gästen der Äbtissin gehörten. Dann traten sie an eine Box, in der ein schöner Grauschimmel stand. Er war nicht so groß wie Grani, aber gut bemuskelt und hatte einen kleinen, edlen Kopf. Die lange, seidige Mähne fiel ihm über die großen, dunklen Augen als er neugierig den Kopf hob, um die Kinder zu betrachten.

„Dies ist Silberstern", stellte Frithuwif den Hengst vor.

Martin und Hildegundis waren beeindruckt.

„Er ist von der gleichen Rasse wie deine Fatima", sagte Martin.

„Das stimmt. Die beiden würden gut zusammen passen. Du bist ja ein richtiger Pferdekenner!"

Tassilo war in den Stall gekommen, um nach seinem Pferd zu sehen und hatte Martins Bemerkung mitbekommen.

„Hier steckt ihr also. Drüben sucht Reganwi nach euch. Aber Graf Thietmar meinte schon, wenn Hildegundis verschwunden ist, sollte man zuerst im Stall nachsehen. Frithuwif suche ich immer zuerst in der Küche", neckte er seine Schwester, die ihm empört den Ellbogen in die Rippen stieß.

„Es ist ja schon erstaunlich, dass Reganwi uns überhaupt vermisst hat – wo du sie doch so mit Beschlag belegt hast!", stichelte Frithuwif dann. Tassilo räusperte sich verlegen und wechselte schnell das Thema.

„Ihr solltet jetzt wirklich gehen. Junker Martin, ich vertraue dir die Mädchen an. Bring sie bitte in das Refektorium zurück."

„Ja, Herr Ritter, das mache ich", antwortete Martin und war stolz, dass ihm diese Verantwortung übertragen worden war.

„Nun, Junker Martin, ich hoffe, Ihr werdet uns auf dem langen dunklen Weg gut beschützen", sagte Frithuwif, indem sie die Stimme der Äbtissin nachahmte und hängte sich bei Martin ein. Hildegundis hakte sich schnell auf der anderen Seite bei Martin unter. Doda seufzte.

Im Refektorium angekommen, verabschiedeten sich die Mädchen von Martin. Reganwi nahm sie in Empfang und brachte sie zum Schlafsaal. Sie wusste, dass Hildegundis vor lauter Aufregung über die neue Umgebung und aus Nervosität vor dem, was sie am nächsten Tag erwartete, schlecht einschlafen würde und wollte sie noch ein wenig beruhigen. Als die Mädchen alle unter ihren Decken lagen, setzte sie sich zu Hildegundis.

Frithuwif, deren Bett direkt neben dem von Hildegundis stand, hob den Kopf und legte ihn auf ihre aufgestützte Hand.

„Du, Reganwi – wie gefällt dir denn mein Bruder Tassilo?", fragte sie dann und versuchte, so unschuldig wie möglich dreinzuschauen.

Reganwi wurde rot.

„Frithuwif! So etwas fragt man nicht!", sagte sie dann ärgerlich und verlegen zugleich.

Frithuwif war sicherheitshalber schnell unter die Decke geglitten, so dass nur noch ihre Nasenspitze herauslugte. Gedämpft hörte man dann, wie sie unter der Decke murmelte: „So viel kann ich dir sagen – versprochen ist er noch keiner!"

Empört sprang Reganwi auf. Doch als auch Hildegundis und sogar Doda anfingen zu kichern, musste sie schließlich auch lachen.

„Schluss jetzt", sagte sie dann und löschte die Wandkerze. „Es wird ein anstrengender Tag morgen. Gute Nacht."

„Gute Nacht, Reganwi", antworteten die drei im Chor, als die junge Stiftsdame mit einer Kerze in der Hand den Raum verlies.

*

Gewa hatte unterdessen das Gesinde des Stiftes kennen gelernt. Nachdem sie die Sachen ihrer Herrin ausgepackt und verstaut hatte, war sie in die Küche geschickt worden. Bawa, die dicke Köchin, hatte sie mütterlich unter ihre Fittiche genommen.

„Na, du kleines Ding – du siehst ja aus wie ein verhungertes Vögelchen. Da, iss erstmal etwas Anständiges!", sagte sie zu Gewa und schob ihr einen dampfenden Teller hin.

Gewa dankte ihr schüchtern und begann, den Hirsebrei zu löffeln. Ein anderes Mädchen setzte sich zu ihr.

„Ich bin Una", sagte sie. „Ich bin mit meiner Herrin Doda hierher gekommen. Es war eine lange Reise. Unser Zuhause liegt nämlich weit im Osten", erzählte sie bereitwillig.

„Im Osten?", fragte Gewa, „Meine Mutter hat mir erzählt, dass dort noch viele Menschen zu den alten Göttern beten."

„Pssst!", machte Una sofort und sah sich nach der Köchin um, die aber am Feuer zu tun hatte und das Gespräch der Mädchen offenbar nicht mitbekam.

Mit leiser Stimme fuhr sie fort: „Das wird hier nicht gern gehört. Besonders meine Herrin ist da sehr streng. Ich glaube, sie will selbst einmal Äbtissin werden. Und Bawa, die Köchin, ist auch durch und durch Christin".

Sie zögerte einen Moment. „Wie steht es denn mit dir?"

Jetzt blickte Gewa auch erst ängstlich nach der Köchin, die aber immer noch beschäftigt war, dann griff sie in den Ausschnitt ihres Kleides und zog ihr Amulett hervor.

„Das hat mir meine Großmutter als Schutz für die Reise mitgegeben", flüsterte sie.

Una griff danach und sah es sich genau an.

„Ein Bronzeamulett – mit einer Rune!", sagte sie erstaunt. „Das ist bestimmt schon sehr alt."

„Ja, meine Großmutter hatte es, solange ich denken kann. Aber ich habe noch etwas Wertvolleres".

Gewa griff an ihren Gürtel und löste das kleine Ledersäckchen. Dann sah sie Una verschwörerisch an.

„Hier drin sind Haare vom Schwanz des Keilers Hildesvini!"

„Was?!" Una war mächtig beeindruckt.

Gewa erzählte nun, mit den entsprechenden Ausschmückungen versehen, das Abenteuer mit dem Wildschwein.

Bawa schickte die Mädchen schließlich zu Bett. In der Kammer, die sie sich mit mehreren Mägden teilten, richteten sich die beiden ihre Lager nebeneinander her. Sie tuschelten noch eine ganze Weile im Dunkeln. Dann schlief Gewa ein. Sie war glücklich, eine Freundin gefunden zu haben.

4. Die Aufnahme

Hildegundis dachte zunächst, dass sie vor lauter Aufregung überhaupt nicht einschlafen könne. Dann hatte sie das Gefühl, dass sie die Augen gerade erst geschlossen hätte, als sie durch eine Berührung am Arm geweckt wurde. Sie versuchte, im Halbdunkel des Raumes etwas zu erkennen und blickte in Reganwis lächelndes Gesicht. Reganwis grüne Augen und ihr dunkelblondes Haar erinnerten Hildegundis sehr an ihre Mutter. Wie schade war es doch, dass sie nicht hatte mitkommen können! Ein lautes Gähnen vom Bett nebenan verriet, dass Frithuwif auch noch nicht ganz wach war. Nur Doda war schon auf.

„Guten Morgen!", sagte Reganwi, „Schau, Gewa ist auch schon da – sie hat dir dein schönstes Gewand mitgebracht", fügte sie hinzu und deutete auf das Mädchen, das mit dem Kleid über den Armen hinter ihr stand.

Schlagartig wurde Hildegundis bewusst, dass heute der Tag der Aufnahme war. Sofort war sie hellwach und hüpfte aus dem Bett. Dann setzte auch schon eine hektische Betriebsamkeit ein. Frithuwif machte sich ebenfalls schnell fertig und half dann zusammen mit Doda, Reganwi und Gewa Hildegundis für das Aufnahmeritual zu schmücken. Sie kämmten ihr die widerspenstigen blonden Locken, flochten ihr die Haare und banden ihr kunstvoll ein perlengeschmücktes Band ins Haar. Hildegundis ließ alles über sich ergehen und versuchte den dicken Kloß in ihrem Magen zu ignorieren.

„Fertig!", sagte Reganwi schließlich, nachdem sie ihr Werk kritisch betrachtet hatte.

„Du siehst sehr hübsch aus", meinte Doda und strahlte Hildegundis an. Auch Frithuwif nickte anerkennend.

„Mir ist schlecht", murmelte Hildegundis.

Reganwi legte einen Arm um ihre Schultern.

„Mach' dir keine Sorgen. Ich bringe dich jetzt zu deinem Vater. Und ihr beide geht schon mal in den Kreuzgang, ich komme dann zu euch", sagte sie zu Doda und Frithuwif.

Als Reganwi mit Hildegundis zur Kammer des Grafen kam, stand die Tür schon offen. Graf Thietmar und Martin waren festlich gekleidet und bereit. Der Graf sah seine Tochter voller Stolz an.

„Was habe ich für eine wunderschöne Tochter", sagte er und küsste Hildegundis auf die Stirn. Martin fand das auch, bekam aber keinen Ton heraus. Aus lauter Sympathie war er auch nervös.

„Gut", sagte Reganwi, „Graf Thietmar, ich werde Euch nun zum Kapitelsaal führen."

Die junge Stiftsdame ging voraus, gefolgt von Graf Thietmar und Hildegundis. Dahinter kam Martin, der mit beiden Händen das Schwert des Grafen als Zeichen seines Standes trug sowie einen Beutel mit einigen Schriftrollen umgehängt hatte.

So erreichten sie das Kapitelhaus, und das Aufnahmeritual für Hildegundis begann. Reganwi klopfte an die große Tür, die kurz darauf geöffnet wurde. Frithuwif hatte diese Aufgabe bekommen, da sie die jüngste Stiftsdame war. Als Hildegundis an ihr vorbei schritt, zwinkerte Frithuwif ihr zu. An beiden Seitenwänden und am Kopfende des Raumes saßen die Stiftsdamen. Sie waren schon zum Gottesdienst gekleidet und trugen alle den gleichen Chormantel sowie einen langen weißen Schleier. In der Mitte der Kopfseite des Saales, auf einem etwas erhöhten Stuhl, hatte Äbtissin Theophanu Platz genommen.

Graf Thietmar legte Hildegundis eine Hand auf die Schulter und schritt mit ihr bis zur Mitte des Saales, während Martin in der Nähe der Tür stehen blieb. Der Graf verneigte sich.

„Graf Thietmar, ich grüße Euch. Was ist Euer Begehr?", sprach die Äbtissin die einleitenden Worte des Aufnahmerituals.

„Hochwürdige Äbtissin Theophanu, ich bitte um die Aufnahme meiner Tochter Hildegundis in das Hochedle Stift Astnide", antwortete der Graf.

„Um Eurem Begehren nachkommen zu können, müsst Ihr belegen, dass das Mädchen Hildegundis von freier, edler Geburt und Abstammung ist, wie es die Statuten des Stiftes vorschreiben."

„Hochwürdige Äbtissin Theophanu, ich lege vor Gott, vor Euch und allen Mitgliedern des Stiftes Zeugnis ab, dass dieses Mädchen, getauft auf den Namen Hildegundis, edel und frei geboren und von hochadeliger Abstammung bis ins fünfte Glied ist. Dies bezeugen außerdem vier Grafen, deren Aussagen ich Euch in schriftlicher Form vorlege."

Auf seinen Wink hin trat Martin vor und verneigte sich ebenfalls vor der Äbtissin. Der Graf nahm ihm den Beutel mit den Schriftrollen ab und überreichte ihn Theophanu. Die Äbtissin öffnete den Beutel, warf einen Blick auf die Siegel der Rollen und nickte. Das war natürlich nur eine Formsache, da sie Hildegundis' Familienverhältnisse ja kannte.

Mit ihren dunklen Augen blickte sie dann das Mädchen fest an.

„Nun, Hildegundis, ist es auch dein Wunsch, im Hochedlen Stift Astnide aufgenommen zu werden?"

„Ja, Hochwürdige Äbtissin Theophanu", antwortete Hildegundis. Ihr Mund war so trocken, dass ihre Stimme etwas krächzend klang. Sie schluckte.

„Bist du bereit, gemäß den Vorschriften des Stiftes und der heiligen Kirche zu leben, die Erinnerung an die Verstorben wach zu halten und für ihr Seelenheil zu beten?"

„Ja, Hochwürdige Äbtissin Theophanu."

„Zum Beweis deiner Absicht wirst du gleich in der Kirche das Glaubensbe-kenntnis sprechen. Und wir alle werden Zeugen sein."

Die Äbtissin erhob sich und gleichzeitig fingen die Glocken an zu läuten.

*

Die Stiftsdamen sammelten sich und zogen hinter ihrer Äbtissin her in die Kirche und begaben sich dort zu ihren Plätzen im Chor. Am Schluss folgten Graf Thietmar, Hildegundis und Martin. Sie stellten sich zu den anderen Gottesdienstbesuchern in das Mittelschiff der Kirche. Während des Einzugs erklang ein feierlicher Gesang.

Das Läuten der Glocken klang langsam aus. Nun trat der *capellanus honoris*, der Kaplan der Äbtissin, vor den Hochaltar. Er war ein kräftiger Mann von ungefähr 30 Jahren, der mit einem fremden Akzent sprach. Später erfuhr Hildegundis, dass Pater Jakobus von einer fernen Insel namens Irland stammte.

„Die Hochwürdige Äbtissin Theophanu hat mir mitgeteilt", begann er, „dass das Mädchen Hildegundis, dessen freie und edle Geburt bezeugt wurde, um Aufnah-me in das Hochedle Stift Astnide gebeten hat und zum Beweis der Aufrichtigkeit ih-res Ersuchens nun vor Gott und uns allen das Glaubensbekenntnis ablegen will. Tritt vor, Hildegundis", sagte er.

Hildegundis trat mit wackeligen Beinen vor und kniete sich dann auf ein be-reit liegendes Kissen vor den Kaplan, der ihr seine geöffneten Hände hinhielt. Der Weihrauch hüllte sie ein und alles kam ihr ganz unwirklich vor. Schnell wischte Hil-degundis sich noch ihre Hände, die vor Aufregung ganz kalt und feucht waren, am Kleid ab, bevor sie sie faltete und in die Hände des Kaplans legte.

Martin dachte verwundert, dass dies genau dem Ritual entsprach, das auch er durchlaufen würde, wenn er einmal den Ritterschlag erhalten und dem König den Lehnseid leisten würde.

In der gut gefüllten Kirche wurde es mucksmäuschenstill.

Hildegundis holte tief Luft. "*Credo in unum deo*", begann sie leise.

Natürlich sprach Hildegundis das Glaubensbekenntnis in lateinischer Sprache, wie es üblich war, doch sie wusste genau, dass sie damit ihren Glauben an den einen Gott bekannte. Es war für sie ein komisches Gefühl zu hören, wie die eigene Stimme von den Wänden widerhallte. Doch dann fühlte sie sich immer sicherer und brachte das Credo schließlich mit fester Stimme und ohne Aussetzer zu Ende.

Der Kaplan nickte ihr wohlwollend zu und gab ihr zu verstehen, dass sie sich wieder erheben durfte.

„Wir alle haben dein Bekenntnis vernommen. Deiner Aufnahme steht nichts mehr im Wege. Die Hochwürdige Äbtissin wird dich nun in die St. Quintinskapelle führen, wo die Gemeinschaft der Stiftsdamen die Fürsprache des Heiligen Quintin für dich erbitten wird", sagte der Kaplan.

Hildegundis trat vom Altar zurück und wartete, bis Theophanu und Reganwi zu ihr kamen und sie in die Mitte nahmen. Gemeinsam schritten sie dann, gefolgt von den anderen Stiftsdamen, in die St. Quintinskapelle. Alle übrigen Besucher des Gottesdienstes blieben zurück. Sie sangen und beteten für die neue kleine Stiftsdame.

In der St. Quintinskappelle stellten sich die Stiftsdamen im Halbkreis vor dem Hochaltar auf. Gemeinsam sangen nun alle das *Miserere* und *De Profundis*, um das Erbarmen Gottes herab zurufen.

Erfreut nahm Theophanu zur Kenntnis, dass Hildegundis Text und Melodie bekannt waren und sie eifrig mitsang. Danach trat die Äbtissin zum Altar, auf dem ein kunstvoll verziertes Elfenbeinkästchen stand. Das nahm sie hoch und ging damit zu Hildegundis, die niederkniete.

„Dies sind die Reliquien des Heiligen Quintin. Möge Gott dir auf seine Fürsprache hin beistehen."

„Amen", antwortete Hildegundis und berührte das Kästchen leicht.

Was für ein Gefühl – noch nie war sie einer Reliquie so nahe gekommen! Nachdem ein weiterer Psalm gesungen worden war, zogen die Stiftsdamen mit Hildegundis in die Schule. Hier wurde sie von der Scholasterin, der Schulmeisterin, offiziell willkommen geheißen. Als Zeichen ihrer Autorität hielt sie eine Rute in der Hand. Sie war ziemlich hager und sah mit ihrer Hakennase ein bisschen Furcht einflößend aus.

Die Ausbildung in Latein gehörte ebenso wie das Lernen der Psalmen und das Einüben der Chorgesänge zum Alltag der jungen Stiftsdamen. Darüber hinaus gehörte Astnide zu den wenigen Frauenstiften, in denen es ein *Scriptorium* gab, eine Schreibstube, in der Texte kopiert wurden. Auch in dieser Aufgabe, die sonst eher in Männerklöstern angesiedelt war, wurden die Mädchen geschult.

Anschließend ging es zurück in die Kirche. Alle Stiftsdamen versammelten sich im so genannten Gräfinnenchor, in dem Teil der Kirche, der allein den Angehörigen des Stiftes vorbehalten war. Hildegundis blieb davor stehen, so wie Reganwi es ihr erklärt hatte.

Graf Thietmar stellte sich hinter sie, Martin war an seiner Seite. Nun trat die Pröpstin, die Stiftsdame, die für die wirtschaftlichen Angelegenheiten des Stiftes verantwortlich war, vor.

„Hildegundis, deine freie und edle Herkunft wurde bezeugt und du hast das Glaubensbekenntnis abgelegt. Daher stimmen wir deiner Aufnahme in das Hochedle Stift Astnide zu und ich verspreche dir im Namen der Gemeinschaft der Stiftsdamen, dass du Brot, Bier und Fleisch erhalten sollst, solange du in diesem Stift verbleibst. Zum Zeichen für dieses Versprechen erhältst du diesen Ring. Solltest du die Gaben nicht mehr benötigen und das Stift verlassen wollen, so gib diesen Ring an das Kapitel zurück", sagte sie und steckte Hildegundis einen goldenen Ring an den Finger.

Graf Thietmar musste nun noch die Goldstücke für die Aufnahmegebühr entrichten, die Martin in einem festen Ledersäckchen bei sich trug. Danach erhielt Hildegundis von Reganwi ihren eigenen Chormantel umgelegt und bekam den weißen Schleier aufgesteckt, bevor sie an ihren Platz im Gräfinnenchor geführt wurde. Graf Thietmar und Martin gingen die Stufen hinunter und stellten sich wieder zu den anderen Messebesuchern in das Mittelschiff.

Nun wurde eine feierliche Messe gehalten und Hildegundis sang die Lieder, von denen sie viele schon kannte, aus voller Kehle mit. Sie war erleichtert, dass das anstrengende Aufnahmeritual nun hinter ihr lag und sie alles so gut gemeistert hatte. Reganwi und Doda lächelten ihr zu. Frithuwif musste natürlich wieder ein paar Faxen machen, was Reganwi aber schnell unterbot.

Als der Gottesdienst zu Ende war, zogen die Stiftsdamen gemeinsam hinaus – und Hildegundis gehörte nun dazu.

Erst im Kreuzgang, auf dem Weg zum Refektorium, traf sie ihren Vater und Martin wieder. Graf Thietmar sah seine Tochter stolz an.

„Gut gemacht!", sagte er.

Auch Martin strahlte. Hildegundis merkte plötzlich, dass sie einen Riesenhunger hatte. Sie hatte den ganzen Morgen noch nichts gegessen, da man nur nüchtern zur Messe ging. Durch das Aufnahmeritual hatte der Gottesdienst besonders lang gedauert, so dass es nun schon Mittagszeit war. Es ging ihr aber nicht allein so.

„Schade, dass es erst heute Abend euren Wildschweinbraten gibt – ich habe solch einen Hunger!", flüsterte Frithuwif Hildegundis ins Ohr.

Frithuwfis Befürchtungen trafen ein: Es gab tatsächlich nur ein bescheidenes Mittagsmahl, nämlich den bekannten Hirsebrei.

„Ich freue mich auch schon auf heute Abend", meinte Martin leise zu Hildegundis, während er in seine Schüssel starrte.

„Hat man dir nicht eben noch Fleisch, Bier und Brot versprochen?"

„Das ist doch nur symbolisch", lachte Hildegundis, „das heißt nur, dass ich mit allem Lebensnotwendigen versorgt werde."

„Na ja, trotzdem gut, dass dein Vater das Wildschwein erlegt hat. Sonst sähe es mit dem Fleisch wohl eher schlecht aus", stimmte Frithuwif zu.

„Ihr vergesst immer wieder, dass Fastenzeit ist!", mischte sich jetzt Doda ein.

Frithuwif verdrehte die Augen. „Wie könnten wir das vergessen? Du erinnerst uns ja dauernd daran!"

*

Durch Hildegundis' Aufnahme war der Tag ein Feiertag geworden, und die Mädchen hatten den Nachmittag frei, um Hildegundis auch alle Nebengebäude des Stiftes zu zeigen. Martin durfte sie begleiten, da Graf Thietmar seine Dienste nicht benötigte. Hildegundis' Vater und Frithuwifs Bruder Tassilo waren in den Empfangsraum der Äbtissin eingeladen worden, die mit ihnen die neuesten politischen Entwicklungen besprechen wollte.

Durch die Aufnahme der Mädchen hatte Theophanu die Möglichkeit, neue Allianzen zu schmieden und alte Verbündete noch stärker an sich binden. In einer Zeit, in der die politischen Machtverhältnisse alles andere als stabil waren und der plötzliche Tod eines Herrschers ganze Länder ins Chaos stürzen konnte, war es sehr wichtig zu wissen, auf wen man sich in Notzeiten verlassen konnte. Theophanu hatte durch ihre Herkunft und Verbindung mit dem Kaiserhaus zwar eine bedeutende Stellung – durch eine unvorhergesehene Verschiebung der Machtverhältnisse konnte sich das aber sehr schnell ändern und die Eigenständigkeit des Stiftes Astnide gefährdet sein. Den Reichtum des Stiftes an Kunstwerken, Reliquien und Ländereien hätte sich mancher Landesfürst nur zu gern angeeignet.

*

Die Kinder waren inzwischen durch den Kreuzgang gegangen und hatten den Hof erreicht, in dessen Mitte die St. Quintinskappelle stand. Am anderen Ende des großen

Hofes befand sich die offizielle Stiftspforte. Doch statt den Hof zu überqueren, steuerte Frithuwif nach rechts, wo es auch einen kleinen Ausgang gab. Hinter dieser Pforte erstreckte sich ein schmaler Weg, der zwischen dem Schlachthaus des Stiftes und der hohen Mauer lag, die den Garten des Stiftes umgab. Von dem Weg aus konnten die Kinder einen Blick in das Schlachthaus werfen und sahen, dass ein kräftiger Metzger und sein Geselle dabei waren, das erlegte Wildschwein zu häuten und für den Abend vorzubereiten.

Als sie fast das Ende der Gasse erreicht hatten, blieb Doda stehen.

„Frithuwif, wir sollten nicht weitergehen. Du weißt, dass Reganwi immer wieder sagt, wir dürften das Stift nicht allein verlassen. Man weiß nie, wer alles im Dorf herumläuft. Es könnte gefährlich sein!"

„Also, erstens hat Reganwi gesagt, wir sollten Hildegundis ALLES zeigen, also auch das Dorf. Schließlich lebt sie jetzt hier und muss sich doch zurechtfinden. Und zweitens, haben wir ja Junker Martin zu unserem Schutz dabei."

Frithuwif sah Martin herausfordernd an, der sich nun in einer Zwickmühle befand. Einerseits konnte er sich sehr gut vorstellen, dass Hildegundis' Vater diesen Ausflug nicht besonders schätzen würde, und er wollte ungern etwas tun, was Graf Thietmar, vor dem er großen Respekt hatte, verärgern würde. Andererseits fühlte er sich geschmeichelt, dass Frithuwif ihn als Beschützer so ernst nahm. Da er außerdem selbst neugierig auf das Dorf war, schob er seine Bedenken schließlich zur Seite.

„Was ist schon dabei?", meinte er etwas großspurig, „Es ist ja schließlich nur ein Dorf. Machen wir einen kurzen Rundgang!"

„Ach, komm Doda", sagte Hildegundis und legte einen Arm um die zögernde Freundin, „ich möchte doch gern einmal alles sehen!"

Widerstrebend stimmte Doda dann auch zu. Sie gingen weiter, und als sie die Gasse verließen, erreichten sie einen kleinen Marktplatz.

Ein barfüßiger Junge, der mit einem langen Stock ein paar Schweine vor sich hertrieb, beäugte die vier fein gekleideten Kinder neugierig. Ein alter Bettler, der am Marktbrunnen saß, streckte ihnen seine mageren Hände entgegen. Hildegundis sah ihn mitleidig an, hatte aber nichts bei sich, dass sie ihm hätte geben können. Martin bemerkte das, zog zwei Kupfermünzen aus seinem ledernen Geldbeutel und gab sie dem Bettler, der ihn mit Danksagungen überschüttete. Hildegundis strahlte Martin an.

„Gott segne dich, Martin", sagte Doda.

Frithuwif hatte die Szene hingegen skeptisch beäugt.

„Na, damit hast du dir keinen Gefallen getan, Martin. Was glaubst du, wie schnell sich das herumsprechen wird – du wirst dich hier nicht mehr blicken lassen können, ohne von Horden von Bettlern verfolgt zu werden."

„Pfui, Frithuwif! Das ist unchristlich! Wie kannst du so etwas sagen – wir sind verpflichtet, den Armen zu helfen!"

„Ach, Doda. Zu den Feiertagen bekommen sie ja immer etwas. Das ist ja auch gut so. Wenn man aber ständig gibt, wird man nur ausgenutzt. Mein Onkel ist Mitglied im Domkapitel des Kölner Doms. Was der alles erzählt, welche Tricks diese Bettler draufhaben!"

„Köln ist ja auch eine Großstadt – aber hier…"

„Hört auf zu streiten", mischte sich jetzt Hildegundis ein, „Es war meine Idee, dem Bettler etwas zu geben. Ich verspreche, ich werde demnächst vorsichtiger sein. Aber", fügte sie hinzu, als Frithuwif schon befriedigt nickte, "ich denke, Doda hat auch Recht: Es ist unsere Pflicht, Barmherzigkeit zu zeigen. Da muss man eben von Fall zu Fall entscheiden."

Rund um den Marktplatz befanden sich die Häuser der Handwerker, die sich seit Gründung des Stiftes hier niedergelassen hatten. So gab es auch einen Schmied, der die Mädchen als Stiftsdamen erkannte und aus seiner Werkstatt heraus ehrerbietig grüßte. Das Haus neben der Schmiede gehörte einem Töpfer, der die Fenster des Erd-geschosses geöffnet und die Fensterbänke durch Latten verbreitert hatte, so dass er sie als Verkaufsfläche nutzen konnte. Ebenso wie der Schmied verdiente auch er den größten Teil seines Lebensunterhaltes durch Geschäfte mit dem Stift. Als er die vier Kinder bemerkte, unterbrach er daher auch sofort seine Arbeit und fragte, womit er zu Diensten sein könne. Die Kinder dankten ihm und bewunderten seine ausgestell-ten Waren. Doch da sie nichts benötigten, verabschiedeten sie sich auch schnell wie-der. Neben dem Töpfer hatte ein Goldschmied seine Werkstatt. Wegen des schönen Wetters war auch hier das Fenster geöffnet.

Als die Kinder neugierig hinein schauten, sahen sie einen Mann, der unge-fähr im Alter von Graf Thietmar war und sich über seine Werkbank beugte. Er arbei-tete eifrig an einem Schmuckstück.

„Gott zum Gruße, Meister", rief Frithuwif in den Raum hinein, „Dürfen wir ansehen, woran Ihr gerade arbeitet?"

Der Mann hob den Kopf und sah sie mit gerunzelter Stirn an. Er brummelte etwas Unverständliches, stand auf und kam zum Fenster.

„Verschwindet – ich habe zu arbeiten", knurrte er, griff zu den Fensterläden und zog sie heftig zu.

Die Kinder mussten zur Seite springen, um nicht davon getroffen zu werden.

„Was ist denn das für ein alter Knurrhahn?", fragte Hildegundis erstaunt. „Sonst sind hier doch alle so nett."

„Das ist Meister Konrad. Man sagt, Äbtissin Theophanu habe ihn hierher kommen lassen. Er muss sehr gut in seinem Fach sein."

„Das mag ja stimmen, aber unfreundlich ist er doch!", meinte Martin.

„Jenseits des Marktes ist ein großer Viehhof. Da werden Schweine und Rin-der gehalten, deren Fleisch für das Stift bestimmt ist. Viehhändler machen dort auch Station, wenn sie in unsere Gegend kommen", erklärte Frithuwif.

Die Kinder setzten ihren Rundgang fort und kamen bei der einzigen Schank-wirtschaft des Ortes vorbei, die sich ein paar Häuser weiter befand. Eine Gruppe von jungen Männern lungerte vor der Tür herum. Sie hielten Bierhumpen in den Händen und hatten anscheinend auch schon reichlich davon genossen. Doda zögerte weiter-zugehen und zupfte Martin am Ärmel.

„Lass uns zurückgehen", bat sie leise und blickte die Gruppe der Trinker ängstlich an. Auch die sonst so forsche Frithuwif hatte keine Einwände. Martin hatte aber keine Zeit mehr zu antworten. Hildegundis hatte nämlich bemerkt, dass einer der Männer sich seine Kappe tief ins Gesicht zog und schnell im Eingang der Schankwirtschaft verschwand.

„Aber, das ist doch … ja, der sieht doch aus wie … Gernot!!", rief sie und machte ein paar Schritte auf die jungen Männer zu.

„Ahhh, da ist ja ein edles Fräulein, dass uns Gesellschaft leisten will. Kommt näher, holde Dame, und trinkt mit uns!"

Jetzt waren auch die anderen Männer auf die Mädchen aufmerksam gewor-den und umringten sie. Einer fasste Frithuwif am Arm.

„Na, du Schschööne – willscht du mit mir tanschen?", lallte er.

Jetzt trat Martin dazwischen.

„Gebt den Weg frei!"

„Wasch willscht du denn, Junge?"

„Ich sag's noch mal: Gebt den Weg frei für die edlen Stiftsdamen!"

Hildegundis schluckte. Keiner bewegte sich. Da kam aus dem Wirtshaus ein kurzer Befehl. Nach ein paar Sekunden des Zögerns zogen sich die Männer schließ-lich zurück und gingen, einer nach dem anderen, ebenfalls in die Schankwirtschaft hinein. Die Kinder rührten sich nicht, bis der letzte verschwunden war. Instinktiv wagten sie nicht, den Männern den Rücken zuzukehren.

Als die Männer endlich verschwunden waren, holten die Kinder tief Luft.

„Puh, das ist ja gerade noch mal gut gegangen", schnaufte Frithuwif.

Dann sah sie die anderen drei verschwörerisch an.

„Wir müssen diese Geschichte für uns behalten. Wir würden mächtigen Ärger bekommen, wenn herauskäme, dass wir allein die Abtei verlassen haben. Es ist ja schließlich auch nichts passiert. Und … danke, Martin!"

„Ist schon gut. Aber, jetzt gehen wir wohl wirklich besser zurück."

Damit waren alle einverstanden und machten sich erleichtert auf den Heimweg. Martin war heilfroh, dass sie die brenzlige Situation so gut überstanden hatten, denn es war ihm klar, dass der Mann, obwohl er betrunken war, ihm körperlich überlegen war. Hildegundis ließ Doda und Frithuwif vorgehen.

„Sag mal", meinte sie dann zu Martin, „Hast du den Mann erkannt, der als erster in das Wirtshaus ging, als wir näher kamen?"

„Nein. Was ist mit dem?"

„Ich bin mir nicht ganz sicher, aber ich glaube, das war Gernot."

„Gernot? Das kann nicht sein. Er ist ein Leibeigener deines Vaters. Ohne dessen Erlaubnis dürfte er sich nicht von euren Ländereien entfernen. Wenn deine Mutter ihn geschickt hätte, wäre er ja wohl zuerst in das Stift gekommen. Außerdem hat er überhaupt kein Geld, um sich in einem Wirtshaus zu betrinken. Nein", Martin schüttelte energisch den Kopf, „du musst dich irren, Hildegundis. Dieser Mann sah Gernot wohl nur ähnlich."

„Hm. Wahrscheinlich hast du Recht. Aber er sah ihm wirklich *sehr* ähnlich ..."

Als die Vier die Abteigebäude erreichten, stellten sie erleichtert fest, dass ihre Abwesenheit anscheinend von niemandem bemerkt worden war. Da sie von Abenteuern erstmal genug hatten, beschlossen die Kinder, den Rest des sonnigen Nachmittags in dem schönen Garten der Abtei zu verbringen. Reganwi gab ihnen eines der Schachspiele mit den fein geschnitzten Elfenbeinfiguren und sie begannen ein kleines Turnier. Zur Überraschung aller ging Doda als unumstrittene Siegerin daraus hervor. Schach und Backgammon gehörten zur höfischen Freizeitgestaltung und in adeligen Familien legte man großen Wert darauf, dass die Beherrschung dieser Spiele schon im Kindesalter eingeübt wurde.

Gewa und Una, die beiden Dienstmädchen, waren zur Küchenarbeit eingeteilt worden. Sie mussten der Köchin Bawa zur Hand gehen, wenn ihre jungen Herrinnen sie nicht brauchten. Während sich Hildegundis, Frithuwif, Doda und Martin im Garten niederließen, schickte Bawa die beiden zum Schlachthaus, um nachfragen zu lassen, wie weit der Metzger mit dem Keiler war. Um zum Schlachthaus zu gelangen, mussten sie die Abtei durch die gleiche Pforte verlassen, durch die Frithuwif die anderen drei kurze Zeit zuvor geführt hatte. Der Metzger teilte ihnen mit, dass er fast soweit wäre und in einigen Augenblicken mit ihnen zurückgehen würde.

„Dann zeige ich Gewa noch schnell den Marktplatz!", rief Una und zog ihre neue Freundin an der Hand mit. Die beiden rannten die Gasse entlang.

Auf dem Marktplatz blieb Una aber nicht stehen, sondern zerrte Gewa weiter bis zu einem kleinen Haus.

„Hier wohnt die Kräuteralma. Sie kennt alle Kräuter – die guten und die bösen. Sie kann allerlei Tränke brauen und Dämonen beschwören", erklärte Una. „Kräuteralma!", rief sie dann laut.

Als die Tür geöffnet wurde, staunte Gewa. Sie hatte eine alte Frau erwartet, die wie ihre Großmutter mit gebeugtem Rücken und an einem Stock daher schlurfte. Doch die Kräuteralma war eine junge, hübsche Frau, die sie freundlich anlächelte.

„Braucht ihr etwas?", fragte sie.

„Nein, ich wollte dir nur meine neue Freundin Gewa vorstellen. Sie ist mit ihrer Herrin Hildegundis hergekommen und wird nun auch hier leben. Schau, was sie von ihrer Großmutter bekommen hat. Zeig ihr dein Amulett, Gewa."

Gewa nestelte ihr Amulett hervor und hielt es der Kräuteralma hin. Die betrachtete es sehr eingehend.

„Das ist sehr wertvoll. Es stammt aus der alten Zeit. Du musst gut darauf aufpassen – und lass es ja niemandem im Stift sehen!"

Dann strich sie Gewa mit der Hand über den Kopf und meinte: „Wenn du etwas brauchst, dann komm zu mir. Aber du musst Acht geben, dass dir niemand folgt."

Gewa nickte eifrig.

„So, und nun müsst ihr zurückgehen. Auf bald, Kinder."

Als die beiden wieder über den Marktplatz rannten, blieb Gewa plötzlich wie angewurzelt stehen.

„Was ist denn? Nun komm doch, wir müssen uns beeilen!", rief Una ungeduldig.

Gewa hatte einige junge Männer gesehen, die aus der Schankwirtschaft kamen und langsam Richtung Ortsende gingen. Einige schwankten ziemlich stark.

„Ich dachte, ich hätte einen Verwandten gesehen", murmelte Gewa. Sie kniff die Augen zusammen, da die Männer schon ziemlich weit weg waren. Aber wie sollte Gernot hierher kommen, sagte sie zu sich selbst. Dann beeilte sie sich, Una einzuholen und vergaß den Vorfall.

5. Einige Überraschungen

Am nächsten Tag lernte Hildegundis den normalen Alltag des Stiftes kennen: Messbesuche und Stundengebete wechselten mit dem Unterricht in Latein, Musik und Theologie ab. Ihren Vater und Martin sah sie meist nur bei den Abendmahlzeiten.

Graf Thietmar nutzte die Gelegenheit, mit Martin und Tassilo einige Ausritte in die Umgebung zu machen. Nach dem Mittagessen des zweiten Tages sahen die Mädchen, als sie das Refektorium verließen, wie sich eine große Gruppe Berittener im Hof sammelte.

„Das ist die Eskorte für die Sachsen-Prinzessinnen", sagte Frithuwif und verzog etwas das Gesicht.

„Kennst du sie etwa?", fragte Hildegundis, die das bemerkte.

„Nein. Aber Tassilo hat unseren Vater schon auf ihre Burg begleitet. Und er sagt, die beiden wären ziemlich verzogene Hühner!"

„Ach, Frithuwif. Für deinen Bruder sind alle Mädchen, die noch nicht im heiratsfähigen Alter sind, dumme Hühner. Das hast du selbst schon oft genug gesagt." Doda blickte die Freundin ernst an. „Nun lass' sie doch erst mal ankommen".

„Schon gut, schon gut. Aber sagt nicht, ich hätte euch nicht gewarnt", murmelte Frithuwif.

*

In den Schulstunden wurden die Mädchen jetzt intensiv auf die wichtigste Zeit im christlichen Kirchenjahr vorbereitet: Das Osterfest stand bevor. Der Leidensgeschichte und Auferstehung Christi wurde mit einer Reihe besonderer Liturgien gedacht, die am Palmsonntag, dem Sonntag vor Ostern, begannen. Da gab es eine Menge an Psalmen und Gesängen zu lernen, die die Stiftsdamen während dieser Feiern zu beherrschen hatten.

Als die Scholasterin die Mädchen entließ, damit sie an der Vesper teilnehmen konnten, seufzte Frithuwif: „Puh, übermorgen ist schon Palmsonntag. Ich weiß nicht, wie ich das bis dahin alles lernen soll!"

„Ja, du hast Recht", antwortete Hildegundis, dachte einen Moment nach und fügte dann hinzu: „Das heißt, wenn die Prinzessinnen morgen ankommen, wird ihre Aufnahme genau am Palmsonntag sein – bringt das nicht die ganze Liturgie durcheinander oder werden sie erst später aufgenommen?"

„Hmm, weiß ich auch nicht", meinte Doda und runzelte die Stirn.

„Da seht ihr's: Sie sind noch gar nicht da und schon bringen sie alles in Unruhe!" Frithuwifs Augen blitzten triumphierend auf.

Am nächsten Tag herrschte schon vor der Morgenmesse ein reges Treiben im Stift. Auch aus der Ansiedlung jenseits der Stiftsmauer drangen mehr Geräusche herüber als üblich. Die Anwohner waren auch schon alle auf den Beinen. Bedienstete des Stiftes hatten schon vor zwei Tagen überall verkündet, dass der Einzug der Prinzessinnen bevor stand und daher jeder verpflichtet war, sich am Wegrand einzufinden, um die Ankömmlinge mit Hochrufen, Blumen und dem Schwenken bunter Tücher willkommen zu heißen. Doch die Leute des Dorfes wären auch freiwillig gekommen – ein solches Ereignis wollte sich keiner entgehen lassen. Schließlich gab es wieder edle Pferde und kostbar gekleidete Menschen zu sehen.

Als die Stiftsdamen in geordneten Reihen zur Kirche zogen, bemerkte Hildegundis, dass auch die Äbtissin Theophanu etwas unkonzentriert schien, immer wieder hob sie den Kopf, als versuche sie durch die Mauern des Stifts den herannahenden Tross zu hören. Alle waren voller Erwartung, wie sich die Ankunft der Prinzessinnen aus dem fernen Sachsen gestalten würde.

Der Morgen verging und nichts geschah. Doch gerade, als die Äbtissin aufstand und damit das Ende des Mittagsmahles ankündigte, hörte man ein Horn erklingen und das Hufgeklapper eines galoppierenden Pferdes. Noch bevor Reganwi ihre Zöglinge zurückhalten konnte, rannten Hildegundis, Frithuwif und Doda aus dem Refektorium in den Hof. Dort versuchte ein atemloser Bote sein aufgeregtes Pferd zu zügeln.

„Sie kommen!", stieß er hervor. „Noch vor Sonnenuntergang werden sie eintreffen!"

„Es ist gut", hörte man die Stimme der Äbtissin, die inzwischen mit den anderen Stiftsdamen auch nach draußen getreten war. "Lass dein Pferd versorgen und begib dich dann in die Küche. Dort wird man dir eine Stärkung reichen."

Sie sah die Stiftsdamen auffordernd an: "Meine Damen …" sagte sie, drehte sich um und ging in Richtung des Empfangszimmers. Die Stiftsdamen folgten ihr. Reganwi winkte auch den drei Mädchen, sich der Gruppe anzuschließen. Theophanu erklärte nun, wie sie sich die Ankunft der Prinzessinnen gestalten würde, in welcher Reihenfolge die Stiftsdamen vorgestellt werden sollten und wie die Sitzordnung beim Abendessen sein würde.

Gewa und Una, die den Auftrag hatten, beim Auf- und Abtragen des Mittagsmahls zu helfen, hatten – wie die anderen Mägde – alles stehen und liegen gelassen, um nach draußen zu laufen und zu hören, was der Bote zu berichten hatte. Nun gingen sie wieder hinein, um ihre Arbeit zu tun.

„Warum die Aufregung – es sind doch bestimmt noch fünf Stunden bis Sonnenuntergang", meinte Gewa, während sie einige Tonschalen ineinander stapelte.

„Ja, warst du denn noch nie bei dem offiziellen Einzug eines Edlen dabei?", fragte Una verwundert, während sie sich bemühte, einen großen Stapel Schalen in die Küche zu tragen.

„Nur bei unserem eigenen!", antwortete Gewa stolz, griff ebenfalls einige Schalen und folgte ihr.

„Na, dann hast du ja noch nicht viel erlebt", lachte Una und setzte ihre Schalen vorsichtig auf dem Küchenboden neben einem großen Kübel mit Wasser ab.

„Hört auf zu schwatzen, Mädchen, und beeilt euch lieber – wir haben noch viel zu tun, bevor die Prinzessinnen eintreffen!", rief die Köchin und wischte sich mit dem Ärmel den Schweiß von ihrem roten Gesicht. „Die Äbtissin hat ein reichhaltiges Abendmahl befohlen, und ich weiß gar nicht, wie ich das alles schaffen soll!"

Die Sonne war gerade hinter dem Horizont verschwunden, als endlich die Nachricht kam, dass der Tross der Prinzessinnen in Kürze die Ansiedlung vor dem Stift erreichen würde. An die wartende Menge waren Fackeln ausgegeben worden. Sie bildete nun ein Spalier, das von den Soldaten der Äbtissin geordnet wurde. Als schließlich das Trappeln von Hufen zu hören war, reckten alle die Hälse. Jeder wollte als Erster einen Blick auf die Ankömmlinge werfen. Die Äbtissin erwartete die Gäste im Eingang zu ihrer Empfangshalle, umrahmt von den Stiftsdamen. Ein solch hoher Besuch wurde bereits im Hof willkommen geheißen. Da die Tore zum Stift schon geöffnet waren, konnte Hildegundis auf den von Fackeln beleuchteten Weg blicken. Da erschollen die ersten Hochrufe. Fanfaren erklangen und Pferde schnaubten.

Von den Prinzessinnen selbst war nicht viel zu sehen, dazu war es bereits zu dunkel. Als sie das Eingangstor zum Stift passierten, konnte Hildegundis erkennen, dass die beiden Mädchen nicht nur in kostbare Umhänge gekleidet waren, sondern auch dünne Schleier trugen, so dass ihre Gesichter nicht zu erkennen waren. Im Hof angekommen, sprang der junge Mann, der hinter der Eskorte der Äbtissin den Zug der Prinzessinnen angeführt hatte, vom Pferd, ging auf Theophanu zu und verbeugte sich – allerdings nicht so tief, wie es schicklich gewesen wäre.

„Das ist Prinz Widukind, ein Vetter der Prinzessinnen", flüsterte Doda. Hildegundis sah, dass sich Theophanus Gesicht etwas verhärtete. Außerdem kam ihr der

Prinz irgendwie bekannt vor. Und dann dieser große Fuchshengst! Schlagartig fiel ihr ein, wo sie den jungen Mann schon einmal gesehen hatte – richtig, er war es, der sich so brutal den Weg hatte freimachen lassen!

„Ehrwürdige Äbtissin Theophanu", begann der Prinz, doch sein leicht hochnäsiger Tonfall entsprach nicht der untertänigen Begrüßung, „ich überbringe euch Grüße von Winfried, dem edlen Herzog von Sachsen, der Euch seine Töchter, die Prinzessinnen Hrotswith und Waltswith zur Erziehung anvertraut. Die Reise war sehr lang und beschwerlich. Daher bitte ich Euch im Namen der Prinzessinnen um Verständnis, dass sie Euch erst morgen die offizielle Aufwartung machen wollen. Für heute Nacht bitten wir Euch um ein einfaches Lager in Eurem Gästehaus. Auch das Nachtmahl muss nicht aufwändig sein, wir werden es ebenfalls im Gästehaus einnehmen."

Die meisten Stiftsdamen hatten den Atem angehalten. Es war eine Unverschämtheit, der Äbtissin nicht nur die offizielle Begrüßung der neuen Zöglinge zu verweigern, sondern darüber hinaus in so knappen Worten noch Unterkunft und Essen in separaten Räumen zu verlangen. Alle waren gespannt, wie Theophanu reagieren würde. Sie ließ sich Zeit mit ihrer Antwort, aber ihre dunkeln Augen blitzten wie Kohlestückchen. Als sie schließlich sprach, war ihre Stimme ruhig, doch alle ahnten, dass sie innerlich kochte.

„Prinz Widukind, ich heiße Euch und Eure Begleitung willkommen im Stift Astnide" – Hildegundis fiel auf, dass die Äbtissin die Prinzessinnen nicht mit ihren Namen nannte, das war eine kleine Spitze von Theophanu – „Es tut mir leid, dass die Prinzessinnen durch die Reise so geschwächt sind. Ich hoffe sehr, dass ihre Konstitution sich bessert, denn auch die Aufnahmeprozedur ist anstrengend. Lasst mich wissen, wenn es den Mädchen besser geht, dann können wir einen Zeitpunkt für die Aufnahme festsetzen – dies wird dann allerdings bis nach Ostern warten müssen. Bis dahin steht Euch unser Gästehaus natürlich zur Verfügung."

Theophanu winkte einigen Dienstboten, die sich sofort aufmachten, das Gepäck der Gäste zu entladen, nickte dem Prinzen noch mal kurz zu, drehte sich um und schritt, mit allen Stiftsdamen im Gefolge, zurück ins Haus.

Prinz Widukind blieb sprachlos vor der Eingangstür stehen und blickte ihr nach. Er hatte nicht erwartet, dass Theophanu die Aufnahme so einfach verschieben würde. Auch die Tatsache, dass die Äbtissin keine Stiftsdame abgestellt hatte, um die hochgestellten Ankömmlinge zu ihrer Unterkunft zu begleiten, war ein deutlicher Affront. Schließlich drehte er sich wütend um und kümmerte sich um seine Schützlinge, die noch immer auf ihren Pferden saßen.

„Solch eine Frechheit!"

Sobald sich die Türen zum Empfangszimmer geschlossen hatten, machte Theophanu ihrer Empörung Luft.

„Was denkt sich Herzog Winfried – das ich so etwas einfach mit mir machen lasse? Da täuscht er sich aber!"

Während die älteren Stiftsdamen aufgeregt mit der Äbtissin über die weitere Vorgehensweise diskutierten, umringten Doda, Frithuwif und Hildegundis neugierig Reganwi.

„Was bedeutet das alles?", wollte Hildegundis wissen.

„Werden sie jetzt nicht aufgenommen?" In Frithuwifs Frage schwang ein bisschen Hoffnung mit.

„Wird das zum Krieg führen?", war Dodas bange Frage.

Reganwi seufzte und zog die drei ein bisschen abseits.

„Die Absicht, die hinter dieser Brüskierung der Äbtissin stand war, dass die beiden Prinzessinnen eine möglichst glanzvolle Aufnahme in unserem Stift haben sollten. Niemand sollte sie vor der offiziellen Aufnahme zu Gesicht bekommen und sie würden morgen, am Palmsonntag, einen Einzug in unsere Stiftskirche bekommen, der fast so beeindruckend wäre wie der Einzug des Heilands in Jerusalem. Herzog

Winfried hatte sich das von Anfang an so vorgestellt, aber die Äbtissin war dagegen – die Mädchen hier sollen alle unter den gleichen Bedingungen im Stift leben, ganz gleich, aus welchem Hause sie kommen. Mehr als die große Eskorte, die ihnen auf dem Weg entgegenkam, wollte sie nicht gewähren. Durch die öffentliche Verweigerung der Vorstellung der Mädchen wollte Prinz Widukind Theophanu nun zwingen, seine Bedingungen anzuerkennen. Aber", Reganwis Blick ging voller Bewunderung zu Theophanu hinüber, „da hat er sich getäuscht. Sie hat weder die Kontrolle noch das Gesicht verloren – und dabei hat sie ihm auch noch klargemacht, dass die Mädchen nur aufgenommen werden, wenn sie das will."

„Aber wenn sie die Aufnahme verweigert, werden die Sachsen das so hinnehmen? Wird Herzog Winfried nicht mit seinen Soldaten kommen?", fragte Doda immer noch ängstlich.

„Jetzt muss Prinz Widukind reagieren, er …" Noch bevor Reganwi den Satz zu Ende sprechen konnte, klopfte es an der Tür des Empfangszimmers.

Alle Gespräche verstummten sofort und Theophanu rief laut: „Herein!"

Als sich die Tür öffnete, trat ein Diener aus dem Gefolge der Sachsenprinzessinnen ein. In unterwürfiger Haltung näherte er sich der Äbtissin, verbeugte sich tief und blieb dann mit gesenktem Blick stehen.

„Nun", herrschte Theophanu ihn an, „Was hast du zu sagen?"

„Mein Herr, Prinz Widukind, schickt mich… ich soll der Hochedlen Äbtissin vermelden, dass sich die Prinzessinnen schneller erholt haben als gedacht und gern ihre Aufwartung machen würden."

Theophanu zog die Augenbrauen hoch und blickte triumphierend in die Runde.

„Es freut mich sehr, dass es den Mädchen besser geht. Richte deinem Herrn aus, dass ich im Moment noch beschäftigt bin. In zwei Stunden werden wir das Nachtmahl im Refektorium einnehmen. Da ich annehme, dass dein Herr und die

Mädchen uns dabei Gesellschaft leisten wollen, können wir das eine mit dem anderen verbinden. Ich erwarte Prinz Widukind und die Prinzessinnen also in zwei Stunden im Refektorium. Du kannst gehen."

Der Diener starrte sie sprachlos an und schluckte, offensichtlich hatte er mit einer anderen Antwort gerechnet. Es dauerte ein paar Sekunden, bis er sich gesammelt hatte und nach einer weiteren Verbeugung den Saal verließ.

Als sich die Tür hinter dem Diener wieder geschlossen hatte, brachen die Stiftsdamen in erleichtertes Gelächter aus und gratulierten ihrer Äbtissin.

„Das war genial – nun muss Prinz Widukind seine öffentliche Demütigung auch öffentlich wieder zurücknehmen, indem er mit den *geschwächten* Prinzessinnen doch heute Abend schon vor der Äbtissin erscheint – und das im Refektorium, wo alle Gäste versammelt sind", meinte Reganwi zu den Mädchen, die dem ganzen Ablauf gespannt gefolgt waren.

Theophanu hob abwehrend die Hände. „Wir müssen erst den heutigen Abend abwarten. Und darüber hinaus bitte ich Euch", hier blickte sie Reganwi, Hildegundis, Doda und Frituwhif ernst an, „den beiden Mädchen aus Sachsen freundlich gegenüber zu treten. Sie sind nur Werkzeuge ihres Vaters und ihres Vetters."

*

Zwei Stunden später hatten sich alle im Refektorium versammelt. Hildegundis hatte ihrem Vater und Martin schnell die Ereignisse um die Aufnahme der Sachsenprinzessinnen erzählt, wobei Graf Thietmar eine ernste Miene machte. Die politischen Auswirkungen eines Zerwürfnisses zwischen dem Stift und dem sächsischen Adel waren ihm wohl bewusst. Doch dann öffnete sich die Tür und Prinz Widukind zog mit dem ganzen Gefolge aus Sachsen ein. Hildegundis und ihre Freundinnen konnten zum ersten Mal einen Blick auf ihre neuen Mitschülerinnen werfen. Die beiden Schwestern waren schon äußerlich grundverschieden. Hrotswith, die Ältere, war schon fast 14

Jahre alt. Sie machte ein ebenso herablassendes Gesicht wie ihr Vetter Widukind. Sie hatte eine hagere Gestalt und kalte, blasse Augen, mit denen sie die Anwesenden herausfordernd musterte.

Waltswith, die einen ganzen Kopf kleiner, dafür aber etwas pummelig war, blickte zu Boden und hielt sich dicht hinter ihrer Schwester. Mit ihren 12 Jahren war sie nur wenig älter als Hildegundis. Ihr war der ganze Auftritt offensichtlich ziemlich peinlich. Mit eisiger Stimme nahm Prinz Widukind die Vorstellung vor, mit den gleichen Worten, wie auch Graf Thietmar seine Tochter Hildegundis im Stift vorgestellt hatte.

„Hochedle Äbtissin Theophanu, hier bringe ich Euch die Prinzessinnen Hrotswith und Waltswith zur Aufnahme in Euer Stift."

Die beiden Schwestern traten vor und versanken in tiefe Kniebeugen vor der Äbtissin. Ebenso freundlich wie damals Hildegundis wurden nun auch die beiden Mädchen von Theophanu willkommen geheißen.

Sie fügte hinzu: „Wenn Ihr Euch stark genug fühlt, kann morgen Eure Aufnahme in das Stift offiziell – während der Palmsonntagsmesse – erfolgen."

Ein Raunen ging durch den Saal. Prinz Widukind war ein weiteres Mal verblüfft und stotterte seinen Dank. Graf Thietmar raunte Hildegundis zu: „Das war ein kluger Schachzug – sie hat gezeigt, wer hier das Sagen hat, hat aber wieder eingelenkt und geht auf den Wunsch der Sachsen ein. Damit hat sie den Frieden erstmal gesichert."

Alle stärkten sich nun bei dem reichhaltigen Abendessen, redeten durcheinander und waren fröhlich. Die Spannung des Tages war verflogen. Hrotswith und Waltswith wurden zusammen mit ihrem Vetter aufgefordert, am Tisch der Äbtissin Platz zu nehmen. So hatten Hildegundis und ihre Freundinnen Gelegenheit, die Schwestern genauer zu betrachten.

Prinz Widukind hatte sich schnell wieder gefangen und begann, froh über die unerwartet gute Entwicklung der Angelegenheit, ein freundliches Gespräch mit Theophanu. Waltswith starrte auf ihren Teller und stocherte im Essen herum; sie sah sehr unglücklich aus. Ihre große Schwester Hrotswith dagegen ließ ihre Augen über jeden Anwesenden gleiten – als ihr Blick Reganwi traf, die sich fröhlich mit Tassilo unterhielt, verengten sich ihre Augen und ihre Lippen wurden noch schmaler.

Doch außer Hildegundis hatte dies niemand bemerkt, da Doda gerade wieder damit beschäftigt war, Frithuwif davon abzuhalten, sich den Teller zum dritten Mal füllen zu lassen. „Es ist doch Fastenzeit!", hörte Hildegundis sie empört sagen.

Unbemerkt von den vielen Menschen im Saal betrat ein junger Mann das Refektorium und blickte sich suchend um. Es dauerte eine Weile, bis er sich orientiert hatte. Schließlich hatte er Graf Thietmar entdeckt, der mit dem Rücken zu ihm saß. Gleichzeitig sah ihn auch Hildegundis, die sich zufällig gerade umdrehte. Sie zupfte ihren Vater, der neben ihr saß, am Ärmel.

„Vater, da ist Gunnar …".

Graf Thietmar fuhr herum. Ein unerwarteter Bote aus der Heimat – das bedeutete meist nichts Gutes. Der Graf sprang auf und zog Gunnar etwas abseits.

„Gunnar – was ist passiert? Was machst du hier?"

„Herr Graf, verzeiht die Störung, doch ich bringe wichtige Nachrichten."

„Ja? Welche?"

Der Bote senkte verlegen die Augen.

„Nun sag schon, was los ist!"

Graf Thietmar war nicht gerade für seine Geduld bekannt. Er packte den Mann bei den Schultern und schüttelte ihn.

„Vater, was ist denn passiert?", fragte Hildegundis besorgt.

Es hatte sie auch nicht mehr auf ihrem Sitz gehalten. Sie wusste zwar, dass es sich nicht geziemte, sich einzumischen, wenn der Graf mit Bediensteten redete, doch auch sie machte sich Sorgen, was wohl zu Hause geschehen sein mochte. Der Graf ließ den Boten los. Gunnar grüßte Hildegundis durch eine Verbeugung. Dann schluckte er und wandte sich an seinen Herrn.

„Herr Graf, Eure Gemahlin ist niedergekommen und …"

„Schon?", unterbrach ihn Graf Thietmar, „Es war noch nicht an der Zeit!"

„Ja, es war auch eine sehr schwere Geburt …"

Wieder unterbrach ihn Graf Thietmar und packte ihn an den Schultern. "Jetzt rede schon, Mann, wie geht es meiner Frau?"

„Die Gräfin ist noch sehr schwach, aber sie lebt."

Der Graf ließ Gunnar los, sank auf die Knie und nahm Hildegundis in die Arme, die starr neben ihm gestanden hatte.

„Und das Kind?", fragte er dann leise.

„Auch das Kind lebt. Ihr habt einen Sohn, Herr Graf".

Graf Thietmar holte tief Luft, küsste Hildegundis auf die Stirn, die ihn erleichtert anstrahlte, und erhob sich. Dann führte er Hildegundis auf ihren Platz zurück, hielt einen Moment inne und ging dann zu Äbtissin Theophanu, mit der er leise einige Worte wechselte.

Martin, der auf der anderen Seite neben dem Grafen gesessen hatte, hatte alles verfolgt, aber das Gespräch nicht verstehen können. Jetzt beugte er sich zu Hildegundis.

„Was ist denn los? Was macht Gunnar hier?"

Bevor Hildegundis antworten konnte, erhob sich Theophanu. Augenblicklich kehrte Stille ein.

„Unser edler Gast, Graf Thietmar, hat Nachrichten aus der Heimat erhalten", sagte die Äbtissin und nickte dem Grafen zu, als Zeichen, dass er nun sprechen sollte. Graf Thietmar räusperte sich.

„Meine Gemahlin, die edle Elisabeth, hat mir einen Sohn geboren – vor der Zeit. Mutter und Kind sind noch sehr schwach. Darum werde ich heute Abend eine Messe lesen lassen und bitte Euch alle, für meine Gattin und meinen neugeborenen Sohn, der auf den Namen Folkmar getauft werden wird, zu beten. Wenn Mutter und Kind vollständig genesen werden, so gelobe ich feierlich – und nehme Euch alle als Zeugen –, dass ich meinen Sohn Folkmar als Novize in das Benediktinerkloster zu Werden gebe werde."

Hochrufe und Glückwünsche erklangen, als der Graf zurück zu seinem Platz ging.

„Martin", sagte er dann mit besorgter Mine, „ich möchte, dass du unsere Sachen packst und nach den Pferden und dem Sattelzeug siehst. Wir brechen morgen in aller Frühe auf".

Dann drehte er sich zu Hildegundis um.

„Tut mir leid, Hildegundis. Ich hätte gern noch das Osterfest mit dir verbracht. Aber es ist zu gefährlich, deine Mutter in ihrem Zustand mit dem Neugeborenen allein zu lassen. Du weißt, auch wir haben einige Feinde, die auf eine solche Gelegenheit nur warten, um die Burg anzugreifen. Aber spätestens zu Michaeli werden wir dich besuchen – und dann wirst du auch dein neues Brüderchen kennen lernen."

Hildegundis schluckte, denn das Fest des Erzengels Michael wurde am 29. September gefeiert und bis dahin war es eine lange Zeit, doch sie sagte tapfer: „Ist schon gut, Vater. Ich verstehe. Grüße Mutter und sage, dass ich ganz besonders für sie und Folkmar beten werde – und lass' mir doch bitte Nachricht geben, wie es den beiden geht."

„Natürlich! Ich werde dir Gunnar schicken – Gunnar, du stehst ja immer noch da! Was ist denn noch?"

Graf Thietmar erhob sich wieder und ging zu dem Boten, der wie an-gewurzelt noch an derselben Stelle stand.

„Herr Graf", begann Gunnar leise und starrte auf seine Fußspitzen, „da ist noch was". Er holte tief Luft. „Gernot ist weggelaufen".

6. Wieder ein Abschied

Als Martin vom Grafen den Auftrag erhielt, alles für die Abreise vorzubereiten, wollte er sich von Hildegundis verabschieden. Doch sie wollte den Abschied noch etwas hinauszögern.

„Ach, ich komme mit und helfe dir beim Packen. Dann können wir noch ein bisschen reden", meinte Hildegundis und verließ mit Martin das Refektorium. So kam es, dass weder Hildegundis noch Martin erfuhren, dass Gernot fortgelaufen war.

Die Mitteilung, dass Gernot die Burg unerlaubt verlassen hatte, machte Graf Thietmar zunächst sprachlos. Ungläubig starrte er Gunnar an, der noch immer nicht wagte, den Kopf zu heben. Auch er wusste, was für eine Ungeheuerlichkeit das war. Ein Leibeigener durfte ohne Erlaubnis seines Herrn dessen Grund nicht verlassen – das war bei Todesstrafe verboten. Man hatte zwar mal davon gehört, dass Leibeigene versucht hatten wegzulaufen, doch diese waren das Risiko nur eingegangen, weil sie von ihren Herren furchtbar gequält worden waren. Auf der Burg des Grafen Thietmar, der seine Leute gut behandelte, war dies noch nie vorgekommen. Auch aus der Zeit des alten Grafen, Graf Thietmars Vater, war so etwas nicht bekannt.

„Bist du sicher?", fragte der Graf den Boten leise. „Vielleicht ist er krank geworden oder es ist ihm im Wald ein Unglück zugestoßen!"

„Herr Graf, wir haben alles abgesucht – doch sicher waren wir erst, als wir bemerkten, dass der Braune mit der breiten Blesse nicht mehr im Stall war."

„Was?!", rief Graf Thietmar in seiner Empörung so laut, dass einige Gäste im Raum neugierig zu ihm herüberblickten. Pferdediebstahl galt ebenfalls als Kapitalverbrechen, das mit dem Tode bestraft wurde.

„Komm", sagte Graf Thietmar, fasste Gunnar am Arm und zog ihn mit nach draußen, „das muss ja nicht jeder mithören – und jetzt erzähle mir alles!"

Im Hof des Stiftes erfuhr Graf Thietmar dann, dass Gernot schon am Abend der Abreise nicht mehr auf der Burg gesehen worden war. Scheinbar hatte er sich, nachdem er vom Grafen seines Postens enthoben worden war, die Aufmerksamkeit, die die Abreise der ältesten Tochter des Grafen auf sich zog, zu nutze gemacht, hatte sich ein Pferd aus dem Stall geholt und war damit verschwunden.

„Am Morgen des dritten Tages stand der Braune mit blutenden Flanken vor dem Burgtor – das war nach der Nacht, in der die edle Gräfin Elisabeth niederkam. Sie schickte mich sogleich nach Astnide, um Euch Kunde von beiden Ereignissen zu bringen", beendete Gunnar etwas atemlos seinen Bericht.

Graf Thietmar lief vor lauter Empörung im Hof hin und her, und Gunnar hatte Mühe mit ihm Schritt zu halten.

„Wahrscheinlich hat der Braune ihn abgeworfen und ist dann allein zurückgelaufen", meinte der Graf mehr zu sich selbst, blieb dann abrupt stehen, packte Gunnar an den Schultern und sah ihm fest in die Augen. „Kein Wort davon zu niemandem hier! Auch nicht zu Hildegundis, ich will nicht, dass sie sich beunruhigt – und schon gar nicht zu ihrer Magd Gewa, sie gehört zur gleichen Sippe wie Gernot!"

„Natürlich, Herr Graf, wie Ihr befehlt", antwortete Gunnar. „Kann ich denn jetzt vielleicht etwas essen?", setzte er schüchtern hinzu. Es ging ihm aber hauptsächlich darum, aus der Reichweite seines temperamentvollen Herrn zu kommen – schließlich gab es genug Berichte darüber, dass Überbringer schlechter Nachrichten von den Empfängern dafür misshandelt wurden.

„Jaja, geh nur", meinte der Graf, holte tief Luft und ging zum Refektorium zurück, während sich Gunnar Richtung Küche trollte.

In der Küche nutzen die Dienstboten die Zeit bis zum Abräumen des Geschirrs im Refektorium und hatten sich auch zum Essen am langen Küchentisch versammelt. Anders als auf den Burgen üblich, wo alle die Mahlzeiten gemeinsam einnahmen, aß das Gesinde im Stift streng getrennt von den Stiftsdamen und den Gästen der Äbtissin. Gewa fand das zunächst seltsam, hatte sich aber schnell daran gewöhnt – der Vorteil war, dass man so hemmungslos über die Herrschaft lästern konnte. An diesem Abend waren natürlich die Sachsenprinzessinnen das Hauptgesprächsthema. Auch sie waren mit Dienstboten gekommen, die aber alle noch damit beschäftigt waren, die Pferde zu versorgen, die Sachen ihrer Herrschaften auszupacken und sich auf das große Ereignis am nächsten Tag vorzubereiten. Als die Tür aufging, verstummten schlagartig alle Gespräche, denn es konnten ja die Neuen sein, die nun auch zum Essen kamen.

Gewa starrte den eintretenden jungen Mann kurz an, sprang dann auf und lief zu ihm hin.

„Gunnar!!", rief sie und umarmte ihn. Vor Freude, hier in der Fremde jemanden aus der Heimat zu treffen, liefen ihr die Tränen über die Wangen. Und dann war es auch noch Gunnar! Sie hatte eine heimlich Schwäche für den kräftigen jungen Mann, die sie jedoch sorgsam für sich behielt. Gunnar hatte eine besondere Stellung im Haushalt des Grafen und damit auch die Wahl unter all den Mädchen, die zu Graf Thietmars Leibeigenen gehörten – da gab es viele, die eine bessere Stellung als sie hatten und auf die seine Wahl wohl eher fallen würde. Gunnar drückte Gewa an sich und schluckte. Schließlich durfte er jetzt keinen Fehler machen und das Vertrauen des Grafen nicht enttäuschen.

„Sei gegrüßt, Gewa – wie ist es dir hier ergangen?", fragte er schließlich. Gewa zog ihn an den Tisch und stellte ihn den anderen vor.

Während sie ihre bisherigen Erlebnisse heraussprudelte, setzte ihm die Köchin eine große, gut gefüllte Schale vor. Dankbar löffelte Gunnar das warme Essen. Während er mit halbem Ohr Gewa zuhörte, dachte er angestrengt daran, bloß ja nichts über Gernots Fortlaufen zu verraten. So hatte er wohl auch Gewas letzte Frage überhört, denn sie zog ihn am Ärmel und sagte: „Was ist denn los? Du hörst mir ja gar nicht zu!"

„Doch, doch – was hast du gerade gesagt?"

„Ich habe dich gefragt, warum du eigentlich nach Astnide gekommen bist. Ist etwas auf der Burg passiert?"

„Äh, ja. Unsere Herrin hat dem Grafen einen Sohn geschenkt."

„Schon? Ist denn alles gut gegangen? So erzähle doch!"

Gewa konnte sich Gunnars Einsilbigkeit nicht erklären. Die Geburt eines herrschaftlichen Kindes, noch dazu eines männlichen Nachkommens, hatte nicht nur für die direkte Familie eines Adeligen große Bedeutung. Wenn Mutter und Kind die Geburt überlebten, wurde die Herrschaft der Familie durch einen weiteren Sohn gesichert, der als Erbe eintreten konnte, wenn dem Erstgeborenen etwas passierte. Das sorgte für Stabilität und Sicherheit im ganzen Herrschaftsgebiet und kam allen zugute. Wäre die Gräfin bei der Geburt gestorben, hätte die Familie des Grafen nicht nur eine liebevolle Mutter und Erzieherin der Kinder verloren – neben ihren Pflichten als Wirtschafterin der Burg, die für sämtliche Vorräte verantwortlich war, gehörte es auch zu ihren Aufgaben, den Grafen in dessen Abwesenheit zu vertreten. Im Notfall musste sie Recht sprechen und sogar die Verteidigung der Burg organisieren. Daher wollte der Graf seine Frau in ihrem geschwächten Zustand auch nicht so lang allein lassen.

Gewa war also verständlicherweise auf das Höchste gespannt, Näheres über den Verlauf der Geburt zu erfahren.

„Die Geburt war schwer, Mutter und Kind sind noch schwach. Die Hebamme sagt aber, dass beide wohl durchkommen werden. Der Graf lässt heute Abend eine Messe lesen und hat gelobt, dass er seinen Sohn ins Werdener Kloster geben will, wenn beide gesund werden", berichtete Gunnar weiter. „Natürlich müssen wir morgen sofort zurück", setzte er dann hinzu.

„Wie schade", murmelte Gewa. „Wenn wir abgeräumt haben, musst du mir alles von zu Hause erzählen, ja?"

83

„Ähm, ich weiß nicht, ob der Graf mich nicht noch braucht und ob bis zur Messe noch genug Zeit ist – danach muss ich dringend schlafen, die Reise hierher war ganz schön anstrengend", wich Gunnar aus, der nach Möglichkeit jedes Gespräch vermeiden wollte, in dem vielleicht das Thema Gernot zur Sprache kommen könnte.

„Na, wenn ihr beide nur so kurze Zeit zusammen habt, brauchst du heute Abend nicht mit aufzuräumen, Gewa", sagte da die dicke Köchin gutmütig.

Während Gewa sie dankbar anstrahlte, seufzte Gunnar innerlich. Doch da ging wieder die Tür auf und Martin schaute herein.

„Gunnar, bist du fertig mit dem Essen? Ich brauche deine Hilfe im Stall."

„Sofort, Junker Martin!", rief Gunnar, sprang auf und eilte mit Martin hinaus. Gewa sah ihm enttäuscht nach.

*

Zur Messe war die Kirche gut gefüllt. Alle Gäste, die sich zurzeit im Stift befanden, nahmen daran teil, um für das Wohlergehen der Gräfin Elisabeth und ihres kleinen Sohnes zu beten. Graf Thietmar war allgemein beliebt und galt als zuverlässiger Bundesgenosse. Aber nicht nur aus Mitgefühl wünschten sich alle, dass es seiner Familie gut gehe, auch aus politischen Überlegungen war es für alle Anwesenden wünschenswert, dass die Verhältnisse im Hause des Grafen stabil blieben.

Theophanu hatte sogar einen Boten ins Werdener Kloster geschickt, um den Abt von den Ereignissen zu unterrichten und ihn zu bitten, ebenfalls eine Messe zu lesen. Sie wusste, dass das Gelübde des Grafen, seinen kleinen Sohn als Novize dorthin zu geben, auf große Zustimmung treffen würde. Graf Thietmar war der Äbtissin für ihre Gebete dankbar, denn er wusste, dass seine Frau und sein Sohn jede Hilfe brauchen konnten.

Auch Prinzessin Hrotswith nahm mit ihrer Schwester, ihrem Vetter und ihrem ganzen Gefolge an der Messe teil. Ihre Anteilnahme war jedoch begrenzt. Nach der Nachricht von der Geburt seines Sohnes stand Graf Thietmar im Mittelpunkt des Interesses und die Ankunft der Prinzessinnen war zur Nebensache geworden. So hatte Hrotswith sich ihren Einzug in Astnide nicht vorgestellt. Blieb nur zu hoffen, dass die Aufnahme am nächsten Tag glanzvoller vonstatten gehen würde. Als ihre Schwester Waltswith beim Singen eines Psalms stecken blieb, stieß Hrotswith sie unsanft mit dem Ellbogen in die Seite und zischte sie mit unterdrückter Stimme an:

„Ich hoffe, du machst unserem Vater morgen keine Schande – wehe, du machst einen Fehler beim Credo! Und fang jetzt bloß nicht wieder an zu heulen!", setzte sie noch zornig hinzu, als sie sah, dass in Waltswiths Augen Tränen schimmerten und ihre Unterlippe zitterte.

Waltswith senkte den Kopf und weinte leise in ein kostbares Tuch hinein. Wütend blickte sich Hrotswith um, um zu sehen, ob jemand dieses ungebührliche Verhalten ihrer Schwester mitbekam. Doch die anderen Messbesucher schienen alle aufmerksam dem Gottesdienst zu folgen. Da fiel ihr Blick auf den jungen Ritter Tassilo.

Ein eleganter junger Mann, dachte Hrotswith und ihre harten Züge wurden weicher, ihre zusammengepressten Lippen lockerten sich. Wie gut ihn seine Tunika kleidet … . Sie sah sich im Geiste schon mit Tassilo einen festlichen Tanz eröffnen. Doch auf einmal bemerkte Hrotswith, dass auch Tassilo nicht ganz bei der Sache war und sein Blick immer wieder zu einer bestimmten Stelle wanderte – zum Gräfinnenchor, wo die Stiftsdamen saßen. Hrotswith Blick verdunkelte sich, als sie erkannte, auf wen sich Tassilos Aufmerksamkeit richtete: Es war Reganwi, die er verträumt ansah.

Hrotswith kniff ihre dünnen Lippen wieder aufeinander und beschloss, nichts unversucht zu lassen, um den Ritter für sich zu gewinnen. Reganwi konnte nicht ahnen, dass sie in diesem Moment eine gefährliche Feindin bekommen hatte.

Es entging Hrotswith, dass Reganwi noch einen anderen Bewunderer unter den Messbesuchern hatte – ausgerechnet ihren Vetter Widukind. Widukind war die anmutige Stiftsdame schon während des Abendessens im Refektorium aufgefallen. Es hatte sich für ihn jedoch keine Möglichkeit ergeben, sich Reganwi zu nähern. Zumal auch Tassilo sich ständig in ihrer Nähe aufzuhalten schien. Doch er sagte sich, dass die Zeit für ihn arbeiten würde. Irgendwann würde sich schon eine Gelegenheit ergeben.

Reganwi stammte – wie Hildegundis – aus dem niederen Adel, so dass die Annäherungsversuche eines Prinzen für sie und ihre Familie nur schmeichelhaft sein konnten. Da Tassilo rangmäßig unter ihm stand, würde dieser zwangsläufig den kürzeren ziehen. Widukind jedenfalls konnte es sich gar nicht anders vorstellen.

Nach der Messe wartete Graf Thietmar mit Martin an seiner Seite auf den Auszug der Stiftsdamen und fing Hildegundis im Kreuzgang ab.

„Hildegundis, ich habe schon mit Äbtissin Theophanu gesprochen. Wir müssen uns jetzt verabschieden. Wir werden morgen sehr früh aufbrechen, so dass ich hoffe, dass wir morgen Nacht schon auf der Burg sind. Das heißt, dass wir Astnide vor der Laudes verlassen werden und wir uns nicht mehr sehen können."

Hildegundis schluckte und kämpfte mit den Tränen. Sie hatte sich die ganze Zeit schon vor dem Abschied gefürchtet, aber unter diesen Umständen war es natürlich noch schlimmer. Der Graf nahm sie in den Arm und sagte leise: „Ich weiß, es ist schwer. Aber du bist meine älteste Tochter und deine Mutter und ich sind sehr stolz, dass du hier im Stift aufgenommen wurdest. Wir verlassen uns darauf, dass du alles tun wirst, um unserer Familie Ehre zu machen."

Hildegundis schluckte ihre Tränen hinunter und flüsterte dann: „Ja, Vater. Ihr könnt euch auf mich verlassen."

Der Graf lächelte seine Tochter an und ließ sich dann von Martin einen festen Lederbeutel geben.

„Hier gebe ich dir ein paar Münzen für den Notfall. Du kannst sie benutzen, wenn du etwas brauchst und davon kein Aufheben machen willst. Sie wurden hier geprägt und werden kein Aufsehen erregen."

Hildegundis sah ihren Vater dankbar an.

„Und jetzt leb wohl, Hildegundis", sagte der Graf und nahm seine Tochter noch einmal in die Arme.

„Leb wohl, Vater. Gute Reise und viele Grüße an Mutter, an Altfrid und Agana, und an die kleine Herika."

„Ich werde dir Gunnar schicken, sobald ich weiß, wie sich alles entwickelt."

Graf Thietmar strich seiner Tochter noch einmal liebevoll übers Haar, drehte sich dann um und ging.

„Leb wohl, Hildegundis", sagte Martin, der die ganze Zeit still im Hintergrund gestanden hatte. Auch ihm fiel der Abschied viel schwerer, als er gedacht hatte.

„Leb wohl, Martin. Wirst du zu Michaelis auch mitkommen?"

„Ja, wenn es irgendwie geht."

Eine Weile sahen sich die beiden schweigend an.

„Ich muss …", sagte Martin dann leise, drehte sich um und lief dann eilig den Kreuzgang entlang, um den Grafen einzuholen.

Hildegundis rief ihm nach: „Du wirst dich doch um Altfrid kümmern?"

Martin blickte sich im Laufen um und nickte. Hildegundis sah den beiden nach, bis sie hinter der schweren Eichentür verschwunden waren. Plötzlich fühlte sie sich sehr allein. Sie dachte an die Gefahren der Reise, die ihrem Vater und Martin begegnen konnten und an ihre Mutter, die geschwächt allein zu Hause war.

Zuerst wusste sie nicht, was sie tun sollte. Sie stand wie angewurzelt da und blickte in den dunklen Garten. Schließlich ging sie langsam zurück, öffnete mühsam die mächtige Tür und betrat die Kirche. Es brannten jetzt nur wenige Kerzen, deren Licht seltsame Schatten warf. Die Luft war noch schwer vom Weihrauch und die unbeleuchteten Seitenschiffe des Kirchenbaus glichen dunklen Höhlen. Sie war noch nie allein in einem Gotteshaus gewesen und es war ihr etwas mulmig zumute. Sie fühlte sich von tausend unsichtbaren Augen beobachtet, ging aber tapfer weiter, um ihr Vorhaben auszuführen.

Am Altar der Stiftspatrone Cosmas und Damian zündete sie schließlich eine Kerze an und kniete nieder, um für eine sichere Reise ihres Vaters zu beten. Auch Martin schloss sie in ihr Gebet mit ein. Schließlich verschwand der Kloß in ihrem Hals und sie wurde wieder ruhiger.

Doch als sie dann aufstehen wollte, war sie plötzlich sicher, dass jemand hinter hier stand – jemand, der sehr real war. Hildegundis spürte, wie sich ihre Nackenhärchen aufstellten. Sie hielt den Atem an, stand dann auf und drehte sich blitzschnell um. Da standen Doda und Frithuwif.

Erleichtert rief Hildegundis: „Ihr habt mich vielleicht erschreckt! Was macht ihr denn hier?"

„Wir haben dich gesucht! Und wir haben gedacht, da dein Vater nun so bald abreisen muss, bist du sicher traurig – da wollten wir dich nicht allein lassen", meinte Frithuwif.

„Ich habe ja gleich gewusst, dass du in der Kirche bist, aber Frithuwif meinte, du wärst bestimmt im Pferdestall!", fügte Doda hinzu.

„Ihr habt beide Recht – als nächstes wäre ich in den Stall gegangen!"

Hildegundis hakte sich bei ihren Freundinnen unter und gemeinsam verließen sie die Kirche. Auf dem Weg zum Dormitorium tauschten sich die drei Mädchen über die Ereignisse des Tages aus und Hildegundis fühlte sich nun gar nicht mehr allein.

7. Ärger mit einem Esel

Als die Mädchen am nächsten Morgen in aller Frühe geweckt wurden, stellte Hildegundis erstaunt fest, dass sie trotz allem sehr gut geschlafen hatte.

Es machte sich schnell eine hektische Betriebsamkeit breit, da dies ja nicht nur der Aufnahmetag der beiden Sachsenprinzessinnen, sondern zugleich auch Palmsonntag war. Der letzte Sonntag vor dem Osterfest hatte in der christlichen Liturgie eine besondere Bedeutung. Mit einer Prozession und einem festlichen Gottesdienst wurde dem Einzug Jesu in Jerusalem gedacht.

Alle Bewohner des Stifts sowie der umliegenden Ansiedlungen und Gehöfte nahmen daran teil. Das erforderte eine gute Planung und Organisation. Daher war selbst die sonst so ruhige Reganwi etwas nervös und erteilte den Mägden, die die Prinzessinnen ankleiden sollten, einige widersprüchliche Befehle.

Hrotswith hingegen tat so, als sei sie überhaupt nicht aufgeregt. In einem herablassenden Tonfall wandte sie sich an Reganwi: „Lass' nur Reganwi. Ich kümmere mich selbst darum. Weißt du, da ich aus einem hochadeligen Hause komme, bin ich es gewohnt, auch bei großen Festlichkeiten einen kühlen Kopf zu behalten. Das kann man ja nicht von jedem erwarten", meinte sie, indem sie Reganwi von oben bis unten mit einem langen Blick streifte.

Reganwi bekam vor Ärger einen roten Kopf, dann sagte sie ruhig: „Schön zu hören, dass du bisher die richtige Erziehung genossen hast, Hrotswith. Das macht das Leben für uns alle hier einfacher."

Hildegundis und Frithuwif kicherten, als sie das hörten, worauf Hrotswith sich wütend umdrehte. Selbst über Waltswiths Gesicht huschte ein Lächeln, als sie sah, dass ihre Schwester endlich auf jemanden getroffen zu sein schien, der sich nicht alles von ihr bieten ließ. Doda kümmerte sich um die jüngere der beiden Schwestern und beruhigte sie, ganz so, wie sie es auch bei Hildegundis getan hatte.

Da das Einkleiden der Mädchen nun reibungslos ablief, wischte sich Reganwi den Schweiß von der Stirn und rief Hildegundis und Frithuwif zu sich. „Ihr beide geht zur Pröpstin und fragt, ob ihr noch helfen könnt, Palmzweige auszuteilen. Und seht nach, ob der Palmesel bereit steht! Los, los, geht schon, es gibt noch viel zu tun!", setzte Reganwi hinterher, als die beiden sie verständnislos ansahen, und schob sie zur Tür hinaus.

„Also, Palmzweige – die kenne ich von zu Hause. Da nehmen wir auch immer junge grüne Zweige von den Büschen als Symbole für die Palmblätter, die das Volk von Jerusalem dem Herrn zum Einzug in die Stadt auf den Weg gestreut hat", meinte Hildegundis. „Jesus ritt dabei ja auf einem Esel. Aber welchen Esel sollen wir denn jetzt holen? Den vom Müller?"

„Ich habe hier sonst auch noch keinen anderen gesehen", antwortete Frithuwif.

„Sollen wir noch mal im Stall nachsehen?"

„Oder ob wir doch lieber gleich die Pröpstin fragen sollen?"

Hildegundis war unsicher. Die Pröpstin war eine ältere Dame und eine Respektsperson, die auf die Mädchen immer etwas einschüchternd wirkte.

„Ach, sie sagt dann sicher, warum wir ihn nicht direkt mitgebracht haben. Du weißt doch, wie sie ist", meinte Frithuwif und zog Hildegundis zu dem Stallgebäude, in dem die Zugochsen des Stiftes und die Tiere der Reisenden und Händler, die das Stift besuchten, untergebracht wurden.

„Da ist ja der Müller-Esel!", rief Frithuwif erfreut, als sie das kleine, dunkelgraue Lasttier erblickte. Der Esel spitze die langen Ohren und sah die Mädchen erwartungsvoll an.

„Ja, der Müller scheint auch direkt noch Mehl mitgebracht zu haben. Schau mal, das Fell ist ganz staubig", meinte Hildegundis und hustete, als sie dem Esel den Hals klopfte und eine Staubwolke auslöste.

91

„Na, da haben wir ja eine Menge Arbeit! Da drüben liegen zwei Bürsten, wir müssen ihn jetzt ordentlich striegeln."

*

Die beiden Mädchen arbeiteten angestrengt daran, den Esel des Müllers zu säubern. Er ließ dies alles gelassen, aber mit einem gewissen Erstaunen über sich ergehen – so gut war er noch nie behandelt worden. Auch die mächtigen Zugochsen, die wiederkäuend im Stroh lagen, beobachteten das Tun mit Interesse. Die Mädchen arbeiteten so hart, dass sie sich öfters den Schweiß von der Stirn wissen mussten. Doch ihre Mühe wurde belohnt: Schließlich bekam das dunkle, raue Fell des Esels einen glänzenden Schimmer und glich fast dem eines edlen Reitpferdes. Hildegundis rannte dann noch schnell in den Pferdestall hinüber und holte einen kleinen Krug mit Fett und einen Lappen. Damit rieben die Mädchen die Hufe des Tieres ein, sodass sie blitzblank waren und glänzten. Auch sein Halfter reinigten sie und banden schließlich noch kleine grüne Zweige daran fest.

Zufrieden mit ihrem Werk nahmen sie den Esel dann am Halfterstrick mit, um ihn der Pröpstin vorzuführen. Die kam gerade mit einigen anderen Stiftsdamen über den Hof geeilt.

„Ja, wo steckt ihr denn? Reganwi sucht euch auch schon überall! Und wie seht ihr überhaupt aus?", fragt die Pröpstin mit strenger Stimme und stemmte die Arme in die Hüften. Die beiden Mädchen blickten verlegen an sich herunter und bemerkten erst jetzt, dass eine Menge des Mehlstaubs, den sie von dem Esel heruntergebürstet hatten, an ihren Festtagskleidern haften geblieben war.

„Wir bringen den Esel", sagte Hildegundis dann etwas schüchtern.

„Reganwi hat gesagt, er müsse bereitstehen", fügte Frithuwif kleinlaut hinzu.

„Den ESEL?!"

Die Stimme der Pröpstin überschlug sich fast und den Mädchen schien es, als wäre sie noch einen Kopf größer geworden.

„Den Esel? Bestimmt nicht diesen Esel!! Reganwi hat vom PALMESEL gesprochen, einem geweihten Bildnis unseres Herrn Jesus Christus, das ihn auf einem Esel reitend darstellt! Und ihr bringt mir den Esel des Müllers! Fort mit euch – bringt dieses unwürdige Tier sofort wieder in den Stall! Dann säubert ihr euch und meldet euch bei Reganwi, die Prozession beginnt gleich. Über eure Strafe werden wir später reden!"

Die Pröpstin musste sich nun selbst den Schweiß von der Stirn wischen, so sehr hatte sie sich aufgeregt.

Eingeschüchtert brachten die Mädchen den Esel zurück in Stall, wuschen sich schnell die Hände und versuchten, sich den Staub aus den Kleidern zu klopfen. Dann suchten sie Reganwi.

Als der Müller später in den Stall kam, um seinen Esel zu holen, staunte er nicht schlecht über das veränderte Aussehen des Tieres. Er rief in den Stall hinein, doch niemand antwortete ihm. Es war keine Seele da, die ihm Aufschluss darüber geben konnte, was passiert war. Der Müller kratzte sich am Kopf und starrte den Esel, den er nun schon eine Weile besaß, aber nie sonderlich beachtet hatte, an wie ein Wundertier. Da er sich nicht erklären konnte, warum sein Lasttier plötzlich so sauber und gepflegt aussah, hielt sich auch noch Jahre später die Legende, dass der Esel an diesem Palmsonntag vom Herrn selbst gesegnet worden wäre. Der Müller jedenfalls erzählte es immer wieder gern – und seinen Esel hat er nie mehr schlecht behandelt.

*

Als Hildegundis und Frithuwif eilig angelaufen kamen, hatten sich die Teilnehmer der Prozession bereits aufgestellt. Doda kam auf sie zu und rief: „Wo ward ihr denn bloß? Kommt, ich zeige euch, wo ihr hin müsst."

Jetzt konnten die Mädchen auch den richtigen Palmesel sehen. Es war die fast lebensgroße Holzskulptur eines Esels auf dem der segnende Christus ritt. Esel und Christusfigur waren angemalt, was ihnen ein sehr lebendiges Aussehen gab. Der Esel war auf einer Holzplatte befestigt, die mit kleinen Rädern versehen war. An der Kopfseite hatte die Platte ein Loch, durch das ein Strick geführt wurde. Daran konnte man den Palmesel ziehen. Diese ehrenvolle Aufgabe musste von einem Priester übernommen werden – der Kaplan der Äbtissin hielt den Strick bereits in der Hand.

Die Spitze der Prozession bildete die Scholasterin. Sie hielt eine lange Holzstange in den Händen, auf der ein großes Vortragekreuz befestigt war. Dieses Kreuz hatte schon Äbtissin Mathilde, eine Vorgängerin von Theophanu, anfertigen lassen. Es war so kunstfertig gearbeitet, dass es weit über die Grenzen Astnides hinaus bekannt war. In einer Emailarbeit aus kostbaren Steinen war die Äbtissin Mathilde mit ihrem Bruder Otto, dem Herzog von Schwaben und Bayern, abgebildet. Die vergoldeten Balken des Kreuzes leuchteten hell in den Strahlen der Morgensonne.

Als nächstes hatten sich paarweise sechs Jungen, die der Kaplan zu Messdienern ausgebildet hatte, aufgestellt, die abwechselnd Kerzen oder Weihrauchgefäße trugen. Dies sollte darauf hindeuten, dass nach ihnen etwas ganz Besonderes kam – nämlich der Kaplan mit dem Palmesel. Diesem schlossen sich die Stiftsdamen an, angeführt von Äbtissin Theophanu. Ihr Platz war noch frei. Alle anderen Stiftsdamen waren bereits versammelt. Die Jüngsten – Hildegundis, Frithuwif und Doda – würden den Schluss bilden. Hildegundis, als zuletzt aufgenommene Stiftsdame, sollte die Glocke läuten, um den Beginn der Prozession anzuzeigen.

Frithuwif reckte den Hals und fragte dann Doda: „Wo sind denn die Sachsenprinzessinnen? Ich kann sie nirgendwo sehen."

„Ich habe vorhin gesehen, dass sie mit ihrem Vetter zur Äbtissin gegangen sind", antwortete Doda.

„Na, was die wohl wieder ausbrüten?", meinte Frithuwif mit einem vielsagenden Seitenblick zu Hildegundis.

„Da kommen sie!", rief Hildegundis, die die beiden Mädchen mit Prinz Widukind aus dem Hauptgebäude kommen sah. Hrotswith und Widukind pressten die Lippen aufeinander, Waltswith sah wieder einfach nur unglücklich aus und trottete hinter den beiden her.

Widukind ging auf den Platz zu, der der Äbtissin vorbehalten war, direkt hinter dem Palmesel.

„Platz da!", rief er unwirsch und drängte die nächststehenden Stiftsdamen zu Seite, „Hier werden meine beiden Basen und ich gehen!"

Rufe der Empörung wurden laut und die Pröpstin baute sich vor dem Prinzen auf.

„Was ist denn das für eine neue Ordnung? Was sagt die Hochedle Theophanu dazu?"

„Meine Meinung habe ich vorhin schon deutlich gemacht. Prinz Widukind scheint sie aber noch nicht verstanden zu haben", erklang da die dunkle Stimme der Äbtissin, die inzwischen dazu gekommen war.

Ihre Augen verengten sich und jeder, der sie kannte, wusste, dass dies ein sicheres Zeichen dafür war, dass sie bis aufs Äußerste gereizt war. Es wurde auch sofort mucksmäuschenstill auf dem Hof.

„Prinz Widukind, ich sage es zum letzten Mal: Der Platz für Mädchen, die um Aufnahme bitten und ihre Begleitung ist hinter den Stiftsdamen. Es ist schon eine große Ausnahme, dass die Aufnahme Eurer Basen heute, am Palmsonntag, erfolgt. Also, begebt Euch nun an Euren Platz!"

Prinz Widukind starrte die Äbtissin zornig an. Er hatte ihre Weigerung von vorhin nicht ernst genommen und hatte sie einfach vor vollendete Tatsachen stellen wollen.

„Und wenn nicht?", presste er leise heraus.

„Dann, Prinz Widukind, werde ich Euch durch meine Soldaten entfernen lassen", antwortete Theophanu ebenso leise.

Unwillkürlich blickte Widukind zu den Soldaten hinüber, die ebenfalls im Hof Aufstellung genommen hatten, um die Prozession zu begleiten. Der Hauptmann kannte seine Herrin gut und war bereit auf den kleinsten Wink von ihr mit seinen Männern einzugreifen. Um dies deutlich zu machen, legte er eine Hand auf den Griff seines Schwertes.

„Komm!", zischte Widukind Hrotswith an, fasste sie hart am Arm und zerrte seine widerstrebende Base hinter die Reihen der Stiftsdamen, die vorher ihre Äbtissin umringt hatten und sich nun wieder zu zweit aufstellten.

Waltswith trottete wieder mit. Hrotswith machte sich unwirsch vom Griff ihres Vetters los. Sie war wütend darüber, öffentlich so gedemütigt worden zu sein.

„Ihr braucht gar nicht so zu feixen", fuhr sie Hildegundis und Frithuwif an, die nun vor ihr standen und sich ein Grinsen nicht verkneifen konnten, „über eure Geschichte mit dem Palmesel lacht ja schon das ganze Stift".

Erschrocken sahen sich die beiden Freundinnen an.

„Woher weiß sie das bloß schon?", wisperte Frithuwif Hildegundis zu.

„Vielleicht hat uns einer der Dienstboten gesehen. Meinst du, dass wirklich schon alle Bescheid wissen?"

Doch Frithuwif konnte darauf nicht mehr antworten, denn Reganwi gab Hildegundis nun das Zeichen, die Glocke zu läuten. Schnell lief sie zum Turm hinüber und zog mit aller Macht am Glockenstrang. Sobald sich die Glocke in Bewegung gesetzt hatte und das Geläut laut und voll erklang, wurde die große Pforte geöffnet. Hildegundis rannte schnell zurück an ihren Platz. Die Messdiener schwenkten die Weihrauchfäßchen und die Stiftsdamen sangen einen feierlichen Psalm.

Der Weg, den die Prozession nehmen würde, war durch grüne Zweige als Wegweiser gekennzeichnet. Rechts und links des Weges drängten sich die Bevölkerung der Siedlung und die Bewohner der umliegenden Höfe. Es erklangen Halleluja-Rufe, die Leute warfen ihre grünen Zweige auf den Weg und immer wieder versuchten einige, die Christusfigur auf dem Palmesel zu berühren, da sie sich davon einen besonderen Segen versprachen. Doch die Soldaten, die die Prozession begleiteten, drängten die Vorwitzigsten schnell zurück. Die Menschen, an denen die Prozession vorbeigezogen war, schlossen sich dem Zug dann an.

Für Hildegundis, Frithuwif und Doda, die alle die Palmsonntagsprozession des Stiftes zum ersten Mal miterlebten, war dies mit den vielen Menschen, den feierlichen Gesängen, Hochrufen und Weihrauch ein sehr beeindruckendes Erlebnis.

Hrotswiths Ärger war hingegen noch nicht verraucht – im Gegenteil, es machte sie zusätzlich wütend, als sie bemerkte, dass das Volk sie scheinbar gar nicht wahrnahm, sondern sich fast ausschließlich auf den Palmesel mit dem reitenden Christus konzentrierte. Waltswith dagegen war froh, dass man ihr keine Beachtung schenkte. Sie wünschte sich sehnlich das Ende dieses Tages herbei.

Die Prozession endete schließlich wieder in der Stiftskirche, wo eine feierliche Messe gehalten wurde. Während dieser Messe wurden dann auch die beiden Schwestern aus Sachsen in das Stift aufgenommen. Hrotswith ratterte das Glaubensbekenntnis mit kräftiger Stimme fehlerfrei herunter. Waltswith schaffte es auch ohne Fehler, sprach aber so leise, dass der Kaplan sich zu ihr herunterbeugen musste, um sie richtig zu verstehen.

Nach der Aufnahmeprozedur gab es ein festliches Essen, dem alle gut zusprachen. Als dieses beendet war, erhob sich Theophanu und bat alle Stiftsdamen – zu denen jetzt auch Hrotswith und Waltswith gehörten – die Scholasterin und den Kaplan in den Kapitelsaal.

„Ich habe euch alle hierher gebeten", begann Theophanu, die auf ihrem Stuhl Platz genommen hatte, „da es eine Sache zu klären gibt. Frithuwif und Hildegundis, tretet vor."

Schuldbewusst und mit gesenkten Blicken traten die beiden in die Mitte des Saales.

„Die Pröpstin, eine verdiente Frau, an deren Rat mir viel gelegen ist, hat sich bitter über euch beklagt. Sie sagt, ihr habt ihr einen Streich spielen wollen und ihr den Esel des Müllers als Palmesel vorgestellt. Das ist ein schwerer Vorwurf, denn wenn er sich bewahrheitet, käme das einer Gotteslästerung gleich. Was habt ihr dazu zu sagen?"

„Aber, wir wollten ihr keinen Streich spielen!"

„Wir wussten nicht, was der Palmesel ist – ganz ehrlich!"

„Was meint Ihr dazu Scholasterin? Ihr unterrichtet die Mädchen schon eine Weile und kennt ihren Charakter", wandte sich Theophanu nun an die Schulmeisterin.

„Also, ob es wirklich ein Streich war …", die Scholasterin rieb sich unsicher das Kinn. In dieser heiklen Angelegenheit wollte sie ungern das Urteil fällen. Da stand Reganwi auf, stellte sich hinter die beiden Mädchen und legte ihnen die Hände auf die Schultern.

„Hochedle Äbtissin, die Schuld liegt bei mir. Ich hätte den Mädchen erklären müssen, was der Palmesel ist. Das habe ich versäumt. Bitte vergebt mir", sagte sie mit fester Stimme und senkte den Blick.

Mit einem Seitenblick auf das immer noch verschlossene Gesicht der Pröpstin meinte Theophanu: „Das ist sehr ehrenwert, Reganwi, dass du die Schuld auf dich nimmst. Aber wir haben noch nicht die Meinung unseres Kaplans gehört. Pater Jakobus, wie nehmt Ihr als Priester zu dieser Angelegenheit Stellung?"

Pater Jakobus hatte das Ganze mit einem leichten Schmunzeln verfolgt. Nun räusperte er sich und sagte: „Hochedle Äbtissin Theophanu! Es ist eine Tatsache und unwiderlegbare Wahrheit der Heiligen Schrift, dass unser Herr Jesus Christus auf einem Esel in Jerusalem einzog. Und er hatte seinen Jüngern noch nicht einmal befohlen, diesen vorher zu striegeln. Man kann den Mädchen also kein Arg vorwerfen – sie wollten es sogar besser machen und haben das Tier im Schweiße ihres Angesichts herausgeputzt. Ich finde, es ist eine Überlegung wert, ob man in Zukunft nicht tatsächlich einen lebendigen Esel zur Palmsonntagsprozession einsetzen sollte – ich habe von Orten gehört, wo das bereits so gehandhabt wird."

Theophanu zog erstaunt die Augenbrauen hoch, die Pröpstin schnappte hörbar nach Luft, Hildegundis und Frithuwif aber warfen Pater Jakobus dankbare Blicke zu. Alle warteten nun gespannt auf Theophanus Antwort.

„Gut", sagte die Äbtissin schließlich, „damit ist die Sache erledigt. Ihr beide", dabei sah sie Frithuwif und Hildegundis streng an, „wisst jetzt Bescheid, wie wir das hier mit dem Palmesel halten. Und wir werden es auch künftig bei dieser Form belassen", schloss sie dann mit einem Blick auf die Pröpstin, die aufatmend nickte. Einen lebendigen Esel in der Palmsonntagsprozession, das konnte sie sich nun wirklich nicht vorstellen.

Erleichtert verließen Hildegundis und Frithuwif mit den anderen den Saal. Doda drängte sich durch die anderen zu ihnen und meinte etwas vorwurfsvoll: „Wenn ich nicht dabei bin, stellt ihr aber auch direkt etwas an!"

Hrotswith hingegen kniff verärgert den Mund zusammen. Sie hätte den beiden Freundinnen eine strenge Bestrafung gegönnt. Die Tatsache, dass Reganwi den beiden beigestanden hatte, machte ihren Zorn nur größer.

8. Osterfest im Stift

Die Karwoche hatte begonnen. In diesen Tagen gedenken die Christen bis Heute der Leidenszeit Jesu bis zu seinem Tod am Kreuz. Diese Woche bildete mit dem Karfreitag und dem anschließenden Osterfest, an dem die Auferstehung Christi gefeiert wurde, den Höhepunkt des christlichen Jahres. Die Liturgie und die Verhaltensregeln für diese besondere Zeit waren im Stift genau festgelegt und die Mädchen wurden sorgfältig von der Scholasterin, dem Kaplan und Reganwi vorbereitet.

Zu Frithuwifs großem Leidwesen wurde in diesen Tagen die Fastenregel besonders streng eingehalten. Es gab nur morgens, nach der Frühmesse, eine Schale Hirsebrei und am Abend, vor dem Schlafengehen, nochmals eine Schale. Ausnahmen gab es nicht, diese Regel galt für die Äbtissin genauso wie für die Knechte und Mägde.

„Wer von euch beiden wird denn heute die Glocke läuten, du oder Hrotswith?", fragte Hildegundis Waltswith am Morgen beim Ankleiden. „Das ist nämlich immer die Aufgabe der zuletzt Aufgenommenen."

Waltswith blickte etwas ängstlich zu ihrer großen Schwester, die sich sicher zum hundertsten Mal mit dem Kamm über die Haare strich. „Ich weiß nicht – was meinst du, Hrotswith?"

„Das ist doch ganz klar – du bist jünger als ich und ich wurde zuerst aufgenommen. Mit dem Glockenläuten habe ich nichts zu tun!"

„Da irrst du, Hrotswith", sagte da Reganwi, die gerade den Raum betrat. „In der Karwoche wird nicht nur das Altarkreuz mit einem Tuch verhängt, es werden auch keine Glocken geläutet. Da schlagen wir stattdessen mit Stöcken auf Holztafel. Das ist natürlich nicht so laut wie Glockengeläut, darum kann das auch nicht nur eine allein machen. Ihr werdet es alle gemeinsam tun, und ich werde euch auch helfen.

100

So, jetzt beeilt euch, die Messe fängt gleich an. Hrotswith, deine Haare hast du jetzt wirklich lang genug gekämmt – wenn du nicht bald aufhörst, werden sie dir noch ausfallen!"

Erschrocken ließ Hrotswith den Kamm sinken und griff sich in die Haare, um festzustellen, ob sie tatsächlich schon dünner geworden waren.

Hildegundis und Frithuwif kicherten, als sie das sahen.

„Haha, stell dir mal vor, wie Hrotswith mit einem kahlen Kopf aussieht!", lachte Frithuwif.

„Ja, wenn sie dann eine Krone bekommt, verrutscht die dann sicher dauernd", kicherte Hildegundis.

Wütend drehte sich Hrotswith zu ihnen um.

„Hört auf zu lachen! Besonders du, Hildegundis – glaubst du, deine Locken werden dir dabei helfen einen edlen Ehemann zu finden? Du stammst doch aus dem niederen Adel, du wirst wohl einen mittellosen Ritter oder höchstens einen unbedeutenden Grafen heiraten. Um meine Hand werden aber Fürsten und Königssöhne anhalten!"

Hrotswith reckte das Kinn in die Höhe und straffte die Schultern – sie sah aus, als wollte sie sofort einen Thron besteigen.

Waltswith war zu ihrer Schwester getreten und ließ eine Strähne ihres Haares durch die Finger gleiten.

„Dein Haar ist nicht dünner geworden, Hrotswith. Wirklich nicht, hab keine Angst", meinte sie leise.

Sie wusste, ihre Schwester war nur auszuhalten, wenn sie gute Laune hatte, darum tat Waltswith alles, um sie nicht zu verärgern.

„Ach, sei still!", antwortete Hrotswith und schlug die Hand ihrer Schwester weg.

Dann stand sie auf und folgte mit erhobenen Haupt Reganwi, die schon vorgegangen war. Doda nahm die erschreckte Waltswith bei der Hand und ging mit ihr hinter den beiden her zur Frühmesse.

Hildegundis war das Lachen jedoch vergangen. Wie angewurzelt war sie stehen geblieben. Zum ersten Mal hatte jemand so über ihre Zukunft gesprochen – Hrotswiths Worte hallten in ihrem Kopf nach und schmerzten. Frithuwif merkte, was in ihrer Freundin vorging und legte tröstend einen Arm um sie.

„Ach, lass die blöde Ziege doch reden. Was weiß die schon?" Hildegundis schluckte und nickte dann.

„Ja, komm, lass uns besser gehen. Die anderen sind ja schon weg."

*

Als sie nach der Messe und dem Frühstück zum Schulzimmer gingen, waren die Mädchen erstaunt, dass Reganwi ihnen folgte. Als sie jedoch nach dem Grund fragten, lächelte Reganwi nur geheimnisvoll. Auch die Scholasterin begrüßte alle gutgelaunt.

„Guten Morgen. Ich habe heute eine Überraschung für euch. Wie es in einigen großen Abteien schon üblich ist, so soll in diesem Jahr auch bei uns am Karfreitag und am Ostermorgen ein liturgisches Spiel über Kreuzestod und Auferstehung unseres Herrn stattfinden. Wir werden sofort damit beginnen, die einzelnen Rollen zu verteilen und die Texte zu lernen".

Die Mädchen fingen sofort an, alle durcheinander zu reden. Die Scholasterin räusperte sich und fuhr dann fort: „Eine besonders wichtige Rolle mit viel lateinischem Text ist die der Maria Magdalena."

Hier horchten alle Mädchen sofort auf. Maria Magdalena wurde in der Bibel als besonders schöne Frau beschrieben und ihre Rolle war daher auch sehr interessant.

„Diese Rolle übernimmt –", fuhr die Scholasterin fort.

„Ich natürlich!", unterbrach ihn Hrotswith und drängte nach vorn, „Ich bin ja auch die Älteste."

„Nein, Hrotswith. Die Rolle der Maria Magdalena übernimmt – Hildegundis."

Hildegundis zuckte zusammen, als ihr Name fiel. Damit hatte sie nicht gerechnet.

Frithuwif und Doda gratulierten und freuten sich mit ihr.

„Warum Hildegundis?", fragte Hrotswith wütend.

„Sie ist die Beste in Latein", antwortete die Scholasterin und fügte schmunzelnd hinzu: „Und ich bin sicher, dass ihr das Kostüm gut stehen wird."

„Dann will ich aber die Muttergottes spielen!", rief Hrotswith nun energisch.

„Diese Rolle wird Doda übernehmen. Sie hat die ruhige Ausstrahlung, die dafür notwendig ist."

„Und ich? Wen soll ich denn spielen?"

„Nun, du bist hoch gewachsen, du kannst gut die Rolle des Nikodemus übernehmen."

„Was?! Ich soll einen Mann spielen?"

„Alle Rollen werden von Frauen gespielt. Waltswith wird den Joseph von Arimathäa spielen, der hat nicht soviel Text, und Frithuwif gibt sicher einen ganz passablen Johannes ab."

„Was ist schon dabei, einen Mann zu spielen? Stell dich doch nicht so an", meinte Frithuwif, die eine diebische Freude daran hatte, dass Hildegundis Hrotswith die begehrte Rolle der Maria Magdalena weggeschnappt hatte.

„Und Reganwi? Wen spielt denn Reganwi?", fragte Hrotswith, die Frithuwifs Einwand geflissentlich überging.

„Ich werde den Engel spielen, der am Ostermorgen die Botschaft von der Auferstehung des Herrn überbringt", antwortete Reganwi und strahlte. „Ich freue mich schon sehr darauf."

*

Die nächsten Tage waren für die Mädchen sehr anstrengend. Es wurde viel gebetet, die Texte für das liturgische Spiel mussten gelernt und die Auftritte geprobt werden. Und dann gab es auch noch wenig zu essen. Jeden Abend sank Hildegundis erschöpft ins Bett. Einmal träumte sie, dass sie in ihrer Rolle als Maria Magdalena in die Grabhöhle Jesu stieg und dort eingeschlossen wurde. Verzweifelt versuchte sie den großen Stein vom Eingang wegzurollen und rief laut um Hilfe. Doch draußen hörte sie Hrotswith lachen, die vor der Höhle stand und sie nicht herausließ. Schweißgebadet wachte Hildegundis auf – die Bilder des Traumes ließen sie den ganzen Tag nicht los.

Am Gründonnerstag, dem letzten Donnerstag vor Ostern, begannen dann endlich die Feierlichkeiten. Der Ablauf eines jeden Tages war genau festgelegt und wurde strikt eingehalten. In der abendlichen Messe wurde die Fußwaschung, die Jesus an seinen Jüngern vollzogen hatte, nachgestellt. Nach der Eucharistiefeier wurde der Altar von jedem Schmuck leer geräumt, so dass anschließend noch nicht einmal Kerzen darauf zu sehen waren.

Auch für Gewa und die anderen Mägde waren die letzten Tage vor Ostern sehr kräftezehrend. Für das Osterfest wurden weitere Gäste im Stift erwartet – das bedeutete, es mussten Unterkünfte bereitet werden, überall wurde geputzt und geschrubbt und was an Essen schon vorbereitet werden konnte, musste ebenfalls erledigt werden. Daneben mussten Una und Gewa auch dabei helfen, die Kostüme für das Osterspiel zu nähen.

Am Morgen des Gründonnerstags rief die Köchin die beiden Mädchen zu sich. „Es ist hier Brauch, dass am Gründonnerstag Heilkräuter gesammelt werden.

Sie werden dann, zusammen mit einigen Blumen, zu Kränzen geflochten, gesegnet und aufbewahrt. Zu Michaeli sind sie dann trocken genug, um gebraucht zu werden. Hier im Dorf gibt eine Frau, die sich in der Kräuterkunde auskennt, die Kräuteralma."

Gewa und Una warfen sich einen schnellen Blick zu.

„Sie nimmt einige Mädchen aus dem Dorf mit in den Wald und zeigt ihnen, welche Kräuter heilende Kräfte haben. Ihr beide werdet auch mitgehen und für das Stift Kräuter sammeln. Aber," die Köchin hob die Stimme und sah die beiden Mädchen streng an, „ich möchte nicht, dass ihr mit der Kräuteralma viel herumschwatzt. Sie ist mir nicht geheuer. Man munkelt, dass sie an heidnischen Ritualen teilnimmt. Also, lasst euch von ihr kein dummes Zeug erzählen. Habt ihr das verstanden?"

„Ja, ist gut", murmelten die beiden und warfen sich wieder einen Blick zu.

„So, dann holt euch jetzt Körbe und geht zum Marktplatz. Die Kräuteralma wird bestimmt gleich kommen."

Gewa und Una rannten los. Obwohl beide von der vielen Arbeit ziemlich erschöpft waren, gab ihnen die Aussicht auf einige Stunden im Wald, die sie zusammen mit der Kräuteralma verbringen durften, neue Kraft. Außerdem versprach der Tag sonnig und warm zu werden. Als die beiden auf den Marktplatz kamen, standen dort schon einige Mädchen am Brunnen. Die Jüngste war gerade vier, die älteste dreizehn Jahre alt. Alle redeten durcheinander und lachten. Doch als Gewa und Una näher kamen, verstummten sie und starrten sie neugierig an.

„Na, da sind ja alle beisammen, dann können wir ja losgehen!", rief da eine vertraute Stimme.

Die Kräuteralma kam an den Marktbrunnen, trat zu Una und Gewa und sagte zu den anderen Mädchen: „Una und Gewa leben seit kurzem im Stift. Sie werden heute zum ersten Mal mit uns gehen, um Kräuter zu sammeln. Gewa hat ein uraltes Runenamulett von ihrer Großmutter bekommen. Das wird sie euch bestimmt gern zeigen. Und sie kann auch eine spannende Geschichte erzählen, von dem Keiler Hildesvini…"

Sofort umringten die Mädchen Gewa und bestürmten sie mit Fragen. Gewa aber sah die Kräuteralma erschrocken an. Damit hatte sie nicht gerechnet, dass sie ihr Geheimnis sofort ausplaudern würde. Alma sah Gewas besorgtes Gesicht und beruhigte sie: „Du brauchst keine Angst zu haben, Gewa. Du bist unter Freunden."

Gewa verstand nicht genau, was die Kräuteralma damit meinte, aber da die anderen nun alle nett zu ihr waren, beschloss sie, sich keine weiteren Sorgen zu machen. So machte sich die kleine Gruppe auf den Weg zum Wald.

Sie liefen zunächst einen Feldweg entlang. Gewa erkannte ihn wieder: Es war der Weg, auf dem sie mit Graf Thietmar und Hildegundis hergekommen war. Sie dachte an die Begegnung mit dem wilden Keiler, und der Wald, auf den sie zuliefen, kam ihr plötzlich wieder sehr bedrohlich vor. Auch die anderen Mädchen wurden immer stiller. Alma merkte das und begann ein lustiges Frühlingslied zu singen. Der Rhythmus des Liedes wirkte so ansteckend, dass schließlich alle fröhlich mitsangen. Und auf einmal waren sie mitten im Wald.

*

Alma besorgte sich einen starken Stock, mit dem sie hin und wieder kräftig auf den Boden stieß.

„Ich tue das, um die Schlangen zu verscheuchen", erklärte sie und führte die Mädchen durch das dichte Unterholz.

Sie erklärte ihnen, welche Kräuter sie sammeln sollten und welche Wirkung damit verbunden war. So verging die Zeit schnell und es wurde Mittag.

„Ich glaube, es ist Zeit für eine Stärkung. Kommt mit, Mädchen!", rief die Kräuteralma.

Sie machte sich an einigen Büschen zu schaffen, die sich auf einmal scheinbar von selbst auseinander schoben und einen schmalen Pfad freigaben.

Una wisperte Gewa ins Ohr: „Hast du das gesehen?!"

„Meinst du, sie ist eine Zauberin?", fragte Gewa ebenso leise zurück. Doch die anderen Mädchen schien das nicht zu verwundern – ohne einen Kommentar folgten sie Alma. Gewa und Una liefen schließlich hinterher.

Der Pfad wand sich einen kleinen Hügel hinauf und endete auf einer Lichtung mit einer kleinen bunten Blumenwiese, die im vollen Licht der Mittagssonne leuchtete. Die Mädchen liefen hin und begannen Blumen zu pflücken und Kränze daraus zu winden. Alma ließ sich in der Mitte der Wiese nieder und rief: „Kommt her! Ich habe Brot und Käse mitgebracht!"

Die Mädchen jubelten und ließen sich neben Alma nieder. Gewa und Una hatten alles staunend beobachtet.

„Na, kommt schon – es reicht für alle!", rief Alma den beiden zu und hielt ihnen ein Stück Brot und eine Ecke Käse hin.

Zögernd traten die beiden näher.

„Aber … es ist doch Fastenzeit", murmelte Gewa leise.

„An diesem Ort gilt die Fastenzeit nicht!", rief Gunhild, das älteste Mädchen, lachend und biss herzhaft in ein großes Stück Käse.

Alma lachte auch und die anderen Mädchen stimmten ein. Jetzt ließen sich Gewa und Una auch nicht mehr bitten und langten schnell zu. Nach dem Essen lagen sie noch ein Weilchen im sonnigen Gras.

„Was meinst du, was das bedeutet, dass die Fastenzeit hier nicht gilt?", fragte Gewa Una leise.

„Ich bin mir nicht sicher. Aber es gibt hier heilige Orte, wo die alten Riten abgehalten werden. Vielleicht ist dies solch ein Ort", antwortete Una ebenso leise.

Gewa blickte sich verstohlen um und bekam trotz der warmen Frühlingssonne eine Gänsehaut. Sie konnte jedoch nichts entdecken, was darauf schließen ließ, dass dies ein alter Kultplatz war.

Schließlich pflückten die Mädchen weiter Blumen und begannen diese mit den gesammelten Kräutern zu Kränzen zu winden. Dabei konnte Gewa endlich die Geschichte mit dem Keiler erzählen. Sie war sich noch nie so wichtig vorgekommen und genoss es, dass ihr alle gebannt zuhörten. Schließlich zeigte sie auch das Amulett ihrer Großmutter, dass alle gebührend bewunderten.

„Gewa", meinte Alma dann in einem ernsten Ton: „Glaubst du an die Macht der Runen?"

Gewa blickte sie ängstlich mit großen Augen an. Es war eine Sache, ein Abenteuer in schillernden Farben zu erzählen und ein altes Schmuckstück bewundern zu lassen. Eine ganz andere Sache war es aber, eine solche Frage öffentlich zu beantworten. Ihre Mutter hatte ihr eingeschärft, bloß niemals zuzugeben, dass in ihrer Familie der alte Kult noch lebendig war.

„Gewa, vertraust du mir denn immer noch nicht?", fragte Alma und griff nach ihren Händen.

Da nickte Gewa heftig und murmelte leise: „Doch, Alma, ich vertraue dir. Ja, ich glaube an die Macht der Runen."

Da nahm Alma sie in die Arme und drückte sie an sich. Die anderen Mädchen umringten sie, lachten und setzten ihr einen Blütenkranz aufs Haar.

„Schon bald wirst du – und auch du, Una – erfahren, was es mit diesem Ort hier auf sich hat", sagte Alma und lächelte.

Sie blieb mit den Mädchen noch so lange, bis die Wiese wieder völlig im Schatten der hohen Bäume lag. Dann führte sie die Gruppe über den geheimen Pfad zurück zum Waldrand. Als sie den Feldweg erreicht hatten, stimmte Alma wieder ein fröhliches Lied an. Am Marktbrunnen angekommen, trennten sich alle und liefen mit ihren gut gefüllten Körben nach Hause.

„Das war ein schöner Tag!", meinte Gewa glücklich zu Una, als sie durch das Portal des Stiftes gingen.

„Meinst du, Bawa wird schimpfen, weil wir so lange weg waren?"

Doch Gewas Sorge war unbegründet. Die Köchin war mit der Ausbeute der beiden Mädchen hoch zufrieden. Außerdem hatte sie so viel zu tun gehabt, dass sie gar nicht bemerkt hatte, wie viel Zeit vergangen war.

*

Am Mittag des Karfreitags begann der erste Teil des liturgischen Spiels, bei dem die Kreuzigung Jesu nachgestellt wurde. Das Stift besaß seit kurzem ein großes Kreuz, von dem der Körper des gekreuzigten Jesus abnehmbar war. Das war für dieses Spiel bestens geeignet. Jesus wurde also von keinem Schauspieler dargestellt, sondern der Priester hatte die Aufgabe übernommen, die Figur zu tragen und den Text dazu zu sprechen. Höhepunkt dieses ersten Teils des Spiels war die Darstellung der Kreuzigung, bei der die hölzerne Jesusfigur wieder am Kreuz angebracht wurde.

Frithuwif und Waltswith hatten großen Spaß daran, sich als Männer zu verkleiden. Da der Jünger Johannes stets bartlos dargestellt wurde, brauchte Frithuwif sich nicht mit einem falschen Bart zu schmücken. Waltswith und Hrotswith hingegen bekamen für ihre Rollen lange spitze Bärte aus Schafswolle umgehängt. Während Waltswith dabei kicherte, murrte Hrotswith die ganze Zeit. Ganz missmutig wurde sie, als sie ihre langen Haare auch noch unter einem spitzen Judenhut verstecken musste. Als sie dann in ihren Kostümen auf dem Weg zur Kirche waren, begegnete ihnen Tassilo, der zusammen mit einigen anderen Rittern ebenfalls auf dem Weg zum Gottesdienst war.

„Na, Johannes – kannst du denn auch deinen Text?", neckte er seine Schwester Frithuwif, die ihn als Antwort in die Rippen boxte.

Während er das lachend hinnahm, drängelte sich Hrotswith nach vorn, um die Gelegenheit zu nutzen, mit Tassilo ein Gespräch zu beginnen. Sie hatte dabei völlig vergessen, dass sie kostümiert war.

„Ritter Tassilo! Wie schön Euch hier zu treffen!", säuselte sie.

„Bei allen Heiligen, Edle Hrotswith!", antwortete Tassilo, legte eine Hand auf die Brust und tat, als sei er maßlos erstaunt. „Ihr gebt fürwahr einen trefflichen Recken ab – nur an der Stimme habe ich Euch erkannt."

Frithuwif und Hildegundis lachten laut, als sie Hrotswiths verdutztes Gesicht sahen, die mit offenem Mund dastand. Wütend drehte sie sich zu den beiden Freundinnen um. Bevor sie etwas sagen konnte, begann Hildegundis ein Lied zu singen, das von dem Esel im Stall zu Bethlehem handelte: „Orientis partibus adventavit asinus …"

„Hahaha, das ist gut", Frithuwif krümmte sich vor Lachen. „Aus dem Osten kam ein Esel daher – das ist wirklich gut, hahaha, du stehst ja tatsächlich wie ein Esel da, Hrotswith!"

Hrotswith sah sie zornig an.

„Über Esel solltet ausgerechnet ihr beide keine Scherze machen!", fauchte sie und rauschte dann davon.

Da kam auch schon Reganwi, um nachzusehen, wo die Darsteller für das liturgische Spiel blieben. Sie konnte zufrieden sein: Alle hatten ihre Texte gut gelernt und die Darstellung der Kreuzigung verlief ohne Pannen. Hildegundis machte ihre Sache sehr gut und spielte eine überzeugende Maria Magdalena. Gebannt folgten die Besucher des Gottesdienstes dem Schauspiel. Auch die Äbtissin war hoch zufrieden.

Der folgende Ostersamstag war ein Tag der Stille, an dem der Grabesruhe Christi gedacht wurde. Es wurden nur die nötigsten Arbeiten verrichtet, damit der Höhepunkt des Festes, der Ostersonntag, auch gut gelingen würde.

Das Hochamt am Ostersonntag begann mit dem zweiten Teil des liturgischen Spiels: Die Frauen finden das leere Grab vor und der Engel verkündet ihnen die frohe Botschaft der Auferstehung Jesu.

Reganwi sah in ihrem Engelskostüm bezaubernd aus, was die männlichen Besucher der Messe wohlwollend, Hrotswith aber zähneknirschend wahrnahmen. Als Reganwi dann mit ihrer klaren Stimme sang: „Surrexit enim, sicut dixit – er ist auferstanden, wie er gesagt hat", hatte sie alle in ihren Bann geschlagen.

*

Nach der Messe wünschte man sich gegenseitig ein frohes Osterfest. Alle waren gelöst und heiter, die Anstrengungen der Vorbereitung lagen hinter ihnen und man freute sich auf das nun anstehende Mittagessen. Die Fastenzeit war vorbei!

Beim Gang aus der Kirche trat Prinz Widukind Reganwi in den Weg, die mit den anderen Darstellerinnen das Gotteshaus verließ. Er hob eine Hand und strich ihr mit den Fingern über die Wange. Erschrocken und empört zuckte Reganwi zurück.

„Prinz Widukind, was erlaubt Ihr Euch!"

„Aber, Edle Reganwi, ich wollte doch nur feststellen, ob Ihr von dieser Welt seid – oder ob Ihr gleich zurück in den Himmel verschwindet!"

„Prinz Widukind, ganz gleich, wohin ich nun gehe – für Euch werde ich unerreichbar sein!"

Nach dieser Antwort war Widukind zunächst sprachlos. Er hatte fest damit gerechnet, dass Reganwi von seinen Annäherungsversuchen geschmeichelt sein würde. Reganwi nutzte seine Verblüffung, schob ihn mit dem Arm beiseite und ließ ihn stehen.

„Ganz schön stolz und spröde – wir werden sehen, wie lange das anhält", murmelte Widukind, als er ihr nachblickte.

„Prinz Widukind, es wäre besser, Ihr würdet die Dame nicht mehr behelligen", erklang da eine Stimme hinter ihm. Widukind fuhr herum und blickte in Tassilos zornig funkelnde Augen. Er hatte aus der Entfernung gesehen, was sich abgespielt hatte, war aber nicht so schnell durch all die Menschen gelangt, um Reganwi helfen zu können.

„Ach, Tassilo – habt Ihr etwa ein Auge auf die Edle Reganwi geworfen? Ich kann Euch nur sagen, lasst es bleiben. Die Dame ist kalt wie Eis. Und gegen einen Nebenbuhler wie mich habt ihr sowieso keine Chance. Mein Titel und mein Vermögen – das wird ihren Vater für mich erwärmen. Als zweiter Sohn eines unbedeutenden Grafen könnt Ihr dagegen nicht viel bieten."

„Was?! Was sagt Ihr da? Stellt Euch mir im Zweikampf, dann werdet Ihr sehen, was ich zu bieten habe!"

Wütend trat Tassilo einen Schritt auf Widukind zu.

Da berührte ihn jemand sanft am Arm.

„Wir feiern heute das Hochfest der Auferstehung unseres Herrn, da sollten wir allen Streit ruhen lassen", sagte Theophanu. „Ich wäre geehrt, wenn mich die Herren zum Refektorium begleiten würden", fügte sie hinzu und hakte sich bei den beiden unter. Die beiden Männer warfen sich noch zornige Blicke zu, taten dann aber, was die Äbtissin von ihnen verlangt hatte.

Die Mädchen und Reganwi mussten sich vor dem Essen noch umziehen. Reganwi hatte noch rote Wangen vor Ärger über Prinz Widukind.

„Ich verstehe gar nicht, worüber du dich aufregst, Reganwi", meinte Hrotswith. „Du solltest froh sein, dass mein Vetter dich überhaupt eines Blickes würdigt, er ist schließlich weit über deinem Stand. Er könnte die edelsten Prinzessinnen freien. Na, deine Familie wird sicher geschmeichelt sein, sollte er tatsächlich um deine Hand anhalten."

Hildegundis sah, dass Reganwi nun fast mit den Tränen kämpfte und auf einmal wurde ihr bewusst, dass Reganwi und sie sich in der gleichen Lage befanden. Beide gehörten zum niederen Adel und eine Heirat mit einem höhergestellten Mann bedeutete für die ganze Familie einen gesellschaftlichen Aufstieg und einen Gewinn an Macht und Ansehen. Es war also fast unmöglich – mit Rücksicht auf die ganze Familie – einen solchen Heiratsantrag abzulehnen, selbst wenn das bedeuten sollte, einen solchen Widerling wie Widukind heiraten zu müssen.

„Ach, Hrotswith, weißt du, es gibt noch viele andere Prinzen. Wir werden sehen, welcher von ihnen Reganwis Hand erobern wird!", sagte Hildegundis dann mit Nachdruck und Reganwi lächelte sie dankbar an. Hrotswith reckte das Kinn in die Höhe und drehte sich wortlos um.

Beim Mittagessen versuchte Tassilo vergeblich, in Reganwis Nähe zu kommen. Um Streitigkeiten zu vermeiden, hatte Theophanu die beiden Kontrahenten auf die Ehrenplätze zu ihrer Rechten und Linken gesetzt. Das Refektorium war bis auf den letzten Platz besetzt und die Mägde liefen mit hoch beladenen Platten und vollen Krügen hin und her. Bei diesem Gewühl konnte Tassilo noch nicht einmal Blickkontakt zu Reganwi aufnehmen.

*

Nach dem Mittagessen zerstreute man sich. Doch auch jetzt wurde Tassilos Hoffnung, Reganwi allein sprechen zu können, enttäuscht. Theophanu bat ihn, Prinz Widukind und einige andere Ritter, die als Gäste im Stift weilten, zu sich, um die politischen Entwicklungen zu diskutieren. Als sie Tassilos Enttäuschung wahrnahm, meinte sie leise zu ihm, ohne das die anderen es hörten: „Heute Abend feiern wir ein Fest mit Musik und Tanz. Das wird Euch sicher für heute Mittag entschädigen."

„Hochedle Äbtissin Theophanu, es war mir natürlich eine Ehre, mit Euch heute Mittag zu Tisch zu sitzen und …", stotterte Tassilo verlegen.

Theophanu brachte ihn mit einer Handbewegung zum Schweigen.

„Schon gut, schon gut", meinte sie lächelnd und fügte hinzu: „Aber ich verlasse mich darauf, dass es keinen Streit mit Prinz Widukind gibt. Jedenfalls nicht in meinem Stift!"

„Natürlich, Hochedle Äbtissin Theophanu", stimmte Tassilo schnell zu, obwohl er keine Ahnung hatte, wie er das vermeiden sollte.

Endlich wurde es Abend und die Mädchen begannen, sich für das Fest zu schmücken. Gewa und die anderen Mägde brachten Blumen und halfen ihren jungen Herrinnen ihr Haar damit zu schmücken. Hildegundis und Frithuwif waren ganz aufgeregt und erzählten sich gegenseitig von ihren bisher noch spärlichen Erfahrungen mit solchen Festlichkeiten. Hrotswith zankte mit ihrer Schwester und ihren Mägden herum, weil ihre Frisur ihr nicht gefiel. Doda saß still dabei und lächelte selig vor sich hin.

Die feierliche Ostermesse war das schönste liturgische Ereignis, an dem sie bisher teilgenommen hatte. Sie war davon noch ganz ergriffen. Die irdischen Festlichkeiten hatten für sie keine große Bedeutung.

Als Reganwi kam, um die Mädchen abzuholen, wurde sie von allen gleichermaßen angestaunt. Sie trug ein grünes Samtkleid, das mit Goldbrokat abgesetzt war. Das Grün betonte die Farbe ihrer Augen und ließ sie wie Smaragde leuchten.

„Oh, seht ihr alle schön aus!", rief Reganwi, als sie die Mädchen betrachtete.

„Reganwi, du siehst aus wie eine Königin!", rief Frithuwif fast ehrfurchtsvoll und die anderen stimmten lebhaft zu. Selbst Hrotswith fiel keine bissige Bemerkung ein, doch sie riss wütend ihre gerade gesteckte Frisur wieder auseinander.

Vor dem Festsaal, aus dem schon lebhaftes Stimmengewirr und Lachen drang, hockte ein Musikant. Als Reganwi mit den Mädchen näher kam, sprang er auf.

„Ah, da kommen ja die liebreizenden Damen! Gebt mir ein Zeichen, ihr Schönen, wenn die Fanfare erklingen soll!"

Hildegundis, Frithuwif und Waltswith kicherten, während Hrotswith den Barden geschmeichelt anlächelte. Reganwi erklärte dann: „Wir warten noch auf die anderen Stiftsdamen und auf die Hochedle Äbtissin. Stellt Euch schon mal auf, Mädchen! Frithuwif und Hildegundis, ihr beide zuerst. Dahinter Waltswith und Doda. Dann folgen Hrotswith und ich. Ah! Da sind schon die anderen Damen – und ich sehe auch die Hochedle Äbtissin, du kannst die Fanfaren nun erklingen lassen!"

Sofort riss der Barde die Tür weit auf und im gleichen Moment erschollen die Fanfaren. Hildegundis und Frithuwif sahen sich an, holten tief Luft und marschierten los. Ehrerbietig hatten sich alle Gäste von ihren Plätzen erhoben und warteten den Einzug der Stiftsdamen ab. Als alle vor ihren Plätzen standen, sprach Theophanu zunächst die offizielle Begrüßung, dann ein Gebet und bat dann alle Platz nehmen. Nun begannen die Mägde das Festessen aufzutragen und den Wein einzuschenken, während die Musikanten Trinklieder sangen. Wenn die Texte gar zu deftig wurden, traf sie ein strenger Blick von Theophanu, der aber nicht so richtig ernst gemeint war. Heute sollte gefeiert werden und da sah die Äbtissin über manches hinweg.

Schließlich wurde der Tanz eröffnet. Theophanu und die älteren Stiftsdamen tanzten nicht, doch die anwesenden Ritter zögerten nicht lange, die jüngeren Stiftsdamen aufzufordern. Tassilo hatte einen Barden bestochen, ihm einen Wink zu geben, bevor zum ersten Tanz aufgespielt wurde. So hatte er eine günstige Position einnehmen können und kam Prinz Widukind darin zuvor Reganwi aufzufordern, der sich dann verärgert seiner Base Hrotswith zuwandte.

Das Fest war noch in vollem Gang, als die Tür zum Refektorium aufging und ein offensichtlich erschöpfter Mann hereinkam. Frithuwif sah in als erste.

„Sieh mal, Hildegundis, ist das nicht der Bote deines Vaters?"

Tatsächlich, es war Gunnar! Hildegundis ließ sofort den Hähnchenschenkel fallen, in den sie gerade genüsslich hinein beißen wollte, sprang auf und rannte zu Gunnar hinüber. Frithuwif und Doda folgten ihr.

„Gunnar! Sag' schon, wie steht es zu Hause?", rief Hildegundis.

„Frohe Ostern wünsche ich Euch, Edle Hildegundis", antwortet Gunnar noch etwas atemlos. „Euer Vater, der Edle Graf Thietmar, lässt Euch grüßen und ausrichten, dass es Eurer Mutter, der Edlen Elisabeth, wieder besser geht. Auch der kleine Folkmar wird jeden Tag kräftiger."

Hildegundis griff Gunnars Hände und sagte: „Dir auch ein frohes Osterfest, lieber Gunnar. Und hab' Dank für deine gute Nachricht."

Vor Erleichterung liefen ihr Tränen über die Wangen. Es tat gut zu hören, dass zu Hause alles in Ordnung war. Frithuwif und Doda freuten sich mit ihrer Freundin. Hildegundis ließ Gunnar gar nicht los und wollte ihn mit an die Tafel ziehen.

„Jetzt stärke dich erstmal nach dem anstrengenden Ritt. Und dann musst du mir alles genau erzählen", meinte sie.

Doch Gunnar zögerte und blieb stehen. Reganwi war inzwischen auch dazu gekommen und war von Doda und Frithuwif über die gute Nachricht informiert worden.

„Hildegundis, ich freue mich mit dir, dass es deiner Mutter und deinem kleinen Bruder besser geht. Aber es ist besser, dass sich der Bote deines Vaters in der Küche stärkt, so wie es sich schickt."

„Aber – ", wollte Hildegundis einwenden.

Doch Gunnar stimmte sofort zu.

„Die edle Dame hat Recht. Ich werde mir in der Küche etwas geben lassen".

„Aber bevor du wieder aufbrichst, sprechen wir noch mal, ja, Gunnar?"

„Natürlich wird Gunnar bei uns übernachten. Es bleibt dir noch genug Zeit, ihn über alles zu befragen", beruhigte Reganwi Hildegundis und schob sie wieder auf ihren Platz zurück.

Hildegundis war nun aber zu aufgeregt, um weiter zu essen. Viele Fragen schossen ihr durch den Kopf, die sie Gunnar stellten wollte, bevor er wieder abreiste.

Das Fest ging weiter, es wurde immer später. Schließlich hielt Hildegundis es nicht mehr aus, sie ging hinaus, um Gunnar zu suchen. Als sie am dunklen Stiftsgarten vorbei kam, hörte sie Stimmen wispern. Vorsichtig schlich sie näher heran. Da erkannte sie Tassilo und Reganwi.

Tassilo sagte gerade: „Ich muss morgen so früh aufbrechen, weil ich zuerst in eine andere Richtung reiten muss. Graf Thietmar wollte nicht, dass jemand sieht, dass ich zusammen mit Gunnar fort reite, das überbrachte er mir als Botschaft. Ich wollte Euch aber unbedingt noch sprechen, Reganwi. Ich … bevor ich losreite – und ich weiß ja nicht, wann ich wiederkommen kann – muss ich wissen, ob … ob Ihr schon jemandem versprochen seid!"

Hildegundis wollte sich gerade diskret zurückziehen, weil sie das private Gespräch der beiden nicht belauschen wollte, als sie vor sich jemanden atmen hörte. Es lauschte noch jemand im Gebüsch! Jetzt konnte Hildegundis auch nicht mehr fort, aus Angst sich zu verraten. Da sie die beiden aber warnen wollte, raschelte sie ein bisschen mit den Zweigen. Das hatte die beabsichtigte Wirkung.

„Was war das?", fragte Reganwi nervös.

„Ach, sicher nur ein kleines Tier", versuchte Tassilo, sie zu beruhigen.

Hildegundis raschelte noch einmal. Jetzt wurde auch Tassilo aufmerksam.

„Wir sollten zurückgehen. Es wäre nicht gut, wenn man uns hier fände", sagte Reganwi.

Dann löste sie ein seidenes Band aus ihrem Haarschmuck und gab es Tassilo.

„Nehmt dies als Andenken an mich mit auf Eure Reise. Und … nein, ich bin noch niemandem versprochen!“, sagte sie leise und lief dann schnell in Richtung Refektorium davon.

Tassilo starrte eine Minute lang glücklich das Haarband an, bevor er sich aufraffte und Reganwi folgte.

Hildegundis blieb noch regungslos in ihrem Versteck hocken. Dann hörte sie ein ärgerliches Schnaufen und die andere Gestalt löste sich aus dem Dunklen. Vorsichtig schlich Hildegundis ihr nach. Als sie an einer Fackel vorbeikam, konnte Hildegundis sie endlich erkennen: Es war Hrotswith!

9. Gefährliche Begegnungen

Nach dem Osterfest kehrte im Stift wieder Ruhe ein. Tassilo hatte sich noch am späten Abend von Theophanu und seiner Schwester verabschiedet, ohne weitere Auskünfte über seine Reise zu geben.

„Er hat etwas von einer geheimen Mission erzählt und dass ich nicht darüber reden solle", erzählte Frithuwif ihrer Freundin Hildegundis im Vertrauen.

Hildegundis schwieg dazu. Sie war sich nicht sicher, ob sie Frithuwif ihr Erlebnis im dunklen Garten erzählen sollte. Schließlich beschloss sie, nichts zu sagen – wenn Frithuwifs Temperament mit ihr durchging, bestand die Gefahr, dass sie Hrotswith zur Rede stellte. Und Hildegundis wollte nicht, dass ihre eigene Rolle in dieser Angelegenheit bekannt wurde.

Hildegundis hatte noch mit Gunnar sprechen können und ihn nach dem Befinden ihrer Geschwister befragt. Sie freute sich, als sie hörte, dass der kleine Altfrid seine Reitkünste sehr verbessert hatte.

„Euer Vater hat beschlossen, Euren Bruder Altfrid noch dieses Jahr als Junker auf eine andere Burg zu geben."

„Schon? Wann denn?"

„Wahrscheinlich im Herbst – es ist ja immer noch geplant, dass die ganze Familie zu Michaelis hierher, nach Astnide, kommt."

Das war eine sehr gute Nachricht, denn eine solche aufwendige Reise zu planen bedeutete, dass wirklich alles in Ordnung war – alle Familienmitglieder waren gesund und es herrschte Frieden.

So war es kein Wunder, dass Hildegundis am nächsten Morgen bestens gelaunt war. Auch Reganwi strahlte und summte ein Liedchen, als sie die Mädchen abholte.

„Reganwi, du bist wohl gar nicht traurig, dass mein Bruder so früh abreisen musste, oder?", neckte Frithuwif sie.

„Ach, Frithuwif, Gedankenlesen, das ist nicht gerade deine Stärke", antwortete Reganwi fröhlich.

„Das ist ja wohl auch gut so – denn dass ist ja eine Hexenkunst", sagte Hrotswith mit eisiger Stimme und sah Reganwi scharf an. „Oder kannst du das etwa?"

Reganwi war blass geworden, schluckte und sagte: „Das ist doch nur so eine Redensart, Hrotswith. Natürlich kann keine von uns Gedankenlesen. So, jetzt beeilt Euch, wir müssen gehen – und nach dem Frühstück will die Äbtissin mit Euch reden."

Die Mädchen sahen sich an, aber keine sagte etwas. Die Fröhlichkeit des Morgens war auf einmal verflogen.

Nach dem Frühstück brachte Reganwi die Mädchen in das Empfangszimmer der Äbtissin. Alle waren gespannt zu erfahren, was der Grund dafür war. Theophanu ließ sie nicht lange zappeln.

„Wie ihr wisst, hat das Stift Astnide ein Tochterstift in Rellinghausen, einem Ort, der nicht sehr weit von hier entfernt ist. Ich selbst habe dort den Rang einer Pröpstin. Hin und wieder reise ich mit unserer Pröpstin hin, um nach dem Rechten zu sehen. Heute ist wieder so ein Tag. Die Pröpstin fühlt sich allerdings nicht ganz wohl und wird mich dieses Mal nicht begleiten. Wer von euch mitkommen möchte, kann dies gern tun. Ihr seid dann bei der Scholasterin entschuldigt. Wir werden in einer Stunde aufbrechen und dort übernachten. Morgen zur Vesper werden wir zurück sein. Nun, wer von euch möchte mitkommen?"

„Ich!", riefen Hildegundis und Frithuwif wie aus einem Munde.

Beide waren begeistert von der Vorstellung, endlich mal wieder einen längeren Ausritt machen zu können.

„Werden unsere Mägde auch mitkommen?", fragte Hrotswith.

„Nein. Auch ich reise ohne Dienerschaft. In Rellinghausen gibt es genug Bedienstete, die sich um uns kümmern werden. Nur einige Soldaten werden uns begleiten."

„Ich denke, ich werde hier bleiben und die Heilige Schrift studieren", meinte Hortswith daraufhin.

Theophanu zog eine Augenbraue hoch und sah sie forschend an.

„Gut", sagte sie und wandte sich dann an Doda und Waltswith, die noch nichts gesagt hatten: „Wie steht es mit euch beiden?"

„Ich möchte lieber nicht mitkommen. Ich fühle mich ein bisschen schwach", sagte Doda mit leiser Stimme.

Hildegundis fiel erst jetzt auf, wie dünn und blass ihre Freundin aussah. Die anstrengende Fastenzeit hatte der zarten Doda ziemlich zugesetzt. Auch Theophanu sah sie besorgt an.

„Ja, ich glaube auch, es ist besser, dass du hier bleibst. Ich werde die Köchin anweisen, dir etwas Stärkendes zu kochen. Und du Waltswith?"

„Ich bleibe bei meiner Schwester", antwortete diese schüchtern.

„Dumme Gans! Reite mit ihnen, du störst mich hier nur bei meinen Studien!", fuhr Hrotswith sie ärgerlich an.

„Hrotswith! Nicht in diesem Ton!"

Theophanus Worte knallten wie Peitschhiebe durch den Raum, so dass selbst Hrotswith zusammenzuckte.

„Du bittest deine Schwester jetzt um Verzeihung und dann verlässt du den Raum!"

„Verzeih mir", presste Hrotswith heraus, drehte sich dann auf dem Absatz um und verließ hoch erhobenen Hauptes den Raum. Waltswith stand noch wie erstarrt da.

„So, ihr könnt euch jetzt auf die Abreise vorbereiten", sagte Theophanu nun wieder freundlich zu den anderen Mädchen. „Ich werde einen Boten schicken, der unsere Ankunft in Rellinghausen ankündigen wird. Wir sehen uns in einer Stunde im Hof".

Vor Wut standen Hrotswith die Tränen in den Augen, als sie mit schnellen Schritten in Richtung Dormitorium lief. So bemerkte sie gar nicht, dass ihr jemand entgegenkam und prallte mit voller Wucht gegen ihren Vetter Widukind.

„Aber Base! Du weinst? Was ist passiert?", fragte Widukind erstaunt.

„Ach, es ist Theophanu! Wenn du wüsstet, wie sie mich wieder gedemütigt hat! Sie respektiert unsere Familie überhaupt nicht!", schluchzte Hrotswith. „Ich wünschte, es würde ihnen unterwegs etwas zustoßen, damit die ‚große' Theophanu auch einmal einen Dämpfer bekäme!"

Dann berichtete sie Widukind von der geplanten Reise nach Rellinghausen. Ihr Vetter hörte sich alles an und wurde immer nachdenklicher.

„Hmm", brummte er dann, mehr zu sich selbst. „Mir kommt da ein Gedanke. Ich habe in der Schenke kürzlich einen Mann kennen gelernt, der uns nützlich sein könnte … . Ich muss noch mal ins Dorf. Beruhige dich, es wird alles gut!"

Damit ließ er Hrotswith stehen, die ihm verblüfft nachsah.

Hildegundis und Frithuwif rannten an Hrotswith vorbei zum Dormitorium, um ein paar Sachen für die Reise zu packen. Waltswith und Doda folgten langsam mit Reganwi. Hrotswith wollte ihnen nicht begegnen und ging schnell in den Garten. Reganwi hatte das beobachtet und sagte zu Waltswith: „Lauf schnell zu Hildegundis und Frithuwif, dann könnt ihr zusammen eure Sachen packen!"

Zögernd machte sich Waltswith auf den Weg.

Es wird ihr ganz gut tun, wenn sie mal eine Zeitlang dem Einfluss ihrer Schwester entzogen wird, dachte Reganwi, als sie ihr nachblickte. Dann legte sie den Arm um Dodas schmale Schultern und meinte: „Wir beide gehen jetzt zum Stall und sagen den Stallknechten, welche Pferde sie fertigmachen sollen. Dann besuchen wir Bawa in ihrer Küche und besprechen mit ihr, wie du wieder zu Kräften kommst."

Als sich die Reisegruppe im Hof versammelte, kamen auch alle Stiftsdamen, um ihre Äbtissin zu verabschieden. Nur Hrotswith war nicht zu sehen. Alle saßen schon zu Pferd, man wartete nur noch auf Theophanu.

Die Tiere freuten sich auch, dass sie sich nach den vielen Tagen im Stall endlich wieder bewegen konnten. Sie scharrten mit den Hufen und kauten auf dem Gebiss. Frithuwifs Schecke warf den Kopf, dass seine lange Mähne auf und nieder flog. Hildegundis' Stute spitzte die Ohren und wieherte – was von einem kräftigen Wiehern am anderen Ende der Stallgasse beantwortet wurde.

Man hörte das Klappern von Hufen und dann ritt Theophanu auf ihrem grauen Hengst in den Hof. Hildegundis blickte sie bewundernd an. Sie hatte sie noch nie zuvor zu Pferd gesehen und war enorm beeindruckt. Nun konnte sie verstehen, wieso die Ritter mit Ehrfurcht und Neid von Theophanus Reitkünsten gesprochen hatten. Auch der Hengst hatte nun lange im Stall gestanden und war begierig darauf, sich zu bewegen. Außerdem wollte er sich vor den anderen Pferden produzieren und war daher kaum zu halten. Immer wieder versuchte er zu steigen, doch Theophanu hatte ihn fest im Griff. Sie nickte dem Hauptmann zu, der ließ das Tor öffnen und zwei seiner Leute voran reiten. Dann folgte er selbst, nach ihm kam Theophanu, dann Reganwi auf ihrer hübschen Rappstute, an ihrer Seite die schüchterne Waltswith auf ihrer dicken Braunen, gefolgt von Hildegundis und Frithuwif. Den Abschluss bildeten dann wieder zwei Soldaten.

Sobald sie das Dorf hinter sich gelassen hatten, befahl Theophanu in den Trab zu gehen, was alle nur zu gern taten. Das Wetter war warm und trocken, doch nicht mehr so schön wie an den Tagen zuvor. Einige Wolken waren aufgezogen und der erfahrene Hauptmann blickte einige Male besorgt nach oben, wenn sich eine Wolke vor die Sonne schob. Hoffentlich gibt es kein Unwetter, dachte er.

Nach einer Weile hielten Hildegundis und Frithuwif ihre Pferde einige Minuten zurück, um dann in einem kurzen Galopp wieder aufzuschließen. Daran hatten sie großen Spaß. Als dies zum dritten Mal taten, drehte sich Reganwi im Sattel um und wollte das gerade unterbinden, als Theophanu ihren Hengst zügelte und meinte: „Hinter dem nächsten Hügel liegt eine kleine Ebene. Das ist ein ideales Gelände für einen schönen Galopp. Hauptmann, schickt Eure beiden Männer vor – sie sollen prüfen, ob alles sicher ist!"

Der Hauptmann gab den Befehl und die beiden Reiter eilten voraus. Als sie die Spitze des Hügels erreicht hatten, sah die Gruppe in der Ferne die beiden Soldaten auf ihren Pferden halten und winken – es war alles in Ordnung.

Theophanu ließ halten und drehte sich zu Hildegundis um. Ihre Augen blitzten fast spitzbübisch. Die Pferde ließen die Ohren spielen und blähten die Nüstern. Sie tänzelten und ihre Hufe wirbelten Staub vom trockenen Boden auf. Sie spürten, dass sie gleich rennen durften.

„Nun Hildegundis, du hast ein wertvolles Pferd von orientalischem Blut. Meinst du, deine Stute kann es mit meinem Hengst aufnehmen?", fragte Theophanu. Ohne eine Antwort abzuwarten, gab sie ihrem Pferd den Kopf frei und schoss so schnell wie ein Pfeil den Hügel hinunter. Wie auf ein Kommando jagten alle hinterher.

Zunächst ritten alle noch dicht beisammen, Theophanu ungeschlagen an der Spitze. Dann teilte sich das Feld langsam auf und nur Hildegundis konnte dem Silbergrauen noch einigermaßen dicht folgen. Hinter ihr ritt Reganwi, mit einigem Abstand folgte Frithuwif auf ihrem Schecken, und ganz in der Ferne kam Waltswith. Die Soldaten waren zurückgeblieben, um die Nachhut zu bilden.

Schließlich nahm Theophanu ihren Hengst zurück und ließ ihn wieder in den Trab fallen. Als Hildegundis aufgeholt hatte, ging sie in den Schritt. Sie lachte Hildegundis etwas atemlos an und sagte: „Das hast du gut gemacht! War das nicht herrlich?"

Mit ihren erhitzten Wangen und gelösten Haaren sah die Äbtissin fast wie ein junges Mädchen aus.

„Es war wunderbar! Schade, dass wir das nur so selten tun können", antwortete Hildegundis.

„Jetzt, wo ich sicher bin, dass du gut zu Pferde sitzt, werde ich dich öfter auf einen Ritt mitnehmen, Hildegundis".

„Wirklich?!", rief das Mädchen erfreut. Das war ein großer Gunstbeweis der Äbtissin. Wie würden sich ihre Eltern freuen!

Nun hatten auch Reganwi und Frithuwif aufgeholt und die beiden erreicht. Die Soldaten, die voraus geritten waren, kamen nun ebenfalls zu der Gruppe und gemeinsam warteten alle auf Waltswith mit ihrer Eskorte. Waltswith war schweißgebadet, als sie die anderen erreichte und heilfroh, dass es nun in einem langsameren Tempo weiterging.

*

Kurz nachdem Theophanu mit ihrer Gruppe das Stift verlassen hatte, kam Prinz Widukind von seinem Ausflug ins Dorf zurück und ging ohne Umweg auf das Stallgebäude zu.

„Sattle mein Pferd, aber beeilt dich!", fuhr er einen der Stalljungen an, der gerade damit beschäftigt war, die Ställe auszumisten.

Hrotswith blickte auf, als sie seine Stimme hörte. Sie hatte auf einer Bank im Hof gesessen und auf eine Schriftrolle gestarrt. Ihre Gedanken waren allerdings nicht bei dem frommen Text, sondern – ganz im Gegenteil – sie kreisten um die Frage, wie sie sich an Reganwi und Hildegundis rächen konnte, die ihr immer wieder in die Quere kamen.

„Du willst ausreiten, Vetter?", rief sie nun zu Widukind hinüber, der ungeduldig darauf wartete, dass sein fuchsroter Hengst gesattelt wurde.

„Ja", antwortete dieser einsilbig.

„Und – wohin?", hakte Hrotswith nach.

„Es ist besser, wenn du nicht alles weißt, Base. Du kannst aber sicher sein, dass das, was ich vorhabe, für dich und unsere Familie zum Besten ist."

Mit diesen Worten schwang sich Widukind in den Sattel. „Warte nicht auf mich heute Abend – vielleicht bleibe ich über Nacht fort!"

Widukind gab seinem Pferd die Sporen und galoppierte zum Tor hinaus. Hrotswith sah ihm mit gerunzelter Stirn nach. Sie mochte es gar nicht, wenn jemand Pläne schmiedete, ohne sie einzuweihen.

Zur gleichen Zeit stellte die Köchin Bawa fest, dass der Sprung in der großen Tonschüssel, in der sie so gern den Teig anrührte, größer geworden war. Als sie die Schüssel in den Händen drehte, um sie genauer zu betrachten, zerbrach sie.

„Bei allen Heiligen!", rief Bawa erschrocken aus. „Ja, da ist nichts mehr zu retten. Gewa, hier hast du ein paar Münzen. Lauf zum Töpfer hinüber, du weißt ja, er hat seinen Laden hinter dem Marktplatz, und kaufe eine neue Schüssel in dieser Größe."

„Soll ich ganz allein gehen?", fragte Gewa unsicher.

„Ja, ich brauche Una hier. Du kennst dich doch nun auch schon aus. Also, lauf los und trödele nicht!"

Gewa nahm die Kupfermünzen fest in die Hand und machte sich auf den Weg. Es war ihr schon ein bisschen mulmig zumute, als sie zum ersten Mal allein durch die Stiftspforte schritt. Als sie über den Marktplatz ging, sah sie wie das große Tor geöffnet wurde und ein Reiter auf einem rotbraunen Pferd hinausgaloppierte.

War das nicht Prinz Widukind, dachte Gewa. Sie sah ihm nach und wunderte sich, dass er sein Pferd schon nach kurzer Zeit wieder zügelte – vor der Schenke sprang er ab und ging hinein. Dann dachte sie an Bawas Anweisung und ging nun direkt zum Töpfer hinüber.

Der kannte den Geschmack der Stiftsköchin und suchte schnell die passende Schüssel aus. Als Gewa wieder nach draußen trat, sah sie unwillkürlich in Richtung Schenke. Der Reiter war wieder herausgekommen und blickte sich suchend um. Da trat aus einer Gasse unweit des Töpferladens ein Mann und lief Richtung Schenke. Der Reiter – es war tatsächlich Prinz Widukind – rief ihm etwas zu, stieg dann auf sein Pferd und ritt ihm entgegen. Widukind hielt neben ihm und zog in zu sich aufs Pferd. Dabei wandte der andere Mann Gewa sein Gesicht zu, die einen kleinen Schrei ausstieß, als sie ihn erkannte und vor Schreck die neu gekaufte Schüssel fallen ließ.

Der Reiter hatte seinem Pferd sofort die Sporen gegeben und war schon auf und davon, als Gewa noch zitternd vor dem Scherbenhaufen stand.

„Gernot", flüsterte sie, „Es war also doch Gernot."

Was sollte das nur bedeuten? Warum war Gernot heimlich in Astnide? War er vielleicht fortgelaufen? Er wusste doch, welche Strafe das nach sich zog! Dann kam sie langsam wieder zu sich und starrte auf die Scherben. Sie fing bitterlich an zu weinen. Was würde Bawa sagen? Und Hildegundis, ihre Herrin? Sie würde die Schüssel bezahlen müssen – aber wovon? Ob man sie schlagen würde? Ob sie zurück zu Graf Thietmars Burg geschickt und dort in den Kerker geworfen würde? Schluchzend hockte sie sich nieder und fing an die Scherben aufzusammeln. Da spürte sie eine Hand, die ihr sanft übers Haar streichelte.

„Aber Gewa, was ist denn passiert?", fragte die Kräuteralma, die unbemerkt dazu gekommen war. Gewa berichtete ihr von ihrem Erlebnis und dass sie glaubte, einen Verwandten gesehen zu haben.

„Mach dir keine Sorgen, Gewa. Ich kaufe dir eine neue Schüssel. Die Sache mit deinem Verwandten erzähle besser auch nicht weiter. Das alles bleibt unser Geheimnis, einverstanden?"

Gewa nickte heftig und wischte sich ihre Nase am Ärmel ab. Alma kaufte eine neue Schüssel und schickte Gewa dann allein zurück zur Stiftspforte.

„Es ist nicht gut, wenn man uns zu oft beisammen sieht", sagte sie, verabschiedete sich von Gewa und machte sich auf den Weg in den Wald. Gewa sah ihr dankbar nach. Alma ist immer so nett zu mir, dachte sie, hoffentlich kann ich ihr das mal vergelten.

*

Auf ihrem Ritt hatte Theophanus Gruppe zunächst kaum einen Menschen getroffen, doch je näher sie dem Stift kamen, desto mehr Leute begegneten ihnen, die zu Fuß, mit dem Esel oder Ochsenkarren unterwegs waren.

Hildegundis meinte verwundert: „Wo wollen denn all die Leute hin?"

Frithuwif zuckte mit den Schultern. Reganwi drehte sich um und sagte: „Der Pilgerweg nach Santiago de Compostela führt am Stift vorbei. Wir reiten gerade auf dem Jakobsweg! Seht ihr die Muschel, die viele Pilger an ihren Hüten tragen? Das ist die Jakobsmuschel, das Zeichen, an dem sie sich erkennen!"

Die Leute machten schnell Platz für die Reisegruppe und sahen die Reiterinnen neugierig an. Natürlich erkannten die meisten Theophanu nicht, sie kamen ja zum Teil von weither – die edlen Pferde, kostbaren Gewänder und die Eskorte wiesen die Äbtissin jedoch als bedeutende Persönlichkeit aus.

Zur Mittagszeit erreichten sie das Stift zu Rellinghausen. Es war bedeutend kleiner als Astnide, aber schön gelegen auf einem kleinen Hügel. Der voraus gesandte Bote hatte die Ankunft der Äbtissin angekündigt und so standen nahezu alle Einwohner zum Empfang bereit. Die Äbtissin und die Mädchen wurden herzlich begrüßt. Während sich die Stallknechte um die Pferde kümmerten, lud die erste Dame des Stiftes, die Priorin, Theophanu und ihre Begleitung ins Refektorium ein. Alle freuten sich auf eine Erfrischung, denn sie waren verschwitzt und durstig. Es war in den letzten Stunden immer stickiger und schwüler geworden, so dass selbst Hildegundis das Reiten auf dem letzten Wegstück keinen rechten Spaß mehr gemacht hatte.

Nach dem Essen ließ sie sich Theophanu von der Priorin die Bücher vorlegen, in denen Ein- und Ausgaben genau verzeichnet wurden. Anschließend inspizierte sie die Vorratsräume, die Wein- und Bierkeller. Hin- und wieder fragte sie Reganwi nach ihrer Meinung oder ließ sie etwas nachrechnen. Hildegundis, Frithuwif und Waltswith hörten interessiert zu. Hier konnten sie in der Praxis erleben, was man wissen und beachten musste, wenn man ein großes Anwesen führt. Zu diesem Zweck hatte Theophanu sie auch mitgenommen. Für sie war der praktische Teil der Ausbildung der ihr anvertrauten Mädchen genauso wichtig wie der theoretische.

Am nächsten Tag brach die Gruppe nach dem Mittagsmahl wieder auf. Es war immer noch warm und schwül, graue Wolken bedeckten den Himmel. Ängstlich betrachtete Waltswith den Himmel.

„Hoffentlich gibt es kein Gewitter", murmelte sie.

„Ja, und hoffentlich kommen wir noch trocken nach Hause!", setzte Frithuwif nach.

Auch Theophanu war besorgt und ließ ein schnelles Tempo gehen, um das sichere Stift möglichst schnell zu erreichen. So kamen sie gut voran und gelangten schließlich in den Wald, der vor Astnide lag. Hier konnten sie den verschwitzten Pferden etwas Ruhe gönnen und wieder eine Weile im Schritt gehen. Keiner sagte ein Wort. Die Schwüle und gespannte Stille, die über dem Wald lag, erinnerten Hildegundis an den Tag ihrer Ankunft in Astnide. Und wieder hatte sie das Gefühl, dass im Wald etwas geschehen würde. Sie bemerkte, wie der Schweiß ihr in kleinen Bächen über den Nacken und den Rücken hinunterlief. Nervös ließ sie Zügel ihrer Stute durch die Finger gleiten.

Dann passierte alles ganz schnell. Äste krachten, Theophanus Hengst wieherte zornig und stieg, und der Hauptmann schrie: „Zu den Waffen!"

Gleichzeitig brachen von allen Seiten maskierte Männer durch das Unterholz und drangen auf die Reisegruppe ein. Einer von ihnen, wohl der Anführer rief: „Ergebt euch, sonst seid ihr des Todes!"

Als Antwort stürmte ein Soldat mit dem Schwert auf ihn los. Der Hauptmann hielt sich dicht bei Theophanu. Seine Aufgabe bestand darin, Gesundheit und Leben seiner Herrin zu schützen. Reganwi erkannte schnell, dass die Räuber deutlich in der Überzahl waren. Doch sie waren zu Fuß. So rief sie den Mädchen zu: „Reitet los, so schnell ihr könnt! Reitet nach Astnide und schickt Hilfe!"

Dann schlug sie Waltswiths dicker brauner Stute kräftig auf die Kruppe, so dass diese vor Schreck ein paar Galoppsprünge machte und dabei einen Räuber umriss. Hildegundis zögerte nicht und trieb ihre Stute auch ohne Rücksicht durch die kämpfenden Männer, gefolgt von Frithuwif. Frithwifs Schecke bekam dabei einen Schwerthieb ab, der ihn in Panik versetzte. Blind vor Schmerz und Angst raste er jetzt durch den Wald davon, an Hildegundis und Waltswith vorbei. Nur mit Mühe schaffte Frithuwif es, im Sattel zu bleiben. Hildegundis sah das und jagte der Freundin hinterher.

Ein Weg war nicht mehr erkennbar. Äste klatschten ihr ins Gesicht, doch Hildegundis ließ nicht ab, den Schecken zu verfolgen. Endlich, es erschien Hildegundis wie eine Ewigkeit, sah sie, dass es Frithuwif gelang, ihr Pferd wieder unter Kontrolle zu bekommen. Der Schecke wurde langsamer und blieb schließlich mit bebenden Flanken stehen. Der Schweiß stand ihm in dicken Flocken auf dem Hals und seine Augen rollten ängstlich. Frithuwif redete beruhigend auf ihn ein, dann stieg sie ab. Als ihre Füße den Boden berührten, merkte sie, dass ihre Beine zitterten.

Hildegundis stieg auch von ihrem schweißnassen Pferd ab und meinte entsetzt zu ihrer Freundin: „Wie siehst du denn aus?"

Frithuwifs Haare hingen ihr wirr ins Gesicht, sie hatte an den Armen und im Gesicht etliche Schrammen und jede Menge Dreckspritzer. Trocken antwortete sie: „Wahrscheinlich genauso wie du, Hildegundis!"

Hildegundis blickte an sich herunter und sah, dass sie auch über und über mit Dreck bespritzt war. Als sie mit der Hand ins Gesicht fuhr, stellte sie schmerzhaft fest, dass auch sie von so manchem Ast getroffen worden war.

„Lass uns nachsehen, ob den Pferden was passiert ist", meinte sie dann und wollte sich wieder um ihre Stute kümmern, als sie bemerkte, dass der Schecke das rechte Hinterbein hochzog.

„Sieh mal, dein Buntspecht ist verletzt!"

Beide Mädchen nahmen die Wunde in Augenschein. Sie blutete stark, schien aber nicht tief zu sein.

„Wir müssen dringend nach Hause!"

Frithuwif presste ein Stück Stoff, dass sie aus ihrem Unterkleid herausgerissen hatte auf die Wunde, um die Blutung zu stoppen. Hildegundis stand still und lauschte, doch es war kein Laut zu hören.

„Wo sind wohl die anderen? Reganwi war doch hinter uns! Und wo ist Waltswith abgeblieben?"

„Ich habe überhaupt nichts mitbekommen. Buntspecht ging durch und ich habe nur achtgegeben, dass ich nicht herunterfiel."

„Wo sind wir überhaupt? Erkennst du irgendetwas?"

„Nein. Wir müssen auch ziemlich lange unterwegs gewesen sein, es ist schon so dunkel."

Die Dunkelheit hatte jedoch nichts mit der Tageszeit zu tun, wie ein grollender Donner verriet.

„Ein Gewitter!", rief Hildegundis entsetzt.

„Wir müssen uns etwas zum Unterstellen suchen!", antwortete Frithuwif und zog ihren Wallach am Zügel. Das Pferd weigerte sich jedoch einen Schritt zu tun. Zu allem Überfluss fing es jetzt auch noch an in Strömen zu regnen.

„Warte, ich gehe vor. Buntspecht hat Schmerzen und Angst, darum sträubt er sich. Er wird aber bestimmt hinter Fatima herlaufen, wenn sie vorgeht", meinte Hildegundis.

Sie bahnte sich einen Weg durch das Unterholz und zog ihre Stute hinterher. Frithuwif und ihr Schecke folgten. Hildegundis hatte keine Ahnung, wohin sie lief, sie setzte einfach immer einen Fuß vor den anderen. Der Regen war jetzt so stark geworden, dass man selbst im Wald kaum die nächsten Bäume erkennen konnte. Auf einmal stieß Hildegundis auf einen schmalen Pfad, der einen Hügel hinaufführte. Sie folgte ihm und stand schließlich auf einer kleinen Lichtung. In der Nähe waren einige Felsen. Natürlich konnte sie nicht ahnen, dass vor einigen Tagen ihre Magd Gewa mit der Kräuteralma hier Blumen gepflückt hatte.

Hildegundis und Frithuwif gingen mit den Pferden an den Felsen entlang, als der erste Blitz aufzuckte. Die Pferde warfen erschreckt die Köpfe hoch und wieherten. Verzweifelt suchten die Mädchen einen Unterstand. Zwischen einem vorstehenden Felsen und der Felswand stand ein großer Busch. Hildegundis wollte die Zweige aus dem Weg drücken, als der Busch nachgab. Neugierig zerrte sie nun an dem Busch und stellte fest, dass er sich tatsächlich wegziehen ließ und einen recht großen Raum freigab.

„Sieh mal, Frithwuif, hier können wir uns unterstellen!"

Die Mädchen zogen die Pferde hinter sich her. Als sie den Raum betreten hatten, sahen sie, dass an der rechten Seite eine weitere, schmale Öffnung war, die ins Dunkle führte. Als Hildegundis vorsichtig an der Wand entlang tastete, stieß sie auf einmal auf eine eiserne Halterung mit einer Fackel.

„Wir können uns Feuer machen!", rief sie erfreut. „Hier ist eine Fackel und einen Feuerstein habe ich in der Satteltasche."

„Das ist gut", meinte Frithuwif, die zum Eingang der Höhle zurückgegangen war. „Ich ziehe den Busch wieder vor, dann kommt der Regen nicht herein und die Pferde haben keine Angst vor den Blitzen."

Die beiden machten sich die Fackel an und atmeten erst einmal durch. Sie wrangen die nassen Kleider und Haare aus und sahen dann auch wieder nach den Pferden. Die Tiere hatten sich etwas beruhigt und die Blutung an Buntspechts Schenkel war zum Stillstand gekommen. Eine Weile saßen die Freundinnen dann still im trockenen Sand der Höhle. Beide dachten über die Ereignisse der letzten Stunden nach.

„Meinst du, dass die Äbtissin den Räubern entkommen konnte?", fragte Frithuwif schließlich leise.

Hildegundis schluckte. Die Vorstellung, das Theophanu etwas passiert sein könnte, war schrecklich.

„Aber ja", meinte sie dann und heuchelte Zuversicht, „sie hatte ja die Soldaten bei sich, die werden sie beschützt haben."

10. Die Höhle

Als die braune Stute schließlich schnaufend stehen blieb, dauerte es einige Minuten, bis Waltswith ihre verkrampften Finger von der Mähne lösen konnte. Einen solchen Ritt hatte sie noch nicht erlebt. Irgendwann hatte sie die Zügel verloren und sich nur noch in der Mähne festgekrallt. Sie hatte sich zwar irgendwie im Sattel halten können, aber nun tat ihr jeder Muskel im Körper weh. Sie sah sich um und stellte fest, dass sie ganz allein war. Zu rufen traute sie sich auch nicht, das konnten ja die Räuber hören. Dann fing es an zu donnern und schließlich kam auch noch der Regen. Waltswith schlang ihre Arme um den Hals des Pferdes und schluchzte in seine Mähne.

„Was soll ich nur tun, was soll ich nur tun?"

Die Stute war ein älteres erfahrenes Tier, dem Gewitter nicht mehr so viel Angst einjagte. Nachdem sie etwas verschnauft hatte, begann sie sich für den Waldboden zu interessieren und ihn nach Futter abzusuchen. So bewegte sie sich langsam weiter, ohne das Waltswith darauf achtete.

So verging eine geraume Zeit. Da hörte sie auf einmal das Geräusch galoppierender Pferde. Sie hob den Kopf und sah, dass sie mitten auf dem Waldweg stand. Die Stute hatte den Weg wieder gefunden, der nach Astnide führte. Aus der Ferne kam eine Reitertruppe heran geritten. Es war zu spät sich zu verstecken oder zu fliehen, dazu war Waltswith auch viel zu erschöpft. Sie konnte nur hoffen, dass die Reiter freundliche Leute waren. Ihr fiel ein Stein vom Herzen, als sie die Soldaten des Stiftes erkannte. Der Soldat an der Spitze gehörte zur Reisegruppe, die übrigen kamen von Astnide. Er ritt auf Waltswith zu.

„Prinzessin Waltswith! Wie gut, dass wir Euch gefunden haben! Wie befindet Ihr Euch? Seid Ihr verletzt? Wo sind die anderen edlen Damen?"

Waltswith weinte nun vor Erleichterung und konnte nur stammeln: „Ich weiß nicht, ich weiß nicht. Ich war allein – ganz allein!"

Da knackte es im Unterholz und noch ein Pferd erschien – in seinem Sattel saß Reganwi.

„Oh, Preis dem Herrn und allen Heiligen! Waltswith! Du bist auch gerettet! Wo sind Hildegundis und Frithuwif?"

„Wir wissen es nicht Herrin", antwortete der Soldat. „Sie müssen noch irgendwo im Wald sein, wenn nicht … ."

Mit einer Handbewegung brachte Reganwi ihn zum Schweigen. Sie wollte auf keinen Fall, dass er vor Waltswith die Vermutung äußerte, den beiden könnte etwas zugestoßen sein.

„Gib mir zwei von deinen Männern mit, die Waltswith und mich nach Hause begleiten. Führe du die anderen zum Ort des Überfalls. Es gibt einige Verletzte, aber zum Glück ist nichts Schlimmes passiert. Die Äbtissin ist wohlauf und unverletzt."

Ein Raunen der Erleichterung ging durch die Reihen der Männer. Dann wurde Reganwis Anordnung ausgeführt.

Die Soldaten fanden einen aufgewühlten Kampfplatz vor, doch die Räuber waren in die Flucht geschlagen worden. Den berittenen Soldaten mit ihren besseren Waffen hatte selbst ihre Überzahl letztendlich nichts anhaben können. Theophanu lief auf und ab, wie ein Löwe im Käfig. Sie war wütend. Furchtbar wütend. Über die Dreistigkeit der Räuber sie anzugreifen und darüber, dass es nicht gelungen war, einen von ihnen zu fangen. Außerdem war sie besorgt, was mit ihren Schützlingen geschehen war. Der Kampf war nur kurz gewesen. Die Räuber hatten schnell gemerkt, dass sie nichts ausrichten konnten und sich zurückgezogen. Einige von ihnen waren verletzt worden – zum Teil durch die Schwerter der Soldaten, zum Teil aber auch durch Theophanus Hengst. Das Tier war als Schlachtross ausgebildet und konnte auf Kommando auskeilen.

Theophanu hatte sich nicht nur vom Hauptmann beschützen lassen, sondern auch das Pferd als Waffe gebraucht. So hatte ihr keiner der Räuber nahe kommen können.

Nachdem sie sicher war, dass die drei Mädchen im Galopp davonjagten, hatte Reganwi etwas abseits vom Kampfplatz angehalten. Als der Kampflärm abebbte kehrte sie zurück, um bei der Versorgung der Verwundeten zu helfen. Man schickte dann einen Soldaten nach Astnide, um Hilfe zu holen und eine sichere Rückkehr zu gewährleisten.

Theophanu war erleichtert, als sie den Bericht des Soldaten hörte. So waren also wenigstens Reganwi und Waltswith in Sicherheit. Erst jetzt dachte sie darüber nach, welche politischen Verwicklungen es gegeben hätte, wenn der Sachsenprinzessin etwas zugestoßen wäre.

Die Soldaten suchten noch einmal die Umgebung des Kampfplatzes ab, doch der heftige Regen hatte alle Spuren, die in den Wald hineinführten, wieder verwischt. Weder auf den Verbleib der Mädchen noch auf den der Räuber gab es einen Hinweis. Aufgrund des schlechten Wetters musste jetzt für einen zügigen Abtransport der Verwundeten gesorgt werden. Die Suche nach den Mädchen musste einstweilen warten.

„Herrin", meinte der Hauptmann zu Theophanu, „Wir müssen warten, bis der Regen nachlässt. Die edlen Damen haben bestimmt irgendwo einen Unterschlupf gefunden", versuchte er, sie zu beruhigen.

Theophanu nickte kurz und schwang sich dann in den Sattel. Durchnässt und niedergeschlagen erreichte die Reisegruppe schließlich wieder die Tore von Astnide. Hier wurden sie von Waltswith und Reganwi empfangen, die sich Neuigkeiten von Hildegundis und Frithuwif erhofft hatten, aber nun enttäuscht wurden.

Der Regen hörte nicht auf. Es war, als hätte der Himmel seine Schleusen geöffnet. Beim Abendessen waren alle sehr schweigsam und in gedrückter Stimmung. Hrotswith machte viel Aufhebens um die Rettung ihrer Schwester und war so freundlich wie nie zuvor zu ihr. Nach dem Abendessen ließ Theophanu eine Messe lesen, um für die Rettung der beiden Mädchen zu beten. Auch hier tat Hrotswith sich hervor und betete besonders laut, so dass Reganwi sie einige Male missbilligend ansah.

Bbei den Bediensteten hatten sich die Ereignisse natürlich ebenso schnell herumgesprochen. Gewa war sehr besorgt. Nicht nur um das Wohlergehen ihrer Herrin, sondern auch um ihr eigenes. Sollte Hildegundis nicht zurückkommen, konnte auch sie nicht mehr in Astnide bleiben. Man würde sie zurückschicken. So sehr sie sich dagegen gesträubt hatte, hierher zu kommen, so ungern wollte sie das Stift nun wieder verlassen. Sie hatte hier eine Freundin – Una – gefunden und eine Frau, die so liebevoll mit ihr umging, wie sie es noch nicht einmal von ihrer Mutter kannte: Die Kräuteralma.

„ür Alma würde ich alles tun", dachte sie, umfasste ihr Runenamulett und flüsterte: „All ihr Götter, bei Wotans Ziegenböcken, ich flehe euch an, bringt meine Herrin Hildegundis wohlbehalten zurück!"

*

Inzwischen hatten Hildegundis und Frithuwif die Pferde abgesattelt, ihre durchnässten Oberkleider ausgezogen und sich in die Satteldecken ihrer Pferde gehüllt. Nachdem sie sich eine Weile ausgeruht hatten, stellten sie fest, dass es noch immer in Strömen regnete und dazu immer dunkler wurde. Da sie nicht nach draußen konnten, lag es nun nahe, die Höhle etwas zu erforschen.

Hildegundis nahm die Fackel und leuchtete vorsichtig in den dunkeln Gang hinein. An der Wand waren seltsame Zeichen aufgemalt.

„Was ist das?", fragte Frithuwif leise.

„Ich weiß es nicht. Es sieht aus wie eine Schrift, aber ich kann es nicht lesen", flüsterte Hildegundis.

Vorsichtig gingen sie in dem engen Gang weiter, er war leicht abschüssig und führte sie immer tiefer in die Erde hinein. Immer wieder stießen sie auf neue Zeichen, konnten aber keines davon entschlüsseln. Nach einigen Windungen wurde der Gang schließlich breiter und öffnete sich dann zu einem Raum. Er musste ziemlich groß und hoch sein, denn der Schein der Fackel konnte weder die Seiten noch die Decke erreichen. Die beiden Mädchen tasteten sich zögernd weiter vor.

Schließlich stießen sie auf einen Steinblock, der rechteckig behauen war und eine geglättete Oberfläche besaß.

„Sieh mal, dieser Felsblock ist bearbeitet worden. Warum der hier wohl steht?", wunderte sich Hildegundis.

„Leuchte mal hierhin – es sieht aus, als wäre hier eine dunkle Flüssigkeit herunter gelaufen!", meinte Frithuwif und ging mit dem Gesicht ganz nahe an den Block, um besser sehen zu können. Dann zuckte sie zurück und sagte entsetzt zu Hildegundis: „Das ist Blut!"

Hildegundis kam nun auch näher und befühle den Steinblock vorsichtig mit dem Finger.

„Es ist aber alles trocken, das Blut kann also nicht frisch sein."

„Aber man kann es noch riechen, wenn man ganz nah heran geht, also wird es auch nicht allzu alt sein", entgegnete Frithuwif.

„Du hast Recht! Weißt du, was das heißt? Diese merkwürdigen Zeichen, dieser Steinblock, das Blut – das ist eine heidnische Opferstätte, der Steinblock ist ein Altar!", sagte Hildegundis und zog sich die Pferdedecke enger um den Körper.

Auch Frithuwif fröstelte.

„Komm, lass uns gehen! Mir ist unheimlich hier", meinte sie.

Da hörten sie ein entferntes Stimmengemurmel. Wie angewurzelt blieben die Mädchen stehen und hielten den Atem an.

„Sie haben uns gef-!", rief Friethuwif in halblautem Ton. Doch Hildegundis hielt ihr schnell den Mund zu und flüsterte: „Das Geräusch kommt nicht aus der Richtung, aus der wir gekommen sind. Schnell, wir suchen uns ein Versteck!"

Dann zog sie die Freundin weg von dem Opferaltar, bis sie die Wand der Höhle erreicht hatten. Hier gab es einige natürliche Nischen, die zum Teil von Steinbrocken verdeckt waren. In einer solchen Nische kauerten sich die Mädchen nieder. Hildegundis löschte die Fackel.

Die Stimmen näherten sich und ein schwacher Lichtschein war zu sehen. Die Geräusche hallten unheimlich von den Höhlenwänden zurück. Schließlich betraten einige Männer den großen Raum. Manche von ihnen mussten gestützt werden. Dann wurde es plötzlich hell. Die Männer hatten mehrere Fackeln angezündet, die in einigem Abstand vor dem Altar im Boden befestigt und von den Mädchen nicht bemerkt worden waren. Die beiden duckten sich noch tiefer in den Schatten ihrer Nische.

Stöhnend ließen sich einige Männer zu Boden gleiten. Offensichtlich waren sie verwundet. Einer der Männer, wohl der Anführer, erteilte einige Befehle, worauf zwei Männer zunächst im Dunkeln verschwanden, aber bald darauf mit Kräutern und Verbandszeug wieder erschienen. Sie begannen dann, die Verletzten zu versorgen. Der Anführer rief einen der Männer zu sich und zog ihn etwas abseits. Hildegundis und Frithuwif wagten kaum noch zu atmen, als sie sahen, dass die beiden auf ihr Versteck zukamen. Zum Glück für die beiden blieben sie aber kurz davor stehen, ohne die Mädchen zu bemerken.

„Roland", begann der Anführer, „Heute haben wir gerade noch mal Glück gehabt. Das muss beim nächsten Mal aber besser klappen. Der Herr wird nicht zufrieden sein!"

„Wer kann denn auch ahnen, dass der Gaul der Äbtissin ein Schlachtross ist! Und dass sie wie ein Ritter darauf sitzt! Dagegen konnten wir ja nichts ausrichten!", versuchte sich Roland zu verteidigen.

„Ich werde versuchen, den Herrn zu überzeugen, dass es nicht unser Fehler war. Zum Glück ist keiner gefangen worden und der Regen hat alle unsere Spuren verwischt. Für das nächste Mal brauchen wir einfach mehr Zeit zur Vorbereitung."

„Wann triffst du den Herrn wieder?"

„Ich weiß es nicht. Er wird es mich wissen lassen, wenn er mich zu sprechen wünscht. Jetzt lass uns sehen, wie weit die anderen sind, damit wir bald aufbrechen können", meinte der Anführer und wandte sich zum Gehen.

Frithuwif stieß Hildegundis an und raunte ihr zu: „Bei allen Heiligen! Das sind die Räuber!"

Doch Hildegundis stand der Schweiß auf der Stirn, denn sie hatte noch eine andere Entdeckung gemacht. Während sie das Gespräch belauschten, hatte sie die ganze Zeit darüber nachgedacht, woher sie die Stimme des Anführers kannte. Als die Männer nun wieder zu den anderen zurückgingen, fiel es ihr ein und sie konnte nur mühsam einen Schrei unterdrücken: Es war Gernot! Also hatte sie doch richtig gesehen, als sie kurz nach ihrer Ankunft in Astnide glaubte, ihn aus der Schenke kommen zu sehen. Schlagartig war ihr klar, in welcher Gefahr sie schwebte. Wenn Gernot sie hier fand, würde er sie zum Schweigen bringen müssen. Denn jetzt war es ja offensichtlich, dass er nicht nur seinem Herrn davon gelaufen, sondern auch noch zum Gesetzlosen geworden war. Wenn man ihn fing, war sein Leben keinen Heller mehr wert. Und Hildegundis war die Einzige, die wusste, wo er sich aufhielt.

Die Zeit, bis die Räuber wieder aufbrachen, kam Hildegundis und Frithuwif endlos vor. Die Männer löschten die feststehenden Fackeln und nahmen nur einige wieder mit, um den Weg zu beleuchten. Zum Glück gingen sie auf dem gleichen Weg zurück, auf dem sie gekommen waren, so dass die Pferde der Mädchen unentdeckt blieben. Die beiden blieben noch eine ganze Weile im Dunkeln in ihrem Versteck liegen und wagten lange nicht, ein Wort zu sagen, obwohl die Schritte und Stimmen der Räuber längst nicht mehr zu hören waren.

Frithuwif stand als erste auf.

„Komm, lass uns zurückgehen. Vielleicht hat es ja aufgehört zu regnen", meinte sie hoffnungsvoll zu Hildegundis. Die hockte noch immer regungslos da und schwieg. Frithuwif zündete die Fackel an, die sie mitgebracht hatten.

„Komm, Hildegundis. Die Räuber sind bestimmt längst weg."

„Das ist es nicht. Ich habe den Anführer der Räuber erkannt. Es ist Gernot, ein Leibeigener meines Vaters. Er war früher für die Reitpferde verantwortlich. Doch er war brutal zu den Tieren und unzuverlässig. Da hat mein Vater diese Aufgabe Martin übertragen und Gernot wurde wieder einfacher Knecht. Deshalb ist er wahrscheinlich weggelaufen", sagte Hildegundis und blickte Frithuwif ernst an. „Wenn er mich hier gesehen hätte, hätte er mich getötet."

„Das ist ja eine furchtbare Geschichte! Aber es ist ja alles noch mal gut gegangen. Wir müssen jetzt sehen, dass wir heil zurück nach Astnide kommen. Dann können wir einen Boten zu deinem Vater schicken und er kann mit einigen Männern herkommen und Gernot fangen."

Hildegundis nickte und stand auf. Frithuwif hatte Recht – das Wichtigste war jetzt, nach Hause zu kommen.

Sie tasteten sich vorsichtig auf dem schmalen Weg zurück und waren froh, ihre Pferde wohlbehalten vorzufinden. Doch der Regen hatte angehalten und draußen war es jetzt auch stockfinster.

„Es ist schon zu spät. Wir müssen bis Morgen früh warten. Selbst wenn wir eine Fackel mitnehmen, wäre es viel zu gefährlich in der Dunkelheit den Weg zu suchen", meinte Hildegundis enttäuscht, als sie den Busch beiseite geschoben hatten, um nach draußen zu blicken.

„Das wird eine lange Nacht. Und Hunger habe ich auch", antwortete Frithuwif.

Es wurde tatsächlich eine lange Nacht für die beiden. Sie löschten die Fackel, da sie vielleicht später noch nützlich sein konnte. Es war kalt und feucht in der Höhle, nur die Leiber der Pferde gaben etwas Wärme ab. Aus den Sätteln und Decken bauten sie sich ein Lager, auf dem sie sich eng aneinander schmiegten. An Schlaf war aber nicht zu denken. Sie hatten zuviel Angst, dass die Räuber sie doch noch finden könnten. Immer wieder gingen sie die Ereignisse des Tages durch.

„Hast du gehört, das Gernot von einem ‚Herrn' sprach, der den Überfall befohlen hat?", meinte Hildegundis auf einmal.

„Ja, du hast Recht. Demnach scheint es gar nicht seine eigene Idee gewesen zu sein. Wer das wohl ist?", antwortete Frithuwif nachdenklich.
Sobald der Morgen graute, standen die Mädchen auf und zogen ihre feuchten Oberkleider über. Hildegundis schob den Busch beiseite und spähte hinaus.

„Es regnet immer noch – aber nicht mehr so stark. Wir müssen es einfach versuchen", meinte sie.

Frithuwif war der gleichen Meinung und begann, ihren Schecken zu satteln. Als sie die Tiere hinausführten, stellten sie fest, dass Buntspecht immer noch lahmte. Sie würden die Pferde also führen müssen. Hildegundis ging wieder voraus. Sie umkreisten die Lichtung, in der Hoffnung wieder einen Pfad zu finden. Schließlich wurden sie fündig.

„Hier ist etwas!", rief Hildegundis erfreut, „Es sieht aus, als führe hier ein Weg hinunter!"

Die beiden folgten dem Pfad, der dann auf einmal scheinbar unvermittelt im Unterholz endete. Hildegundis blieb unschlüssig stehen und wischte sich den Regen aus dem Gesicht. Da glaubte sie, vor sich zwischen den Bäumen eine Bewegung gesehen zu haben. Auch die Pferde hoben die Köpfe und spitzten die Ohren. Schließlich schnaubte Fatima.

„Was ist da, Hildegundis?", flüsterte Frithuwif.

Hildegundis versuchte angestrengt, hinter dem Regenschleier etwas zu erkennen. Da trat zwischen den Bäumen ein Mann hervor und kam geradewegs auf sie zu.

*

Auch auf Astnide hatte in der letzten Nacht fast niemand ein Auge zugetan. Theophanu hatte angekündigt, dass sie die Nacht in der Kirche im Gebet verbringen würde. Spontan hatten sich alle Stiftsdamen angeschlossen. Normalerweise durften die jüngeren Stiftsdamen an nächtlichen Gebeten nicht teilnehmen, doch die Äbtissin wusste, dass sie es diesmal nicht verbieten konnte. Zu groß war die Anteilnahme aller am Schicksal von Hildegundis und Frithuwif. Schweigend machten sich alle auf den Weg zur Kirche.

Da sagte Hrotswith, laut genug, dass alle es hören konnten: „Sag mal, Reganwi, wie war das jetzt gleich – du bist den Räubern entkommen, durch den Wald geritten und wieder zum Ort des Überfalls zurück, und du hast nicht gesehen, wohin meine Schwester oder eines der anderen Mädchen geritten ist?"

Reganwi stieg vor Ärger das Blut in die Wangen.

„Was willst du damit sagen, Hrotswith?"

„Oh, ich möchte es nur verstehen. Es kann ja sein, dass wir zu dem Vorfall befragt werden – zum Beispiel von den Vätern der beiden Mädchen. Dann möchte ich ja nichts Falsches sagen", antwortete Hrotswith und setzte ein honigsüßes Lächeln auf.

Alle waren stehen geblieben und lauschten gespannt dem Disput der beiden.

Reganwi holte tief Luft.

„Gut, dann erzähle ich es noch einmal – und so wahr mir Gott helfe, so ist es geschehen. Ich habe die Mädchen angewiesen, so schnell wie möglich zu reiten und zu versuchen, Astnide zu erreichen, um Hilfe zu holen. Wir befanden uns bereits auf dem Weg, sie hätten ihn nur entlang reiten müssen. Waltswith reagierte nicht so schnell, darum habe ich ihr Pferd geschlagen. Es tut mir leid, Waltswith, dass du dich so erschreckt hast, dass du dein Pferd nicht mehr lenken konntest", meinte sie dann zu Waltswith, die sie zaghaft anlächelte.

Dann fuhr Reganwi fort: „Ich weiß nicht, warum Hildegundis und Frithuwif mitten ins Gehölz gestürmt sind. Ich kann auch nicht sagen, was dann mit ihnen passiert ist, denn ich habe es nicht gesehen. Ich bin ein Stück den Weg entlang geritten, um nach Astnide zu kommen. Dann hörte ich aber, dass es ruhig wurde und bin vorsichtig, in einem kleinen Bogen, zum Kampfplatz zurück geritten. Es schien mir sinnvoller, dabei zu helfen, die Verwundeten zu verbinden und einen Soldaten als Boten zum Stift zu schicken, als selbst hinzureiten."

„Das war auch die richtige Entscheidung. Reganwi, du hast dein Verhalten jetzt ausführlich erklärt und weitere Nachfragen werden nicht nötig sein", meinte Theophanu, die ebenfalls zugehört hatte und sah Hrotswith dabei scharf an. Hrotswith schluckte eine Entgegnung herunter. Die Stiftsdamen setzten ihren Weg in die Kirche nun wieder schweigend fort.

*

„Da ist jemand", wisperte Hildegundis über die Schulter Frithuwif zu, als sie den Mann hinter den Bäumen hervortreten sah.

Frithuwif versuchte, an Hildegundis vorbei in den Wald zu spähen und konnte auch nur schemenhaft eine Gestalt erkennen, die zweifellos direkt auf sie zukam. Es war ein Mann, der einen langen Umhang mit Kapuze trug, die er tief ins Gesicht gezogen hatte. Da der Weg zu schmal war, um mit den Pferden umzudrehen, blieb den Mädchen nichts weiter übrig, als abzuwarten, was der Fremde wollte. Hildegundis sah sich hektisch um, ob es irgendetwas gab, das sie als Waffe gebrauchen konnte, fand aber nicht mal einen dicken Stock. Da kam ihr eine Idee. Schnell schwang sie sich in den Sattel und raunte Frithuwif zu: „Wenn er feindselig ist, reite ich ihn nieder!"

Frithuwif konnte nur noch nicken, dann stand der Fremde schon vor ihnen. Er zog sich die Kapuze aus dem Gesicht und die Mädchen erkannten ihn – es war Meister Konrad, der Goldschmied!

„Was tut Ihr hier allein im Wald?", raunzte er die beiden an.

Hildegundis blickte misstrauisch auf ihn hinunter.

„Was tut *Ihr* hier allein, Meister Konrad?", fragte sie.

Konrad ignorierte die Frage und meinte, jetzt aber deutlich freundlicher: „Ihr seht aber mitgenommen aus – im Dorf erzählt man sich etwas von einem Überfall, seid Ihr etwa die Opfer? Ihr seid geflohen und habt Euch verirrt, richtig?"

„Ja, das stimmt", gab Hildegundis zögernd zu.

„Dann ist es ja ein Glück, dass ich Euch gefunden habe. Folgt mir, ich bringe Euch zum Stift zurück!"

Mit diesen Worten drehte Konrad sich um und ging wieder in den Wald hinein. Die Mädchen folgten ihm langsam zu Fuß, mit den Pferden am Zügel – auch Hildegundis war wieder abgestiegen, um ihre Stute durch das dichte Unterholz zu führen.

Sobald der Morgen graute, verließen die Stiftsdamen die Kirche. Theophanu rief den Hauptmann zu sich und gab den Befehl, sofort eine Suche im Wald durchzuführen. Alle blickten den ausreitenden Soldaten hinterher.

„Oh, Cosmas und Damian, ihr Stiftspatrone, ich flehe euch an: Seid meine Fürsprecher bei Gott und helft, dass Hildegundis und Frithuwif gefunden werden!", betete Doda leise.

Das Stiftstor war noch nicht wieder ganz geschlossen, als ein Reiter im Galopp darauf zuritt. Es war einer der Soldaten.

„Sie sind zurück! Sie kommen!", rief er.

Alle liefen zum Tor hinaus. Da sahen sie, umringt von den Soldaten, Meister Konrad mit Hildegundis und Frithuwif erschöpft aber glücklich den Weg entlang kommen. Ihre Pferde führten sie am Zügel.

„Preis sei dem Herrn!", rief Theophanu erleichtert und befahl die Glocken zu läuten, damit alle die gute Nachricht erfuhren.

Alle redeten durcheinander, lachten und wollten die beiden Heimkehrerinnen umarmen. Nur Hrotswith stand mit verschränkten Armen abseits und beobachtete etwas missmutig das Geschehen.

„Ihr zieht gleich erst einmal trockene Sachen an und dann –",

Frithuwif unterbrach die Äbtissin an dieser Stelle: „Bekommen wir dann etwas zu essen? Wir haben solch einen Hunger!"

Selbst Theophanu musste jetzt lachen und stimmte zu.

„Ja, wir werden auch gemeinsam essen. Doch zu allererst werden wir dem Herrgott für eure Rettung danken."

Gemeinsam gingen alle zurück zur Kirche, wo Theophanu das Gloria anstimmte, in dass die Stiftsdamen voller Inbrunst einfielen.

11. Ein Unwetter mit schweren Folgen

Am nächsten Tag, nach ein paar guten Malzeiten und ausreichend Schlaf, fühlten sich Hildegundis und Frithuwif wieder wohl und ausgeruht. Zum Glück hatte sich auch keine der beiden verkühlt.

Der Stallmeister hatte die Pferde untersucht und festgestellt, dass Fatima völlig in Ordnung war, Buntspecht aber ein paar Tage Ruhe brauchte, um der Wunde Zeit zur Heilung zu geben. Direkt nach ihrer Ankunft hatten die beiden Mädchen nur kurz erzählt, dass sie in einer Höhle Unterschlupf gefunden hätten, ohne die näheren Umstände zu beschreiben. Damit wollte Theophanu auch warten, bis beide völlig ausgeruht waren. Nach dem Mittagessen rief sie alle Stiftsdamen im Kapitelsaal zusammen, denn nun sollten Hildegundis und Frithuwif berichten.

Frithuwif begann. Sie erzählte, dass ihr Pferd wie von Sinnen in den Wald gerast sei und sie erst viel später erfuhr, dass der Schwerthieb der Grund dafür war. Hildegundis schilderte dann, wie sie die Höhle fanden. Als sie die seltsamen Zeichen beschrieb, sprang Theophanu von ihrem Sitz auf.

„Würdest du diese Zeichen wieder erkennen?"

„Ja, Hochedle Äbtissin, da bin ich ganz sicher", antwortete Hildegundis und auch Frithuwif nickte eifrig.

Theophanu eilte durch den Raum zu einem Holztisch auf dem ein Krug mit Wasser und ein Becher standen.

„Seht mal her!", rief sie und tauchte einen Finger in das Wasser und malte dann auf dem Holztisch ein Zeichen.

Hildegundis und Frithuwif eilten herbei und riefen: „Ja, so sahen die Zeichen aus!"

Auch die anderen Stiftsdamen waren aufgestanden und näher getreten. Sie blickten ebenfalls neugierig auf die Tischplatte.

147

„Runen! Ich habe es mir gedacht!", murmelte Theophanu. „Erzählt weiter!", befahl sie dann den Mädchen.

Gebannt verfolgten die Stiftsdamen die weitere Erzählung und hielten den Atem an, als Hildegundis von dem blutigen Altar berichtete.

„Eine Opferstätte!", rief Theophanu aus und begann, im Raum hin- und herzulaufen. „Und so nahe beim Stift! Glaubt ihr, ihr würdet die Höhle wieder finden?"

Hildegundis und Frithuwif verzogen die Gesichter – sie hatten kein Verlangen danach, die unheimliche Höhle wieder zu sehen. Theophanu fasste sie bei den Schultern und sah sie eindringlich an.

„Es ist sehr wichtig, dass wir die Höhle finden. Dort geschehen furchtbare Dinge – dieser Kult muss unterbunden werden!"

„Also, ich glaube schon, dass ich den Weg dorthin finden würde", meinte Hildegundis nach einigem Zögern.

Theophanu lächelte sie an.

„Ich wusste doch, dass ich mich auf dich verlassen kann", meinte sie. „Nun fahrt fort mit eurer Erzählung."

Alle nahmen wieder Platz, nur die beiden Mädchen blieben in der Mitte stehen und erzählten. Dann kamen sie zu der Stelle, als die Räuber die Höhle betraten und sie sich ein Versteck suchen mussten. Theophanu sprang wieder auf.

„Oh, Kinder, in welcher Gefahr ihr ward! Ihr habt sehr tapfer gehandelt, so mancher Junker könnte von euch etwas lernen", meinte die Äbtissin anerkennend und die beiden Mädchen sahen sich stolz an.

Hildegundis erzählte dann, wie sie die Räuber bei der Versorgung ihrer Verwundeten beobachtet hatten. Sie erwähnte aber nicht, dass sie Gunnar als entlaufenen Leibeigenen ihres Vaters erkannt hatte. Irgendetwas hielt sie zurück. Eine innere Stimme riet ihr, Theophanu dies lieber im Vertrauen mitzuteilen. Sie warf Frithuwif einen verschwörerischen Blick zu, um ihr zu verstehen zu geben, dass auch sie nichts über Gunnar verraten solle. Frithuwif wunderte sich zwar, verstand aber die wortlose Botschaft ihrer Freundin und sagte auch nichts.

Hildegundis endete ihren Bericht mit der Schilderung der plötzlichen Begegnung mit dem Goldschmied Konrad, die für die Mädchen ja dann zur glücklichen Rettung führte. Ein leises Gemurmel unter den Stiftsdamen verriet, dass sie sich über die Anwesenheit des Goldschmieds im Wald – noch dazu bei diesem schlechten Wetter – wunderten.

Theophanu verharrte einen Moment im nachdenklichen Schweigen. Dann erhob sie sich und sagte: „Danke für euren ausführlichen Bericht. Ich werde darüber nachdenken, wie wir hier weiter vorgehen werden. Alle Damen bitte ich, bis auf weiteres, um Stillschweigen über das soeben Gehörte. Es ist wichtig, dass niemand von der Dienerschaft etwas über diese Höhle erfährt. Wir wissen noch nicht, ob es nicht auch hier im Stift Anhänger des Kultes gibt. So, jetzt kann eine jede wieder ihren Verpflichtungen nachgehen. Hildegundis, Frithuwif, euch bitte ich zu bleiben. Ich möchte gemeinsam mit euch überlegen, welche Botschaft wir euren Familien zukommen lassen."

Sie lächelte, als sie die fragenden Gesichter der Kinder sah und fügte hinzu: „Gerüchte fliegen schneller als Falken. Das Gesinde hat mitbekommen, dass ihr vermisst ward. Irgendwie wird diese Nachricht in eurer Heimat ankommen. Dann ist es gut, wenn es auch einen offiziellen Brief gibt, der alles aufklärt."

Als die anderen Stiftsdamen hinausgingen, war Reganwi zurückgeblieben, da sie oft die Schreibarbeiten für die Äbtissin erledigte. Theophanu meinte jedoch zu ihr: „Reganwi, für diese Aufgabe brauche ich dich nicht. Du darfst dich entfernen. Schließe bitte die Tür hinter dir, und sorge dafür, dass wir nicht gestört werden."

Verwundert sah Reganwi sie an und antwortete: „Ja, Hochedle Äbtissin."

Dann verließ sie ebenfalls den Raum. Als die Tür geschlossen war, lächelte Theophanu die beiden Mädchen an und sagte: „Jetzt setzen wir uns an den Tisch und dann erzählt ihr mir das, was ihr bisher verschwiegen habt."

Theophanu war in eine hochstehende Familie hineingeboren worden und hatte von Kindheit an das Einfädeln von Intrigen und Schmieden von Ränken mitbekommen. Sie hatte ein feines Gefühl für Stimmungen, Gesten und Blicke entwickelt, die oft mehr verrieten als das gesprochene Wort. So waren ihr die kurzen Blicke aufgefallen, die die Mädchen während ihres Berichtes untereinander ausgetauscht hatten. Es war ihr klar, dass es noch ein Geheimnis gab, das die beiden nicht preisgegeben hatten – und dieses Geheimnis hatte mehr mit Hildegundis zu tun als mit Frithuwif. Sie hoffte nun, dass die Mädchen genug Vertrauen zu ihr hatten, um sie einzuweihen.

Als sie am Tisch saßen, legte Theophanu ihre Hand auf Hildegundis' Hände und sagte: „Du kannst dich mir anvertrauen, Kind. Was immer du gesehen hast, hab' den Mut, es mir zu erzählen."

Hildegundis seufzte und sah die Äbtissin an, deren dunkle Augen sie freundlich anblickten. Dann sagte sie: „Es ist Gernot. Der Anführer der Räuber ist Gernot."

„Wer ist Gernot?"

„Er ist ein Leibeigner meines Vaters. Er war für die Reitpferde verantwortlich, doch er hat sie so schlecht behandelt, dass mein Vater ihm diese Aufgabe wieder abgenommen hat. Er muss weggelaufen sein."

Theophanu holte tief Luft und drückte Hildegundis' Hände. Sie verstand sofort, dass Hildegundis sich der besonderen Gefahr, in der sie geschwebt hatte, bewusst gewesen war. Die Äbtissin konnte sich gut vorstellen, dass der Überfall als Racheakt an der Tochter des Grafen geplant gewesen war. Vielleicht war der Räuber auch auf ein Lösegeld aus gewesen. Doch woher wusste Gernot, dass Hildegundis genau zu dieser Stunde an dieser Stelle im Wald sein würde? Der Überfall war geplant worden, das war klar. Denn sie hätten sich niemals ohne Vorbereitung auf die gut bewaffnete Begleitung der Äbtissin gestürzt. Irgendjemand musste die Räuber informiert haben!

Theophanu stand auf und lief im Raum auf und ab. Dann kam sie zum Tisch zurück und sah erst Hildegundis, dann Frithuwif ernst an.

„Es war ganz richtig, dass ihr das vorhin nicht erzählt habt. Und ihr dürft es auch niemandem sagen. Es ist für Hildegundis' Sicherheit äußerst wichtig, dass niemand erfährt, dass sie die Identität des Räuberhauptmanns kennt. Hast du das auch verstanden, Frithuwif?"

Frithuwif zuckte zusammen. Sie war ganz in Gedanken gewesen. Ihr wurde jetzt erst klar, wie groß die Gefahr in der Höhle für sie beide gewesen war. Denn wenn der Räuber Hildegundis beseitigt hätte, wäre auch sie nicht mit dem Leben davon gekommen, schließlich wäre sie eine Zeugin gewesen.

„Ja, Hochedle Äbtissin", beeilte sie sich zu sagen.

„Gut", Theophanu straffte die Schultern und ging dann zu einer großen Holzkiste, aus der sie Pergament, einen kleinen Tintenbehälter, Schreibfedern, eine silberne Dose, und Siegellack holte. Sie breitete diese Utensilien vor den Mädchen aus.

„Ihr schreibt jetzt an eure Familien – nur ganz kurz – dass, was ihr eben allen erzählt habt. Die Sache mit Gernot kannst du deinen Vater auf diesem Wege nicht wissen lassen, Hildegundis. Er wird auch gute Gründe dafür haben, warum er es dir bisher nicht selbst mitgeteilt hat. Und schreibt zum Schluss, dass euch ein Mann aus dem Dorf den Weg zurück gezeigt hat. Meister Konrad müsst ihr nicht mit Namen erwähnen."

Hildegundis und Frithuwif sahen sich kurz an, trauten sich aber beide nicht nachzufragen. Dann begannen sie zu schreiben. Theophanu lief die ganze Zeit im Raum auf und ab.

Als die Mädchen fertig waren, las die Äbtissin beide Schreiben durch. Frithuwif hatte zwei kleine Schreibfehler gemacht, aber ansonsten war sie mit den Leistungen der beiden sehr zufrieden. Sie setzte unter jeden Brief noch ein kurzes Grußwort. Aus der kleinen silbernen Dose streute sie Sand über die Schrift, um die Feuchtigkeit aufzunehmen. Dann faltete sie beide Pergamente nacheinander zusammen, nahm den Siegellack und hielt die brennende Kerze, die auf dem Tisch in einem schönen Leuchter stand, daran, um ihn auf eine Faltstelle tropfen zu lassen. Schließlich drückte sie ihren Siegelring hinein.

Die Freundinnen hatten schweigend zugesehen. Sie hatten natürlich schon mal erlebt, wie wichtige Nachrichten versiegelt wurden. Doch zum ersten Mal betraf die Nachricht sie selbst – und sie hatten sie auch noch eigenhändig geschrieben.

„Jetzt geht und schickt mir den Hauptmann. Er soll mir zwei zuverlässige Männer nennen, die ich als Boten zu euren Familien schicke. Ihr könnt euch dann zur Vesper bereit machen", damit schickte Theophanu die Mädchen hinaus.

Die beiden waren froh, dass sie nur durch den Kreuzgang laufen mussten, um zum Dormitorium zu kommen, denn der Regen war wieder stärker geworden. Dazu war ein starker Wind aufgekommen, der in kräftigen Böen über den Hof fegte.

„Hört denn dieser Regen nie auf", murrte Frithuwif.

Hildegundis antwortete nicht sofort, sie war noch zu sehr mit ihren eigenen Gedanken beschäftigt.

„Du", meinte sie schließlich zu Frithuwif, „verstehst du, warum wir Meister Konrad nicht erwähnen sollten?"

„Nein, gar nicht. Ich finde es auch immer noch sehr merkwürdig, dass wir ihn bei diesem Wetter im Wald getroffen haben."

„Es gibt irgendein Geheimnis um ihn und ich glaube, die Äbtissin weiß, was das ist."

Frithuwif blieb plötzlich stehen und hielt die Freundin am Arm fest.

„Gernot hat doch von einem Herrn gesprochen, von dem er Anweisungen bekommt – vielleicht ist Meister Konrad dieser Mann!"

Hildegundis kaute nachdenklich auf ihrer Unterlippe und runzelte die Stirn.

„Ich weiß nicht. Ich kann mir nicht vorstellen, dass die Äbtissin ihn dann schützen würde", meinte sie dann.

„Wir sollten ihn beobachten. Vielleicht kriegen wir dann heraus, was sein Geheimnis ist!"

„Das ist eine gute Idee, Frithuwif. Sobald der Regen aufhört, gehen wir zu ihm und bedanken uns noch einmal bei ihm für unsere Rettung. Da haben wir eine gute Gelegenheit, uns bei ihm umzusehen."

Zufrieden mit ihrem Plan gesellten sich die Freundinnen dann zu den anderen Stiftsdamen, die sie mit Fragen zu der Höhle bestürmten.

Als Theophanu die Stiftsdamen entließ, um mit Hildegundis und Frithuwif allein zu bleiben, eilten diese die Treppen hinunter, wobei sie sich aufgeregt über das Abenteuer der beiden Mädchen unterhielten. Unten an der Treppe wurde Hrotswith heftig am Arm gefasst. Verärgert fuhr sie herum – und stand vor ihrem Vetter Widukind. Waltswith, wie üblich als Schatten ihrer Schwester direkt dahinter, blieb ebenfalls erstaunt stehen.

„Waltswith, geh' und erledige irgendwas. Ich muss mit deiner Schwester reden", meinte der Prinz barsch zu seiner kleinen Base.

„Ja, lauf nur Waltswith, das ist jetzt nichts für Kinder", fügte Hrotswith hinzu, die gespannt war, was ihr Vetter mit ihr so Wichtiges besprechen wollte. „Und heul nicht gleich wieder!", rief sie Waltswith noch zu, bevor sie sich umdrehte, um mit Widukind in die andere Richtung zu gehen.

Waltswiths Augen hatten sich tatsächlich schon mit Tränen gefüllt, als sie ihrer Schwester nachsah. Da spürte sie, wie sich ein zarter Arm um ihre Schultern legte. „Komm, Waltswith, wir üben noch einige Psalmen zusammen", sagte Doda sanft und zog die Sachsenprinzessin mit sich fort.

Als sie eine stille Ecke erreicht hatten, blieb Widukind stehen und baute sich vor Hrotswith auf.

„Also?", fragte er herausfordernd.

Sie sah ihn verständnislos an. „Was: Also?"

„Na, was haben die Mädchen erzählt? Von dem Überfall, von den Räubern, wo waren sie die ganze Zeit? Die Äbtissin macht ja ein mächtiges Geheimnis aus der Sache. Sie hat sie ja nicht mal öffentlich reden lassen. Und als die Stiftsdamen mich an der Treppe sahen, verstummte sofort jedes Gespräch. Noch nicht einmal in der Küche habe ich etwas tuscheln hören."

Hrotswith lehnte sich an die Wand und sah Widukind kokett von unten an.

„Ja, lieber Vetter, ich gehöre zu den Eingeweihten. Aber – ich bin zum Schweigen verpflichtet."

Blitzschnell packte Widukind sie an den Oberarmen und presste sie gegen die Wand.

„Au, du tust mir weh! Lass' mich los!", jammerte Hrotswith und versuchte sich aus seinem Griff zu winden. Doch seine Hände hielten ihre Arme wie Eisenklammern umschlossen.

Widukind hielt seinen Mund ganz nah an Hrotswiths Ohr.

„Jetzt höre mir gut zu. Ich werde alles für die Ehre der Familie tun – aber spiele keine Spielchen mit mir. Wir werden das nach meinen Regeln handhaben. Das heißt, du tust, was ich dir sage. Ist das klar?"

Um seinen Worten Nachdruck zu verleihen, verstärkte Widukind seinen Griff.

„Jaja, ist ja gut, ich tue ja, was du sagst", wimmerte Hrotswith.

In diesem Moment kam die Pröpstin mit einer anderen Stiftsdame vorbei.

„Ist alles in Ordnung?", fragte sie und sah die beiden misstrauisch an.

Mit einem Ruck hatte Widukind seine Base an sich gezogen, so dass ihr Kopf an seiner Schulter lag.

„Ja, Ehrwürdige Pröpstin, habt Dank für Eure Sorge. Meine liebe Base ist heimwehkrank. Ich versuche sie zu trösten", meinte Widukind mit salbungsvoller Stimme.

Die Pröpstin nickte verständnisvoll. Im Weitergehen erzählte sie der anderen Stiftsdame: „Ach ja, es ist gut, wenn man einen sorgenden Verwandten in der Nähe hat, ich weiß noch genau, als ich als junges Ding in das Stift kam…"
Sobald die beiden außer Sicht waren, ließ Widukind seine Base los, die sich wütend ihr Gewand zurecht zog.

„Musste das sein? Jetzt halten die mich auch für solch ein Wickelkind wie Waltswith, das noch nach der Amme schreit", meinte sie mürrisch.

Widukind warf den Kopf in den Nacken und lachte.

„Das braucht dich nicht zu sorgen, liebe Base, für ein Wickelkind hält dich hier bestimmt niemand. Und jetzt erzähle endlich, bevor noch jemand kommt und ich wieder eine herzzerreißende Geschichte erfinden muss."

Hrotswith strich sich ihr Gewand glatt und sagte: „Also gut. Sie haben Folgendes erzählt … ."

Sie berichtete ihm in allen Details, was die Mädchen von ihrem Abenteuer mitgeteilt hatten. Widukind hörte schweigend und aufmerksam zu. Erst als die Rede auf den Goldschmied kam, hob er erstaunt die Augenbrauen – sagte aber nichts dazu.

„Nun?", fragte Hrotswith ungeduldig, als sie geendet hatte und Widukind noch immer schwieg. „Was fängst du jetzt mit diesen Informationen an?"

Widukind grinste sie breit an und küsste sie dann auf die Stirn.

„Das, liebe Base, behalte ich zunächst besser für mich. Aber merke dir gut, was so alles geredet wird und berichte es mir wortgetreu. Das wird dein Schade nicht sein, das kann ich dir versprechen", damit drehte er sich um und ging.

Hrotswith stampfte wütend mit dem Fuß auf und ballte die Fäuste. Doch dann beruhigte sie sich wieder. Immerhin war Widukind auf sie angewiesen. Und beim nächsten Mal würde sie es geschickter anfangen und ihm die gewünschten Informationen nur gegen Gegenleistungen geben.

*

Auch in den nächsten Tagen ließ der Regen nicht nach. Wurde er mal schwächer, blickten die Menschen voller Hoffnung in den Himmel – doch bald darauf zogen schon wieder neue dunkle Wolken heran und ergossen ihre nasse Fracht auf die schon so durchtränken Wiesen und Felder.

Die Bauern jammerten, dass ihre junge Saat weggespült würde und ihre Kühe, Schweine und Schafe bis zu den Knien im Morast wateten. Auch das Futter wurde knapp, denn Heu und Stroh fingen bei der starken Feuchtigkeit bereits an zu schimmeln und zu faulen. Einige Tiere waren schon krank geworden und mussten geschlachtet werden. Das war schlimm, denn die Bauern im Umkreis waren nicht reich und von den Tieren waren nur einige als Schlachtvieh für den nächsten Winter gedacht gewesen. Sie jetzt schon zu verlieren, bedeutete, dass man auf Nachzucht verzichten musste und somit für den Winter weniger zu essen haben würde.

Die Bauernhütten waren nur aus Holz und Lehm gebaut, der sich durch den Dauerregen langsam aufzulösen begann. So war es nicht verwunderlich, dass immer häufiger ganze Familien mit ihrem Vieh vor dem Tor des Stiftes standen und um Einlass baten. Ihre Hütten und Ställe waren nicht mehr bewohnbar und sie wollten retten, was noch zu retten war.

Die Äbtissin befahl, alle herein zu lassen, die um Hilfe baten und ihnen und ihren Tieren Obdach zu gewähren. Die Pröpstin, die die Vorräte des Stiftes verwaltete, schlug die Hände über dem Kopf zusammen. Sie wusste, wenn das schlechte Wetter noch lange anhielt, würde auch das Stift selbst in Schwierigkeiten kommen. Doch Theophanu war keinen Argumenten zugänglich.

„Der Herrgott wird schon für uns sorgen, wenn es ihm so gefällt", pflegte sie zu sagen und fügte dann hinzu: „Unsere Pflicht ist es, den Armen Nahrung und Obdach zu geben und so werden wir es auch weiterhin halten."

Hildegundis, Frithuwif und Doda bekamen einmal einen solchen Wortwechsel zwischen Äbtissin und Pröpstin mit, worauf Frithuwif meinte: „Hoffentlich gefällt es dem Herrgott besser, wenn wir satt sind. Wir können dann auch viel schöner singen."

„Frithuwif! Also wirklich – du denkst wieder nur ans Essen!", ereiferte sich Doda.

Bevor sie weiterschimpfen konnte, sagte Hildegundis: „Reganwi hat erzählt, dass Theophanu selbst als junges Mädchen einmal dringend Obdach benötigte. Seitdem weist sie niemanden mehr ab."

So füllte sich das Stift mit Menschen und Tieren. Überall wurden Lager aufgeschlagen, und auf den Höfen sah es aus wie auf einem Viehmarkt. Selbst im Garten der Äbtissin waren einige grobknochige Zugochsen untergebracht, die sich mit ihren langen Zungen hin und wieder gleichmütig das Regenwasser ableckten, das ihnen in kleinen Bächen über die mächtigen Köpfe floss. Die verzweifelten Leute bestürmten den Kaplan, sie selbst und ihre Tiere zu segnen, damit sie diese schlimme Zeit gut überstehen würden. So eilte Pater Jakobus den ganzen Tag zwischen Menschen und Tieren hin und her, um zu trösten und zu segnen.

*

Der Starkregen hielt nun schon eine Woche an. Immer wieder ließ Theophanu Messen lesen, um für ein baldiges Ende des Regens zu beten. Doch jeden Morgen blickte sie erneut in einen grauverhangenen Himmel, aus dem pausenlos Wasser auf die durchweichte Erde fiel.

Langsam wurde die Situation im Stift bedrohlich. Vorräte gab es zwar noch genug, aber die vielen Menschen und Tiere, die auf so engem Raum zusammen waren, produzierten auch eine Menge Unrat, der schlecht entsorgt werden konnte. Die meisten Menschen hatten nichts Trockenes mehr anzuziehen, da die Feuchtigkeit nun schon bis in die Mauern des Stiftes kroch.

Doch das Schlimmste kam erst noch: Am Morgen des zwölften Regentages stand wieder eine verzweifelte Bauersfamilie vor dem Tor des Stiftes.

„Der Fluss tritt über die Ufer!", rief der erschöpfte Bauer, dessen Hof in der Nähe des Flusses Berne lag, der auch am Stift selbst vorbeiführte.

Die Nachricht verbreitete sich wie ein Lauffeuer. Als Theophanu davon erfuhr, schickte sie den Hauptmann flussaufwärts, um einen konkreten Bericht über die Lage am Fluss zu erhalten. Alle Menschen hatten sich im Hof versammelt, um auf die Rückkehr des Hauptmanns zu warten. Als er völlig durchnässt zurückkam, empfing ihn Theophanu mit allen Stiftsdamen auf der Treppe vor ihrem Empfangsraum. Sie wollte, dass alle erfuhren, was er gesehen hatte.

„Es stimmt. Der Fluss ist über die Ufer getreten. Einige Wiesen stehen schon völlig unter Wasser. Wenn es in dieser Stärke weiterregnet, kommt das Hochwasser in drei Tagen zu uns", berichtete der Hauptmann niedergeschlagen.

Alle schwiegen und senkten deprimiert die Köpfe. Bis auf Theophanu. Sie straffte die Schultern und begann mit ihrer dunklen, kräftigen Stimme zu reden.

„Aufgrund dieser ungewöhnlichen und gefährlichen Situation habe ich mich entschlossen, die heilige Jungfrau Maria, die Mutter unseres Herrn Jesus Christus, um Hilfe anzurufen. Die Gottesmutter ist im Bildnis der Goldenen Madonna in unserem Stift anwesend. Die Goldene Madonna wird heute Abend in die Stiftskirche einziehen und nach der Heiligen Messe die ganze Nacht zur Verehrung bereit stehen. Ein jeder Getaufter mit reinem Gewissen ist eingeladen, an der Messe teilzunehmen und anschließend mit den Stiftsdamen und mir die Nacht im Gebet vor der Goldenen Madonna zu verbringen."

Zuerst ging ein Raunen durch die Menge. Dann jubelten die Menschen, und es erklangen Hochrufe auf Theophanu. Die Goldene Madonna wurde nur an bestimmten Tagen der Öffentlichkeit gezeigt, sonst wurde sie in der Schatzkammer des Stiftes aufbewahrt. Die Aussicht, das Bildnis nun außer der Reihe sehen und davor beten zu können, erfüllte die Menschen mit Zuversicht. Die Goldene Madonna würde sie nicht im Stich lassen, da waren sie sicher. Die Menge zerstreute sich schnell, denn jeder wollte sich noch vorbereiten. Vielleicht fand sich ja doch noch irgendwo etwas Trockenes zum Anziehen, oder ein besseres Gewand, das dem Anlass entsprach.

Auch Hildegundis und die anderen Mädchen waren aufgeregt. Denn bis auf Doda hatten sie die Goldene Madonna bisher noch nicht gesehen. Sie umringten Reganwi und bestürmten sie mit ihren Fragen.

„Dürfen wir auch die ganze Nacht dabei bleiben?"

„Wir schlafen bestimmt nicht ein!"

„Sag, dürfen wir?"

„Oh, bitte, bitte, leg ein gutes Wort für uns ein!"

Reganwi versuchte, die Mädchen zu beruhigen.

„Ich werde die Hochedle Äbtissin fragen", versprach sie. Sie hatte nicht bemerkt, dass Theophanu hinter sie getreten war.

„Ihr habt doch gehört, was ich gesagt habe: Ein jeder Getaufter mit reinem Gewissen ist eingeladen. Getauft seid ihr alle – und wenn noch etwas euer Gewissen belastet, ist Pater Jakobus bestimmt bereit, euch die Beichte abzunehmen", sagte die Äbtissin.

Dann verließ sie mit Reganwi die jubelnden Mädchen, um die Vorbereitungen für den Abend zu treffen. Normalerweise wurde die Goldene Madonna auf einer Art Thronsessel, an dem zu beiden Seiten lange Stangen befestigt waren, von vier Soldaten in einer feierlichen Prozession, die von allen Stiftsdamen begleitet wurde, in die Kirche getragen. Doch dem heftigen Regen wollte Theophanu die wertvolle Skulptur nicht aussetzen. Daher musste sie an diesem Tag in der mit kostbaren Stoffen ausgeschlagenen Holzkiste, in der sie aufbewahrt wurde, unter entsprechender Bewachung in das Gotteshaus gebracht werden. Dort sollte sie dann seitlich vom Altar auf einer antiken Säule aufgestellt werden.

Doch noch waren nicht alle auseinander gegangen, als ein fremder Reiter in den Hof geritten kam und die Äbtissin zu sprechen wünschte. Er blickte sich verwundert um, als er die vielen Menschen und Tiere sah und stellte sich dann als Bote des Königs vor.

„Seine Majestät, König Heinrich III., lässt dieses Schreiben der Hochedlen Äbtissin Theophanu zu Astnide übergeben. Ich soll auf eine Antwort warten", sagte er und überreichte Theophanu mit einer Verbeugung ein Pergament, das mit dem königlichen Siegel versehen war.

Theophanu dankte ihm und nahm das Pergament entgegen, dann bat sie den Boten, mit in den Empfangssaal zu kommen. Alle Stiftsdamen schlossen sich an und warteten gespannt, ob Theophanu den Inhalt des Schreibens bekannt geben würde. Theophanu brach das Siegel auf und las. Dann nickte sie und faltete das Pergament wieder zusammen. Sie sah den Boten an und sagte: „Ich werde dir morgen ein Schreiben an Seine Majestät mitgeben. Du kannst dich einstweilen bei uns ausruhen. Es ist zurzeit etwas beengt, da viele Menschen hier vor dem Unwetter Schutz gesucht haben, aber für dich und dein Pferd werden wir noch einen Platz finden."

Dann lud sie den Boten ein, am abendlichen Gottesdienst teilzunehmen, was er erfreut annahm, schließlich hatte er nicht damit gerechnet, die Goldene Madonna bei seinem Besuch sehen zu können.

Als der Bote das Zimmer verlassen hatte, wandte sich Theophanu an die Stiftsdamen.

„Der König reist in wenigen Tagen nach Köln. Er hat mich eingeladen, auch dorthin zu kommen. Das ist eine schöne Gelegenheit ihn zu treffen und auch meinen Bruder, Erzbischof Hermann, wieder zu sehen", sagte sie, wobei sie besonders beim zweiten Teil des Satzes gar nicht so erfreut aussah.

„Jetzt gibt es noch viel zu tun – machen wir uns also an die Arbeit", fügte die Äbtissin dann hinzu und entließ die Damen, die sich tuschelnd entfernten.

Draußen wandte Hrotswith sich an Reganwi: „Wenn die Äbtissin nach Köln reist, wird sie doch sicher von einigen Stiftsdamen begleitet, oder?"

„Mach' dir da keine Hoffnung, Hrotswith. So lange bist du noch nicht in Astnide. Das Privileg der Begleitung muss man sich erst verdienen. Und das letzte Mal, als sie dich mitnehmen wollte – da hast du ja abgelehnt!"

„Nach Rellinghausen! Das kann man doch nicht mit einer Reise nach Köln vergleichen!", fauchte Hrotswith, die sich darüber ärgerte, dass Reganwi ihr die Sache mit dem Ausflug unter die Nase rieb. Sie wusste aber selbst, dass sie mit ihrer damaligen Ablehnung die Äbtissin brüskiert hatte.

Eine Reise nach Köln, in eine der größten Städte der christlichen Welt, wo der König Hof hielt und man die einflussreichsten und mächtigsten Männer des Reiches treffen konnte, das war ganz nach Hrotswiths Geschmack.

„Vom Stand her steht mir die Begleitung am ehesten zu!", fügte sie noch selbstbewusst hinzu.

„Wir werden ja sehen, wie die Äbtissin entscheidet", beendete Reganwi die Diskussion und ließ Hrotswith stehen.

Hrotswith ließ ihre kleine Schwester mit den anderen Mädchen gehen und machte sich auf die Suche nach Widukind. Sie traf ihn im Stall, wo er nach seinem Pferd sah.

„Ich sollte dir doch berichten, was ich so höre", begann sie unvermittelt.

Widukind blickte überrascht auf und zog die Augenbrauen hoch, sagte aber nichts.

„Ein Bote des Königs ist eingetroffen. Er hat die Äbtissin nach Köln eingeladen. Du musst es irgendwie arrangieren, dass ich sie begleiten kann. Das ist *die* Gelegenheit für mich, bei Hofe eingeführt zu werden!", fuhr Hrotswith fort und sah ihren Vetter herausfordernd an.

Widukind klopfte seinem Hengst den Hals und trat dann aus der Box.

„Soso, der König reist also nach Köln. Das ist ja interessant. Ja, da könnte man etwas draus machen. Aber –" und dabei fasste er Hrotswith mit seiner linken Hand unters Kinn, so dass ihr der Geruch des Pferdeschweißes, der noch daran klebte, beißend in die Nase stieg – „gewöhne dir endlich ab, mit mir wie mit einem Leibeigenen zu reden!"

Dann ließ er sie los und ging aus dem Stall, ohne sich noch mal umzudrehen. Hrotswith wischte sich mit dem Ärmel das Kinn ab und verzog angeekelt das Gesicht, dann lief sie hinter ihm her.

*

Auch die Kräuteralma hatte schließlich vor dem Regen im Stift Zuflucht gesucht. Als sich die Menschen versammelten, um auf den Hauptmann zu warten, der über den Zustand des Flusses berichten sollte, traf sie auf Gewa.

„Alma!", rief Gewa erfreut, als sie ihre große Freundin sah und stellte sofort den Eimer mit Küchenabfällen, den sie zum Schweinestall bringen sollte, ab und lief auf sie zu. Alma umarmte sie.

„Gewa, wie geht es dir? Bist du gesund?"

„Ja, ich bin nur müde. Wir haben so viel Arbeit, es sind ja so furchtbar viele Menschen hier. Und dieser Regen…"

In diesem Augenblick kam der Hauptmann zurück und gab seinen Bericht ab, woraufhin Theophanu die Verehrung der Goldenen Madonna gewährte. Als die Menschen diese Nachricht mit Jubel begrüßten, riss auch die Kräuteralma erfreut die Arme hoch. Als Gewa sie erstaunt ansah, flüsterte sie ihr ins Ohr: „Mach' es so wie ich, sonst werden die Leute misstrauisch."

Daraufhin bemühte sich Gewa, es ihr gleich zu tun.

Für die feierliche Messe am Abend wollte Hildegundis ihr bestes Gewand anziehen. Sie suchte nach Gewa, die ihr beim Ankleiden helfen sollte. Dabei traf sie auf Una, die auf dem Weg zu ihrer Herrin Doda war.

„Hast du Gewa gesehen?"

„Die Köchin hatte sie zum Schweinestall geschickt. Sie müsste jetzt wieder in der Küche sein, Edle Hildegundis."

Auf dem Weg zur Küche kam wieder ein so heftiger Regenguss, dass Hildegundis sich schnell in einem Stalleingang unterstellte. Da hörte sie, wie sich drinnen zwei Menschen im Flüsterton unterhielten. Sie konnte eine Männer- und eine Frauenstimme unterscheiden.

„Es muss heute Nacht geschehen, wenn alle in der Kirche sind. Eine bessere Gelegenheit hätte die Äbtissin uns nicht bieten können. Bist du sicher, dass das Mädchen das hinkriegt?", fragte die Männerstimme.

„Ja, Herr, seid ohne Sorge. Das dumme Ding tut alles, was ich von ihr verlange. Wir können uns ungestört an dem geheimen Ort treffen."

Hildegundis grinste. Wahrscheinlich handelte es sich hier um ein Liebespaar, dachte sie, das die Gunst der Stunde nutzen wollte, um sich ungestört zu treffen. Sie hatten irgendeine Verbündete, die das Treffen für sie arrangierte. Von solchen Geschichten hatte Hildegundis schon oft erzählen gehört, daher machte sie sich keine weiteren Gedanken, sondern beeilte sich, ihren Weg fortzusetzen.

Doch in der Küche war Gewa auch nicht, die Köchin hatte sie bereits mit einem weiteren Auftrag ins Brauhaus geschickt. Sie riet Hildegundis, in der trockenen, warmen Küche zu warten.

„Es dauert bestimmt nicht lang, dann ist Gewa zurück und Ihr könnt Euch etwas aufwärmen, Edle Hildegundis", meinte sie.

Hildegundis nahm ihren Rat an und setzte sich auf eine Bank in der Nähe des großen Kamins und starrte in das Feuer. Dabei dachte sie an den Kamin zu Hause auf der Burg, wie oft sie mit ihren Geschwistern und Martin bei schlechtem Wetter davor gesessen und den Geschichten ihres Großvaters, des alten Grafen, gelauscht hatte.

Wie es Martin wohl geht, dachte sie und sie verspürte einen Anflug von Heimweh. Bawa, die Köchin, hatte ein gutes Herz und ahnte, wie Hildegundis sich fühlte. Wortlos schob sie ihr einen Becher mit heißer Milch und Honig hin. Hildegundis lächelte sie an und griff dankbar zu.

Gewa war kurz vor dem Brauhaus, als sie schnelle Schritte hinter sich hörte. Sie drehte sich um und sah die Kräuteralma.

„Gewa! Gut, dass ich dich endlich gefunden habe – ich brauche deine Hilfe!", rief sie etwas außer Atem.

Gewa sah sie erstaunt an.

„Meine Hilfe? Ja … dann komm erstmal mit ins Brauhaus, da ist es trocken", meinte sie.

Drinnen überzeugte sich die Kräuteralma zunächst davon, dass sie mit Gewa allein war. Dann sagte sie in eindringlichem Ton: „Gewa! Ich – wir, das heißt, alle Einwohner von Astnide – brauchen deine Hilfe. Der Regen hört nicht auf, und jetzt steigt auch noch das Wasser im Fluss. Die Götter sind zornig."

„Aber was kann ich denn tun?"

„Gewa, vertraust du mir?"

„Oh, Alma, natürlich! Wie kannst du daran zweifeln?"

„Gut. Du kannst mir dein Vertrauen beweisen. Ich kenne ein Mittel, dass die Götter besänftigt, das Wasser wieder in das Flussbett zurückführt und dem Regen Einhalt gebietet. Doch dieses Mittel kannst nur du uns besorgen."

„Sag, was es ist – ich besorge es!"

Alma sah das Mädchen fest an, dann sagte sie: „Es ist das Pferd deiner Herrin Hildegundis."

Gewa wurde weiß wie die Wand. „Das … das Pferd meiner Herrin? Aber … wie … ich verstehe nicht …", stammelte sie.

„Heute Nacht, wenn alle zur Goldenen Madonna beten, werden die Wachen auch nicht vollzählig sein. Falls doch, wird es nicht auffallen, wenn du das Pferd deiner Herrin aus dem Stall führst. Wenn dich jemand fragt, sagst du einfach, das Tier brauche mal Bewegung. Aber wahrscheinlich wird dich überhaupt niemand ansprechen. Du bringst das Pferd zum Nebentor. In der Nähe warten bereits unsere Leute und ich. Und dann sind wir auch schon ganz schnell im Wald. Bei all dem Trubel wird deine Herrin dich nicht vermissen – im Morgengrauen wirst du auch schon zurück sein. Es ist also keine Gefahr dabei", erklärte Alma.

Gewa sagte erstmal nichts. Sie hatte das Gefühl, ihre Zunge wäre eingetrocknet. Sie räusperte sich schließlich und sagte mit etwas heiserer Stimme: „Aber das ist doch Pferdediebstahl – darauf steht der Tod!"

„Du weißt, wie wichtig es ist, die Götter zu besänftigen. Unser aller Leben hängt davon ab, dass du diese Aufgabe übernimmst. Gewa, du bist die Einzige, die das für uns tun kann!"

Almas Stimme wurde sehr eindringlich: „Gewa, ich, als deine Freundin, bitte dich darum!"

Gewa schluckte. Dann nickte sie kaum merklich. Alma nahm sie in den Arm und rückte sie an sich.

165

„Ach, Gewa, ich wusste ja, dass du eine echte Freundin bist! Ich werde dich die genaue Zeit wissen lassen. Die Götter werden dich für diese Tat belohnen, sei gewiss!"

Hildegundis hatte inzwischen ihren Becher Milch leer getrunken und wurde ungeduldig. Sie steckte ihren Kopf zur Küchentür hinaus und blickte Richtung Brauhaus. Da sah sie Gewa mit einer jungen Frau zusammen den Weg entlang kommen. Die junge Frau verabschiedete sich und Gewa kam allein zur Küche.

„Wer war das?", fragte Hildegundis neugierig.

„Ach, nur eine Frau aus dem Dorf", antwortete Gewa mit leiser Stimme.

Hildegundis fiel auf, dass Gewa sehr blass war. Sie bat die Köchin um noch einen Becher heiße Milch und gab ihn Gewa.

„Trink erstmal etwas Warmes. Dann brauche ich dich gleich beim Ankleiden."

Gewa nahm den Becher, konnte aber nur einen kleinen Schluck trinken. Das schlechte Gewissen schnürte ihr die Kehle zu. Ihre Herrin war immer gut zu ihr und nun wollte sie ihr Pferd stehlen. Tränen traten ihr in die Augen. Hildegundis sah sie besorgt an.

„Bist du etwa krank, Gewa?"

„Nein, nein, Herrin. Es geht schon."

„Wir sind alle einfach sehr erschöpft", mischte sich die Köchin nun ein. „Wollen wir hoffen, dass die Goldene Madonna uns hilft und der Herrgott ein Einsehen hat, dass endlich dieser Regen aufhört!", fügte sie hinzu und hing einen großen Kessel an den Haken über dem Feuer.

Schließlich wurde es Abend und das Geläut der Glocken rief die Gläubigen zur Messe. Als sich die Stiftsdamen zur Einzugsprozession aufstellten, waren nicht nur die Mädchen aufgeregt. Selbst die Pröpstin nestelte immer wieder an ihrem Schleier herum und strich ihr Gewand glatt. Dann erschien Theophanu und der Einzug begann. Die Kirche war zum Bersten gefüllt. Weihrauchschwaden hingen in der Luft. Hildegundis konnte sich – ebenso wie die anderen Mädchen – nur schwer auf das Einzugslied konzentrieren. Dann sah sie sie endlich, die Goldene Madonna. Hildegundis hielt den Atem an.

Die Goldene Madonna saß auf ihrem Thron und hielt ihren Sohn Jesus in den Armen. Sie war in ein langes Gewand gekleidet, dass ihren Körper eng umschloss. Der Kopf war von einem Schleier bedeckt. Doch ihre Augen, aus blauem Lapislazuli gefertigt, blickten groß und unergründlich in die Ferne. Das Metall schimmerte unaufdringlich im Licht der vielen Kerzen und verlieh ihr einen überirdischen Glanz. Hildegundis verstand nun, warum die Goldene Madonna in der ganzen christlichen Welt so berühmt war.

Gewa wartete, bis der Klang der Glocken verstummt war und sich die letzten Nachzügler noch in das Gotteshaus gedrängt hatten, dann verließ sie unbemerkt das Stift mit der Stute ihrer Herrin am Zügel.

*

Die ganze Nacht war die Kirche erfüllt vom Gemurmel der Betenden. Nach und nach verließen jedoch einige Leute das Gotteshaus, die zu erschöpft waren, um bis zum Morgen auszuharren. Hildegundis und Frithuwif waren auch müde. Jeder Knochen im Körper tat ihnen weh, und Hildegundis ertappte sich dabei, dass sie immer wieder zum Fenster sah, ob es nicht endlich heller wurde. Nur Doda schien das nichts auszumachen. Sie hatte die Lider gesenkt und ihre Lippen bewegten sich unaufhörlich. Da wurde die Kirchentür aufgerissen und ein Mann stürmte herein.

„Der Regen hat aufgehört!", schrie er und riss die Betenden aus ihrer Versenkung.

„Es ist ein starker Wind aufgekommen, der die Wolken vertreibt!", rief der Mann wieder.

Jetzt waren alle munter, erhoben sich und eilten zur Tür, um sich selbst davon zu überzeugen. Als Letzte trat Theophanu hinaus. Sie blickte in den Himmel und sah erleichtert, dass sich die Wolken tatsächlich verzogen und in der Ferne ein breiter Streifen blauen Himmels erkennbar war. Dankbar stimmte sie das Te Deum an, das feierliche Gotteslob, in das sofort alle einfielen. Dann zogen alle zurück in die Kirche, um sich bei der Goldenen Madonna für ihre Fürsprache zu bedanken.

Müde, aber fröhlich verließen die Menschen schließlich die Kirche, um sich ein einfaches Morgenmahl zu machen und dann ihre Sachen zu packen. Jetzt konnte man ans Aufräumen gehen und versuchen, Häuser und Ställe wieder herzurichten. Der starke Wind würde dafür sorgen, dass die Feuchtigkeit sich schnell verzog. Es herrschte ein lebhafter Betrieb im ganzen Stift, als Sachen gepackt, Wagen beladen und Tiere zusammengetrieben wurden. Mitten im Gewühl entdeckte Hildegundis Gewa, die mit hängendem Kopf daher schlich.

„Gewa!", rief Hildegundis sie an und erschrak, als sie in Gewas Gesicht blickte. Es war totenbleich. „Du bist doch krank, Gewa. Komm mit, wir gehen zu Reganwi, du brauchst eine Arznei!", sagte sie und fasste Gewa am Arm, um sie mit sich zu ziehen.

„Nein, nein, Herrin, ich brauche nichts", wimmerte Gewa mit tränenerstickter Stimme, riss sich los und lief davon. Hildegundis blickte ihr erstaunt hinterher.

Da trat einer der Stallknechte zu Hildegundis und sprach sie an: „Edle Hildegundis, habt Ihr Euer Pferd in einem anderen Stall unterbringen lassen?"

Hildegundis runzelte die Stirn. „Nein, wieso?"

„Nun, es ist nicht in seiner Box. Zaumzeug und Sattel sind aber an ihrem Platz."

Ein heißer Schreck durchfuhr Hildegundis. In dem Moment kam Frithuwif dazu, die sofort merkte, dass etwas nicht stimmte.

„Was ist denn los, Hildegundis? Gibt es schlechte Nachrichten?"

„Fatima ist fort!"

„Was?"

„Ich verstehe das auch nicht, Zaumzeug und Sattel sind noch da."

Der Stallknecht, der betreten daneben stand, räusperte sich und meinte: „Vielleicht hat jemand in dem ganzen Trubel die Tür nicht richtig geschlossen und die Stute ist einfach hinaus gelaufen."

„Wir müssen sofort alles absuchen! Wenn sie nun zum Tor hinaus gelaufen ist – nachher ist sie schon im Wald und da gibt es Wölfe …", rief Hildegundis verzweifelt und hatte Mühe, ihre Tränen zurückzuhalten.

„Ich hole Reganwi", beschloss Frithuwif und machte sich sofort auf den Weg.

Reganwi nahm die Sache sehr ernst und informierte sofort die Äbtissin. Auch Theophanu war besorgt. Wenn es sich tatsächlich um Pferdediebstahl handeln sollte, warf das ein schlechtes Licht auf Astnide. Auch der Gedanke, dass die Tochter des Grafen Thietmar erneut gezielt als Opfer für einen Anschlag ausgesucht worden war, kreiste in ihrem Kopf.

„Schicke den Hauptmann zu mir. Es müssen sofort Suchtrupps losziehen und alle, die das Stift jetzt verlassen, müssen befragt werden", entschied sie.

Als Hildegundis davon erfuhr, stand ihr Entschluss fest: „Ich werde mitsuchen. Doda leiht mir bestimmt ihr Pferd."

„Ich komme mit, einen kurzen Ritt kann ich mit Buntspecht schon wagen", unterstützte Frithuwif ihre Freundin.

„Hildegundis, Frithuwif, ihr seid erschöpft von der durchwachten Nacht – es wäre bestimmt besser, wenn ihr hier bleiben und euch ausruhen würdet", versuchte Reganwi die beiden zu überreden.

Doch Hildegundis blieb bei ihrem Entschluss. Die Befragung der Leute, die das Stift nun wieder verließen, hatte nichts erbracht. Keiner hatte die Fuchsstute gesehen. Da Zaumzeug und Sattel noch vorhanden waren, erschien ein Diebstahl unwahrscheinlich.

„Die Stute muss also hinausgelaufen sein", meinte der Hauptmann und beruhigte Reganwi.

„Wir werden kaum auf einen bewaffneten Pferdedieb stoßen. Es ist für die Mädchen sicher ungefährlich. Wir finden das Tier bestimmt friedlich grasend vor, und dann ist es gar nicht schlecht, wenn es von seiner Herrin, die es ja kennt, wieder eingefangen wird."

Er beschloss, zunächst die Wiesen vor dem Waldgebiet abzusuchen. Doda hatte ihr Pferd gern zur Verfügung gestellt, und so konnten Hildegundis und Frithuwif den Suchtrupp begleiten.

Die Wiesen nahmen ein weites Gebiet ein, das vor dem Wald lag und sich zu der einen Seite bis zum Fluss erstreckte. Da es während der Nacht noch heftig geregnet hatte, war von dem Pferd keine Spur zu entdecken. Die Truppe zerstreute sich also. Hildegundis trieb Dodas Stute zu einem schnellen Trab und wandte sich Richtung Fluss. Das Hochwasser machte sich hier bereits bemerkbar.

„Pass auf, wo du hinreitest, das Ufer ist sicher völlig durchweicht", rief Frithuwif, die ein Stück hinter Hildegundis ritt, gefolgt von einem Soldaten.

Hildegundis war gerade hinter einigen hochstehenden Büschen in Ufernähe verschwunden, als Frithuwif einen furchtbaren Schrei hörte. Sie trieb ihren Schecken an, um schneller hinzukommen, da kam ihr auch schon Dodas braune Stute mit aufgerissenen Augen entgegengelaufen – ohne Hildegundis. Frithuwif sprang ab und lief so schnell sie konnte.

Hinter den Büschen stand Hildegundis, offensichtlich unversehrt, aber wie erstarrt. Als Frithuwif sah, was ihre Freundin so erschreckt hatte, stieß sie selbst einen Schrei aus, stürzte dann zu Hildegundis, nahm sie in den Arm, drehte sie von dem Anblick weg und drückte ihr Gesicht an ihre Schulter.

„Sieh nicht hin, sieh nicht hin", stammelte sie unter Tränen und strich Hildegundis, die nun hemmungslos schluchzte, übers Haar.

Der Soldat, der sie begleitet hatte, war nun auch herbeigeeilt und wurde blass bei dem Anblick: „Eine Neidstange", sagte er fast im Flüsterton.

Im Fluss, in Ufernähe, war eine starke Holzstange in das Flussbett gerammt worden, die ungefähr 1,50 m aus dem Wasser ragte. Oben auf der Stange war der Kopf eines Pferdes befestigt, der ungefähr am siebten Halswirbel vom Rumpf abgetrennt worden war.

Es war der Kopf von Hildegundis' Stute Fatima.

12. Die Reise nach Köln

„Eine Neidstange!!", rief Theophanu entsetzt nach dem Bericht des Soldaten, den der Hauptmann als Boten vorab in das Stift zurückgeschickt hatte.

Das Errichten einer Neidstange war ein alter heidnischer Brauch, bei dem den Flussgöttern ein Pferd geopfert wurde. Durch das Aufspießen des Pferdekopfes auf einer Stange im Fluss sollten die Götter milde gestimmt und das Hochwasser abgewendet werden. Dieser Brauch war im Umkreis von Astnide in den letzten zehn Jahren nicht mehr ausgeübt worden – was damit zusammenhing, dass es kaum Leute gab, die noch dem heidnischen Glauben anhingen und wohlhabend genug waren, ein kostbares Pferd – das im Durchschnitt dem Wert von zwanzig Milchkühen entsprach – zu opfern. Ein Opfertier musste nämlich makellos sein, ein altes oder krankes Tier durfte dafür nicht verwendet werden.

Die Tatsache, dass nun ein Pferd aus dem Stift gestohlen und in der Nähe geopfert worden war, brachte die Äbtissin in eine missliche Lage, die dadurch verschlimmert wurde, dass ein Bote des Königs im Stift weilte und diese Nachricht sofort an den Herrscher – und, noch schlimmer – auch an Erzbischof Hermann, Theophanus Bruder, weitergeben würde. Das würde die Position der Äbtissin und des Stiftes schwächen. Ihr Bruder und seine Vasallen hätten einen Vorwand, die Reichsunmittelbarkeit des Stiftes, die garantierte, dass die Äbtissin nur dem König verantwortlich und abgabepflichtig war, in Frage zu stellen und sich Astnide und seine Pfründe anzueignen.

Doch als der Suchtrupp mit Hildegundis und Frithuwif in den Hof des Stiftes kam, vergaß auch Theophanu alle politischen Sorgen und wurde von einer Welle des Mitleids für Hildegundis durchflutet. Sie konnte sich vorstellen, was der Verlust des Tieres für das Mädchen bedeutete. Hildegundis hatte nicht nur ein wertvolles Pferd verloren, die Stute stellte für sie auch ein Stück Verbundenheit mit ihrer Heimat dar. Auch Reganwi und Doda eilten herbei und halfen der apathisch wirkenden Hildegundis vom Pferd. Sie begleiteten Hildegundis ins Dormitorium und brachten sie zu Bett. Die heilkundige Stiftsdame Swanhild kam mit einem Beruhigungstrank, den sie Hildegundis vorsichtig einflößte. Frithuwif und Doda versprachen, bei ihr zu bleiben, bis sie eingeschlafen war.

Der Hauptmann war mit einigen Männern am Fluss zurückgeblieben. Er warf den Strick, den er eigentlich mitgenommen hatte, um das Pferd zurückzuführen, über die Neidstange und riss sie mit Hilfe seiner Männer um. Dann zogen sie den abgeschlagenen Pferdekopf samt Stange an Land. Er wusste, die Äbtissin würde nicht wollen, dass eine Spur des heidnischen Opfers zurückbleiben würde.

Im Hof des Stiftes hatten sich inzwischen wieder viele Menschen versammelt, denn die Nachricht von der ungeheuerlichen Tat hatte sich in Windeseile herumgesprochen. Theophanu ließ in der Mitte des Hofes einen Scheiterhaufen errichten. Als der Hauptmann und seine Männer mit dem Pferdekopf und der Stange erschienen, ließ die Äbtissin die Stange in Stücke hacken und zusammen mit dem Pferdekopf auf dem Scheiterhaufen platzieren. Dann griff sie zu der Fackel, die Reganwi für sie bereit hielt und trat an den Scheiterhaufen.

„Der Edlen Hildegundis, Stiftsdame in Astnide, ist großes Unrecht widerfahren", begann Theophanu und ihre Augen, die über die anwesende Menge schweiften, blitzten zornig. „In heidnischer Verblendung hat man ihr Pferd gestohlen und als Götzenopfer geschlachtet. Ihr alle werdet nun Zeugen sein, dass dieses Opfer sinnlos war: Ich werde es nämlich jetzt den Flammen übergeben!", damit hielt sie die Fackel an den Scheiterhaufen, der sofort in hellen Flammen stand.

Ein Raunen ging durch die Menge. Auch Gewa stand bleich und zitternd dabei. Die Kräuteralma war aber nicht zu sehen. Das Feuer erfasste schließlich auch den Pferdeschädel.

„Seht ihr – das Feuer holt sich das Opfertier und die Götter lassen es nicht regnen, um ihr Opfer zu schützen. Sie sind machtlos. Es war die Fürbitte der Heiligen Jungfrau Maria, die uns vor dem Hochwasser geschützt hat, nichts anderes. Geht, und erzählt jedem, den ihr trefft, was ihr hier gesehen und gehört habt!"

Als die Menge sich zerstreute, rief Theophanu den Boten des Königs zu sich, der das ganze Schauspiel beobachtet hatte. Sie übergab ihm ein versiegeltes Pergament, das Reganwi bei sich getragen hatte.

„Dies ist meine Antwort an Seine Majestät. Ich danke für die Einladung und werde in zwei Tagen nach Köln aufbrechen. Dem Wiedersehen mit dem König und mit Seiner Exzellenz, dem Erzbischof, meinem Bruder, sehe ich mit Freuden entgegen", sagte die Äbtissin.

Sie hatte die förmlichen Worte gewählt, weil sie wusste, wenn das Schreiben auf dem langen Weg verloren gehen sollte, würde der Bote wortgetreu wiederholen, was sie gesagt hatte. Der Bote verneigte sich, nahm das Pergament entgegen und verabschiedete sich. Theophanu blickte ihm nachdenklich nach.

„Wir werden sehen, wie unser Empfang in Köln sein wird", sagte sie zu Reganwi.

„Ihr habt die Situation doch gut gelöst, man kann Euch nichts vorwerfen", antwortete Reganwi zuversichtlich.

„Du kennst meinen Bruder noch nicht so gut – aber, wir können jetzt sowieso nur noch abwarten. Komm, wir sehen mal, wie es der armen Hildegundis geht", meinte die Äbtissin.

*

Hildegundis war erschöpf eingeschlafen. Die Äbtissin befahl, sie nicht zur Vesper zu wecken, sondern nach Möglichkeit bis zum nächsten Morgen durchschlafen zu lassen. So geschah es dann auch. Als Hildegundis erwachte, fühlte sie sich wie gerädert.

Immer wieder hatte sie das schreckliche Bild der Neidstange vor Augen. Frithuwif, Doda und sogar Waltswith versuchten, sie zu trösten und auf andere Gedanken zu bringen. Doch beim Morgenmahl bekam Hildegundis kaum einen Löffel hinunter. Besorgt sahen Theophanu und Reganwi, wie bleich und krank das früher so hübsche Mädchen nun aussah.

Nach dem Mittagsmahl rief Theophanu alle Stiftsdamen in den Kapitelsaal, da sie die Reise nach Köln besprechen wollte. Auf dem Weg dorthin sah Hrotswith ihren Vetter Widukind im Kreuzgang stehen, der ihr mit einem Wink zu verstehen gab, dass er sie sprechen wolle.

Als sie zu ihm trat, sagte er leise, aber triumphierend: „Nun, liebe Base, jetzt steht deiner Reise nach Köln wohl nichts mehr im Wege. Die gute Hildegundis hat ja kein Reitpferd mehr – und ist dazu noch so schrecklich traurig. Reganwi wird sich um sie kümmern müssen, sie kann also auch nicht mit!"

„Ja, das ist eine glückliche Fügung für mich. Aber was bläst du dich auf wie ein Auerhahn zur Brunftzeit, das war doch nicht dein Werk", antwortete Hrotswith.

„Ach, du glaubst tatsächlich, es wäre ein Zufall gewesen, dass ausgerechnet Hildegundis' Stute gestohlen wurde?"

Hrotswith sah Widukind mit einer Mischung aus Abscheu und Bewunderung an, dann meinte sie nachdenklich: „Du hast doch nicht etwa … du willst damit doch nicht sagen … du bist doch nicht unter die Pferdediebe gegangen?"

„Natürlich nicht! Erinnere dich, Hrotswith: Ich kniete die ganze Nacht in einer der ersten Reihen vor der Goldenen Madonna", sagte Widukind und grinste breit. „Es ist weitaus angenehmer und ungefährlicher, andere Menschen für seine Zwecke zu benutzten. Je eher du das lernst, desto höher wirst du steigen, Hrotswith."

In diesem Moment kam Waltswith angelaufen. „Wo bleibst du denn, Hrotswith. Die Äbtissin will anfangen, wir warten schon alle auf dich."

Hrotswith verabschiedete sich hastig von Widukind und eilte ihrer Schwester hinterher.

„Nutze die Möglichkeiten!", rief der Prinz ihr noch hinterher.

Theophanu blickte die Sachsenprinzessinnen missbilligend an, als sie endlich in den Kapitelsaal kamen. Eilig nahmen die Schwestern ihre Plätze ein.

„So, da wir nun alle versammelt sind, möchte ich mit euch meine Reise nach Köln besprechen. Es gibt eine offizielle Einladung von König Heinrich, der bei meinem Bruder, dem Erzbischof, zu Gast sein wird. Ich werde dieser Einladung folgen und übermorgen aufbrechen. Da wir bestimmt vieles besprechen werden, was die Bewirtschaftung des Stiftes betrifft, wird mich die Pröpstin begleiten. Du, liebe Swanhild", wandte sich Theophanu an die Stiftsdame, „Du wirst uns während unserer Abwesenheit vertreten. Des Weiteren wird mich Reganwi begleiten, die meine Schreibarbeiten erledigen wird. Außerdem – ", jetzt herrschte gespannte Ruhe im Saal, „wird Hildegundis mit uns reisen."

Hildegundis riss den Kopf hoch. Sie hatte nur mit halbem Interesse zugehört und war in Gedanken weit weg. Erst als ihr Name fiel, wurde sie wieder hellwach.

„Warum Hildegundis? Warum schon wieder Hildegundis?", rief Hrotswith wütend mit schriller Stimme.

„Meine Entscheidung bedarf keiner Rechtfertigung", antwortete die Äbtissin kühl. „Doch du bist noch jung, daher will ich es dir erklären. Hildegundis reist mit, weil sie die Beste in Latein ist und den Gesprächen mit auswärtigen Würdenträgern daher folgen kann. Sie kann auch gut mit der Schreibfeder umgehen und Reganwi unterstützen. Außerdem macht sie gerade eine schwere Zeit durch, so dass ihr eine Ablenkung gut tun wird. Also wirst du diese Reise deiner Schwester in Christo doch gönnen, habe ich Recht?"

Hrotswith kniff die Lippen zusammen und schwieg.

„Aber", meldete sich jetzt auch Hildegundis zu Wort, „Hochedle Äbtissin, Ihr vergesst", jetzt musste Hildegundis schlucken, bevor sie mit leiser Stimme fortfuhr: „Ich habe kein Pferd mehr."

Theophanu lächelte sie an. „Mach dir darüber keine Sorgen. Ich habe einige Pferde auf dem großen Hof in Borbeck stehen. Du kennst dieses Anwesen noch nicht, ich bin gern im Sommer dort. Ich habe bereits veranlasst, dass man ein Pferd von dort nach Astnide bringt. Es müsste noch heute Nachmittag eintreffen. Das werde ich dir für diese Reise zur Verfügung stellen."

Hrotswith hatte aber noch nicht aufgegeben. „Warum kann ich denn nicht auch mitkommen? Meinem Stand nach – ", da unterbrach Theophanu sie und sagte: „Dies ist keine Einladung zu einem königlichen Hoffest. Und da du gerade deinen Stand erwähnst: Ich kann unmöglich die Verantwortung übernehmen, eine Prinzessin auf diese lange, gefährliche Reise mitzunehmen. Was ist, wenn wir wieder überfallen werden? Du wärst die erste Beute für Räuber, die auf Lösegeld aus sind. Nein, das kann ich deiner Familie gegenüber nicht verantworten", damit erhob sich Theophanu und gab so das Zeichen, dass die Versammlung beendet sei.

Hrotswith richtete es so ein, dass sie als Letzte den Kapitelsaal verließ. Waltswith war schon mit Doda, mit der sie sich inzwischen angefreundet hatte und den anderen Mädchen vorgegangen. Wie sie erwartet hatte, wartet Widukind im Kreuzgang auf sie.

„Nun?", gespannt wartete der Prinz auf den Bericht seiner Base.

Hrotswith ballte die Fäuste. „Es hat nichts genutzt! Der ganze Aufwand war umsonst – Reganwi und Hildegundis begleiten die Äbtissin. Sie stellt Hildegundis sogar eines von ihren eigenen Pferden zur Verfügung!"

„Und du hast nichts dazu gesagt?"

„Natürlich! Ich habe auf meinen Stand hingewiesen. Aber Theophanu ist schlau wie ein Fuchs. Sie hat mein eigenes Argument gegen mich verwendet und behauptet, gerade darum wäre es zu gefährlich, wenn ich mitreisen würde."

„Du hast die ganze Sache falsch angefangen, Hrotswith. Es wäre klüger gewesen, du hättest dich mit Hildegundis angefreundet. Dann hättest du jetzt an Stelle von Reganwi als Trösterin mitreisen können. Jetzt muss ich mir wieder etwas einfallen lassen", sagte Widukind und rieb sich nachdenklich das Kinn. „Nun, so oder so – ich werde der Äbtissin meine Begleitung anbieten. Sie hat die Gefahren der Reise ja selbst beschrieben. Da wird es nicht auffallen, wenn ich mitkomme, obwohl meine Base nicht mit reist. Und frage mich jetzt nicht, was ich in Köln will", meinte er und sah Hrotswith warnend an.

Die klappte den Mund wieder zu, den sie bereits geöffnet hatte, um genau diese Frage zu stellen.

*

Gewa hatte sich seit der Verbrennung des Pferdeschädels rührend um Hildegundis gekümmert. Sie fand selbst kaum Schlaf, so sehr belastete die Tat ihr Gewissen. Nachdem Reganwis Dienerin dem Gesinde mitgeteilt hatte, wer zur Begleitung der Äbtissin gehörte, machte sich Gewa müde auf, um die Sachen ihrer Herrin für die Reise nach Köln zu packen. Es war ihr klar, dass sie Hildegundis nach Köln begleiten würde. So stand ihr wieder eine weite Reise bevor, doch diesmal hatte sie mehr Angst davor, als Pferdediebin entlarvt zu werden, als vor den Gefahren der Reise. Noch immer herrschte ein reges Kommen und Gehen im Stift, denn noch waren nicht alle Schutzsuchenden wieder fort. Manche holten auch erst nach und nach ihr Hab und Gut. Da fiel es auch nicht weiter auf, dass die Kräuteralma wieder im Stift auftauchte.

„Gewa!", rief sie erfreut, als sie das Mädchen erblickte.

„Alma", sagte Gewa mit tonloser Stimme, „Alma, ich glaube, wir haben einen großen Fehler gemacht."

„Was redest du denn? Siehst du denn nicht, dass der Regen aufgehört hat? Das Hochwasser ist gebannt! Du hast den Menschen hier einen großen Dienst erwiesen, alle sind stolz auf dich – ich bin stolz auf dich!"

Zweifelnd sah Gewa die Kräuteralma an. „Ich weiß nicht … Vielleicht waren es doch eher die Gebete zur Heiligen Jungfrau, die dem Regen Einhalt geboten haben. Und die Äbtissin hatte Recht: Die Götter haben nichts getan, um ihr Opfer zu schützen. Sie hätten es ja wieder regnen lassen können!"

„Lass dir nichts einreden! Das Opfer hat den Göttern gefallen. Was danach damit geschieht, das ist für sie ohne Belang."

Gewa senkte den Kopf und flüsterte: „Was ist, wenn jemand herausfindet, dass ich das Pferd gestohlen habe? Ich habe dann mein Leben verwirkt."

Alma nahm sie in den Arm und drückte sie an sich. „Mach dir keine Sorgen, Gewa. Wir haben einen hohen Herrn als Beschützer. Und er hat große Pläne – wer weiß, vielleicht wird bald schon die alte Religion wieder offen ausgeübt und wir jagen die Christen davon!", sagte sie mit einem gefährlichen Glitzern in den Augen.

Die Vorbereitungen für die Reise liefen auf Hochtouren. Kleider wurden durchgesehen und Kisten gepackt und die Stallknechte und Fuhrleute sahen nach den Tieren und Wagen. Selbst Hildegundis wurde ein wenig von der Aufregung mitgerissen und bekam wieder etwas Farbe auf die Wangen. Frithuwif und Doda halfen ihr beim Aussortieren und Packen. Waltswith wäre auch gern geblieben, aber ihre Schwester hatte ihr befohlen, mit ihr in die Bibliothek zu gehen. Für Hrotswith war der Anblick der Reisevorbereitungen unerträglich. Da steckte Reganwi den Kopf zur Tür herein.

„Hildegundis", sagte sie lächelnd, „Komm schnell hinunter in den Hof, das ist etwas für dich angekommen!"

Frithuwif, die vor einer Kiste gekniet hatte, sprang sofort auf.

„Das Pferd! Das Pferd ist angekommen! Komm Hildegundis, lass es uns ansehen!"

Hildegundis zögerte. Sie hatte einen schmerzhaften Stich in der Brust gefühlt, als Reganwi erschien, denn ihr war auch sofort klar, um was es ging. Doch sie wusste auch, sie musste sich nun damit auseinandersetzen, dass Fatima nicht mehr da war. Sie sagte sich, dass es ja nur ein Leihpferd für die Reise war. Sie musste es ja nicht einmal mögen. Dann seufzte sie und ließ sich von Frithuwif mitziehen, während Doda mitfühlend ihre Hand nahm und sie ebenfalls begleitete.

Als sie in den Hof kamen, hatte sich schon eine kleine Menge versammelt, in deren Mitte zwei Reiter und ein lediges Pferd standen. Noch konnte Hildegundis nicht viel erkennen. Da kam Theophanu, und die Menge teilte sich ehrerbietig, um der Äbtissin Platz zu machen. Theophanu ging aber zunächst auf Hildegundis zu, legte ihr den Arm um die Schultern und sagte: „Dann wollen wir uns das Pferd einmal ansehen, auf dem du nach Köln reiten wirst!"

Die Äbtissin trat zu dem Tier und ließ sich von dem Soldaten den Führstrick geben. Es war eine Stute von dunkelgrauer Farbe, deren Schweif und Mähne fast schwarz waren. Auf der Stirn hatte sie ein kleines, weißes Abzeichen, das einer Mondsichel glich. Ihr Kopf war klein und edel, die großen Augen blickten neugierig, gar nicht ängstlich. Theophanus Blick glitt wohlwollend an dem Tier entlang, dann klopfte sie ihm den Hals und drehte sich zu Hildegundis um.

„Wie gefällt sie dir?", wollte sie dann von dem Mädchen wissen.

Hildegundis stand sprachlos da. Sie kämpfte mit ihren Gefühlen. Sie glaubte, noch nie ein schöneres Pferd gesehen zu haben, doch das kam ihr wie ein Verrat an ihrer geliebten Stute vor. Theophanu verstand, was in Hildegundis vorging. Sie sagte: „Komm doch näher, Hildegundis, und begrüße Silbermond."

„Silbermond?", fragte sie mit trockenem Hals und streckte beim Näherkommen vorsichtig eine Hand aus, um die Stute daran schnuppern zu lassen.

„Ja, sie ist eine Vollschwester meines Hengstes Silberstern", antwortete die Äbtissin und strich der Stute die seidigen Stirnhaare zur Seite, so dass die kleine Mondsichel gut zu erkennen war.

„Das hat ihr den Namen gegeben", fügte sie erklärend hinzu.

„Sie ist wunderschön", meinte Hildegundis leise und streichelte den Hals des Pferdes. Dann holte sie tief Luft und sagte: „Ich freue mich darauf, sie zu reiten."

„Das ist schön. Ich vertraue sie dir gerne an, denn ich weiß, du wirst gut mit ihr umgehen", sagte Theophanu und fügte leise hinzu: „Du bist sehr tapfer, Hildegundis, und du verhältst dich, wie es deinem Stand gebührt."

Diese Anerkennung erfüllte Hildegundis mit Stolz und sie begann sich tatsächlich auf die Reise zu freuen.

Die Äbtissin befahl, die Stute zu satteln und ermunterte Reganwi, einen Ausritt mit Hildegundis zu machen, damit sich Pferd und Reiterin aneinander gewöhnen konnten. Frithuwif bettelte, dass sie mitkommen konnte, was ihr schließlich auch gewährt wurde.

„Mein Buntspecht braucht Bewegung, er wird sonst noch ganz steif. So ein kleiner Ausritt überanstrengt ihn sicher nicht", war ihr Argument.

Hildegundis freute sich, dass die Freundin mitkam, denn sie würden sich eine Zeit lang nicht sehen. Die Stute war noch sehr jung, hatte aber bereits eine gute Schule durchlaufen. Hildegundis fand, dass sie manchmal etwas temperamentvoll, aber in allen Gangarten gut zu reiten war.

Während Hildegundis mit Frithuwif und Reganwi ausritt, bat Prinz Widukind um ein Gespräch mit der Äbtissin. Theophanu empfing ihn kühl.

„Nun, Prinz Widukind, was ist Euer Anliegen? Bitte fasst Euch kurz, Ihr wisst, dass ich morgen früh nach Köln aufbrechen will und noch viel zu tun habe.

Wenn es darum geht, warum Eure Base nicht mit nach Köln reist, so kann ich Euch gleich sagen –"

„Aber nein, Hochwürdige Äbtissin, Ihr missversteht mich. Im Gegenteil. Ich bin Euch aufrichtig dankbar für Eure Entscheidung, Prinzessin Hrotswith diesen Gefahren nicht auszusetzen. Aber ich verstehe Euch – unser Verhältnis war bisher nicht ganz ungetrübt. Um Euch von meiner Dankbarkeit zu überzeugen, biete ich Euch meine Begleitung, meinen Arm und mein Schwert, für diese Reise an. Als eine Art Wiedergutmachung, wenn Ihr wollt."

Theophanu schwieg eine Weile. Es gefiel ihr gar nicht, den Prinzen mitzunehmen, sie konnte seinen Vorschlag, den er so geschickt als Friedensangebot verpackt hatte, aber auch nicht einfach ablehnen. Daher antwortete sie: „Prinz Widukind, ich danke Euch für dieses großherzige Angebot. Wenn Eure Basen Euch jedoch nicht ziehen lassen wollen, so kann ich das verstehen und Ihr seid frei, hier zu bleiben."

„Wir haben das besprochen und meine Basen verstehen, dass ich mit Euch kommen möchte."

„Dann nehme ich Euer Angebot an", sagte Theophanu und erhob sich, als Zeichen, dass die Unterredung nun zu Ende sei. Das war eigentlich unhöflich, sie hätte ihren Dank nach höfischer Regel noch länger ausschmücken müssen. Widukind tat allerdings so, als bemerke er dies nicht, verneigte sich leicht und verließ den Raum mit einem befriedigten Lächeln. Sein Plan war aufgegangen.

*

Am nächsten Morgen, noch vor Sonnenaufgang, sammelte sich die Reisegesellschaft im Hof. Schweren Herzens nahm Hildegundis Abschied von Frithuwif und Doda. Sie sah sich um und fühlte sich sehr an ihre Abreise von der Burg ihrer Eltern erinnert, nur, dass die Reisegruppe noch größer war. Theophanu, Reganwi und Hildegundis saßen zu Pferd, die Pröpstin, die sich einen solch langen Ritt nicht mehr zumuten wollte, saß zusammen mit ihrer Dienerin und zwei Dienerinnen der Äbtissin auf einem Wagen. Auf einem weiteren Wagen saßen Reganwis Dienerin und Gewa mit einem Teil des Gepäcks, der Rest folgte auf einem dritten Wagen. Vor alle Wagen waren Zweiergespanne schwerer Zugpferde gespannt. Begleitet wurden sie von dem Hauptmann und zwölf seiner Männer, dazu kamen Prinz Widukind und sein Knappe auf kräftigen Wallachen. Der Knappe führte den Fuchshengst seines Herrn am Zügel. Die geschah, um das Tier zu schonen, denn man erwartete, dass es nicht nur festliche Empfänge, sondern auch Turniere zu Ehren des Königs geben würde.

Ein Reiter hätte die Strecke nach Köln an einem Tag schaffen können, mit den Wagen war dies aber nicht möglich.

„Wir werden im Stift Gerresheim übernachten", antwortete Reganwi auf Hildegundis' Frage nach dem Reiseablauf. „Gerresheim gehört sozusagen zu Astnide, Theophanu ist auch dort Äbtissin. Sie ist sehr gern dort, sie wurde zum Teil in diesem Stift ausgebildet. Die Stiftsdamen in Gerresheim lieben sie sehr, sie nennen sie ‚vera mater nostra' – ‚unsere wahre Mutter'", erklärte Reganwi weiter und fügte leiser hinzu, so dass Theophanu es nicht hören konnte: „Der Erzbischof mag es gar nicht, dass sie so oft nach Gerresheim reist. Aber das lässt sie sich nicht verbieten."

Widukind versuchte immer wieder, in Reganwis Nähe zu kommen. Zu seinem Ärger war der Weg jedoch meistens so schmal, dass nur zwei Reiter nebeneinander reiten konnten. Da Hildegundis sich hartnäckig neben Reganwi hielt, bekam er keine Gelegenheit, mit ihr den Platz zu tauschen.

Als sie am späten Nachmittag in das Gerresheimer Stift einritten, wurden sie geradezu überschwänglich empfangen. Der voraus geschickte Bote hatte ihre Ankunft gemeldet und so hatten sich alle Stiftsdamen versammelt, um die geliebte Äbtissin zu begrüßen. Während das Gesinde noch damit beschäftigt war, die Tiere der Reisegruppe unterzubringen und zu versorgen, wurden die Gäste schon in das Refektorium geführt, wo ein festliches Mahl für sie bereit stand. Nach dem Essen läutete die Glocke zur Vesper und man feierte einen gemeinsamen Gottesdienst, bei dem die Äbtissin im Namen aller Gott für den glücklichen Verlauf der Reise dankte und für eine sichere Ankunft in Köln betete.

Theophanu hatte auch für den nächsten Morgen eine frühe Abreise angeordnet, was alle bedauerten – die Mitreisenden hätten sich lieber noch ausgeruht und die Gerresheimer Stiftsdamen wollten gern noch vieles mit ihrer Äbtissin besprechen. Theophanu versicherte ihnen aber, dass sie sich auf der Rückreise mehr Zeit lassen würde. Hildegundis hingegen war es ganz recht, dass die Äbtissin früh aufbrechen wollte. Sie war aufgeregt und konnte es kaum erwarten, nach Köln zu kommen – es war das erste Mal, dass sie eine so große Stadt besuchen würde. Begleitet von den Segenswünschen der Stiftsdamen verließ die Reisegruppe das Stift Gerresheim kurz nach Sonnenaufgang. Theophanus Bruder hatte einen Boten geschickt, der noch am Abend eingetroffen war. Er sollte sie zum erzbischöflichen Palast geleiten.

Die Gruppe kam jetzt nur langsam voran, denn der Weg war zwar breiter geworden, füllte sich aber immer mehr: Händler, die schwer beladene, langsame Ochsenkarren lenkten, kleine Gruppen von Pilgern, an Hut und Stock erkennbar, die zu Fuß gingen und einige Priester und Mönche, die auf Maultieren oder Eseln ritten, teilten sich den Weg mit Viehhändlern, die ihre Tiere zum Markt trieben. Dazwischen drängelten sich immer wieder einzelne Ritter mit ihren Junkern oder Knappen, die die kostbaren Streitrösser ihrer Herren am Zügel führten, während diese – wie ihre Knappen – auf einfachen Reitpferden ritten. Die Soldaten der Äbtissin hatten viel damit zu tun, den Weg freizumachen und die Gruppe zusammenzuhalten.

Schließlich sah man in der Ferne einige Kirchtürme hinter einer gewaltigen Stadtmauer aufragen – ,Colonia Sancta', das ,heilige Köln' kam in Sicht. Das Gedrängel von Menschen und Tieren wurde immer dichter. Dann hatten sie das Ufer des

Rheins erreicht. Hier boten Fährleute ihre Dienste an und priesen lautstark ihre niedrigen Preise.

„Es gab hier mal eine Brücke zwischen dem Deutzer Kastell und der Stadt Köln – sie war noch zu Zeiten Kaiser Konstantins, also im 4. Jahrhundert, gebaut worden", erklärte Reganwi auf Hildegundis' Frage. „Aber die wurde schon vor 100 Jahren abgebrochen. Seitdem gibt's es nur die Fähren – vielleicht wird ja irgendwann einmal wieder eine Brücke gebaut."

*

Hildegundis schwirrte der Kopf. Noch nie hatte sie so viele Menschen auf einmal gesehen. Sätze in fremden Sprachen drangen an ihr Ohr. Sie sah farbenprächtig gekleidete Sarazenen, mit Fellen behangene, bärtige Wikinger und fremdartig aussehende Menschen von kleinem Wuchs, deren Augen Schlitzen glichen und die auf struppigen kleinen Pferden ritten. Später erfuhr sie, dass dies Mongolen aus dem fernen Asien waren. Hildegundis bemerkte kaum, dass auch sie und ihr Pferd oft von bewundernden Blicken gestreift wurden. Sie versuchte, möglichst nahe bei Reganwi zu bleiben. Der erzbischöfliche Bote hatte schließlich eine Fähre organisiert, die groß genug war, die gesamte Gruppe aufzunehmen. Hildegundis war froh, dass dies nicht das erste Mal war, dass sie mit einer Fähre übersetzte. So konnte sie der Stute beruhigend zureden und ohne Probleme auf das Boot gehen.

Am anderen Ufer war es nur noch ein kleines Wegstück, bis sie die mächtigen Mauern der Stadt erreichten. Von den Zinnen der vielen Türme wehten Fahnen, die darauf hinwiesen, dass der König in der Stadt weilte. Das große Stadttor war geöffnet und zahlreiche Menschen und Tiere drängten hinein und heraus. Hildegundis sah mit einer Mischung aus Abscheu und Mitleid die vielen Bettler, die davor hockten. Der Gestank, der von ihnen ausging, war kaum auszuhalten. Etliche waren von Geschwüren bedeckt, und vielen fehlten einige Gliedmaßen.

„Das ist fürchterlich, nicht wahr? Am schlimmsten finde ich aber, dass sie schon ihren Kindern Hände oder Füße abhacken, damit sie Mitleid erregen und betteln können", sagte Reganwi, die Hildegundis' Blick bemerkt hatte.

Die Männer der Stadtwache prüften mit grimmigen Minen die Gesichter der herein ziehenden Leute, verneigten sich aber ehrerbietig vor der Äbtissin und Prinz Widukind, die nun nebeneinander in die Stadt hineinritten.

Als sie das Stadttor passiert hatten, staunte Hildegundis. Viele Häuser waren aus Stein gebaut – das kannte sie bisher nur von Kirchbauten und Burgen. Die Stadt schien ein wahres Labyrinth zu sein. Vom Hauptweg gingen viele enge Gässchen ab, sie sich in der dunkeln Enge der dicht gebauten Häuser verloren. Und überall wimmelte es von Menschen. Dann erreichten sie den mächtigen Dom, das größte Gebäude, das Hildegundis je gesehen hatte. Rund um den Dom herrschte ein geschäftiges Treiben. Zahlreiche Händler hatten hier ihre Stände aufgebaut. Dort wurden Backwaren, Eier und Gemüse gehandelt, aber auch Bilderbäcker waren dort, die kleine, in Tonformen gegossene Heiligendarstellungen an fromme Pilger verkauften. Einige Barden machten Musik und Gaukler vollführten ihre Kunststücke, in der Hoffnung auf ein paar Münzen von den umstehenden Zuschauern. Hildegundis konnte sich nicht satt sehen. Reganwi musste sie ermahnen, ihre Stute weiter zu treiben.

„Wir werden den Dom besuchen, das verspreche ich dir", sagte sie lächelnd zu Hildegundis. „Dann kannst du dir alles genau ansehen."

*

So erreichten sie das Tor des erzbischöflichen Palastes, das erst auf Ersuchen des Boten hin geöffnet wurde. Im Hof waren viele edle Pferde und kostbar gekleidete Menschen zu sehen, die die Neuankömmlinge neugierig musterten. Dann trat ein vornehm gekleideter Mann auf sie zu, den Theophanu als Haushofmeister ihres Bruders erkannte.

„Seid willkommen, Hochedle Äbtissin Theophanu und auch Ihr, Prinz Widukind", begrüßte er sie. „Seine Exzellenz, der Erzbischof, lässt sich entschuldigen. Er hat mich beauftragt, Euch Eure Gemächer zuzuweisen und wird sich freuen, Euch heute Abend beim Festmahl zu begrüßen."

Theophanu dankte kurz und stieg vom Pferd. Dabei warf sie Reganwi einen bedeutungsvollen Blick zu. Der Empfang entsprach ihren schlimmsten Befürchtungen – er hätte kaum kühler sein können.

„Der Erzbischof ist verstimmt", wisperte Reganwi Hildegundis daraufhin zu.

Hildegundis nickte nur und nahm sich vor, Reganwi später zu bitten, ihr das merkwürdig gespannte Verhältnis von Theophanu und ihrem Bruder Hermann zu erklären.

Als sie den Stallknechten nachblickte, die die Pferde fortführten, hörte sie aus den Ställen ein durchdringendes Wiehern, das ihr sehr bekannt vorkam. Bevor Reganwi sie zurückhalten konnte, rannte Hildegundis zum Stall. Als sie den Eingang des Gebäudes erreicht hatte, blieb Hildegundis einen Augenblick stehen, um ihre Augen an das Dämmerlicht zu gewöhnen. Dann sah sie ihn. Ja, sie hatte sich nicht getäuscht. Dort stand Grani, der Rapphengst ihres Vaters!

13. Die Verschwörung

„Hildegundis!", schrie Reganwi dem davoneilenden Mädchen nach.

Als Hildegundis im Stall verschwand, blieb Reganwi nichts anderes übrig als hinterherzulaufen. Sie war sich der teils belustigten, teils tadelnden Blicke bewusst, die ihr folgten, als sie ihre Röcke raffte und ebenfalls zu den Ställen rannte. Endlich hatte sie Hildegundis eingeholt und war richtig wütend.

„Also wirklich, Hildegundis! Was ist denn das für ein Benehmen?! Ist dir nicht klar, dass die Augen des ganzen Reiches jetzt auf uns gerichtet sind? Diese Tage können auf dein weiteres Schicksal Einfluss nehmen – ich hätte dich wirklich für verständiger gehalten!"

Doch ihr Schimpfen schien auf Hildegundis keine Wirkung zu haben. Das Mädchen, das dem schwarzen Hengst das weiche Maul liebkoste, drehte ihr lächelnd das Gesicht zu und sagte glücklich: „Mein Vater ist hier."

Reganwis Zorn war sofort verraucht. Nach der schweren Zeit, die Hildegundis durchgemacht hatte, war es nur verständlich, dass sie jetzt glücklich war, so unverhofft ihren Vater zu treffen. Doch Reganwi war auch besorgt. Wusste Graf Thietmar schon von den Ereignissen auf Astnide? War er bereits gegen Theophanu eingenommen? Würde er ihr weiterhin die Erziehung seiner Tochter überlassen und damit ein Bundesgenosse bleiben? Die Äbtissin musste sofort verständigt werden.

„Komm", sagte sie daher nur zu Hildegundis, fasste sie bei der Hand und zog sie eilig mit sich, zurück zu Theophanu, die langsam mit dem Haushofmeister weitergegangen war. Als die beiden Mädchen die Gruppe der Äbtissin eingeholt hatten, sah Theophanu sofort an ihren Gesichtern, dass es für Hildegundis' Verhalten einen triftigen Grund gegeben haben musste. Sie sagte nichts, sondern zog nur die Augenbrauen hoch.

„Graf Thietmar ist hier, Hildegundis hat sein Pferd am Wiehern erkannt", erklärte Reganwi schnell.

Theophanu schossen all die Gedanken, die Reganwi bewegt hatten, auch durch den Kopf. Sie reagierte sofort und wandte sich an den Haushofmeister: „Graf Thietmar ist hier? Wie schön! Schickt einen Diener zu ihm und übersendet ihm in meinem Namen eine Einladung. Er möchte mich sofort in meinen Gemächern aufsuchen. Was für eine Freude für unsere kleine Hildegundis!"

Der Haushofmeister nickte kurz und erteilte einem vorbeilaufenden Diener einen entsprechenden Befehl.

Der Äbtissin und ihrer Begleitung waren drei aneinander angrenzende Räume zugeteilt worden, die durch Türen miteinander verbunden waren. Das war nicht besonders viel für ihren Rang, doch darüber machte Theophanu sich jetzt keine Gedanken. Sie wusste ja ohnehin, dass Bruder zurzeit nicht gut auf sie zu sprechen war. Der Haushofmeister hatte bereits Schalen mit Früchten, einen Krug mit frischem Wasser und einen weiteren mit kühlem Bier bringen lassen. Auch Tonbecher standen in ausreichender Anzahl bereit. Nachdem er kurz die Räume gezeigt hatte, verabschiedete er sich schnell.

Die Dienerinnen standen noch ratlos mit all dem Gepäck da und fragten sich, wie man sich wohl auf die Räume verteilen solle, da klopfte es auch schon an der Tür.

Theophanu rief gebieterisch: „Herein!"

Graf Thietmar öffnete und betrat das Gemach. Hinter ihm erschien – sehr zu Reganwis Freude – Tassilo. Auch Martin war dabei. Hildegundis wollte ihrem Vater sofort entgegen rennen und sich in seine Arme werfen, als ihr Reganwis Worte vorhin am Stall einfielen. Mitten im Schritt hielt sie inne. Graf Thietmar war völlig überrascht, als er sie sah. Augenscheinlich hatte er nicht damit gerechnet, seine Tochter hier zu finden. Auch er musste sich sehr zusammenreißen, um sie nicht sofort in seine Arme zu schließen, sondern erst der Äbtissin die ihr gebührende Begrüßung zukommen zu lassen.

Er verbeugte sich leicht und sagte: „Hochedle Äbtissin, wie freundlich von Euch, mir so schnell nach Eurer Ankunft die Möglichkeit zu geben Euch zu begrüßen – Ritter Tassilo ist Euch ja bekannt. Und welche Auszeichnung, dass Ihr meine Tochter auf diese Reise mitgenommen habt. Ich hätte ihr sobald nicht ermöglichen können, den König und die Großen des Reiches zu treffen. Nehmt meinen tief empfundenen Dank dafür."

Theophanu lächelte und sagte: „Graf Thietmar, Eure Tochter gereicht Euch zur Ehre. Ich habe sie sehr gern mitgenommen. Doch jetzt begrüßt sie erst einmal."

Das brauchte die Äbtissin nicht zweimal zu sagen – sofort lagen sich Vater und Tochter in den Armen. Theophanu gab ihnen einige Minuten Zeit, die Reganwi dazu nutzte, sich kurz mit der Pröpstin abzustimmen, die daraufhin die Dienerinnen in den übrigen Räumen beschäftigte. Als sie zurückkam und die Türen hinter sich geschlossen hatte, sagte Theophanu: „Graf Thietmar, es gibt leider noch ein ernstes Thema, dass ich mit Euch besprechen möchte. Mir ist es wichtig, dass Ihr es zuerst von mir und auch von Eurer Tochter hört, denn zu meinem großen Bedauern ist Hildegundis in Gefahr geraten, deren Ursprung in heidnischen Machenschaften liegt."

Sie blickte vielsagend zu Tassilo und Martin, worauf Graf Thietmar meinte: „Ihr könnt frei sprechen, Hochedle Äbtissin, Ritter Tassilo ist mein Verbündeter und auch für meinen Junker verbürge ich mich. Kein Wort wird diesen Raum verlassen."

Reganwi fiel ein, dass Tassilo bei seiner Abreise von Astnide so geheimnisvoll getan hatte. Das war also der Grund gewesen: Es war eine Allianz zwischen dem Grafen Thietmar und dem Haus des Bayerischen Grafen, dessen Sohn Tassilo war, geschlossen worden.

Alle nahmen an dem Tisch Platz. Nun hörte Graf Thietmar all die Einzelheiten, die über das hinausgingen, was Hildegundis ihm in ihrem kurzen Brief nach dem Überfall und der Nacht in der Höhle geschildert hatte.

„Gernot!", rief Graf Thietmar aus, als Hildegundis ihre Erlebnisse in der Höhle schilderte. Auch Martin war entsetzt. Plötzlich fiel ihm wieder ein, dass Hildegundis bei ihrem ersten Spaziergang im Dorf geglaubt hatte, Gernot zu sehen. Das hatte er damals als Hirngespinst abgetan. Hätte er damals nur schon Graf Thietmar informiert! Schuldbewusst sah er zu Hildegundis hinüber.

Den Grafen hielt es nicht mehr auf seinem Sitz. Erregt sprang er auf und begann hin- und herzulaufen.

„Ich hatte dir absichtlich nichts von seinem Fortlaufen erzählt, Hildegundis. Denn ich wollte nicht, dass du dich beunruhigst. Natürlich wollte ich auch nicht, dass andere Bedienstete davon erfahren. Bei allen Heiligen, Kind, in welcher Gefahr du warst!"

„Ja, Ihr habt Recht, Graf Thietmar. Aber Hildegundis hat sehr tapfer und umsichtig gehandelt, Ihr könnt wirklich stolz auf sie sein", stimmte die Äbtissin zu.

Hildegundis' Vater beruhigte sich langsam und nahm wieder Platz.

„Leider", fuhr Theophanu mit einem Seitenblick zu Hildegundis fort, „sind dies noch nicht alle schlechten Nachrichten." Dann berichtete sie von dem Pferdeopfer und der Neidstange.

Als sie die Schilderung vom Auffinden der Neidstange hörte, traten Hildegundis wieder Tränen in die Augen – sie durchlebte alles noch einmal. Ihr Vater nahm sie in den Arm, während er Theophanu ernst ansah.

„Fordert meine Unterstützung, wann immer Ihr sie benötigt", sagte er ruhig, denn ihm war augenblicklich die Tragweite dieser Geschehnisse bewusst.

Theophanu nickte dankbar, dann sagte sie: „Ich hätte gern noch vor unserer Abreise die Höhle gefunden und die alte Kultstätte zerstört. Leider war dies nicht möglich."

Jetzt ergriff Tassilo das Wort: „Graf Thietmar – Ihr werdet auf Euren Ländereien benötigt. Erlaubt, dass ich Euch nach Astnide zurück begleite, Hochedle Äbtissin. Mein Arm und mein Schwert gehören Euch. Was ich tun kann, um diese heidnische Verschwörung aufzudecken, das werde ich tun."

Theophanu blickte ihn freundlich an und antwortete: „Habt Dank, Ritter Tassilo. Euer Angebot nehme ich gern an."

Dann erhob sich die Äbtissin. Es war nicht mehr so lang hin bis zum abendlichen Festessen, bei dem der offizielle Empfang durch König und Erzbischof stattfinden sollte und es gab noch viel vorzubereiten.

„Wir sehen uns dann später", sagte der Graf, der das Aufbruchsignal verstanden hatte, lächelnd zu seiner Tochter. Dann verabschiedeten sich die Drei. Hildegundis hoffte, dass sie später Gelegenheit haben würde, in Ruhe mit ihrem Vater und Martin zu sprechen und Neuigkeiten von zu Hause zu erfahren.

Gerade als sie das Gemach verlassen wollten, klopfte es erneut. Tassilo, der die Tür öffnete, war wenig erfreut, seinen Widersacher Widukind dort stehen zu sehen. Auch dem Prinzen gefror das Lächeln im Gesicht.

Ohne Tassilo weiter zu beachten, drängelte er sich in den Raum und grüßte Theophanu: „Hochedle Äbtissin, ich wollte nur nachhören, ob alles zu Eurer Zufriedenheit ist und wann ich die Damen zum Empfang abholen soll."

„Prinz Widukind! Wie aufmerksam von Euch. Ihr erinnert Euch an Graf Thietmar und Ritter Tassilo?", meinte die Äbtissin und die Männer tauschten ein knappes Nicken aus. „Nun, ich denke, wenn wir uns alle in zwei Stunden hier wieder treffen, gibt uns das genug Zeit zur Vorbereitung."

Diese Worte der Äbtissin passten Widukind überhaupt nicht – gemeinsam mit Tassilo im Gefolge Theophanus zu erscheinen, das hatte er nicht geplant. Er ließ sich jedoch nichts anmerken, machte eine Verbeugung und verabschiedete sich.

Als alle gegangen waren, begannen Reganwi und Hildegundis, die sich mit der Pröpstin einen Raum teilten, sich nun für das Fest fertigzumachen. Während sie sich von ihren Dienerinnen das Haar bürsten ließen, sagte Hildegundis verschmitzt zu Reganwi: „Du strahlst ja so, Reganwi. Liegt das etwa daran, dass Ritter Tassilo mit uns nach Astnide kommt?"

Reganwi bekam einen roten Kopf und meinte dann mit einem spitzbübischen Lächeln: „Ja, ich freue mich so für unsere gute Frithuwif. Stell dir nur vor, wie überrascht sie sein wird, wenn wir ihren Bruder mitbringen!"

Beide mussten nun lachen, worauf sie von der Pröpstin ermahnt und zur Eile angetrieben wurden.

Theophanu wurde in der Zwischenzeit ebenfalls von ihren Dienerinnen zurecht gemacht. Als die Türen zu ihrem Gemach geöffnet wurden, waren Reganwi und Hildegundis sprachlos. Die Pröpstin aber lächelte und sagte: „Wie schön Ihr ausseht, Hochedle Äbtissin. Der König wird begeistert sein!"

Die Mädchen hatten die Äbtissin bei festlichen Anlässen schon in ihren edlen Gewändern erlebt, doch so hatten sie sie noch nie gesehen. Theophanu trug ein schweres Brokatgewand, in dessen Zierleisten Edelsteine eingewirkt waren. Es hatte einen fremdartigen Schnitt, von dem Hildegundis später lernte, dass er byzantinischer Art war. Am Hals war ein rechteckiger Ausschnitt, der gerade genug Platz für eine kurze, schwere Goldkette ließ. Außerdem trug Theophanu noch eine lange Goldkette mit einem Kreuz, dessen Rückseite aus Gold bestand, während die Vorderseite eine Einlegearbeit aus Lapislazuli und anderen Halbedelsteinen zeigte. Ihr langes, schwarzes Haar trug sie zwar offen, es wurde jedoch von einem transparenten, golddurchwirkten Schleier bedeckt. Dieser Schleier war nicht nur eine fein gearbeitete, kostbare Ergänzung zu ihrer Kleidung, er machte auch die winzigen Silbersträhnen, die sich durch ihr Haar zogen, nahezu unsichtbar.

Doch auch Theophanu war mit dem Erscheinungsbild ihrer Begleitung zufrieden. Die Pröpstin hatte sich, ihrem fortgeschrittenen Alter entsprechend, für ein eher schlichtes Gewand in Brauntönen entschieden. Die Mädchen trugen Samtkleider, die zu ihren jeweiligen Augenfarben passten – Hildegundis in Blau und Reganwi in Grün. Dazu trugen beide ein einfaches goldenes Kreuz an einer langen Kette. Reganwi hatte außerdem noch Perlenohrringe angelegt. Passend zu den Kleidern trugen sie Bänder in den offenen Haaren.

Während sich noch alle gegenseitig bewunderten und sich eine fröhliche Aufgeregtheit vor dem großen Auftritt breit machte, klopfte es an der Tür. Graf Tassilo, Martin und die beiden jungen Männer hatten sich eingefunden – auch sie waren ausnahmslos mit kostbaren Tuniken und Umhängen ausgestattet. Nachdem sie die Aufmachung der Damen gebührend bestaunt und reichlich Komplimente verteilt hatten, gab Theophanu das Signal zum Aufbruch indem sie sagte: „Euren Arm, Graf Thietmar!"

Der Graf verneigte sich leicht und bot der Äbtissin lächelnd seinen linken Arm. Reganwi und Hildegundis warfen sich einen schnellen Blick zu. Sie hatten mit Spannung darauf gewartet, wen die Äbtissin zu ihrem Begleiter in den Festsaal wählen würde. Dem Rang nach stand Prinz Widukind über dem Grafen, einen älteren Bundesgenossen konnte Theophanu aber durch eine solche Geste auszeichnen. Das hatte sie nun getan, was die beiden Mädchen sehr freute.

Martin und Tassilo reagierten auch sofort und boten Hildegundis und Reganwi ihre Begleitung an, die freudig angenommen wurde. Prinz Widukind, der wieder eine Sekunde zu spät war, blieb daher nichts anderes übrig als mit leicht säuerlicher Miene der Pröpstin seinen Arm zu bieten. Sie stammte zwar aus einem hoch geachteten Adelsgeschlecht, war aber noch älter als Theophanu und nicht gerade die Begleitung, die sich ein junger Mann für einen festlichen Abend wünscht. Tassilo konnte ein zufriedenes Grinsen nicht unterdrücken.

Hildegundis freute sich, endlich mal wieder mit Martin zusammen zu sein. Beide bestaunten die prächtige Ausstattung der Gänge, durch die sie nun zum Festsaal schritten. Überall hingen kostbare Teppiche, auf denen in Bildergeschichten die Taten von Heiligen und Helden geschildert wurden. Eine große Anzahl an Kerzen war zur Beleuchtung aufgestellt, so dass man alles gut erkennen konnte. Als Hildegundis zu Martin hinüberblickte, bemerkte sie auf seinem linken Handrücken eine tiefe Schramme.

„Was ist denn da passiert?", fragte sie Martin leise.

Martin folgte ihrem Blick und meinte in betont belanglosem Ton: „Ach, das ist nur eine kleine Verletzung aus meinem letzten Kampf mit dem Langschwert".

„Mit dem Langschwert? Du kämpfst schon mit dem Langschwert?" Hildegundis zog die Augenbrauen hoch und sah Martin ungläubig an. Sie wusste, wie schwer ein solches Schwert war – schließlich hatte sie selbst schon mal versucht, das Schwert ihres Vaters hochzuheben, damals zu Hause auf der Burg.

„Na ja", gab Martin dann zu, „Eigentlich habe ich mich nur gegen eines verteidigt. Meister Philippus, der uns im Fechten unterrichtet, hatte seines gezogen und Altfrid und ich, wir sollten uns mit unseren Kurzschwertern dagegen verteidigen. Altfrids war natürlich noch aus Holz."

„Und wieso hattest du keinen Schild?", bohrte Hildegundis weiter.

Martin seufzte und bedauerte, dass er angefangen hatte, die Geschichte zu erzählen. „Den hatte mir Meister Philippus schnell aus der Hand geschlagen", musste er dann zugeben.

„Ha! Und dann hast du wieder mal nicht darauf geachtet, wo du deine linke Hand hast – Meister Philippus hat dir doch immer wieder gesagt, dass du die linke

Hand aus der Reichweite des gegnerischen Schwertes halten musst – kein Wunder, dass er dir da einen Denkzettel verpasst hat!"

Hildegundis hatte Martin und ihrem Bruder Altfrid immer gern bei deren Übungsstunden zugesehen, zu gern hätte sie auch mitgemacht. Warum sich das für eine Dame nicht schicken soll, sah sie immer noch nicht ein. Martin blickte Hildegundis an und musste dann lachen.

„Ich hatte schon ganz vergessen, dass du einen fabelhaften Knappen abgeben würdest, Hildegundis!", meinte er dann.

Hildegundis kicherte auch, doch da drehte sich Reganwi um und sagte leise aber bestimmt. „Hört jetzt auf, wir sind gleich beim Festsaal!"

Sie waren vor einer großen, geschlossenen Doppeltüre angekommen, vor der zwei festlich gekleidete Wachen standen. Die gedämpften Geräusche, die aus der Halle drangen, verrieten, dass sich dort schon viele Menschen versammelt hatten. Die Wachen öffneten jetzt die Türen und der Haushofmeister des Erzbischofs begrüßte Theophanu und ihre Begleitung.

„Hochedle Äbtissin Theophanu, erlaubt, dass ich Euch und Eure Begleitung zu Seiner Exzellenz, dem Hochwürdigsten Herrn Erzbischof, geleite."

Theophanu nickte zustimmend, worauf der Haushofmeister die Führung übernahm. Hildegundis war froh, Martin an ihrer Seite zu haben. Sie war ganz aufgeregt bei dem Gedanken, gleich dem Erzbischof vorgestellt zu werden. Es gab auch so viel zu sehen – die vielen festlich gekleideten Adeligen und geistlichen Würdenträger, hin- und her eilende Diener, die alle einheitliche Kleidung trugen, prächtige Teppiche und Vorhänge an den Wänden und hunderte von Kerzen in kostbaren Leuchtern, die alles in ein strahlendes Licht tauchten. Musikanten unterhielten die Gesellschaft, die größtenteils schon an den langen Tafeln Platz genommen hatte und von den Dienern mit Wein bewirtet wurde. Einige große Jagdhunde liefen hechelnd zwischen den Tischen herum – sie wussten, dass es nicht mehr lange dauern würde, bis das Essen aufgetragen und dann der ein oder andere Knochen für sie abfallen würde.

Eine Tafel stand etwas erhöht vor Kopf. Hier standen nur drei besonders kunstvoll geschnitzte Stühle mit kostbaren Samtkissen, die schon andeuteten, dass hier wohl die wichtigsten Personen Platz nehmen würden.

Vor dieser Tafel standen drei Männer, die in ein Gespräch vertieft waren. Einer von ihnen war in besonders kostbare Goldbrokatgewänder gekleidet und trug an einer schweren Goldkette ein großes goldenes Kreuz, das mit seinen Emailarbeiten Theophanus Kreuz glich.

Vor diesem Mann verneigte sich der Haushofmeister und sagte: „Hochwürdigster Herr Erzbischof, hier bringe ich Euch die Hochedle Äbtissin Theophanu und ihr Gefolge."

Während sich der Haushofmeister und die anderen beiden Männer diskret zurückzogen, beobachtete Hildegundis gespannt die Begrüßung der beiden Geschwister.

Erzbischof Hermann war einige Jahre jünger als Theophanu. Er lächelte, streckte beide Arme aus und ging seiner Schwester entgegen. Auch Theophanu ging ihrem Bruder mit gestreckten Armen entgegen. Die Geschwister umarmten sich und küssten sich auf die Wangen.

„Liebe Schwester! Wie gut du aussiehst! Die Strapazen der letzten Wochen und der Reise sieht man dir nicht an."

Was Hildegundis und Martin noch nicht verstanden, war den Erwachsenen sofort klar: Mit seiner scheinbar freundlichen Besorgnis hatte der Erzbischof zwischen den Zeilen sofort das unliebsame Thema der jüngsten Ereignisse im Stift Astnide angesprochen.

Theophanu lächelte und entgegnete: „Wie gütig von dir, lieber Bruder. Ich bin sicher, schon in Kürze werde ich mich gänzlich erholt haben."

Damit gab die Äbtissin ihrem Bruder klar zu verstehen, dass sie auf seine Hilfe nicht angewiesen war und die Sache im Griff hatte. Danach stellte sie dem Erzbischof ihre Begleitung vor.

Als Hildegundis an der Reihe war, versank sie – wie es sich gehörte – in eine tiefe Kniebeuge.

„Soso", meinte Erzbischof Hermann. „Dies ist also das Mädchen, das im Angesicht der heidnischen Machenschaften so tapfer war. Lass dich einmal ansehen, Kind."

Er gab Hildegundis ein Zeichen, dass sie sich erheben konnte. Hildegundis hob den Kopf und richtete ihren Blick geradewegs auf die dunklen Augen des Erzbischofs, der sie forschend ansah.

„Nun, Graf Thietmar, ihr könnt stolz sein auf Eure Tochter. Aber sorgt dafür, dass ihr sie rechtzeitig verheiratet, sie scheint einen starken Willen zu haben."

Dann machte er mit seinem Daumen ein Kreuzzeichen auf Hildegundis' Stirn, drehte sich um und wandte sich anderen Gästen zu. Hildegundis starrte ihm stirnrunzelnd hinterher.

Theophanu war derweil auf eine andere Frau zugegangen, die ihr etwas ähnlich sah, jedoch kleiner und kräftiger war. Beide umarmten sich herzlich.

„Das ist Ida, Theophanus Schwester. Sie ist auch Äbtissin und zwar hier in Köln, in St. Maria im Kapitol", erklärte Graf Thietmar leise seiner Tochter.

Der Haushofmeister trat nun wieder zum Erzbischof und flüsterte ihm etwas ins Ohr. Er nickte und gab eine kurze Anweisung. Dann sagte er zu Theophanu: „Der König ist eingetroffen."

Der Haushofmeister gab den Dienern an der großen Doppeltür ein Zeichen, worauf diese die Türen aufrissen. Sechs bewaffnete Wachen betraten den Saal, worauf die Anwesenden sich von ihren Plätzen erhoben. Dann erschien der König.

Heinrich III. war ein großer Mann mit vollen, tiefschwarzen Haaren, was ihm auch den Beinamen ‚der Schwarze' eingebracht hatte. Er besaß ein freundliches Gesicht und sanfte Augen, die etwas verträumt wirkten. Sein Gewand war sehr kostbar und mit großen Edelsteinen verziert. Auf dem Kopf trug er seine Krone als Zeichen seiner Macht. Außerdem trug auch er um den Hals eine Goldkette mit einem großen goldenen Kreuz. Er grüßte zu allen Seiten, worauf sich die Herren verbeugten und die Damen eine Kniebeuge machten. Die Wachen waren nun hinter die erhöhte Tafel getreten und hatten dort Aufstellung genommen. Der Erzbischof ging dem König entgegen und verneigte sich vor ihm.

„Majestät, ich heiße Euch in meiner bescheidenen Behausung herzlich willkommen. Seid Gast an meiner Tafel und in meinem Haus, gebietet über mich und mein Gesinde."

Heinrich räusperte sich und antwortete: „Ich danke Euch, lieber Erzbischof Hermann. Ich bin gern zu Gast bei Euch, wie Ihr wisst. Ihr versteht es nicht nur, ausgezeichnet für das leibliche Wohl zu sorgen, Ihr bietet mir auch die Gelegenheit, liebe Freunde zu treffen – hoch verehrte, liebe Äbtissin Theophanu, wie habe ich mich auf den Augenblick unseres Wiedersehens gefreut!"

Damit wandte sich der König Theophanu zu und nahm sie in den Arm, bevor sie vor ihm in einen Hofknicks sinken konnte. Das wurde mit Staunen von den Anwesenden registriert. So hatte der König seine Achtung vor Theophanu öffentlich kundgetan und ihre Stellung gestärkt. Interessiert blickte Heinrich dann auf Theophanus Gesellschaft. Die Äbtissin übernahm die Vorstellung. Die Blicke der übrigen Gäste hingen neidvoll an Graf Thietmar, seiner Tochter und den übrigen, denn die offiziellen Vorstellungen sollten erst am nächsten Tag stattfinden, wenn auch die anwesenden Adeligen ihren Lehnseid leisten würden.

Der Erzbischof bat nun zu Tisch, worauf der König Theophanu seinen Arm anbot. Als Gastgeber saß der Erzbischof in der Mitte, der König, als Ehrengast, saß an seiner rechten, Theophanu an seiner linken Seite. Der Haushofmeister wies Graf Thietmar und den Übrigen Plätze an der Kopfseite an einer der langen Tafeln an. Nun nahmen auch die anderen Gäste wieder ihre Plätze ein. Der Erzbischof sprach ein kurzes Gebet, dann erhob er seinen Pokal, um auf das Wohl des Königs zu trinken. Danach setzten sich alle, und das Festmahl begann.

Die Barden spielten auf, herrliche Braten und frisch gebackenes Brot wurden herein getragen. Bald war der große Saal erfüllt von Musik, Lachen und fröhlichen Gesprächen. Hildegundis hatte vor Aufregung und von den ersten Schlucken Wein rote Wangen bekommen.

Auch Martin war aufgeregt und seine Augen glänzten, als er sagte: „Welch glücklicher Umstand, dass wir gerade zur rechten Zeit eingetroffen sind und so dem König schon vorgestellt werden konnten. Wie uns die anderen alle beneiden!"

Reganwi, die dies hörte, lächelte und meinte: „Ganz so zufällig war das nicht. Als wir von unseren Gemächern losgingen, hatte eine der Dienerinnen der Äbtissin die Anweisung, die Gemächer des Königs aufzusuchen und dies zu melden. So wusste der König, wann wir eintreffen würden und konnte das einplanen."

Graf Thietmar sagte nichts, sondern rieb sich nur nachdenklich das Kinn. Er war sicher, das Reganwi diese Information auch nur auf Anweisung der Äbtissin preisgegeben hatte. Theophanu hatte die Auszeichnung also geplant. Wollte sie damit nur das Bündnis zwischen ihnen festigen oder steckte noch mehr dahinter?

Auch Tassilo sagte nichts, ihn schienen aber ähnliche Gedanken zu bewegen.

Prinz Widukind war ebenfalls schweigsam. Er war zwar auch in den Genuss der Vorstellung gekommen, war sich aber sicher, dass diese Auszeichnung nicht für ihn gedacht gewesen war. Auch er überlegte nun, welche Gründe die Äbtissin für ihr Handeln gehabt hatte.

Doch der köstliche Bratenduft verdrängte diese Gedanken dann schnell wieder und alle griffen herzhaft zu. Nachdem der Hunger gestillt war, löste sich die Sitzordnung auf und man ging umher, um Freunde und Bundesgenossen zu treffen. Auch Graf Thietmar entschuldigte sich bald. Tassilo lud Reganwi zu einem Besuch des erzbischöflichen Gartens ein, die Pröpstin hatte einige Verwandte gefunden, die ihr Neues aus ihrer Heimat berichten konnten und auch Widukind war bald in der Menge verschwunden. So blieben Hildegundis und Martin allein an der Tafel zurück.

Martin musste Hildegundis zunächst alles von zu Hause berichten.

„Der Gräfin, deiner Mutter, geht es wieder gut. Der kleine Folkmar hat sich auch gut entwickelt, kein Wunder, er hat ja auch die dicke Greta als Amme bekommen. Und Altfrid und Agana sind ein ganzes Stück gewachsen. Die kleine Herika wirst du kaum wieder erkennen, sie ist richtig groß geworden. Agana kommandiert jetzt in der Kammer, du müsstest mal hören, wie Altfrid stöhnt. Ich glaube, er wird beinahe froh sein, wenn er endlich seine Ausbildung beginnen kann!"

Hildegundis kicherte. Nur zu gut kannte sie die herrische Art ihrer kleinen Schwester. Dann sagte sie: „Oh, da fällt mir etwas ein. Ich habe für Altfrid ein Tüchlein gestickt. Bitte nimm es doch für ihn mit, als Andenken an mich, wenn er auf eine andere Burg geht. Warte, ich hole es sofort aus unserem Gemach!"

Ohne Martins Antwort abzuwarten sprang Hildegundis auf und eilte aus dem Saal. Als sie die langen Gänge entlang lief, fiel ihr auf, dass sie sich den Weg zu ihrem Gemach gar nicht gemerkt hatte. Dieser Palast war ja ein wahres Labyrinth! Zu allen Seiten öffneten sie nur spärlich beleuchtete Gänge. Welcher Gang war der Richtige? Sie musste jetzt einfach hoffen, den richtigen Weg zu finden. Entschlossen ging Hildegundis weiter. Einmal wäre sie beinahe falsch abgebogen, dann fand sie aber doch den richtigen Gang. Sie öffnete die Tür zum Gemach. Alle Räume waren leer, denn auch die Dienerinnen waren zum Essen hinunter in die Küche gegangen. Schnell durchsuchte Hildegundis ihre Sachen, griff das Tüchlein für Altfrid und eilte wieder hinaus.

Etliche Kerzen waren schon heruntergebrannt und die leeren Gänge kamen ihr nun noch dunkler und unheimlicher vor. Mit klopfendem Herzen lief sie weiter, wobei sie immer schneller wurde. Dann kam sie an eine Kreuzung. Welcher Weg war nun der Richtige? Rechts oder Links? Einen Moment zögerte Hildegundis und versuchte sich zu erinnern. Dann entschied sie sich für den linken Gang. Das Ende des Ganges war nicht zu erkennen, es lag in völliger Dunkelheit.

Langsam ging Hildegundis weiter. Auf der linken Seite war die Wand durchbrochen. Zierliche Säulen stützen einige Bögen, die einen kleinen Raum vom Gang abteilten. Als Hildegundis sich näherte, hörte sie leise Stimmen. Schon wollte sie laut rufen, froh darüber, endlich einige Bedienstete gefunden zu haben, als ihr die Situation doch sehr seltsam vorkam. Wer redete hier leise im Dunkeln? Sie beschloss, lieber vorsichtig zu sein, schlich sich an die erste Säule heran, kauerte sich dort nieder und lauschte.

Es schienen zwei Männer in dem kleinen dunklen Raum zu hocken, deren Stimmen sie aber nicht erkennen konnte, obwohl ihr zumindest eine entfernt bekannt vorkam. Was sie hörte, ließ ihr jedoch das Blut in den Adern gefrieren: „... das Gift in den Becher – es dauert dann nur einen kurzen Augenblick und schon tritt der Tod ein."

„Gibt es denn keinen Vorkoster? Wenn doch, wäre alles verraten!"

„Nein, er ist vertrauensselig. Außerdem habe ich das heute genau beobachtet, da ist wirklich kein Vorkoster. Und wenn heute schon keiner da war, wird es morgen erst recht keinen geben – nachdem alle den Lehnseid geleistet haben, wird er sich sicher fühlen."

Hildegundis hatte den Atem angehalten. Gift! Jemand sollte vergiftet werden! Blitzschnell rasten die Gedanken durch ihr Hirn. Wer wird das Opfer sein? Vorkoster! Wer hat einen Vorkoster? Der König! Der König soll ermordet werden! Augenblicklich wurde ihr klar, dass auch ihr Leben in Gefahr war. Die beiden Verschwörer durften sie auf keinen Fall entdecken. Schnell, aber möglichst leise erhob sich Hildegundis aus ihrer kauernden Stellung und ging vorsichtig einige Schritte rückwärts. Jetzt nur kein Geräusch machen oder gar stolpern!

Da merkte sie, dass die beiden ihr Gespräch beendeten und aufbrechen wollten. Jetzt half alles nichts mehr – Hildegundis drehte sich um, raffte ihre Röcke und rannte so schnell sie konnte.

„Halt! Wer ist da?", hörte sie noch rufen, während sie den Gang entlang rannte. Als sie an der Kreuzung ankam, bog sie rechts ab, rannte dann immer weiter, so schnell sie konnte, während sie die Schritte der beiden Männer hinter sich hörte.

Verzweifelt versuchte Hildegundis sich zu orientieren. Alle Gänge sahen gleich aus! Ihr Herz schlug wie rasend und sie begann zu keuchen. Dann schien es ihr, als ob ein Gang heller beleuchtet wäre als die anderen – das musste der Weg zum Festsaal sein! Endlich sah sie auch die große Doppeltür, die die verwunderten Diener eilig für sie aufrissen. Sie hatte den Festsaal erreicht.

Hildegundis bemerkte nicht die verwunderten Blicke der Adeligen, an denen sie vorbeikam und die sich fragten, wieso das Mädchen, das der König noch vor dem Mahl persönlich begrüßt hatte, nun in diesem aufgelösten Zustand in den Saal geeilt kam. Erhitzt und nach Atem ringend ließ Hildegundis sich neben Martin auf ihren Sitz fallen, griff zu dem Becher, der noch halb voll Wein war und stürzte ihn hinunter.

.

14. Lehnseid und Brautschau

Martin sah Hildegundis erstaunt an. „Was ist denn passiert, Hildegundis? Warum rennst du denn so? Die Pröpstin guckt schon ganz böse."

Hildegundis wischte sich über ihre feuchte Stirn und entgegnete leise: „Sind nach mir zwei Männer in den Saal gekommen? Wer war das?"

„Was meinst du? Die ganze Zeit kommen und gehen Leute. Ich habe nicht darauf geachtet, wer nach dir den Saal betreten hat. Hat dich jemand verfolgt?" Martin wurde jetzt doch hellhörig.

Hildegundis' seltsames Verhalten musste einen Grund haben. Hildegundis blickte sich vorsichtig um. Überall saßen und standen Leute, die sich scheinbar prächtig amüsierten. Männer, die sie mit finsteren Gesichtern beobachteten, konnte sie nicht entdecken. Der Barde mit seinen Musikanten zog durch den Saal, um den Damen kleine Stegreif-Liedchen vorzutragen, in denen er ihre Schönheit pries. Nun hatte er auch Hildegundis entdeckt und schon wurden sie von den Musikanten umringt. Doch Hildegundis stand jetzt nicht der Sinn nach einem Lied. Unwirsch winkte sie ab. Der Barde klimperte enttäuscht ein paar Dissonanzen auf seiner Viola und zog dann mit seinen Leuten ab. „So jung und schon so launenhaft", hörte Hildegundis ihn noch sagen.

„Wir müssen irgendwo hingehen, wo uns niemand zuhört. Ich muss dir unbedingt etwas erzählen", wisperte sie Martin zu.

„Gut. Lass uns in den Garten gehen, da finden wir bestimmt eine ruhige Ecke."

Als sie den Garten betraten, stellten sie allerdings fest, dass er von einigen jungen Pärchen bevölkert war, die auf den schön angelegten Wegen flanierten. Überall standen Fackeln, deren Licht den lauen Maiabend erhellte. Martin zog Hildegundis zu einer Hecke, in deren Schatten sie fast unsichtbar waren.

„Hier stört uns keiner. Jetzt erzähl, was passiert ist!", forderte er Hildegundis auf.

Hildegundis hatte schon den Mund geöffnet, als es hinter der Hecke raschelte. Beide standen vor Schreck erstarrt da, als ein Mann aus dem Dunkel trat.

„Ritter Tassilo!", rief Martin erleichtert, als er den jungen Mann erkannte.

„Junker Martin!", antwortete Tassilo erstaunt und grinste dann, als er Hildegundis erkannte. „Seid ihr nicht ein bisschen jung für einen abendlichen Spaziergang im Park?"

Martin bekam einen roten Kopf, doch Hildegundis fiel sofort eine Entgegnung ein.

„Mir war so langweilig im Saal. Ich habe Martin überredet, mit mir das Gelände zu erkunden."

„Ach, Hildegundis", ließ sich da eine weibliche Stimme vernehmen – es war Reganwi, die nun auch hinter der Hecke hervortrat. „Du musst nun langsam wirklich erwachsen werden. Was soll denn dein Vater sagen, wenn du hier herumstrolchst, während er dich drinnen im Saal vielleicht deinem künftigen Schwiegervater vorstellen will? Er sucht dich bestimmt schon!"

Hildegundis schluckte. Das Thema Heirat hatte sie bis zu diesem Zeitpunkt aus ihren Gedanken verbannt. Fieberhaft überlegte sie, ob sie Reganwi und Tassilo ins Vertrauen ziehen sollte. Doch da näherte sich schon ein anderes Pärchen. Der Mann war ein Bekannter von Tassilo, der die allgemeine Vorstellung übernahm. Es folgte dann ein belangloses Gespräch, das Hildegundis und Martin schließlich dazu nutzten sich zu entschuldigen und zu verschwinden.

„Lass uns zu den Ställen gehen, da sucht uns bestimmt keiner. Die Knechte sind sicher auch alle in der Küche beim Essen", meinte Hildegundis und Martin stimmte zu. In Gedanken war er noch bei dem, was Reganwi gesagt hatte. Die Vorstellung, dass in diesen Tagen ein Heiratsabkommen über Hildegundis' Zukunft entscheiden sollte, behagte ihm überhaupt nicht.

In den Ställen war tatsächlich kein Mensch zu sehen. Der Palast des Erzbischofs bildete mit den Ställen und den anderen Nebengebäuden eine befestigte Anlage, die noch stärker gebaut und gesichert war als Astnide. Die Tore waren nun geschlossen worden und kein Unbefugter hatte die Möglichkeit, unbemerkt das Gelände zu betreten. Daher waren auch keine besonderen Wachen für den Pferdestall abgestellt worden.

So hört man im Stall auch nur das Mahlen der Körner in den Pferdemäulern und ab und an das Piepen einiger Spatzen, die herumflogen, um sich hier und da einige Körnchen aufzupicken. Hildegundis ging zur Box, in der der Hengst ihres Vaters stand. Er begrüßte sie mit einem erfreuten Wiehern. Hildegundis öffnete die Box und zog Martin mit hinein, nachdem sie sich vorher nochmals nach allen Seiten umgeschaut hatte. Sie hatte aus der Futterkiste eine Handvoll Körner genommen, die sie dem Pferd zu fressen gab. Dann ließ sie sich in der hintersten Ecke der Box nieder. Martin hockte sich neben sie.

„Grani wird uns warnen, wenn jemand kommt. Hier sind wir sicher."

„Ja, jetzt musst du aber endlich erzählen, was du so Schreckliches erlebt hast."

„Stell dir vor: Ich habe eine Verschwörung belauscht!"

„Eine Verschwörung? Gegen wen?"

„Gegen den König! Sie – sie wollen ihn umbringen!"

„Was?!" Martin riss vor Schreck die Augen weit auf. „Bist du sicher? Was haben sie denn genau gesagt? Und wer sind die Verschwörer?"

„Es waren zwei Männer, aber ich habe sie nicht erkannt. Sie haben von Gift gesprochen und dass sie es in seinen Pokal tun wollen – und dass es ganz schnell wirken würde."

„Und wann? Haben sie einen Zeitpunkt genannt?"

„Sie sprachen von morgen …"

„Der König wird morgen oft aus seinem Pokal trinken – auch wenn er allein ist."

Hildegundis dachte angestrengt nach. Dann fiel ihr etwas ein: „Sie haben gesagt, nach dem Lehnseid würde er sich sicher fühlen und bestimmt keinen Vorkoster einsetzen."

„Das heißt, es soll bei dem Festmahl nach dem Lehnseid geschehen!"

„Martin, was tun wir denn jetzt bloß? Wir müssen den König doch warnen!"

„Ob er uns glaubt? Wir haben ja keine Beweise!"

Eine Weile schwiegen die Kinder. Dann fragte Martin: „Haben dich die beiden Männer erkannt, als du davongelaufen bist?"

„Ich weiß es nicht, ich bin so schnell gelaufen wie ich konnte und ich habe mich nicht mehr umgesehen."

Wieder schwiegen beide und dachten über die Gefahr, die auch für Hildegundis bestand, nach. Schließlich sagte Hildegundis: „Wir weihen meinen Vater ein! Nachdem die Äbtissin öffentlich gezeigt hat, dass er in ihrer Gunst steht, wird der König ihm Gehör schenken!"

Martin stimmte zu. Erleichtert, dass sie nun eine Lösung gefunden hatten, sprangen die Kinder auf und liefen aus dem Stall.

Sie eilten durch das Gebäude, bis sie die große Doppeltür zum Festsaal erreicht hatten, die sofort für sie geöffnet wurde. Beide blickten sich in dem von Menschen gefüllten Saal um, um Graf Thietmar zu entdecken. Doch sie brauchten nicht lange zu suchen. Der Graf hatte sie schon gesehen und kam mit schnellen Schritten auf sie zu – seine Miene verhieß nichts Gutes.

„Hildegundis! Wo steckst du denn? Ich habe schon überall nach dir gesucht!"

Graf Thietmar, der sonst immer ziemlich nachsichtig mit seiner Ältesten verfuhr, funkelte Hildegundis nun zornig an.

„Der Herzog von Niederlothringen hat von dir gehört und möchte dich kennen lernen. Er hat nur einen Sohn, der auch mal sein Erbe sein wird. Das ist die Gelegenheit –"

Der Graf stockte mitten im Satz, als sein Blick auf ein paar Strohhalme fiel, die an Hildegundis' Kleid hängen geblieben waren. Er zog hörbar die Luft ein und musste sich große Mühe geben, nicht laut loszubrüllen.

„Jetzt erzähle mir nicht, dass du im Stall warst!!"

„Aber, Vater, das war doch so –", versuchte Hildegundis zu erklären.

„Schweig! Ich will jetzt keine Geschichten hören. Dein Benehmen ist unentschuldbar!"

„Herr Graf, es ist aber so, dass –", versuchte Martin zu vermitteln, wurde aber auch sofort unterbrochen: „Dass du diese Kindereien mitmachst, Martin, ist für mich unbegreiflich. Ich bin sehr enttäuscht. Du gehst sofort auf unsere Kammer – für dich ist das Fest jetzt zu Ende."

„Vater, Martin kann wirklich nichts dafür, er wollte doch nur –"

„Kein Wort mehr, Hildegundis!"

Graf Thietmar fasste Hildegundis etwas barsch am Handgelenk und wies Martin mit einer gebieterischen Geste hinaus. Dem Jungen blieb nichts anderes übrig, als zu gehorchen. Er warf Hildegundis noch einen hilflosen Blick zu, verneigte sich kurz und ging.

Graf Thietmar zog Hildegundis zu einer nahe stehenden Bank und setzte sich mit ihr dort hin. Er atmete tief durch, um sich zu beruhigen und sah seine Tochter an. Ohne ihr Handgelenk loszulassen sagte er dann: „Hildegundis, weißt du noch, das Aufnahmeritual? Damals habe ich vor der Äbtissin bezeugt, dass du von freier und edler Geburt bist. Das bedeutet, dass du Rechte hast, die andere Menschen nicht haben – das hat dir zum Beispiel die Aufnahme in das Stift ermöglicht. Als Gegenleistung für diese privilegierte Stellung hast du aber auch Pflichten, die andere Leute nicht haben. Du weißt, ich bin nur ein Graf mit einer wenig bedeutenden Stellung im Reich. Du bist meine älteste Tochter. Du bist im Stift Astnide aufgenommen worden, und die Äbtissin ist dir wohl gesonnen. Verstehst du nicht, was das bedeutet, Hildegundis? Du hast jetzt die Möglichkeit, einen Ehemann weit über deinem Stand zu bekommen. Das ermöglicht nicht nur dir ein Leben, wie ich es dir nie hätte bieten können, es bedeutet auch, dass du durch eine solche Heirat deine ganze Familie in eine bessere Position bringen kannst. Deine Geschwister haben dann durch dich den Zugang zu den höheren Kreisen und wir bekommen mächtige Bundesgenossen. Hildegundis, du wirst bald 12 Jahre und damit alt genug, um auch an deine Pflichten zu denken und Verantwortung zu übernehmen!"

Hildegundis hatte schweigend, aber etwas ungeduldig zugehört. Das alles war nicht neu für sie, seit ihrer frühesten Kindheit hatte ihre Mutter sie auf die Pflichten einer Grafentochter vorbereitet. Aber jetzt hatte sie dafür wirklich keinen Sinn. Schließlich ging es um das Leben des Königs! Wenn ihr Vater sie doch nur einmal ausreden ließe …

„Ich weiß ja, Vater, aber –" Der Graf unterbrach sie: „Hildegundis, ich weiß, was du sagen willst. Du brauchst aber keine Sorge zu haben. Deine Mutter und ich haben beschlossen, dass wir dich nicht vor deinem 15. Jahr verheiraten werden. Trotzdem kann ein Verlöbnis schon vorher besiegelt werden. So, Schluss damit. Du wirst jetzt den Herzog von Niederlothringen begrüßen, und, Hildegundis", Graf Thietmar hob warnend den Zeigefinger, „ich will, dass du dich von deiner besten Seite zeigst!"

Hildegundis seufzte und nickte dann. Sie sah ein, solange er in dieser Stimmung war, hatte es keinen Zweck, noch einen Versuch zu machen, ihrem Vater die Geschehnisse des Abends zu erklären. Sie war wütend auf ihn. Es war so ungerecht!

Da hatten Martin und sie eine so wichtige Nachricht und Graf Thietmar wollte sie einfach nicht hören. Schweigend ging sie mit ihrem Vater, begrüßte den Herzog formvollendet, blieb während des Gesprächs aber ziemlich einsilbig. Auf den Herzog schien sie dennoch einen guten Eindruck zu machen, denn dieser nickte Graf Thietmar immer wieder wohlwollend zu. Wenn das Gespräch doch endlich zu Ende ginge! Ungeduldig blickte Hildegundis sich um, ob denn aus keiner Richtung Rettung zu erwarten wäre.

Da traf ihr Blick Reganwi. Die junge Stiftsdame sah Hildegundis' flehenden Blick und konnte sich vorstellen, dass es bei dem Gespräch zwischen dem Grafen und dem Herzog wohl um Hildegundis' Zukunft ging. Reganwi befand sich in einer Zwickmühle. Einerseits waren ihr die Pflichten einer Tochter aus adeligem Hause nur zu gut bekannt, andererseits wusste sie, dass Hildegundis genau wie alle anderen Mädchen von einer Liebesheirat träumte. Doch da Reganwi gerade selbst auf rosaroten Wolken schwebte, beschloss sie, Hildegundis zu helfen. Was konnte das schaden, wenn das Gespräch am nächsten Tag fortgeführt wurde.

So wechselte sie noch ein paar leise Worte mit Tassilo und trat dann zu Hildegundis und ihrem Vater.

„Entschuldigt die Unterbrechung, Graf Thietmar. Doch es ist spät geworden und Hildegundis und ich sollten uns zurückziehen."

Graf Thietmar nickte und wünschte den beiden eine gute Nacht. Dann setzte er sein Gespräch mit dem Herzog fort.

„Danke, dass du mich da raus geholt hast", sagte Hildegundis.

„Ich weiß, solche Brautschaugespräche sind unangenehm – ich habe das selbst auch schon erlebt!", antwortete Reganwi und legte Hildegundis einen Arm um die Schulter. Hildegundis überlegte wieder, ob sie Reganwi in ihr Geheimnis einweihen sollte. Doch Reganwi hatte selbst viel zu erzählen.

„Hildegundis, ich bin so aufgeregt!", erzählte sie mit strahlenden Augen auf dem Weg zum Gemach und sah Hildegundis dabei erwartungsvoll an. Doch Hildegundis war mit ihren eigenen Gedanken beschäftigt und schwieg. Also redete Reganwi weiter: „Gerade jetzt konnte ich dich doch nicht in dieser Situation allein lassen – wo ich so glücklich bin! Er hat gesagt, dass er mich liebt! Er will mit meinem Vater sprechen und mich zur Frau nehmen – was sagst du dazu?"

Hildegundis sah Reganwi geistesabwesend an.

„Wer?"

„Wer?! Der Portallöwe! Nein, Ritter Tassilo natürlich! Ist das nicht wunderbar?"

„Ja … was wird denn dein Vater dazu sagen? Hat er dir noch keinen Ehemann ausgesucht?"

„Ich habe drei ältere Schwestern, die alle gut verheiratet sind. Darum sollte ich Stiftsdame werden. Ich habe aber noch eine jüngere Schwester, die an meine Stelle treten und im Stift für die Verstorbenen unserer Familie beten kann. Darum hoffe ich schon, dass mein Vater nichts gegen die Heirat einwenden wird."

„Und Tassilos Vater?"

Reganwi wurde nachdenklich. „Tassilo sagt, dass es noch keine Heiratsabsprachen gibt. Außerdem ist er der jüngere Sohn. Es könnte wirklich klappen! Aber, Hildegundis, du musst versprechen, mit niemandem darüber zu reden. Es muss erst noch unser Geheimnis bleiben!"

Hildegundis drückte Reganwi beide Hände und sagte: „Ich freue mich so für dich! Und ich werde die Gottesmutter um Hilfe für euch bitten. Natürlich werde ich zu keinem ein Wort sagen."

Bei diesem feierlichen Versprechen hatten sie ihr Gemach erreicht. Keine von beiden hatte Gewa bemerkt, die aus der Türe der Dienerinnen-Kammer lugte und diese dann ganz leise wieder schloss.

Als sie sich zum Schlafen niederlegten, zerbrach Hildegundis sich den Kopf, wie sie den König vor dem vergifteten Pokal warnen und die Gefahr, in der sie selbst schwebte, wenn die Männer sie erkannt hatten, abwenden könnte. Unruhig wälzte sie sich hin- und her und schlief erst in den frühen Morgenstunden ein. Schon bald wurde sie durch die vielfältigen Geräusche des geschäftigen Palasthofes wieder geweckt.

Nach einer kurzen Andacht versammelte man sich zum Morgenmahl im großen Saal. Hildegundis begrüßte ihren Vater und Martin, der ihr leise zuraunte: „Mir ist etwas eingefallen, wir müssen gleich reden."

Graf Thietmar bekam aber doch mit, dass die beiden miteinander tuschelten. Sie ist zuviel mit diesem Jungen zusammen, dachte er und setzte sich zwischen die Kinder. Nach kurzer Zeit wurde er jedoch vom Haushofmeister gerufen, der mit ihm etwas besprechen wollte. Sobald Graf Thietmar sich erhoben hatte, steckten Hildegundis und Martin die Köpfe zusammen.

„Sieh mal, was ich hier habe!", sagte Martin und zog einen kleinen Lederbeutel hervor. Er zog ihn auf und darin lag – eine tote Wespe.

Hildegundis sah ihn verständnislos an und meinte: „Eine tote Wespe! Na und?"

Als Martin ihr dann seinen Plan erläuterte, erhellte sich Hildegundis Gesicht.

„Ja", sagte sie, „So könnte es gehen. Aber du musst den richtigen Zeitpunkt erwischen."

„Wir müssen alles genau beobachten und dann schnell handeln."

Da kam auch schon der Graf zurück und die Kinder konnten nicht weiter reden.

Graf Thietmar war nun bester Laune.

„Der Haushofmeister hat mir eben mitgeteilt, dass ich nach dem Herzog von Niederlothringen und Prinz Widukind der erste Graf sein werde, der vor dem König seinen Lehnseid ablegt", sagte er und legte einen Arm um Hildegundis' Schultern. „Man ist bei Hofe tatsächlich auf uns aufmerksam geworden!"

*

Schon bald nachdem das Morgenmahl beendet war, begannen die Vorbereitungen für die Zeremonie des Lehnseids. Immer wenn ein neuer König den Thron bestieg, reiste er durch sein Reich, um an bedeutenden Orten die wichtigen Männer dieser Region um sich zu versammeln, so dass sie ihren Lehnseid ablegen konnten. Mit diesem Eid erkannten sie den König als Landesherrn an, und versprachen ihm ‚consilium et auxilium', Rat und Hilfe. Das bedeutete, in einer Krise konnte der König die Herzöge und Grafen seines Reiches – seine Lehnsleute – zu sich rufen. Diesem Ruf mussten sie dann auch folgen. Sie standen dem König für Beratungen zur Verfügung, aber auch mit ihren Soldaten und Bauern, sollte es zu einem Krieg kommen. Auch für größere Bauvorhaben konnte der König diese Unterstützung anfordern. Als Gegenleistung erhielten die Adeligen Land vom König zugewiesen, mit all den unfreien Bauern, die darauf lebten. Dieses Land, das Lehen genannt wurde, konnte von den neuen Herren nach eigenem Gutdünken bewirtschaftet werden. Die Erträge gehörten bis auf einen geringen Teil ihnen. Nur diesen kleinen Teil mussten sie an ihren Lehnsherrn als Abgabe entrichten, die aus Gold, Naturalien und Arbeitsleistung bestand.

Das Ablegen des Lehnseides war daher eine wichtige Sache, die die rechtliche Situation der dabei beteiligten Leute festlegte: Indem sie dem König den Lehnseid leisteten, erkannten die Adeligen ihn als Herrscher des Reiches an und stimmten gleichzeitig den Verpflichtungen zu, die sie von nun an ihm gegenüber haben würden. Es wurde also gleichsam ein gegenseitiger Vertrag geschlossen. Der König bestätigte durch die Annahme des Eides die besondere Stellung der Adeligen und sprach ihnen einen bestimmten Grundbesitz zu. Für Regelungen von solcher Trag-

213

weite brauchte man natürlich Zeugen, je mehr, desto besser. Daher wurden Lehnseide stets öffentlich geleistet.

Im Palast des Erzbischofs waren viele Adelige zusammengekommen. Sie nutzten die Gelegenheit, alte Bündnisse zu festigen oder neue zu schließen. Man sah viele kleine Grüppchen beieinander stehen und Menschen durch die Gänge eilen. Manch einer erhoffte sich auch eine Privataudienz beim König, um ihm vielleicht ein besonders ertragreiches Lehen abzuschmeicheln. Es gab auch Gerüchte, dass der ein oder andere Adelige dem König die Gefolgschaft verweigern würde. Dies war nicht so ungewöhnlich, besonders wenn ein junger König auf den Thron stieg, der als schwach galt. Das war bei Heinrich III. zwar nicht der Fall, er hatte jedoch den Ruf, besonders fromm zu sein. Diese Tatsache wurde von manchem alten Krieger in seinem Reich mit leichtem Misstrauen betrachtet. Sie waren der Meinung, dass ein König vor allem das Kriegshandwerk beherrschen und Stärke zeigen müsse, das Beten überließen sie lieber dem Klerus und den weiblichen Mitgliedern ihrer Familien. Gab es mehrere Adelige, die den Lehnseid verweigerten, konnte es sogar zu einem Sturz des Königs kommen. Es war also eine etwas gespannte Atmosphäre zu spüren.

Die Bediensteten begannen den großen Festsaal für das Ereignis herzurichten. Der Erzbischof hatte einen großen, besonders schön geschnitzten Sessel herbringen lassen, der nun mit kostbaren Kissen bestückt wurde. Dieser Sessel sollte dem König während der Zeremonie als Thron dienen. Davor wurde ein großes Samtkissen bereit gelegt, auf dem die Adeligen während des Eides knien würden. Für den Erzbischof selbst sowie für seine Schwester waren etwas kleinere Sessel rechts und links des Thrones bereitgestellt worden. Immer mehr Menschen sammelten sich nun im Saal. Auch Graf Thietmar, Hildegundis, Martin und Tassilo drängten sich zwischen die Wartenden, gefolgt von Reganwi und der Pröpstin.

„Bin gespannt, was Prinz Widukind tun wird", raunte Graf Thietmar Tassilo zu.

„Ja, ich auch. Er wird ja einer der ersten sein, die den Eid ablegen werden."

Dann war es soweit: Die große Doppeltüre wurde geöffnet und zwei Trommel schlagende Knappen betraten den Saal. Die Menschenmenge bildete eine Gasse, die von der Tür direkt bis zu den erhöht stehenden Sesseln führte. Hinter den Knappen erschien der Haushofmeister, dem Erzbischof Hermann mit seiner Schwester Theophanu folgte, die ihre Hand auf seinen linken Arm gelegt hatte. Mit seiner rechten Hand segnete der Erzbischof die wartende Menge, die sich mit Hochrufen bei ihm bedankte. Der Haushofmeister trat zur Seite, während der Erzbischof und die Äbtissin sich vor die ihnen zugedachten Sessel stellten.

Dann erklagen Fanfarenklänge und die Wache des Königs betrat den Saal. Danach folgte der König selbst, der auch heute wieder seine Krone trug. Die Menge applaudierte und bedachte auch den König mit Hochrufen. Freundlich lächelnd nickte der König zu beiden Seiten, trat zu dem Thron und ließ sich nieder. Jetzt setzten sich auch der Erzbischof und die Äbtissin. Die Wache nahm hinter den Sesseln Aufstellung.

Der Haushofmeister trat nun wieder vor und rief allen noch einmal den Zweck der Zusammenkunft ins Gedächtnis: „Edle des Reiches! Ihr habt Euch hier eingefunden, um vor seiner Majestät, König Heinrich III, den Lehnseid abzulegen oder um Zeugnis von diesem Ereignis zu geben. Seine Exzellenz, Erzbischof Hermann sowie seine Schwester, die Hochedle Äbtissin Theophanu, sind ebenfalls als Zeugen zugegen. Ich werde die Edlen jeweils nennen, die dann vortreten und den Eid leisten werden. Beginnen wird der Hochedle Herzog Karl von Niederlothringen!"

Die Knappen schlugen die Trommeln und der Herzog trat vor. Er kniete vor dem König auf dem Samtkissen nieder und legte seine gefalteten Hände in die geöffneten Hände des Königs – ganz so, wie Hildegundis es bei ihrer Aufnahme in Astnide gemacht hatte. Nachdem er den Eid gesprochen hatte, verkündete der König, wel-

215

che Ländereien er als Lehen erhielt. Der Herzog nickte zufrieden, erhob sich, verneigte sich noch einmal vor dem König und trat dann zur Seite.

„Prinz Widukind aus Sachsen!", rief der Haushofmeister nun, worauf die Knappen wieder die Trommeln schlugen. Alle blickten erwartungsvoll in die Runde, doch Prinz Widukind war nicht zu sehen. Der Haushofmeister sah angestrengt in die Menge, konnte den Prinzen aber nicht entdecken. Mit einer Handbewegung brachte er die Trommeln der Knappen zum Schweigen.

„Prinz Widukind aus Sachsen!", rief er nun ein zweites Mal. Wieder begannen die Trommeln zu schlagen. Im Saal war ein leichtes Raunen zu hören. Auch der König sah etwas nervös aus, wie er mit den Fingern an der Verzierung des Thrones spielte. Gerade als der Haushofmeister das Trommeln ein zweites Mal abrechen wollte, kam Bewegung in die wartenden Menschen. Eine Gasse teilte sich, als sich Prinz Widukind mit einem überlegenen Lächeln den Weg nach vorn bahnte. Ohne Hast schritt er zum Thron, wo ihn der König freundlich lächelnd begrüßte.

„Prinz Widukind – ich freue mich, Euch heute hier zu sehen!", sagte er. Widukind antwortete nichts, sondern blieb einfach stehen.

Wieder ging ein Raunen durch die Menge. Wollte der Prinz den König brüskieren? Was hatte er vor? Auch König Heinrich wurde unsicher. Nach einigen endlos scheinenden Minuten kniete der Prinz dann endlich auf dem Kissen nieder. Ein erleichtertes Aufatmen ging durch den Saal. Auch Graf Thietmar und Tassilo sahen sich bedeutungsvoll an. Das Ablegen des Eides verlief dann ohne Zwischenfälle. Der Prinz erhielt eine Bestätigung des von ihm bereits verwalteten Lehens, ein neues kam nicht dazu.

Als Prinz Widukind sich erhoben und mit einer allzu knappen Verbeugung zur Seite getreten war, rief der Haushofmeister schnell den Nächsten auf: „Graf Thietmar vom Niederrhein!"

Stolz sah Hildegundis ihrem Vater zu, wie er beim Klang der Trommeln nach vorn schritt und seinen Eid ablegte. Sie fand, dass er wirklich gut aussah in seiner dunkelgrünen Tunika, die farblich perfekt zu ihrem Kleid passte. Auch Graf Thietmars Lehen wurde in der bereits bestehenden Form bestätigt.

Es folgten viele weitere Lehnseide, so dass der ganze Vormittag damit ausgefüllt war. Mittags gab es einen kleinen Imbiss, dann sollte zu Ehren des Königs ein kleines Turnier abgehalten werden.

15. Ein Turnier und ein königliches Versprechen

Da dem Turnier räumlich und zeitlich Grenzen gesetzt waren, konnten nicht alle Teilnehmer in allen Kampfarten antreten. Graf Thietmar hatte sich für den Lanzenkampf zu Pferd gemeldet, Tassilo für den Schwertkampf zu Fuß. Das Los entschied, dass Graf Thietmars Gegner Prinz Widukind war, während Tassilo gegen den Herzog von Niederlothringen antreten sollte.

Mit den Schwertkämpfen begann das Turnier. An einer Längsseite der Kampfbahn war eine provisorische Tribüne errichtet worden, wo der König, die Äbtissin und der Erzbischof als Ehrengäste saßen. Reganwi, die zusammen mit Hildegundis auf der Tribüne hinter Theophanu saß, knetete nervös ein kostbares Seidentuch. Tassilo war als Dritter an der Reihe. Als er den Platz betrat, suchte er mit den Augen nach Reganwi und lächelte sie an, als er sie gefunden hatte. Sie errötete und lächelte zurück.

Tassilo begrüßte dann Herzog Karl von Niederlothringen, seinen Gegner, der nun ebenfalls auf den Platz trat. Die beiden Kämpfer traten dann gemeinsam vor die Tribüne, um sich vor dem König zu verneigen. Ein Page verlas ihre Namen. Dann gab der König das Signal, das der Kampf beginnen konnte. Die beiden Kämpfer griffen ihrc Kurzschwerter und Schilde und stellten sich einander gegenüber. Der Herzog war breiter und kräftiger als Tassilo und führte seinen ersten Hieb mit enormer Kraft aus. Doch Tassilo war wendiger als er, konnte geschickt ausweichen und seinen eigenen Hieb gut platzieren. Mit dieser Taktik gelang es ihm ziemlich schnell, den Herzog zu ermüden und eigene Punkte zu sammeln. Reganwi applaudierte begeistert, als ein Page Tassilo als Sieger ausrief. Ein schöner Pokal war sein Preis.

Nach den Schwertkämpfen wurde der Kampfplatz für den Lanzenkampf zu Pferd bereit gemacht. Dazu wurde der Sand geharkt und ein leichter Holzzaun in der Mitte aufgestellt, so dass zwei getrennte Bahnen entstanden. Graf Thietmar und Prinz

218

Widukind waren die ersten Kämpfer in dieser Disziplin. Martin half dem Grafen, dem Rappen die schwere Decke zum Schutz gegen Lanzenstiche umzuhängen und anschließend die Rüstung anzulegen. Der Hengst wusste genau, was gleich passieren würde und war kaum zu halten. Immer wieder versuchte er zu steigen und wieherte zornig. Prinz Widukinds Fuchshengst antwortete vom anderen Ende der Kampfbahn. Schließlich saß der Graf im Sattel. Auch Prinz Widukind war bereit.

Beide Kämpfer ritten nun in die Mitte der Bahn, vor die Tribüne, wo der König saß. Sie verneigten sich im Sattel, wobei sie ihre Pferde kaum ruhig halten konnten. Prinz Widukind ließ seinem Fuchshengst die Zügel lang, sodass er immer wieder versuchte, nach der Kehle des Rappen zu schnappen, der ebenfalls die Ohren flach an den Kopf gelegt hatte und mit den Vorderbeinen nach dem Fuchs zu schlagen versuchte.

„Könnt Ihr Euer Pferd nicht beherrschen, Prinz Widukind? So haltet es doch kürzer!", sagte Graf Thietmar schließlich verärgert.

„Nun, Graf Thietmar, wenn Ihr glaubt, dass Euer Rappe meinem Feuertänzer nicht gewachsen ist, so tretet besser von diesem Kampf zurück", antwortete der Prinz mit frechem Grinsen.

Graf Thietmar konnte darauf nicht mehr antworten, denn es erklang die Fanfare und alles wurde still. Nun wurden die Namen der Kämpfer verlesen und der König gab das Zeichen zum Beginn des Kampfes.

Beide Kämpfer wendeten hart und galoppierten zu ihrer Ausgangsposition an die Enden der Kampfbahn zurück. Hildegundis nagte vor Aufregung an ihrer Unterlippe. Sie war noch nie bei einem Kampf ihres Vaters dabei gewesen. Obwohl es sich ja nur um einen Schaukampf handelte, wusste sie doch, wie gefährlich das sein konnte. Man hatte schon von Rittern gehört, denen Splitter von geborstenen Lanzen ins Auge gedrungen waren, von verrenkten Gliedern und gebrochenen Hälsen.

Jetzt hatten beide Reiter ihre Ausgangsposition erreicht. Graf Thietmar ließ sich von Martin die Lanze geben, die zum Turnier nur eine stumpfe Spitze hatte. Prinz Widukind erhielt von seinem Knappen ebenfalls seine Lanze. Gespannt blickten beide zur Tribüne. Da gab der König das Zeichen und die beiden Gegner rasten aufeinander zu, jeder auf seiner Bahn, getrennt durch den Holzzaun.

Hildegundis hielt den Atem an. Die Beine der Pferde schienen kaum den Boden zu berühren, so schnell bewegten sie sich. Jetzt nahmen beide Kämpfer die Lanzen hoch und hielten sie quer über dem Sattel. Es galt, den Schwerpunkt des Gegners zu treffen und ihn so aus dem Sattel zu werfen. Der Kampf bestand aus drei Runden. Wer seinen Gegner empfindlich traf oder gar aus dem Sattel war, hatte eine Runde gewonnen. Sieger war schließlich derjenige, dem dies in zwei Runden gelang.

Jetzt waren die beiden Reiter fast auf einer Höhe. Graf Thietmar visierte den Punkt an, wo er Prinz Widukind treffen wollte – da nahm der Prinz seinen Hengst überraschend hoch, sodass er den Zaun durchbrach und mit seinen Vorderbeinen mit voller Wucht gegen den Rappen stieß, der durch dieses Manöver den Halt verlor und auf die Seite stürzte. Widukinds Lanze traf dabei Graf Thietmar am Kopf. Nur mit Mühe konnte Widukind verhindern, dass sein Pferd ebenfalls stürzte. Hildegundis und Reganwi schrieen auf, als sie sahen, wie sich Menschen und Pferde zu einem einzigen Knäuel vermengten.

Graf Thietmar war halb unter seinem Pferd begraben und hatte seinen Helm verloren. Doch Grani rappelte sich schnell wieder hoch. Auch der Graf schien keine schwere Verletzung davon getragen zu haben. Martin war sofort in die Bahn gelaufen, um nach seinem Herrn zu sehen. Er half ihm beim Aufstehen, dann sahen beide nach dem Rappen. Prinz Widukind hatte unterdessen in der Bahn angehalten. Alle warteten jetzt auf ein Zeichen, ob Graf Thietmar den Kampf aufgeben oder weitermachen wollte.

Nachdem er festgestellt hatte, dass Grani in Ordnung war, bestieg der Graf den Rappen wieder und ließ sich von Martin eine neue Lanze bringen, da seine zu Bruch gegangen war. Die Zuschauer applaudierten – denn das war das Zeichen, dass der Graf nicht daran dachte, aufzugeben. Hildegundis war erleichtert, dass ihrem Vater nichts passiert war, doch es galt noch zwei weitere Runden zu überstehen.

„Der erste Punkt geht an Prinz Widukind!", verkündete der Page. Worauf verhaltener Applaus erklang, denn das unfaire Manöver des Prinzen hatte den meisten Zuschauern nicht gefallen.

„Jetzt weiß ich, wie ich den Burschen kriege!", raunte der Graf Martin zu.

Da gab der König das Signal und die Reiter stürmten aufeinander zu. Diesmal hatte Graf Thietmar ein anderes Ziel gewählt. Als Prinz Widukind in Lanzenreichweite kam, hielt der Graf seine Lanze so, dass sie den Hals des Fuchshengstes streifte, bevor sie den Prinzen am rechten Ellbogen traf. Der Fuchs machte vor Schmerz und Schreck einen weiten Sprung zur rechten Seite. Widukind, der ebenfalls dort den Schlag erhalten hatte, konnte nicht gegensteuern und flog seitwärts aus dem Sattel. Seine eigene Lanze traf nur mit geringer Wucht den Schild des Grafen.

Tosender Applaus brandete auf, als der Page rief: „Der zweite Punkt geht an Graf Thietmar!"

Hildegundis und Reganwi waren aufgesprungen und umarmten sich vor Freude.

Prinz Widukind stand schon wieder auf den Beinen, als sein Knappe, der den verschreckten Fuchs eingefangen hatte, ihm das Pferd brachte.

„Wie steht es, Prinz Widukind, seid Ihr zu einer dritten Runde bereit?", fragte Graf Thietmar lächelnd, der inzwischen gewendet hatte und zurück geritten war.

„Darauf könnt Ihr Euch verlassen!", zischte der Prinz und schwang sich in den Sattel.

Beide ritten zurück auf ihre Ausgangsposition. Das Publikum applaudierte wieder, es war begeistert von diesem spannenden Zweikampf. Wer würde nun die dritte Runde gewinnen?

„Herr Graf, nehmt Euch bloß in acht!", sagte Martin warnend, als er dem Grafen die Lanze reichte.

„Keine Sorge, mein Junge!", antwortete Graf Thietmar mit einem grimmigen Lächeln, „Ich kenne jetzt seine Schwächen!"

Dann kam das Signal und wieder donnerten die Hufe der Pferde über die Kampfbahn. Hildegundis und Reganwi hatten sich an den Händen gefasst. Die Spannung war ja kaum auszuhalten! Da! Jetzt waren sie auf einer Höhe – Hildegundis zerquetschte Reganwi vor Aufregung fast die Hand, aber die war ebenfalls so gespannt, dass sie es kaum spürte. Es gab den kurzen Knall des Aufpralls, dann schoss ein Pferd reiterlos weiter – es war Feuertänzer, Prinz Widukinds Fuchshengst! Der Prinz lag im Sand der Kampfbahn und rührte sich zunächst nicht. Dann hob er den Kopf und sah sich benommen um.

„Gewinner der dritten Runde und damit Sieger des Wettstreits ist Graf Thietmar!", rief der Page aus.

Hildegundis und Reganwi jubelten in den aufbrandenden Applaus hinein und liefen dann von der Tribüne hinunter, um Graf Thietmar zu beglückwünschen, der gerade vom König einen wertvollen Pokal als Preis erhielt. Mit zusammen gebissenen Zähnen gratulierte auch Prinz Widukind seinem Gegner.

Als die Mädchen bei ihm ankamen, war auch Martin schon da, um sich um das Pferd zu kümmern.

„Oh, Vater, es war so spannend! Ich hatte erst solche Angst – dieser Angriff war ja auch wirklich unfair!"

„Ja, aber das hat mir auch Widukinds Schwäche gezeigt: Da er sein Pferd als Waffe eingesetzt hat, hatte er zu seinen eigenen Kräften wohl kein so großes Vertrauen. Darum habe ich bei der zweiten Runde auch sein Pferd angegriffen – obwohl es mir in der Seele wehtat, diesen prächtigen Hengst zu verletzten. In der dritten Runde hatte Widukind dann damit gerechnet, dass ich wieder so etwas vorhatte und sich wohl schon eine Gegenmaßnahme überlegt. Doch da habe ich ihn einfach mit der klassischen Kampfkunst aus dem Sattel gefegt!"

Alle lachten und Hildegundis überlegte, ob sie ihrem Vater wohl jetzt die Sache mit der Verschwörung erzählen konnte, doch immer wieder kamen Leute, die ihn beglückwünschten und sich nach der Herkunft seines Pferdes erkundigten.

Glücklich verließ der Graf dann den Kampfplatz, um sich frisch zu machen. Martin kümmerte sich um den Hengst, verabredete sich aber schnell mit Hildegundis, die inzwischen allein die Augen offen halten musste. Als Martin dann zurück war, beobachteten sie während der folgenden Kämpfe aufmerksam die einzelnen Lehnsleute, konnten jedoch nichts Verdächtiges feststellen.

„Jetzt beginnt gleich das Festmahl und wir wissen immer noch nicht, wer die Verschwörer sind!", klagte Hildegundis.

„Dann bleibt es eben bei meinem Plan", antwortete Martin.

Hildegundis stimmte zögernd zu – sie hielt Martins Plan für ziemlich gewagt, sah aber auch keine andere Möglichkeit.

*

Der Einzug in den Saal gestaltete sich wie am Abend zuvor. Die Jagdhunde des Erzbischofs liefen wieder durch die Sitzreihen und warteten schon darauf, etwas von den köstlichen Braten zugeworfen zu bekommen. Gespannt beobachteten die Kinder, was sich an der Tafel des Königs tat. Das Essen wurde herein getragen und Bedienstete eilten mit Weinkrügen hin und her. Noch war nichts Auffälliges zu bemerken.

„Da!", flüsterte Hildegundis Martin zu, als ein Diener sich mit einem Pokal dem König näherte. Das musste der vergiftete Wein sein! Martin hatte das Säckchen

mit der toten Wespe griffbereit in seiner Hand liegen. Er war auf das Äußerste angespannt und bereit, jeden Moment loszulaufen und nach vorn zum König zu stürzen.

In diesem Moment drehte sich Graf Thietmar, der im Gespräch mit einem anderen Adeligen war, um und sagte zu Martin: „Martin, geh auf unsere Kammer und
hole das kleine Elfenbeinkästchen, das ich gestern gekauft habe. Ich möchte es Graf
Thorwald zeigen."

„Ähm, ja, natürlich, Herr Graf, muss ich es sofort holen?"

Graf Thietmar zog die Augenbrauen hoch. Das kannte er gar nicht von Martin, er erledigte sonst immer alles sofort, was ihm aufgetragen wurde.

„Ja, sofort!", antwortete er daher auch mit Nachdruck. Was war bloß mit dem
Jungen los?

Martin sah Hildegundis Hilfe suchend an. Sie flüsterte ihm zu: „Dann mach
ich es eben. Schnell, gib mir das Säckchen mit der Wespe."

Martin sah ein, dass sie keine Zeit mehr zu verlieren hatten und steckte Hildegundis das Ledersäckchen zu. Dann ging er langsam aus dem Saal, wobei er sich
immer wieder umblickte.

Hildegundis öffnete das Säckchen und nahm vorsichtig die tote Wespe heraus, die sie in ihrer linken hohlen Hand verbarg. Dann kam der entscheidende Moment. Das Tischgebet war gesprochen und der König hob den Pokal. Jetzt oder nie!
Hildegundis holte tief Luft, rief im Geiste alle Heiligen um Beistand an und rannte
nach vorn, an den Tisch des Königs. Sie griff so heftig nach seinem rechten Arm,
dass dem völlig überraschten König der Pokal aus der Hand fiel. Das hatte Hildegundis erhofft. Unbemerkt ließ sie die tote Wespe in die Weinlache auf dem Boden fallen.

Das alles war so schnell geschehen, dass alle noch wie erstarrt da standen.
Erst jetzt kam wieder Leben in die Menschen. Die Wachen des Königs stürzten vor
und ergriffen Hildegundis. Graf Thietmar war in drei langen Sätzen nach vorn ge-

stürmt und hatte dabei eine Bank umgerissen. König Heinrich blickte Hildegundis verwundert an.

„Aber Kind, was ist denn los?", fragte er erstaunt und gab den Wachen einen Wink sie loszulassen.

Graf Thietmar war außer sich. Er stieß die Soldaten von seiner Tochter weg und schrie Hildegundis an: „Was ist denn nur in dich gefahren?!"

Hildegundis sah erst ihren Vater, dann den König mit großen, unschuldigen Augen an.

„Verzeiht, wenn ich Euch durch mein Verhalten erschreckt habe, Majestät. Aber ich habe gesehen, wie eine Wespe in Euren Pokal flog. Wenn sie Euch in den Hals gestochen hätte, hättet Ihr sterben können."

„Gutes Kind! Welch treffliche Augen du hast!", meinte der König gerührt.

Alle Umstehenden sahen jetzt zu Boden und bemerkten die tote Wespe in der Weinlache. Langsam beruhigte man sich wieder und Hildegundis' Tat wurde überschwänglich gelobt und Graf Thietmar zu seiner Tochter gratuliert.

Tassilo und Reganwi waren auch aufgesprungen und nach vorn geeilt. Sie standen nun ebenfalls beim König und lobten Hildegundis. Da sah Reganwi, wie Graf Thietmar plötzlich blass wurde. Er starrte auf den Boden und trat gleichzeitig langsam vor den König, als wollte er ihn schützen. Reganwi folgte seinem Blick und stieß einen Schrei aus. Der Graf hatte bemerkt, dass einer der erzbischöflichen Jagdhunde von dem verschütteten Wein geleckt hatte – plötzlich fing er an zu zittern und brach nun, von Krämpfen geschüttelt, zusammen.

Ein paar Sekunden später war er tot. Auch die anderen sahen jetzt den toten Hund dort liegen – und ihre Gespräche verstummten. Auf einmal herrschte Stille im Saal. Jetzt war allen klar, dass der Wein des Königs vergiftet worden war. Auch der König war nun sehr blass geworden. Er schluckte, strich dann Hildegundis übers Haar und sagte: „Kind, du warst heute das Werkzeug des Allmächtigen. Ich werde in die Privatkapelle des Erzbischofs gehen und die Nacht im Gebet verbringen, um Gott für die Rettung zu danken."

Bevor er dem König in die Kapelle folgte, befahl der Erzbischof alle Tore des Palastes zu schließen und jeden Diener zu der Angelegenheit zu verhören, insbesondere aber diejenigen, die mit dem Weinausschank betraut worden war. Doch im Laufe der Nacht zeigte es sich, dass dies erfolglos war. Einige Diener gaben an, einen Fremden beim Weinausschank gesehen zu haben, doch war das nicht als ungewöhnlich angesehen worden, da bei großen Festen auch Knechte zum Dienst im Festsaal eingeteilt wurden, die sonst nicht dabei waren. Dieser Fremde blieb jedoch unauffindbar – entweder hatte er sich schon vor dem Schließen der Tore aus dem Staub gemacht oder er hatte sich sehr gut versteckt.

Nachdem der König mit seiner Wache den Saal verlassen hatte, standen die Menschen noch immer in Gruppen zusammen und diskutierten das Ereignis. Martin war gerade rechtzeitig zurückgekehrt, um den Tod des Jagdhundes zu erleben. Hildegundis strahlte ihn an und meinte: „Dein Plan hat wirklich funktioniert!"

Graf Thietmar trat nun zu ihnen und sah Hildegundis stolz an. „Was habe ich nur für eine mutige Tochter! Du hast das Richtige getan, Hildegundis."

„Vater, wir müssen mit dir reden – allein!"

Hildegundis' ernster Ton machte Graf Thietmar stutzig. „Gut", sagte er, „gehen wir in meine Kammer."

In der Kammer erzählten Martin und Hildegundis nun abwechselnd, was passiert war. Graf Thietmar fuhr sich schuldbewusst durch die Haare, als ihm klar wurde, dass Hildegundis mehrmals versucht hatte, ihm von dem Anschlag zu erzählen. Schweigend hörte er weiter zu.

„Dann kam Martin auf die Idee mit der Wespe. Das war die beste Möglichkeit, den König am Trinken zu hindern, ohne zu verraten, dass wir von dem Gift wussten. Aber als du ihn dann weggeschickt hattest, musste ich einspringen", endete Hildegundis ihren Bericht.

Der Graf sah die beiden Kinder an. „Ein sehr gewagter Plan – aber ihr habt das wirklich sehr gut gemacht. Es tut mir leid, dass ich so ungeduldig mit euch war. Ich werde vor der Kapelle warten und den König persönlich über alles informieren."

In dieser Nacht kam der erzbischöfliche Palast nicht zur Ruhe. Zu ungeheuerlich war der Vorfall, der den König fast das Leben gekostet hätte. Als Heinrich III im Morgengrauen die Kapelle verließ, in der er gemeinsam mit Erzbischof Hermann und Theophanu gebetet hatte, wurde er von Graf Thietmar erwartet. Hildegundis und Martin hatten mit ihm gewacht. Sie waren auch viel zu aufgewühlt, als dass sie hätten schlafen können. Der Graf bat um ein dringendes Gespräch und die vier gingen zurück in die Kapelle, wo sie ungestört waren, die Kinder blieben draußen.

Schweigend lauschten der König und seine Begleitung dem Bericht des Grafen. Der König war der erste, der die Sprache wieder fand.

„Ich habe in dieser Nacht beschlossen, für meine Rettung ein Zeichen der Dankbarkeit zu setzen. Aber ich möchte auch diese Kinder für ihre Tapferkeit belohnen. Der junge Mann wird ein Schwert von mir erhalten und die junge Dame einen sanften Zelter aus meinem Stall als Reitpferd."

„Erlaubt, Majestät", schaltete sich jetzt die Äbtissin ein, „dass ich Hildegundis belohne. Ihr mutiges Handeln wird den Ruhm des Stiftes Astnide mehren. Daher sehe ich es als meine schönste Pflicht an, sie mit einem Reitpferd zu beschenken. Ruft die Kinder herein, Graf Thietmar!"

Der Graf öffnete die Tür der Kapelle und winkte Hildegundis und Martin herein. Hier erfuhren sie, wie dankbar der König und die Äbtissin waren. Nachdem Martin mitgeteilt bekam, dass er bald ein wertvolles Schwert sein eigen nennen konnte, sagte die Äbtissin: „Hildegundis, wie gefällt dir die Stute auf der du hergeritten bist? Silbermond soll von nun an dir gehören."

Hildegundis sah die Äbtissin ungläubig an und blickte dann zu ihrem Vater. Der nickte lächelnd. Beide Kinder strahlten und stotterten Dankesworte, denen sich Graf Thietmar anschloss. Der König wollte Graf Thietmar gern noch ein weiteres Lehen verleihen, doch der Graf wandte ein, dass dies die Sicherheit seiner Tochter gefährden könnte, da die Verschwörer noch nicht gefasst waren und man sich wundern würde, wenn dieses zusätzliche Lehen ohne Angaben von Gründen verliehen würde. Zu schnell könnte eine Verbindung zu den Ereignissen des heutigen Tages gezogen werden. Der König stimmte zu, versprach aber, dies bei der nächsten Gelegenheit nachzuholen und übergab Graf Thietmar einen wertvollen Goldpokal als Geschenk.

Dann gingen alle gemeinsam zum Morgenmahl. Der Saal war bereits gefüllt, alle wollten hören, was der König nun zu tun gedachte. Es wurde viel über Hildegundis getuschelt, die mit ihrem Vater und Martin nun im direkten Gefolge des Königs, gemeinsam mit der Äbtissin und dem Erzbischof in den Saal zog. Als der König an seinem Platz war, kehrte augenblicklich Ruhe ein.

Heinrich räusperte sich und sagte: „Gestern Abend bin ich nur knapp dem Tode entronnen. Die feigen Verschwörer sollen sich jedoch nicht zu sicher fühlen – sie werden ihrer gerechten Strafe nicht entgehen. Da Gott es gefallen hat, eine Stiftsdame aus Astnide, wo die Goldene Madonna verehrt wird, zu meiner Rettung zu senden, so geschah dies sicher auf Fürsprache der Muttergottes", Heinrich machte eine kleine Pause, dann fuhr er fort: „Daher habe ich beschlossen, ein besonderes Kleinod aus meiner Schatzkammer zu stiften: Ich will die Krone meines Hochedlen Vorfahren, Kaiser Otto III., der Goldenen Madonna in Astnide weihen. Der Kaiser ist bereits als dreijähriges Kind gekrönt worden und die Größe der Krone müsste daher passend für das Bildnis sein. Die Krönung der Goldenen Madonna soll am Hochfest Mariä Empfängnis, am 8. Dezember dieses Jahres, stattfinden. Ich selbst werde dabei zugegen sein."

Ein Raunen ging durch Menge und viele Blicke hingen an Theophanu. Die Kinderkrone war wegen ihrer feinen Goldschmiedearbeit und der wertvollen Edelsteine, mit denen sie besetzt war, weithin berühmt. Es handelte sich bei dieser Stiftung um eine wirklich kostbare Gabe. Die Äbtissin lächelte. Mit diesem Königsgeschenk hatte nicht nur Astnide einen weiteren wertvollen Besitz erhalten, durch diesen Gunstbeweis des Königs waren auch ihre Stellung und die des Stiftes vorerst gesichert. Sie war zutiefst zufrieden – daran konnte auch die verhalten säuerliche Miene ihres Bruders nichts ändern.

16. Sommer in Astnide

Die Wachen des Königs und alle ihm treu ergebenen Lehnsmänner versuchten angestrengt, Hinweise auf die Verschwörung zu finden. Auf Bitten von Graf Thietmar behielt der König jedoch alle Hinweise auf Hildegundis' Anteil an seiner Rettung geheim. Auch Theophanu versprach, in Astnide so wenig wie möglich über den Giftanschlag zu sprechen. So musste die Suche nach den Tätern schließlich eingestellt werden. Dem König blieb nichts anderes übrig, als seine Sicherheitsvorkehrungen zu verstärken und zu hoffen, dass den Verrätern ein Fehler unterlaufen würde, bevor ein weiterer Anschlag erfolgreich wäre.

Volle drei Tage blieb Theophanu noch mit ihrer Begleitung in Köln. Es gab noch viel mit ihrem Bruder zu besprechen, der seine Fassung erst vollständig zurück gewann, als der König ihm versprach, dass der zukünftige Thronfolger von ihm getauft werden solle. Der König hatte vor zwei Jahren seine Frau Gunhild durch eine schwere Krankheit verloren, kurz nachdem sie ihm eine Tochter geboren hatte. Heiratsdiplomaten waren jedoch fleißig dabei, eine neue Verbindung für ihn zu arrangieren, denn ein König konnte unmöglich unverheiratet und ohne männliche Nachkommen bleiben. Agnes von Poitou war der Name, der am Häufigsten viel, wenn von einer zukünftigen Braut des Königs gesprochen wurde. Ein Sohn aus dieser Verbindung wäre dann der Thronfolger.

Erzbischof Hermann redete seiner Schwester ins Gewissen, nicht mehr so viel zu reisen, was sie jedoch mit einem überlegenen Lächeln abtat. Sie verstand sich nicht nur als Äbtissin des Stiftes, sondern auch als Fürstin der Region und als solche musste sie auf ihren Ländereien nach dem Rechten sehen. Dass sie eine Frau war, stellte für Theophanu kein Argument gegen das Reisen dar – schließlich war sie ja immer mit ausreichender Bewachung und auf einem guten Pferd unterwegs.

Natürlich besuchte Theophanu mit den beiden Mädchen und der Pröpstin auch den Hohen Dom. Das war besonders für Hildegundis ein großartiges Erlebnis. Der Dom war das größte Gebäude, das sie je gesehen hatte. Die wunderschöne Ausmalung, die vielen Kerzen und die herrliche Akustik, die die Gesänge der Kleriker von den hohen Wänden klingen ließ, beeindruckten sie zutiefst. Auch hatte Hildegundis noch nie so viele Menschen auf einmal gesehen. Manchmal erschien ihr das Gedrängel geradezu beängstigend.

„Ist denn die ganze Welt nach Köln gekommen?", fragte sie Reganwi.

Reganwi lachte und erklärte ihr dann, dass Köln tatsächlich eine der größten Städte der Welt sei und wohl nur von Rom übertroffen würde. Bei der feierlichen Messe, die Erzbischof Hermann zelebrierte, dankte Hildegundis Gott für die Rettung des Königs – und für die schöne Stute, die sie als Geschenk erhalten hatte.

Als sie nach der Messe den Dom verließen, schlossen sich die beiden Mädchen Graf Thietmar, Tassilo und Martin an, um sich noch ein bisschen bei den Ständen umzusehen, die rund um das Gotteshaus aufgebaut waren. Viele Händler boten hier ihre Waren feil und versuchten sich gegenseitig darin zu überbieten, ihre Waren lautstark anzupreisen. Es gab süßes Gebäck, Datteln aus dem Heiligen Land, Kräuter und Gewürze aus Italien, duftende Öle aus dem fernen Persien und jede Menge geschnitzte Heiligenbildchen. Die Teuersten waren aus wertvollem Elfenbein gearbeitet, es gab aber auch billigere aus Walroßzähnen oder Pferdeknochen. Für ganz wenig Geld boten die Bilderbäcker ihre kleinen Tonfigürchen an.

Hildegundis erstand davon zwei Darstellungen der Muttergottes mit dem Jesuskind auf dem Arm, um sie ihren Freundinnen Doda und Frithuwif mitzubringen. Wie würden die beiden staunen, wenn sie ihnen von Köln und ihren Erlebnissen erzählte! Langsam gewöhnte sie sich an das Gedränge zwischen den Ständen. Nur wenn die zahlreichen Bettler allzu aufdringlich wurden, schmiegte sie sich eng an ihren Vater und war froh, einen starken Beschützer dabei zu haben. Martin tat es dem

231

Grafen gleich und war stets bedacht, dass keiner der Bettler Hildegundis zu nahe kam. Tassilo kümmerte sich natürlich in gleicher Weise um Reganwi.

Am Morgen des vierten Tages, in aller Frühe, war alles zur Abreise nach Astnide bereit. Graf Thietmar und Martin hatten sich trotz der frühen Stunde eingefunden, um die Gruppe zu verabschieden, zu der zu Reganwis großer Freude jetzt auch Tassilo gehörte. Prinz Widukind versuchte, die Anwesenheit des Ritters einfach zu ignorieren.

Nachdem er sich nochmals bei der Äbtissin für das wertvolle Pferd bedankt hatte, nahm Graf Thietmar seine Tochter in den Arm.

„Pass auf dich auf, Hildegundis. Es reicht jetzt mit deinen Abenteuern. Du hast dich als stark und mutig erwiesen, aber jetzt versuch einfach nur ein gehorsames Mädchen zu sein und folge der Äbtissin, ja?"

„Ja, Vater. Grüß Mutter, Altfrid und Agana, Herika und Folkmar. Ich freue mich schon, alle zu Michaelis wieder zu sehen."

Graf Thietmar küsste seine Tochter auf die Stirn und hing ihr dann ein kleines Samtsäckchen, das an einer seidenen Schnur befestigt war, um den Hals.

„Die Heilige Jungfrau beschütze dich", murmelte er dabei.

Erstaunt griff Hildegundis nach dem Samtsäckchen. „Was ist das, Vater?", fragte sie.

„Öffne es doch", antwortete er lächelnd.

Hildegundis zog das Säckchen auf und fand darin eine winzig kleine Elfenbeintafel, auf der die Verkündigungsszene, in der der Erzengel Gabriel Maria die Botschaft überbringt, dass sie den Sohn Gottes zur Welt bringen wird, als Relief dargestellt war. Es war eine wunderschöne, sehr filigrane Arbeit, die sicher sehr wertvoll war. Er hatte sie unbemerkt bei den Händlern am Dom erstanden. Glücklich fiel Hildegundis ihrem Vater um den Hals.

„Schon gut, schon gut. Jetzt steig aber aufs Pferd. Alle anderen sind schon bereit."

Hildegundis musste sich jetzt nur noch von Martin verabschieden, was ihr wieder sehr schwer fiel. Auch Martin suchte nach den rechten Worten.

„Ich habe auch ein Geschenk für dich, Hildegundis. Da, nimm!", sagte er und gab ihr etwas ungelenk ein kleines Lederpäckchen.

Überrascht nahm Hildegundis es entgegen und wickelte es aus. Darin war ein kleiner Bronzering, der als mehrfach ineinander verschlungenes Flechtband gearbeitet war. Auch Martin hatte den Ring heimlich bei den Händlern am Dom gekauft.

„Danke! Ich habe jetzt gar nichts für dich, Martin – aber das nächste Tüchlein, das ich sticke, wird für dich sein!"

Martin bekam einen roten Kopf und stammelte: „Darauf freue ich mich jetzt schon, Hildegundis!"

Hildegundis steckte sich den Ring an den Mittelfinger ihrer linken Hand und schwang sich dann aufs Pferd. Tatsächlich waren alle schon bereit. Die Äbtissin gab das Zeichen und der kleine Trupp setzte sich in Bewegung.

Hildegundis drehte sich im Sattel um und rief Martin zu: „Pass auf deine linke Hand auf, wenn du mit deinem neuen Schwert kämpfst! Und vergiss nicht, fleißig Latein zu lernen!"

Martin nickte lachend und hob winkend die Hand.

Nachdem die Reisegruppe der Äbtissin durch das Tor verschwunden war, drehten sich Graf Thietmar und Martin um, um zurück zum Palastgebäude zu gehen. Erstaunt blieb der Graf stehen, als er den Herzog von Niederlothringen nur wenige Schritte entfernt stehen sah. Er schien den Abschied beobachtet zu haben.

„Herzog Karl! Wie schön Euch zu treffen. Ich bin gerade auf dem Weg zum König und – "

„Auf ein Wort, Graf Thietmar!", unterbrach ihn der Herzog und blickte bedeutsam zu Martin.

Graf Thietmar verstand den Wink und schickte Martin unter einem Vorwand in den Stall. Als sie allein waren, meinte der Herzog: „Ich habe Eure Tochter beobachtet. Sie ist wirklich ein bemerkenswertes Mädchen. Sie ist nicht nur mutig, sie hat auch einen sicheren Umgang mit dem Pferd. Warum Ihr allerdings erlaubt, dass sie mit gespreizten Beinen wie ein Mongolenweib reitet, kann ich nicht verstehen. Da begreife ich auch Äbtissin Theophanu nicht! Bei uns in Niederlothringen sitzen die Frauen sittsam zu Pferde, mit beiden Beinen auf einer Seite."

Graf Thietmar zog die Augenbrauen hoch. „Alles zu seiner Zeit, Herzog, alles zu seiner Zeit – das ist mein Motto. Hildegundis versteht es selbstverständlich auch nach Art Eurer niederlothringischen Damen zu reiten. Dies ist die rechte Art für einen feierlichen Umzug. Für eine lange und beschwerliche Reise finde ich es passender, wenn auch die Frauen nach Männerart im Sattel sitzen – bei dem Überfall hat das Hildegundis jedenfalls sehr geholfen!"

Der Herzog schwieg eine Weile. Diesem Argument des Grafen hatte er nichts entgegenzusetzen. Nachdenklich rieb er sich den Bart.

„Dann ist mir noch etwas aufgefallen", begann er wieder.

Graf Thietmar runzelte die Stirn.

„Eure Tochter pflegt sehr vertrauten Umgang mit Eurem Junker. Es schien mir gar, dass Geschenke getauscht wurden. Gibt es da irgendwelche Absprachen, von denen ich wissen sollte, bevor wir die Verlöbnisverhandlungen beginnen?"

Graf Thietmar holte tief Luft. „Ich kann Euch bei meiner Ehre versichern, Herzog Karl, dass es keine Absprachen Hildegundis betreffend gibt. Meine Tochter und Martin lebten wie Geschwister auf meiner Burg – das ist der Grund für ihren vertrauten Umgang."

Den Mund des Herzogs umspielte ein feines Lächeln. „Ganz wie Ihr meint, Graf Thietmar. Dann werde ich die Sache also mit meinem Sohn besprechen und Euch Kunde von unserer Entscheidung zukommen lassen."

Der Herzog nickte dem Grafen noch einmal kurz zu und entfernte sich dann. Graf Thietmar verneigte sich und ging mit nachdenklicher Miene zu den Ställen, um Martin zu holen.

Theophanus Reisegruppe kam gut voran. Das Wetter blieb schön, was das Reisen sehr erleichterte. Zur Übernachtung machten sie wieder halt in Gerresheim, wo die Nachricht von der Stiftung der Kinderkrone großen Jubel auslöste. Die Stiftsdamen feierten Theophanus Erfolg, der schließlich auch auf ihr Stift zurückfiel. Eigentlich hatte Theophanu vorgehabt einige Tage in Gerresheim zu bleiben, doch es trieb sie jetzt so schnell wie möglich heim nach Astnide. Zum einen wollte sie auch dort die frohe Kunde der Stiftung schnellstens mitteilen, zum anderen war da ja noch immer die Sache mit der Kulthöhle, die nun auch endlich aufgeklärt werden musste. Das wollte die Äbtissin auf jeden Fall vor der Ankunft des Königs im Winter geregelt wissen.

Hildegundis war es sehr recht, auf dem schnellsten Wege nach Astnide zu kommen. Sie freute sich zwar für Reganwi, dass Tassilo mit ihnen reiste, doch für sie selbst war das nicht so lustig. Da Tassilo sich stets an Reganwis Seite hielt und eifersüchtig aufpasste, dass Prinz Widukind nicht diesen Platz einnehmen konnte, blieb Hildegundis nichts anderes übrig, als neben dem Prinzen zu reiten. Dieser verhielt sich ihr gegenüber ziemlich einsilbig, er behielt nur Reganwi und Tassilo im Auge. Die Äbtissin war während des Reitens ebenfalls sehr schweigsam, so dass Hildegundis sie auch nicht zu stören wagte. Der lange Ritt machte sie aber immer vertrauter mit ihrer Stute Silbermond, an der sie große Freude hatte.

*

235

Als sie die heimischen Wälder erreicht hatten, so dass nur noch gut anderthalb Reitstunden vor ihnen lagen, sandte Theophanu einen Boten voraus, der ihre Ankunft in Astnide ankündigen sollte. Sobald sie den Wald hinter sich gelassen hatten und auf die Ebene trafen, von der aus man das Stift schon gut erkennen konnte, sahen sie, dass ihnen von dort bereits viele Menschen entgegenkamen.

Theophanu lächelte und drehte sich zu ihren Mitreisenden um, als sie sagte: „Der Bote hat wohl mehr getan, als unsere Ankunft anzukündigen – mir scheint, die Stiftung der Kinderkrone ist auch kein Geheimnis mehr!"

Die Äbtissin war nicht böse, dass die Nachricht vom Geschenk des Königs bereits in der ganzen Siedlung bekannt zu sein schien. Und ihre Vermutung war richtig: Die Menschen jubelten ihr zu, und oft wurde ihr die Frage entgegen gerufen, wann die Krone denn in Astnide ankäme. Sie sagte dazu nichts, lud aber alle ein, ihr in den Hof des Stiftes zu folgen.

Alle Stiftsdamen waren dort schon versammelt und redeten aufgeregt miteinander.

„Hildegundis! Hildegundis!", rief Frithuwif laut und winkte stürmisch, als sie die Freundin endlich in den Hof einreiten sah. Nachdem sie sich dann nach vorn gedrängelt hatte, um Hildegundis sofort nach dem Absteigen in die Arme zu nehmen, blieb sie plötzlich stehen. Sie hatte ihren Bruder entdeckt.

„Tassilo!"

Der Ritter sprang vom Pferd und umarmte lachend seine kleine Schwester.

„Ja, da staunst du, Frithuwif. Ich bleibe jetzt erst einmal hier."

„Was? Wie kommt das denn? Hildegundis, was bedeutet das?", sprudelte Frithuwif los.

Inzwischen war auch Doda dazugekommen. Sie umarmte Hildegundis und sagte: „Ich danke der Gottesmutter, dass sie dich heil zu uns zurückgeführt hat."

Inzwischen waren alle Reiter und auch die Wagen der Reisegruppe im Hof angekommen, dicht umlagert von den Menschen, die alle Näheres über die Kinderkrone erfahren wollten. Die Äbtissin stieg nun die Stufen zum Empfangssaal hinauf und überblickte die Menge. Sie hob die Hand und sofort wurde es still, auch die Freundinnen konnten nicht weiter reden.

„Ich danke euch allen für den schönen Empfang, den ihr mir bereitet habt. Ja, es ist wahr, was euch berichtet wurde: König Heinrich hat versprochen, die kostbare Krone, mit der sein Ahnherr Otto III. im Alter von drei Jahren zum König gekrönt wurde, der Goldenen Madonna in Astnide zu stiften – aus Dankbarkeit für seine Rettung vor einem plötzlichen Tod. Der Edlen Hildegundis war es vergönnt zu verhindern, dass der König Wein trank, in den eine Wespe hinein geflogen war. Der König sieht Hildegundis als Werkzeug der Muttergottes an, so dass er beschloss, dieser, die im Bildnis der Goldenen Madonna hier in Astnide zugegen ist, die Kinderkrone zu stiften. Die Krönung der Goldenen Madonna wird am 8. Dezember, zum Fest Mariä Empfängnis, in Anwesenheit des Königs in Astnide stattfinden. Die Krone verbleibt dann hier im Stift, zur Ehre der Madonna und zum Ruhm für Astnide!"

Unbeschreiblicher Jubel brach nun los. Der Ruhm des Stiftes war ein Segen für jeden Einwohner der Siedlung. Es würden noch mehr Pilger kommen, um die gekrönte Madonna zu sehen. Pilger, die Essen und Unterkunft brauchten, die Andenken mitnehmen wollten. Das würde mehr Handwerker anlocken, die sich hier niederließen, die Siedlung würde wachsen, größerer Wohlstand war allen gewiss. Dass der König selbst kam, war natürlich ein Ereignis, dem von nun an bis zum Winter alle entgegenfiebern würden. Das war etwas, von dem noch die Kindeskinder und Generationen danach erzählen würden. Die Menschen konnten ihr Glück gar nicht fassen. Der großen Freude musste Luft gemacht werden und so zogen alle gemeinsam in das Gotteshaus, wo Theophanu dem Herrgott für die glückliche Reise und das großzügi-

237

ge Königsgeschenk dankte. Ein volltönender Gloriagesang bildete den Abschluss der kurzen Andacht.

*

Als die Reisenden im Stift ankamen, reckte Hrotswith den dünnen Hals, um ihren Vetter Widukind zu sehen. Sie wollte unbedingt erfahren, wie der Königsempfang gelaufen war. Waltswith war natürlich wie immer an ihrer Seite. Noch während Theophanu sprach, drängelte sich Hrotswith zu ihrem Vetter durch, der gerade mit mürrischer Miene einem Stallknecht sein Pferd übergab.

„Ich heiße dich willkommen, Vetter. Wie war es? Du musst mir alles erzählen!"

Widukind fuhr herum und herrschte seine Base an: „Ich muss? Ich muss? Gar nichts muss ich!"

In diesem Augenblick sprach Theophanu von Hildegundis' Rolle bei der Rettung des Königs.

„Was war das denn gerade? Habe ich recht gehört? Der kleine Lockenkopf hat sich mal wieder durch eine Heldentat hervorgetan?", fragte Hrotswith leise ihren Vetter, unbeeindruckt von dessen schlechter Laune.

„Ja. Ein unglaublicher Zufall. In dem Pokal war nicht nur eine Wespe – um ein Haar wäre der König vergiftet worden. Das erzählt die Äbtissin natürlich nicht."

„Das ist ja ungeheuerlich!", meinte Hrotswith entsetzt.

Widukind brummte kaum hörbar: „Es wäre nicht schade um ihn gewesen", was Hrotswith aber nicht mitbekam. Seine Augen suchten in der Menge nach Reganwi und Tassilo – natürlich, da standen sie wieder eng beieinander. Widukinds Miene verdunkelte sich. Seine Base folgte diesem Blick. Erfreut sah sie Tassilo dort stehen, war aber ebenso verärgert, Reganwi an seiner Seite zu sehen.

Widukind merkte, was in Hrotswith vorging und blickte sie von der Seite an: „Ich werde herausbekommen, was zwischen den beiden läuft und entsprechende Maßnahmen ergreifen. Wenn du ihn dann noch willst, sollst du ihn haben, liebe Base."

Hrotswith lächelte gedankenverloren und fragte dann, ohne den Blick von Tassilo abzuwenden: „Warum ist er hier?"

„Nachdem was ich gehört habe, hat er zugesagt, der Äbtissin bei der Aufklärung und Zerschlagung dieses Höhlenkultes zu helfen", antwortete Widukind und fügte dann mit einem spöttischen Grinsen hinzu: „Ach, du fragtest doch eben danach, wie es beim Königsempfang gelaufen ist. Nun, deine Freundin – der kleine Lockenkopf – wird scheinbar eine gute Partie machen. Der Herzog von Niederlothringen ist auf sie aufmerksam geworden und hat mit ihrem Vater Verlöbnisverhandlungen für seinen einzigen Sohn aufgenommen."

Wütend fuhr Hrotswith herum und starrte ihrem Vetter hinterher, der sich lachend entfernte. Ihr war klar, dass die Vermählung mit dem künftigen Herzog von Niederlothringen sogar eine sehr gute Partie sein würde. Und das gönnte sie Hildegundis auf keinen Fall.

Doch nicht nur die Adeligen wurden willkommen geheißen: Auch Gewa stellte erfreut fest, dass man schon auf sie wartete. Da war nicht nur ihre Freundin Una, die sie in der Fremde sehr vermisst hatte, auch die Kräuteralma war mit dem Volk in den Stiftshof gekommen und hatte sofort nach Hildegundis' Dienerin Ausschau gehalten.

„Gewa! Wie schön, dass du heil zurückgekommen bist!", rief sie und half dem Mädchen vom Wagen zu klettern.

„Alma!", rief Gewa erfreut, blickte sich aber trotzdem ängstlich um, ob jemand ihre Vertrautheit mit der Kräuterfrau bemerkte. Seit der Sache mit Hildegundis' Pferd lebte sie in ständiger Angst, dass jemand ihr Geheimnis erfahren könnte.

„Gewa, erzähle, wie es in der großen Stadt und am Königshof war!", sagte die Kräuteralma, legte einen Arm um Gewas Schultern und wollte sie mit sich fortziehen. Doch Gewa zögerte und meinte: „Ich muss doch beim Abladen helfen."

„Lass nur, das kann Una für dich machen. Wichtig ist jetzt, dass du mir alles erzählst, was du beobachtet hast. Ich habe dir ja gesagt, dass ein großer Herr hinter unserer Sache steht. Für ihn ist es sehr wichtig, alle Ereignisse am Königshof zu erfahren. Wenn du ihm hilfst, wird er dir auch helfen. Und das willst du doch, Gewa, nicht wahr?"

Eindringlich sah die Kräuteralma das Mädchen an. Schließlich nickte Gewa schüchtern. Angestrengt dachte sie nach.

Von der Rettung des Königs und der Rolle, die Hildegundis dabei gespielt hatte, wusste sie auch nicht mehr, als das, was Theophanu erzählt hatte. Dann berichtete sie von den Verlöbnisverhandlungen mit dem Herzog von Niederlothringen, was die Kräuteralma interessiert zur Kenntnis nahm. Doch da die Verhandlungen öffentlich aufgenommen worden waren, steckte kein Geheimnis dahinter, das war für ihren Auftraggeber also unwichtig.

„Gibt es vielleicht noch etwas, was außer dir niemand gehört hat? Was du vielleicht zufällig auf dem Gang aufgeschnappt hast? Denk noch mal nach, Gewa!"

Das Mädchen überlegte mit gerunzelter Stirn und schüttelte schließlich den Kopf. Dann hellte sich ihr Gesicht auf, es war ihr etwas eingefallen.

„Da ist doch etwas!", sagte sie dann strahlend zur Kräuteralma, „Ich habe gehört, wie die Edle Reganwi meiner Herrin anvertraute, dass Ritter Tassilo um ihre Hand anhalten will – doch das soll vorerst niemand wissen!"

Zufrieden strich ihr die Kräuteralma übers Haar, sie war sich sicher: Das war eine Information, die für ‚den großen Herrn' sehr wertvoll sein würde.

*

Gegen Abend, als alle Sachen ausgepackt waren und wieder Normalität im Stift herrschte, ging Hildegundis mit Doda und Frithuwif in den Garten. Sie suchte eine abgeschiedene Ecke und überzeugte sich vorsichtig, dass kein Lauscher die Möglichkeit hatte, sich unbemerkt zu nähern. Verwundert und gespannt sahen die beiden anderen Mädchen Hildegundis zu. Als sie sich niedergelassen hatten, erzählte Hildegundis ihnen die wahre Geschichte von der Rettung des Königs.

Atemlos hörten die beiden zu. Als Hildegundis geendet hatte, rief Frithuwif: „Ach, wäre ich doch nur dabei gewesen! Zusammen hätten wir die Verschwörer bestimmt gefasst!"

„Ich weiß nicht, Frithuwif. Die ganze Sache war ziemlich gefährlich. Ich habe auch immer noch Angst, dass mich doch einer der beiden erkannt hat und mir nun nach dem Leben trachtet. Darum beschwöre ich euch, sagt zu niemandem ein Wort über das, was ich euch gerade erzählt habe!"

Ernst sah Hildegundis die beiden Freundinnen an. Dann fügte sie hinzu: „Wenn euch irgendetwas Verdächtiges auffällt, müsst ihr mir sofort Bescheid sagen, versprecht mir das!"

„Natürlich! Du hast unser Wort darauf", antwortete Doda und meinte dann: „Glaubst du denn, dass die Verschwörer hierher, nach Astnide, kommen werden?"

„Wenn sie mich erkannt haben, werden sie das sicher versuchen."

„Dann brauchen wir ja nur nach fremden Rittern Ausschau zu halten", sagte Frithuwif. Hildegundis sah sie eine Weile an, bevor sie antwortete: „Ich habe die Stimmen zwar nicht erkannt, das heißt aber nicht, dass es Fremde sind. Wir müssen also sehr auf der Hut sein. Dein Bruder, Ritter Tassilo, ist eingeweiht, er wird auch Acht geben."

Am nächsten Morgen, als die Stiftsdamen nach der Frühmesse die Kirche verließen, sah Hrotswith erstaunt, dass die Pferde ihres Vetters und seines Knappen reisefertig im Hof standen. Prinz Widukind überprüfte gerade den Sattelgurt, als seine Base zu ihm eilte.

„Du reist ab?", rief sie erstaunt.

„Allerdings. Ich habe dringende Geschäfte im Westen zu erledigen. Aber, keine Angst, liebe Base, du musst nicht lange auf meine Gesellschaft verzichten. In einer Woche bin ich wohl wieder zurück."

„Geschäfte? Was für Geschäfte?", fragte Hrotswith misstrauisch.

Widukind grinste und antwortete: „Geschäfte, die auch für dich, holde Hrotswith, von Vorteil sein werden. Vertraue mir!"

Damit schwang er sich in den Sattel und winkte Waltswith, die auch langsam näher gekommen war, zum Abschied zu. Reganwi, die ihm mit gerunzelter Stirn nachsah, warf er noch eine Kusshand zu, dann galoppierte er zum Tor hinaus. Sein Knappe beeilte sich, seinem Herrn zu folgen.

Die anderen Stiftsdamen waren bereits zum Refektorium weitergegangen. Frithuwif drehte sich um und blickte Prinz Widukind nach.

„Wollte er nicht auch helfen, die Kultstätte zu finden?", fragte sie verwundert.

Reganwi, die neben ihr ging meinte: „Ich bin ganz froh, dass er erstmal weg ist. Seine dauernden Annäherungsversuche sind mir unangenehm."

Nach dem Morgenmahl lud Äbtissin Theophanu zu einer Versammlung ein. Auch Ritter Tassilo und der Hauptmann von Astnide wurden dazu gebeten. Ohne weitere Umschweife kam die Äbtissin auf den Grund der Versammlung zu sprechen: „Ich habe euch alle hierher gebeten, damit wir besprechen können, wie wir die Sache mit der Kultstätte angehen können. Wenn der König im Dezember hierher kommt, möchte ich ihm mitteilen können, dass wir das Heidentum in Astnide erfolgreich bekämpft haben. Außerdem habe ich ihm die Bitte vorgetragen, Astnide Marktrechte zu gewähren – es wird seine Entscheidung sicher positiv beeinflussen, wenn der heidnische Kult zerschlagen werden kann. Mein Vorschlag ist: Hildegundis und Frithuwif versuchen, uns zu der Höhle zu führen. Dann muss sich jemand auf die Lauer legen, um festzustellen, wer sich an dem Kult beteiligt."

„Das werde ich gern übernehmen, Hochedle Äbtissin", rief Tassilo.

Theophanu nickte ihm dankbar zu. „Gut. Der Hauptmann mit seinen Männern wird erst dann eingreifen, wenn wir sicher sein können, dass wir alle in der Höhle erwischen. Hildegundis, Frithuwif – seid ihr bereit? Könnt ihr uns zu der Höhle führen?"

Beide nickten. „Dann brechen wir in einer Stunde auf!" Damit erhob sich die Äbtissin, die Versammlung war beendet.

Aufgeregt tuschelten die Stiftsdamen miteinander. Doch diesmal war nicht die Sache mit dem heidnischen Kult der Anlass. So ganz nebenbei hatte Theophanu ein Wort genannt, das alle in große Aufregung versetzte: Marktrechte – das war der erste Schritt zur Stadtwerdung! Das ging noch über das hinaus, was man sich von der Kinderkrone erhoffte: Regelmäßige Märkte, die nur durch einen Erlass des Königs genehmigt werden konnten, zogen sich in der Regel über viele Tage hin. Sie lockten Händler von überall her an. Dann würde Astnide zu einem Ort, der vielen Menschen Arbeit und Unterhalt bieten und zum Bleiben einladen würde. Astnide wäre damit auf dem besten Wege, eine richtige Stadt zu werden!

Eine Stunde später waren Theophanu, die beiden Mädchen, Tassilo und der Hauptmann mit einer Anzahl seiner Männer unterwegs Richtung Wald. Hildegundis und Frithuwif waren guten Mutes, den Weg zur Höhle wieder zu finden. Die Soldaten blieben am Rand des Waldes mit den Pferden zurück, während die anderen zu Fuß weitergingen. Ein schmaler Pfad führte in den Wald hinein, so wie die Mädchen es in Erinnerung hatten. Sie kamen auch schnell an den Ort, wo sie auf den Goldschmied getroffen waren. Doch dann endete der Pfad auf dieser kleinen Lichtung.

243

Ringsherum gab es nur dichtes, hohes Dornengestrüpp und undurchdringliches Buschwerk.

Suchend sahen sich die Mädchen um.

„Ich verstehe das nicht!", rief Frithuwif, „Ich weiß genau, dass wir über diese Lichtung gekommen sind. Aber wo ist bloß der Pfad geblieben, der von der Höhle hier herunter geführt hat?"

„Du hast Recht", bestätigte Hildegundis und wischte sich den Schweiß von der Stirn, da sie von dem schnellen Ritt und dem hastigen Suchen sehr erhitzt war, „Ich kann mich auch genau auf diese Stelle besinnen – lass uns die ganze Lichtung absuchen!"

Alle beteiligten sich an der Suche, doch ohne Erfolg. Der Hauptmann trat zur Äbtissin und meinte leise zu ihr: „Herrin, Ihr müsst bedenken, es sind einige Wochen vergangen, seid dem Ereignis. Die edlen Damen sind noch jung, ihr Gedächtnis ist noch nicht so ausgeprägt. Dazu kommt, dass das Buschwerk in den letzten Wochen stark gewachsen ist. Der Anblick hat sich verändert. Wir haben mehrfach alles abgesucht, aber von dieser Lichtung geht bestimmt kein Weg ab."

Theophanu nickte und rief alle zusammen. „Wir blasen die Sache ab. Es hat keinen Sinn hier weiterzusuchen." Enttäuscht ließen die beiden Mädchen die Köpfe hängen. „Wir müssen einen anderen Weg finden, den Kult zu besiegen. Der Herrgott wird uns schon den Weg weisen", meinte sie dann freundlich zu Frithuwif und Hildegundis.

Tassilo versprach, immer mal wieder Kontrollritte in den Wald zu machen und die Augen offen zu halten. Langsam, einer hinter dem anderen, gingen alle wieder auf dem Pfad zurück, Richtung Waldrand. Hildegundis ging als Letzte. Plötzlich blieb sie stehen.

„Was ist denn?", fragte Frithuwif, die vor ihr ging.

„Ich weiß nicht, ich habe das Gefühl, dass uns jemand beobachtet", antworte-te Hildegundis leise.

„Da ist niemand, das bildest du dir nur ein", meinte Frithuwif, blickte sich aber auch etwas besorgt um. „Komm, sonst verlieren wir den Anschluss", sagte sie dann.

Auch Frithuwif war froh, den Wald wieder verlassen zu können. Hildegundis sah sich noch einmal um und folgte dann schnell der Freundin. So konnte sie nicht mehr sehen, wie sich in einem Gebüsch hinter ihr vorsichtig die Äste wieder ineinander schoben, die zurecht gerückt worden waren, um einem Augenpaar die Möglich-keit zum unbemerkten Durchsehen zu geben.

*

Die Tage wurden immer wärmer, der Sommer zog ins Land. Im Stift bereitete man sich auf den 24. Juni vor, an dem der Geburtstag Johannes' des Täufers gefeiert wur-de. Es war Brauch, kurz vor und am Johannistag selbst Kräuter zu sammeln und zu Kränzen zu flechten, ähnlich wie am Gründonnerstag. Jetzt, im Juni, standen die Pflanzen in vollem Saft und ihnen wurde nun die größte Heilwirkung nachgesagt.

Drei Tage vor dem Fest, nach der Morgenmesse und einem schnellen Früh-stück sammelten sich die jungen Stiftsdamen, die Mädchen aus dem Stift, die dort als Bedienstete arbeiteten und die Mädchen aus der Siedlung, um gemeinsam loszuzie-hen und die Heilkräuter zu pflücken. Gewa und Una, die auch dabei waren, entdeck-ten schnell die Kräuteralma, um die sich bereits die Mädchen des Dorfes geschart hatten.

Am Waldrand, wo die meisten Kräuter wuchsen, teilte sich die große Gruppe auf. So fiel es nicht weiter auf, dass Gewa und Una bei der Kräuteralma blieben. Mit einem raschen Blick überzeugte Alma sich, dass sie ungestört waren und raunte den beiden Mädchen zu: „Heute Abend feiern wir das Sonnenwendfest. Haltet euch bereit!"

Die beiden nickten schnell und sahen sich kurz an. Una mit leuchtenden Augen, Gewa mit gemischten Gefühlen. Die Sache mit dem Pferd ihrer Herrin lastete noch immer schwer auf ihrer Seele. Sie hoffte nun inständig, dass sie nicht wieder eine besondere Aufgabe zugewiesen bekam.

Es war ein herrlicher Sommertag, und es herrschte eine ausgelassene Stimmung. Alle waren froh, an diesem Tag nicht ihren üblichen Pflichten nachkommen zu müssen. Die Körbe füllten sich schnell mit den Kräutern und überall auf der Wiese ließen sich kleine Gruppen von Mädchen nieder, die nun begannen, sich aus den Feldblumen Kränze zu winden.

Gewa und Una saßen bei der Kräuteralma und den Dorfmädchen. Alma sah sich rasch um und bemerkte zufrieden, dass sie ungestört waren. Alle Stiftsdamen saßen außer Hörweite.

„In drei Tagen wird im Stift das Fest der Geburt Johannes' des Täufers gefeiert", begann Alma den gespannt lauschenden Mädchen zu erzählen. „Doch wir, die wir die alten Göttern ehren, feiern heute das Sonnenwendfest. Es ist die kürzeste Nacht des Jahres und wird seit uralter Zeit als Dankes- und Freudenfest begangen. Wir bedanken uns für die Gaben der Natur, die wir jetzt im Sommer so üppig genießen können. Es wird daher auch ein großes Festmahl abgehalten. Die Frauen aus dem Dorf haben Starkbier gebraut, das sie mitbringen werden."

„Aber", wandte Gewa schüchtern ein, „wo werden wir das denn feiern? Im Stift sind alle auf der Hut und versuchen, die Höhle mit der Kultstätte zu finden."

Alma lächelte sie an. „Du brauchst keine Angst zu haben, Gewa. Sie werden uns niemals finden. Erst vor ein paar Tagen haben sie im Wald gesucht. Sie standen keine zwei Schritte von mir entfernt und konnten mich doch nicht sehen – viel weniger werden sie den geheimen Pfad zur Höhle entdecken. Heute Abend werden immer einzelne oder kleine Gruppen von uns zum Wald gehen, das fällt weniger auf. Ich werde auf Una und dich warten und euch dann mitnehmen. Zur Vorsicht werde ich euch noch ein paar Kräuter mitgeben, die ihr euch kurz vor dem Weggehen aufbrauen werdet. Sie legen einen Schleier über eure Gestalten, so dass ihr anderen nur wie Nebelstreifen vorkommen werdet, aber die Wirkung hält nicht lange an."

Una und Gewa bekamen große Augen. Sie hatten sie noch mit Magie zu tun gehabt. Vorsichtig nahmen sie die Kräuter entgegen, die Alma aus einem Ledersäckchen holte, dass sie am Gürtel trug.

Am Nachmittag setzten sich die Mädchen ihre Blumenkränze aufs Haar und zogen wieder zurück zum Stift. Nachdem sie für ihre Herrinnen die Kleider für den Abend herausgesucht, ihnen beim Ankleiden geholfen und ihnen die Haare frisiert hatten, gingen Gewa und Una in die Küche, um sich ihren ,Unsichtbarkeitstrank' zu brauen. Hier herrschte Hochbetrieb, denn man bereitete schon alles für den Johannistag vor.

„Bei all dem Trubel fällt es am wenigsten auf", meinte Una – und sie sollte Recht behalten. Der dicken Köchin Bawa lief der Schweiß in Strömen über das Gesicht und sie scheuchte die Mägde und Knechte hin und her. Die beiden Mädchen hatte sie aber nicht eingeplant, sie blieben daher verschont. Der Trank war schnell bereitet. Una ließ die Kräuter in einen Tonbecher fallen, goss heißes Wasser darüber, wartete ein paar Sekunden und nippte dann vorsichtig an dem Gebräu. Sie verzog das Gesicht.

„Uaa, ist das bitter!", sagte sie und hielt Gewa den Becher hin, die auch vorsichtig trank. So leerten die beiden den Becher, wobei sie sich immer wieder überwinden mussten – der Geschmack war einfach scheußlich.

Gewa sah ihre Freundin Una aufmerksam an. „Für mich siehst du noch aus wie immer. Habe ich mich denn verändert?"

247

„Nein. Ich sehe dich noch genauso klar wie vorher. Aber das liegt vielleicht daran, dass wir beide das Getränk zu uns genommen haben."

Mit dieser Erklärung war Gewa erst einmal zufrieden. Als die beiden sich dann aufmachten, die Küche zu verlassen, hörten sie Bawa sagen: „Waren nicht diese beiden jungen Hühner, Gewa und Una, eben noch hier? Wo sind sie denn jetzt wieder?! Mir ist gerade eingefallen, was sie für mich erledigen könnten!"

Die beiden sahen sich an und kicherten. Zufrieden huschten sie dann hinaus. Sie glaubten fest an die Wirkung des Zaubertranks – sie bedachten nicht, dass die Küche voller Kochschwaden und Menschen war, so dass die Köchin sie einfach übersehen hatte.

In der Stiftskirche war die Abendesse noch in vollem Gang, so dass der Hof menschenleer war. Doch die Mädchen mussten ja noch an dem Wachposten vorbei. Obwohl sie von der Wirkung des Trankes überzeugt waren, hielten sie sich doch im Schatten der Mauern, als sie sich dem Tor näherten. Es war allerdings nur ein Wachtposten da, der ein fröhliches Trinklied vor sich hin summte. Unbemerkt konnten Gewa und Una an ihm vorbei hinaus schlüpfen. Es war ihnen entgangen, dass der Posten einen Bierkrug in der Hand hielt – im Stift war zum heutigen Abend Starkbier ausgeschenkt worden, an dem scheinbar ein freundlicher Kamerad den Posten teilhaben lassen wollte.

Draußen rannten die Mädchen fröhlich Richtung Wald, wo sie schon bald auf die Kräuteralma und einige Mädchen aus dem Dorf stießen. Alle waren mit großen Körben voller Lebensmittel und Fackeln versehen.

„Alma, der Trank hat gewirkt! Es hat uns wirklich keiner gesehen!", riefen die beiden aufgeregt, als sie die Gruppe erreicht hatten.

Alma lächelte. „Sehr ihr, ihr könnt mir immer vertrauen", meinte sie und erhob sich.

Darauf machten sich alle bereit zum Aufbruch.

„Die Fackeln entzünden wir erst, wenn uns keiner mehr sehen kann", mahnte Alma, als sich die kleine Gruppe dann in Marsch setzte.

Im Zwielicht der Dämmerung erreichten sie den Wald. Sie kamen wieder zu der Lichtung, bis zu der auch die Suchtruppe vom Stift gekommen war. Una und Gewa gingen als letzte und konnten somit auch nicht sehen, was die Kräuteralma, die die Gruppe anführte, vorne tat. Doch plötzlich schienen sich die Büsche zu teilen und der geheime Pfad, der zur Höhle führte, war wieder da. Nach kurzem Marsch hatten sie die Anhöhe mit der Höhle erreicht. Hier waren schon einige Menschen versammelt. Eine Menge Holz war auf der kleinen Lichtung aufgestapelt worden, anscheinend sollte ein großes Feuer gemacht werden. Rund um die Feuerstelle waren zahlreiche Lagerstätten aus Heu, Moos und Decken bereitet worden. Gewa konnte dazwischen Körbe mit Früchten, frisch gebackenes Brot, Schinken, geräucherte Fische und kleine Fässer mit Starbier entdecken. Auch einige Musikanten waren dabei, die langsam begannen, sich einzuspielen. Die Männer und Frauen, von denen immer noch einige auf geheimen Pfaden nachkamen, schwatzten fröhlich miteinander.

Gewa und Una ließen sich bei der Kräuteralma nieder, die ihnen alles erklärte: „Die Menschen sind heute alle bekränzt. Hier, ich habe euch beide auch zwei Kränze mitgebracht. Sie sind aus Eisenkraut, Beifuss und Johanniskraut gewunden. Das verstärkt die Fähigkeit hellzusehen. Probiert es aus, diese Nacht ist dafür geschaffen, da sind sich Götter und Menschen ganz nah!"

Vorsichtig setzten sich die Mädchen die Kränze aufs Haupt.

*

Inzwischen war es dunkler geworden. Plötzlich begannen die Trommeln zu schlagen. Die Menschen, die sich auf den Lagern niedergelassen hatten, erhoben sich. Aus der Höhle traten zwei Männer mit Fackeln, die einen dritten Mann in die Mitte nahmen. Dieser trug eine kunstvoll gefertigte Maske, die entfernt an einen Wolfskopf erinnerte. Sein Oberkörper war nackt und mit Blut beschmiert. Hinter ihnen kamen zwei weitere Männer, die eine Stange trugen, an der ein frisch geschlachteter Ziegenbock mit gefesselten Beinen hing. Die Gruppe näherte sich dem Holzhaufen, wobei die Trommeln immer schneller schlugen. Die beiden Fackelträger hielten ihre Fackeln an das Holz, das sofort hell aufloderte. Der maskierte Mann streckte die Arme aus und warf ein Pulver in das Feuer, das in blitzartigen Lichtern explodierte. Ein Raunen ging durch die Menge, das von Applaus gefolgt wurde. Die Gruppe umkreiste nun dreimal das Feuer, wobei nach und nach auch die anderen Instrumente einsetzten. Dann wurde der Ziegenbock zu einer kleineren Feuerstelle getragen, wo sich zwei Frauen daran machten, ihn zu häuten und als Braten zu bereiten.

Gewa und Una hatten mit offenen Mündern dem Spektakel zugesehen.

„Wer ist das?", fragte Gewa schließlich, auf den Mann mit der Maske deutend.

„Das weiß niemand so genau. Auf jeden Fall ist er ein Hohepriester des Sonnengottes Belenus. Er ist noch nicht lange in unserer Gegend, und woher er kommt weiß niemand", antwortete Alma.

Una sah besorgt, wie das Feuer den dunkler werdenden Himmel beleuchtete. „Wird man das Feuer nicht bis zum Stift sehen können?", fragte sie mit gerunzelter Stirn.

„Mach' dir darüber keine Sorgen, Kind. Selbst wenn sie es sehen, es wird keiner kommen. Dafür haben wir gesorgt", lachte Alma. Es war eine gute Idee des ,großen Herrn', Starkbier an die Soldaten verteilen zu lassen, dachte sie.

"Hier, jetzt trinkt endlich mal etwas", sagte Alma dann und reichte den beiden Mädchen Tonbecher mit Starkbier. Dann griff sie in ihren Lederbeutel und streute sich selbst und den Mädchen etwas in das Bier.

„Damit kann man die Götter sehen, wenn sie sich zum Tanzen zu uns gesellen", sagte sie geheimnisvoll und setzte den Becher an. Die Mädchen taten es ihr gleich.

Nach einiger Zeit, als das Feuer schon ein gutes Stück runter gebrannt war, begannen einige Pärchen unter dem Applaus der Umstehenden über das Feuer zu springen.

„Warum tun sie das?", fragte Gewa.

Una sah sie erstaunt an: „Das weißt du nicht? Das ist die Besiegelung eines Liebesschwures. Außerdem schützt das Feuer in der Sonnenwendnacht vor Unheil. Bei uns wirft man deshalb auch kleine Kinder über das Feuer."

Alle sprachen dem Starkbier gut zu. Der Rhythmus der Musik wurde immer schneller und immer mehr Menschen begannen um das Feuer zu tanzen und darüber zu springen.

Gewa wurde auch von irgendjemand hochgerissen und befand sich auf einmal mitten unter den Tanzenden. Alles begann sich um sie zu drehen. Sie konnte nur noch verschwommene Gesichter erkennen. Auf einmal prallte sie gegen einen Menschen. Als sie hochsah, sah sie eine Wolfsfratze – es war der Hohepriester, der sich auch unter die Tanzenden gemischt hatte. Gewa schrie gellend auf, denn ihrem berauschten Geist war nicht klar, dass sie eine Maske ansah. Doch auch der Maskierte stieß einen überraschten Ruf aus und stieß Gewa reflexartig von sich weg. Das Mädchen taumelte und fiel auf ein weiches Mooslager. Gewa sah noch einmal das Funken sprühende Feuer, dann wurde es Nacht um sie.

*

Im Stift war die Messe inzwischen aus und alle freuten sich auf das Abendmahl. Auch hier herrschte eine fröhliche Stimmung, wozu einige Musikanten beitrugen, die schon zum Johannisfest angereist waren. Die Wärme der letzten Tage hatte sich selbst durch das dicke Mauerwerk des Stiftes gearbeitet, so dass Hildegundis und ihre Freundinnen nach einiger Zeit das Bedürfnis verspürten, an die frische Luft zu gehen.

„Die Sommernacht ist herrlich!", rief Hildegundis und streckte die Arme aus.

„Ja, in solch einer Nacht spürt man die Allmacht Gottes ganz deutlich", antwortete Doda und blickte in den Himmel.

Frithuwif, die ihrem Blick gefolgt war, verengte plötzlich die Augen und sagte: „Was ist denn das für ein heller Schein über dem Wald?"

Auch die anderen beiden sahen jetzt genauer hin.

„Ob das ein Feuer ist? Wir sollten besser Bescheid sagen!", meinte Hildegundis.

Es war heiß und das Holz im Wald war trocken, schnell konnte ein Waldbrand entstehen, und eine Feuersbrunst konnte selbst für die Einwohner des Stifts gefährlich werden. Sie wollte wieder hineinlaufen, als sie auf Reganwi und Tassilo stieß, die ein paar Momente ungestörter Zweisamkeit genießen wollten.

„Seht mal den hellen Schein dort", begann Hildegundis, als Tassilo schon antwortete: „Eine Sonnenwendfeier! Diesmal kriege ich sie!", rief er und stürmte nach einem Pferdeknecht rufend sofort Richtung Stallungen.

Reganwi eilte nun hinein, um Theophanu zu informieren. Doch als die Äbtissin mit einigen anderen Stiftsdamen in den Hof kam, traf sie dort auf einen wütenden und enttäuschten Tassilo.

„Das ganze Pack ist betrunken!", ereiferte er sich, sein eilig gesatteltes Pferd am Zügel hinter sich herzerrend. Als er Theophanus fragenden Blick bemerkte, erklärte er: „Alle Soldaten sind betrunken. Wir können Gott nur danken, dass wir keinen feindlichen Überfall erwarten. Irgendjemand hat kräftig Starkbier ausgeteilt. Aber, egal, dann reite ich eben allein in den Wald!"

„Nein!!", scholl es ihm da vielstimmig entgegen. Tassilo hatte bereits einen Fuß in den Steigbügel gesetzt, doch Frithuwif hängte sich an ihn, um ihn am Aufsteigen zu hindern.

„Eure Schwester hat Recht, Ritter Tassilo. Ein Alleingang ist viel zu gefährlich. Gerade jetzt, wo wir auf Euren Schutz angewiesen sind, könnt Ihr uns nicht verlassen", sagte die Äbtissin.

Diesem Argument musste Tassilo sich schließlich beugen. Er zog seinen Fuß aus dem Steigbügel und führte sein Pferd, das verwundert mit den Ohren spielte, zurück in den Stall.

17. Heiratspläne

Direkt am nächsten Morgen machte sich Tassilo mit einem Trupp ziemlich verkaterter und kleinlauter Soldaten auf in den Wald. Doch sie hatten keinen Erfolg. Weder der Pfad noch die Höhle oder der Feuerplatz konnten gefunden werden. Dies wiederholte sich in den kommenden Tagen, auch alle Nachforschungen blieben ohne Resultat.

„Vielleicht hat sich der Kult durch den großen Druck von selbst aufgelöst", meinte Reganwi hoffnungsvoll zu Theophanu.

Die Äbtissin schwieg. Sie teilte Reganwis Auffassung nicht. Aus Erfahrung wusste sie, dass geheime Kulte noch lange im Untergrund weiter leben konnten. Doch da alle bisherigen Versuche, Anhänger des Kultes ausfindig zu machen, erfolglos geblieben waren, sah sie auch keine andere Möglichkeit, als zur Tagesordnung über zu gehen und nahm ihre Reisetätigkeit wieder auf.

Als sie von einer einwöchigen Reise nach Gerresheim zurückkam, ließ sie nach Hildegundis und Frithuwif schicken.

„In den nächsten Tagen werde ich unsere Fronhöfe Eickenscheid und Borbeck besuchen. In Eickenscheid ist unser großes Getreidelager – da will ich sehen, in welchem Zustand es ist. Dieser Hof gehört übrigens schon sehr lange zu Astnide. Er ist einer der neun Höfe, die schon seit der Gründung zum Stift gehören. Auf dem großen Borbecker Hof halte ich meine Stuten. Ihr habt mich ja auch bereits nach Rellinghausen begleitet – es ist wichtig für euer zukünftiges Leben, dass ihr die Vorratshaltung lernt. Um die Pferde werden sich zwar hauptsächlich eure zukünftigen Ehemänner kümmern, es kann aber auch nicht schaden, wenn ihr davon ebenfalls etwas versteht und Ihr nicht von euren Haushofmeistern abhängig seid, wenn eure Ehemänner verreisen müssen."

Hildegundis und Frithuwif sahen sich strahlend an. Das war eine Sache, die ganz nach dem Geschmack der beiden Mädchen war. Doch Hildegundis fiel noch etwas ein: „Was ist mit Doda? Wird sie uns nicht begleiten?"

Theophanu schwieg zunächst, dann antwortete sie: „Doda ist von sehr zartem Körperbau. Das viele Reiten verträgt sie nicht. Wir müssen auf ihre Gesundheit achten, daher ist es besser, wenn sie hier im Stift bleibt. Und die beiden Prinzessinnen – bevor du fragst, Hildegundis – sie haben mir klargemacht, dass sie das Reisen für zu gefährlich halten. Natürlich respektiere ich diesen Wunsch. Sie bleiben also auch hier."

Wieder sahen sich die beiden Mädchen an. Theophanus Bemerkung zu den Prinzessinnen hatten sie wohl verstanden. Die Äbtissin war eine verständige Frau, die nicht nur das Stift zu seinem Wohle zu lenken verstand, sondern auch die besonderen Fähigkeiten der einzelnen Stiftsdamen einzusetzen vermochte – aber es war gefährlich, es sich mit ihr zu verscherzen, dann konnte sie eine mächtige Feindin mit einem guten Gedächtnis werden.

Theophanu nahm sich nur zwei Tage, um sich von der Reise nach Gerresheim auszuruhen und die dringendsten Dinge in Astnide zu erledigen, bevor sie den Mädchen Bescheid geben ließ, dass nun der Ritt zum Hof Eickenscheid anstehen würde. Unter Begleitung des Hauptmanns und sechs seiner Leute brachen sie nach dem Morgenmahl auf. Es war Anfang Juli und die Tage wurden schon recht heiß. Am Morgen war es aber noch angenehmen frisch und kühl, so dass ein gutes Tempo geritten werden konnte, was Theophanu und die beiden Mädchen genossen. Frithuwifs Schecke hatte sich völlig von der Verletzung erholt und konnte mit seinen raumgreifenden Schritten gut mit den anderen Pferden mithalten.

Der Weg zum Oberhof Eickenscheid führte durch eine hügelige Landschaft, vorbei an Weiden und Getreidefeldern. Unterwegs begegneten ihnen Bauern und Händler, die ehrfurchtsvoll grüßten. Theophanu war aufgrund ihrer vielen Reisen weithin bekannt. Die Menschen, die auf den Besitzungen des Stiftes lebten, schätzten sie. Astnide hatte schon unter Theophanus Vorgängerin, Äbtissin Mathilde, eine Blütezeit erlebt, die nun noch eine Steigerung erfuhr. Zudem war die Nachricht, dass im Dezember die wertvolle Kinderkrone im Stift eintreffen würde, schon bis zu den entlegensten Höfen vorgedrungen.

Als sie in die Nähe des Hofs kamen, trafen sie auf einige Jungen, die eine Herde Kühe zur Weide trieb. Zwei der Jungen rannten sofort zurück zum Hof, um die Ankunft der Äbtissin zu melden. Theophanu ließ ihre Gruppe in den Schritt fallen, um den Jungen genug Zeit zu geben. Beim Besuch der Höfe verzichtete sie zwar auf eine offizielle Anmeldung durch einen Boten, ganz unangemeldet wollte sie aber auch nicht erscheinen.

Bei der Ankunft der Gruppe auf dem Hof hatten sich auch schon viele Leute versammelt. Jeder, der seine Arbeit liegen lassen konnte, war zum Empfang herbeigeeilt. Der Bauer, der die Verantwortung auf dem Hof trug, trat der Äbtissin entgegen und verneigte sich tief. Er winkte einen Jungen herbei, der die Zügel des Hengstes ergriff. Bevor Theophanu abstieg, grüßte sie die versammelte Schar und stellte auch die beiden Mädchen vor: „Dies sind die Edlen Frithuwif und Hildegundis, Stiftsdamen in Astnide. Sie begleiten mich heute und werden mit mir die Inspektion durchführen."

Als Hildegundis' Name fiel, tuschelten die Mägde und Knechte miteinander – sie alle hatten natürlich auch von der Rolle gehört, die Hildegundis bei der Geschichte der Kinderkrone gespielt hatte. Der Bauer und seine Frau, die die edlen Damen mit einem tiefen Knicks begrüßte, führten die Gäste nun ins Haus. Der Hauptmann und seine Männer blieben draußen bei den Pferden und sorgten dafür, dass die Tiere ausreichend getränkt wurden.

Nach einer kleinen Erfrischung, die aus kalter Milch und frisch gebackenem Kuchen bestand, brach die kleine Gruppe zur Besichtigung der Getreidespeicher auf.

Theophanu fragte eindringlich nach Schäden im Dach und an den Wänden und wollte auch wissen, ob es auf dem Hof genügend Katzen gab, die Mäuse und Ratten in Schach halten konnten.

Sie erklärte den Mädchen, wie wichtig es war, schon im Sommer all diese Dinge zu überprüfen, bevor die Ernte eingelagert wurde. Sie ließ sich ebenfalls über den Bestand an Milchkühen, Kälbern, Bullen und Ochsen unterrichten und war zufrieden zu hören, dass alle Jungtiere die ersten Monate gesund überstanden hatten. Der Hof verfügte außerdem über eine kleine Schweinezucht, die sich nach einer Krankheit im vergangenen Jahr, der viele Ferkel und Muttertiere zum Opfer gefallen waren, wieder ganz gut erholt hatte. Dazu kamen noch eine Menge an Hühnern, Enten und Gänsen, einige Schafe und Ziegen.

„Dies ist eine wichtige Vorratseinrichtung für Astnide", erklärte Theophanu den beiden Mädchen, als sie die Stallungen besichtigten. „Der Viehhof bei Astnide und der Hof Eickenscheid versorgen das Stift mit allem Nötigen."

Auf Theophanus Geheiß hin hatten sich die Mädchen mit Schreibzeug ausgestattet, das sie nach dem Rundgang auf dem großen Tisch in der Küche des Bauernhauses ausbreiteten. Frithuwif notierte dann mit Hilfe des ersten Knechtes, der den Bauern bei seiner Verwaltungsarbeit unterstützte, die erwarteten Getreidemengen, während Hildegundis sich von dem Verantwortlichen für die Viehbestände die entsprechenden Zahlen sagen ließ. Diese Informationen waren für die Pröpstin wichtig, die daraus die jährlichen Abgaben errechnete, die am Festtag des Erzengels Michael, am 29. September, fällig wurden.

Während die Mädchen noch mit den Schreibarbeiten beschäftigt waren, sprach Theophanu mit dem Bauern. Sie erkundigte sich nach seinen Sorgen und Anliegen und sprach nebenbei auch den Höhlenkult an. Doch dazu konnte der Bauer keine Auskunft geben, er versprach jedoch verstärkt darauf zu achten, ob einer seiner Untergebenen ein verdächtiges Verhalten zeigte.

Die Bäuerin hatte unterdessen mit einigen Mägden ein Mittagsmahl vorbereitet, das auf Theophanus Wunsch hin aber nur aus kalten Speisen bestand. Das tat der
Reichhaltigkeit jedoch keinen Abbruch. Frithuwif lief schon das Wasser im Mund zusammen, als sie sah, was auf die Platten gehäuft wurde: Da gab es geräucherten
Speck, Schinken, verschiedene Würste, Butter, Käse und frisches Brot. Dazu brachte
ein Mädchen noch eine große Schüssel mit frisch gepflückten Erdbeeren herein. Das
war weitaus üppiger, als ein normales Mittagsmahl im Stift.

„Du, diese Inspektionsreisen finde ich richtig gut", meinte Frithuwif leise zu
Hildegundis. Hildegundis kicherte, als sie Frithuwifs Blick zu den gefüllten Schüs-
seln folgte.

Nach dem Essen bestieg der Bauer seinen Esel und begleitete die Äbtissin
und die Mädchen noch zu den Rinderweiden, die sich bis zur Ruhr, dem größten
Fluss in diesem Gebiet, erstreckten. Theophanu konnte sich hier vom guten Gesund-
heitszustand der Tiere überzeugen. Immer wieder erläuterte die Äbtissin den Mädchen, worauf sie achten mussten. Aufmerksam hörten die beiden zu. Es ging schon
auf den Abend zu, als alle zum Hof zurückkehrten.

Theophanu verabschiedete sich freundlich von dem Bauern, der sie und ihre
Gruppe noch bis zum Beginn des Feldweges begleitete. Auch viele Knechte und
Mägde liefen noch mit und winkten der Äbtissin hinterher.

Auf dem Rückweg nach Astnide erzählte Theophanu den Mädchen von dem
Hoftag, den Otto der Große in Stela an der Ruhr, der kleinen Siedlung, die zum
Oberhof Eickenscheid gehörte, abgehalten hatte.

„Zu Beginn seiner Regierungszeit hatten sich einige mächtige Adelige gegen
Otto gestellt, der damals noch ein junger König war. Darum hat er hier kirchliche und
weltliche Würdenträger zu einem Hoftag geladen, um die Sache zu bereinigen. Doch
es gab auch noch einen Streit im Erbrecht zu beheben. Es war die Frage aufgekom-

men, ob Enkel im Erbrecht die Stelle ihrer verstorbenen Väter einnehmen können und somit gleichberechtigt mit ihren Onkeln sind."

„Und wie ist die Sache ausgegangen?", wollte Frithuwif wissen.

„Es ist durch ein Gottesgericht entschieden worden. In einem Zweikampf wurde die Partei, die gegen die Erbberechtigung der Enkel war, besiegt. Das ist schon fast 100 Jahre her, aber die Menschen sprechen noch immer davon", sagte sie.

„So wird es auch bestimmt sein, wenn der König die Kinderkrone nach Astnide bringt", meinte Frithuwif zuversichtlich. „Davon werden die Menschen sicher noch in 1000 Jahren reden – aber wir sind dabei gewesen!"

*

Seit Prinz Widukinds Abreise waren nun schon fast zwei Wochen vergangen und Hrotswith wurde jeden Tag unruhiger – sie konnte sich das lange Ausbleiben ihres Vetters nicht erklären. Hoffentlich ist ihm kein Unglück zugestoßen, dachte sie.

An einem frühen Nachmittag hatten sich die Mädchen im Garten, im Schatten der Bäume, niedergelassen, da es nun von Tag zu Tag heißer wurde. Hier spielten sie Schach oder stickten. Man hörte nur das Zirpen der Grillen und ab und zu ein träges Schnattern der Enten, die auf dem Weg zum Fluss waren.

Da durchbrach plötzlich der Hufschlag schneller Pferde die Stille. Prinz Widukind, sein Knappe und ein weiterer Reiter kamen auf den Hof getrabt. Hrotswith sprang sofort auf und lief ihm entgegen. Auch die anderen Mädchen blickten neugierig auf. Langsam erhob sich auch Reganwi. Sie überschattete ihre Augen mit einer Hand und starrte angestrengt zu den Männern im Hof.

„Das ist doch Bertram, ein Leibeigener und Vertrauter meines Vaters", murmelte sie mehr zu sich selbst als zu den anderen. „Wenn mein Vater ihn schickt, muss zu Hause etwas vorgefallen sein!"

Sie raffte ihre Röcke und eilte in den Hof hinaus. Jetzt hielt auch die anderen Mädchen nichts mehr, sie liefen Reganwi nach.

„Du strahlst ja so, Vetter", sagte Hrotswith gerade, nachdem sie Prinz Widukind begrüßt hatte. „Gibt es eine frohe Kunde?"

„Ja, in der Tat, liebe Base – sogar derer zwei! Eine wird der gute Bertram sicher gleich der schönen Reganwi verkünden – ich grüße Euch, Edle Reganwi!", sagte Widukind und verneigte sich mit seinem charmantesten Lächeln vor Reganwi, die gerade herbeigeeilt war.

Diese nickte dem Prinzen nur kurz zu und wandte sich dann mit besorgter Miene an Bertram, der seine Herrin mit einer tiefen Verbeugung begrüßte.

„Bertram! Was ist geschehen?"

„Herrin, Eure Familie ist wohlauf – ich überbringe ein Schreiben von Eurem Vater", antwortete der Diener und nestelte aus seinem Wams ein Pergament hervor, das er Reganwi übergab.

Reganwi nahm das Pergament und wollte sich schnell damit zurückziehen, als Widukind ihr in den Weg trat.

„Liebe Reganwi, es tut nicht Not, dass Ihr diesen Brief an einem einsamen Ort lest. Ich weiß sehr gut, was er enthält: Das Einverständnis Eures Vaters zu Eurer Vermählung mit mir!"

Reganwi war ganz blass geworden und starrte Widukind fassungslos an. Auch die anderen Mädchen, die sie umringt hatten, brachten kein Wort heraus und Bertram stand verlegen dabei.

Prinz Widukind lachte und sagte: „Ich sehe mit Vergnügen, dass Euch die große Freude die Sinne raubt, Edle Reganwi. Auch Euer Vater konnte sein Glück kaum fassen, einen Prinzen aus edlem Geblüt zum Schwiegersohn zu erhalten. Aber das werdet Ihr in seinem Brief ja selber lesen."

Reganwi brach das Siegel des Pergamentes auf und überflog die Zeilen. Widukind hatte die Wahrheit gesagt: Ihr Vater, der ja noch nichts von Tassilo wusste, schrieb seiner Tochter, welch große Freude und Ehre ihr und ihrer Familie durch Widukinds Antrag zuteil würde. Er selbst wollte zu Michaelis nach Astnide kommen, um das Verlöbnis seiner Tochter dort zu feiern.

Reganwi schluchzte auf, drückte das Pergament an sich und lief davon. Lächelnd sah Widukind ihr nach.

„Sie muss sich erst einmal beruhigen. Aber ich habe ja zwei gute Nachrichten versprochen – die andere, liebe Base, betrifft dich: Der Herzog von Niederlothringen hat mich gebeten, als Bote und Unterhändler für ihn aufzutreten, um dir die frohe Kunde zu bringen, dass sein einziger Sohn und Erbe um deine Hand anhalten will. Alle anderen Verhandlungen in dieser Angelegenheit", dabei sah Widukind zu Hildegundis hinüber, die seinem Blick nicht auswich, „sind damit hinfällig. Ich werde in den nächsten Tagen wieder aufbrechen, um deinen Vater persönlich zu informieren."

Nun verloren Hrotswith und Hildegundis ihre Gesichtsfarbe. Hrotswith überlegte blitzschnell die Vor- und Nachteile dieser Aktion. Sie würde Tassilo endgültig verlieren, aber der hatte ja sowieso kein übermäßiges Interesse an ihr gezeigt. Dafür würde sie eine gute Partie machen und gleichzeitig Hildegundis kräftig eins auswischen. Ihr Gesicht begann sich wieder zu röten und ein kleines Lächeln spielte um ihren Mund.

Auch Hildegundis hatte in Sekundenschnelle die Konsequenzen dieser Entwicklung bedacht. Sie wusste, ihr Vater würde maßlos enttäuscht sein, doch sie selbst fühlte sich erleichtert, dass das Thema Heirat für sie nun noch mal aufgeschoben wurde.

Frithuwif und Doda traten sofort zu Hildegundis, um ihr beizustehen. Beide waren von dem Gehörten ganz verstört. Frithuwif fühlte sich doppelt betroffen: Sie

261

litt mit ihrem Bruder Tassilo und gleichzeitig auch mit Hildegundis. Hildegundis atmete tief durch und sagte dann zu ihren Freundinnen: „Wir müssen Reganwi suchen. Für sie ist es am Schlimmsten."

Die beiden stimmten zu und gemeinsam zogen die Mädchen los.

*

Die Freundinnen fanden Reganwi in der Kirche, wo sie vor dem Altar der Stiftspatrone kniete und betete. Immer noch liefen ihr die Tränen über die Wangen. Leise traten die Mädchen hinter sie und sahen sich an – sie waren unsicher, ob sie Reganwi stören oder sie lieber ihrem Gebet überlassen sollten. Da hallten laute Schritte durch den Kirchenraum. Die Mädchen sahen sich um, und auch Reganwi schaute auf. Es war Tassilo, der hereingestürmt war. Als sie ihn erkannte, sprang Reganwi auf, lief ihm entgegen und warf sich an seine Brust.

Bestürzt sah Tassilo sie an und sagte: „Es ist also wahr? Dieser arrogante Widukind machte so seltsame Andeutungen – ich kam gerade von einem Ritt in den Wald zurück, als ich ihn im Hof traf."

„Ach, Tassilo, was machen wir denn jetzt? Nach diesem Antrag wird mein Vater dich nicht mehr als Schwiegersohn akzeptieren!"

„Wir müssen auf die Fürsprache der Heiligen vertrauen – schau, ich habe dir etwas aus Köln mitgebracht, das ich dir eigentlich erst geben wollte, wenn ich zu deinem Vater reite, um bei ihm um deine Hand anzuhalten. Aber ich glaube, es ist besser, wenn ich es dir jetzt schon gebe."

Tassilo zog unter seinem Hemd ein kleines Säckchen hervor, das er an einem seidenen Band um den Hals getragen hatte und drückte es Reganwi in die Hand. Als sie es öffnete, zog sie ein Elfenbeintäfelchen hervor – ganz ähnlich dem, das Hildegundis von ihrem Vater erhalten hatte. Staunend betrachtete Reganwi die feine Arbeit, die eine Frau mit geöffnetem Umhang zeigte, unter dem sich viele andere Frauen versammelt hatten.

„Was ist das?", fragte Frithuwif neugierig, denn die Mädchen hatten natürlich auch gebannt darauf gewartet, was Reganwi aus dem Säckchen ziehen würde.

„Das ist die Heilige Ursula. Sie war eine Königstochter und sollte auch mit einem Mann vermählt werden, den sie nicht wollte. Da sind sie und die Jungfrauen, die sie zur Bedienung hatte, lieber in den Tod gegangen. Ich denke, eine bessere Fürsprecherin für unser Anliegen können wir nicht finden", antwortete Tassilo und legte Reganwi zärtlich den Arm um die Schulter.

Reganwi konnte schon wieder lächeln. Sie blickte Tassilo liebevoll an.

„Hab Dank für dieses schöne Geschenk – ich werde von nun an jede Nacht zur Heiligen Ursula beten. Aber," sagte sie lächelnd und sah nun die drei Mädchen an, „die Geschichte ist so nicht ganz vollständig. Die Heilige Ursula sollte mit einem Heiden verheiratet werden. Und da sie nur einen christlichen Ehemann wollte, ist sie zur Märtyrerin geworden."

„Nun ja. Ich denke, sie wird uns trotzdem beistehen", meinte Tassilo zuversichtlich.

Da öffnete sich wieder die Kirchentür – Widukind und Hrotswith traten ein. Widukind ließ seinen Blick über Reganwi gleiten, als würde er sein Eigentum betrachten. Hrotswith näherte sich mit hocherhobenem Haupt und warf Hildegundis einen geringschätzigen Blick zu.

„Na, da haben wir uns wohl alle hier versammelt, um dem Herrgott für die glückliche Fügung dieser beiden Verlöbnisse zu danken. Ich schätze Eure Anteilnahme, Ritter Tassilo, möchte Euch aber ersuchen, von nun an einen schicklichen Abstand zu meiner Braut zu halten", sagte Widukind grinsend.

Tassilo machte einen Schritt auf ihn zu, wobei seine Hand zum Griff seines Schwertes fuhr. Reganwi legte ihm schnell die Hand auf den Arm.

„Nicht!", sagte sie leise und eindringlich zu ihm, „Bedenke, wo wir uns befinden!"

„Ja, bedenkt das, Ritter Tassilo! Schöne Reganwi, ich wäre entzückt, wenn Ihr mir und meiner Base Gesellschaft beim Gebet leisten würdet", sagte Widukind.

Reganwi warf ihm einen kalten Blick zu. „Wenn Ihr mit mir gemeinsam beten wollt, Prinz Widukind, so kommt Ihr zu spät. Ich habe Pflichten, denen ich nachkommen muss."

Damit nickte sie ihm zu und ging hinaus. Tassilo und die Mädchen folgten ihr. Widukinds Lachen verfolgte sie noch, bis sich die schwere Kirchentür hinter ihnen schloss.

*

Die nächsten Tage waren für alle nicht einfach. Reganwi zog Theophanu ins Vertrauen, doch die Äbtissin wusste auch keinen Rat. Sie versprach aber, auf jeden Fall mit Reganwis Vater zu sprechen. Dann erzählte sie Reganwi zum Trost die Geschichte ihrer Mutter Mathilde, die ebenfalls in Astnide erzogen worden war.

„Ezzo, mein Vater, hatte sie bei einem Besuch gesehen und sich in sie verliebt. Er hielt um ihre Hand an, doch Mathilde war von ihrer Familie dazu ausersehen worden, Äbtissin von Astnide zu werden. So blieb dem verliebten Ezzo nicht anderes übrig, als mehrere Ritter um Hilfe zu bitten und Mathilde mit Gewalt aus dem Stift zu holen. Die Verlobung fand aber vorher noch in Astnide, unter den missbilligenden Blicken der damaligen Äbtissin statt", erzählte Theophanu mit einem versonnenen Blick. „Und diese Ehe, die so schwierig begann, wurde dann mit 10 Kindern, drei Söhnen und sieben Töchtern, gesegnet – alle meine Geschwister sind gesund und haben hohe geistliche oder weltliche Ämter inne. Du siehst also, Reganwi, es ist noch viel zu früh, um mutlos zu werden!"

Reganwi lächelte die Äbtissin dankbar an. Es tat so gut, verstanden zu werden!

„Aber", fuhr Theophanu fort und hob mahnend die Stimme, „dies soll keine Aufforderung an deinen Tassilo sein, es meinem Vater gleichzutun – ich würde dich nicht kampflos heraus geben!"

Reganwi schüttelte eifrig den Kopf, sah aber an den blitzenden Augen der Äbtissin, dass sie diesen letzten Satz nicht ernst gemeint hatte.

*

Graf Thietmar sandte Gunnar als Boten zu Hildegundis und ließ seiner Tochter ein Schreiben überbringen, dass er dem Burgkaplan diktiert hatte. Er berichtete Hildegundis darin von dem Wortbruch des niederlothringischen Herzogs und der bevorstehenden Vermählung Hrotswiths. Obwohl der Kaplan die Sprache des Grafen etwas geglättet hatte, konnte Hildegundis sich gut vorstellen, wie wütend ihr Vater bei dem Diktat noch gewesen sein musste. Am Ende des Briefes versicherte Graf Thietmar Hildegundis jedoch seiner Liebe und Fürsorge.

Reganwi versuchte Prinz Widukind möglichst aus dem Weg zu gehen, atmete aber erst auf, als er sich endlich verabschiedete, um Hrotswiths Vater von dem möglichen Verlöbnis seiner Tochter zu unterrichten. Von dort kam dann bald ein Bote zurück, der die Prinzessin informierte, dass ihr Vater hocherfreut und einverstanden wäre und gleichzeitig einen Boten nach Niederlothringen entsandt hätte, um sein Einverständnis kundzutun. Wieder einige Tage später erschien dann ein niederlothringischer Bote in Astnide und brachte Nachricht vom Herzog. Dieses Schreiben war an die Äbtissin gerichtet, die Hrotswith zu sich rufen ließ.

Ohne Umschweife kam Theophanu zur Sache: „Hrotswith, ich habe hier ein Schreiben aus Niederlothringen vorliegen. Dein Vater und der Herzog sind sich einig geworden. Prinz Karl, der Sohn des Herzogs, hat offiziell um deine Hand angehalten und ist von deinem Vater erhört worden. Die Frage der Mitgift ist geregelt und einer baldigen Heirat steht nichts im Wege, da ihr beide alt genug seid. Der Herzog möchte, dass die Vermählung auf seinem Besitz in Niederlothringen stattfindet. Sein Sohn wird hierher kommen und dich, seine Braut, in seine Heimat geleiten. Dein Vater und deine Familie werden direkt von Sachsen aus nach Niederlothringen reisen. Dein Vetter wird dich natürlich als Vertreter deines Vaters begleiten. Da du zurzeit unter meinem Schutz in Astnide lebst, war es der Wunsch deines Vaters und deines künftigen Schwiegervaters, dass du dies alles von mir erfährst. Möchtest du dazu etwas sagen, Kind?"

Hrotswith hatte bisher schweigend zugehört, doch ihr Gesicht wurde von Minute zu Minute strahlender. Ihr Bräutigam würde sie in Astnide abholen! Und Hildegundis und die anderen würden zusehen – welch ein Triumph! Sie neigte scheinbar demütig den Kopf und antwortete: „Als gehorsame Tochter werde ich natürlich dem Wunsch meines Vaters entsprechen. Ich sehe der Vermählung mit Freude entgegen, obgleich es mir schwer werden wird, Astnide und Euch, Hochwürdige Äbtissin, verlassen zu müssen."

Theophanu sah sie mit einem feinen Lächeln an und sagte: „Ich mache mir um dich keine Sorgen, Hrotswith. Du wirst den Platz, den man dir zugedacht hat, wohl ausfüllen. Doch denke immer daran: Demut steht auch einem Hochgeborenen gut zu Gesicht."

Hrotswith lächelte und neigte wieder den Kopf. Die Äbtissin entließ sie schließlich mit einer Handbewegung.

Hrotswith eilte, schneller als es schicklich gewesen wäre, zu ihrer Schwester und den anderen Mädchen.

„Richtet eure besten Gewänder her!", rief sie ihnen etwas atemlos zu. „Mein Bräutigam, Prinz Karl, wird mich in wenigen Tagen hier abholen!"

Während alle anderen Hrotswith schweigend ansahen, war Waltswith aufgesprungen.

„Was wird denn dann aus mir?", fragte sie mit zitternder Stimme.

„Gänschen!", antwortete ihre Schwester. „Du bleibst natürlich hier, bis für dich auch ein passender Ehemann gefunden wird! Aber zur Hochzeit begleitest du mich nach Niederlothringen. Ja, es ist wirklich schade, dass ihr nicht alle mitkommen könnt, um an meiner großen Freude teilzuhaben. Es wird ein prächtiges Fest werden, denn mein künftiger Schwiegervater ist sehr reich, müsst ihr wissen. Ach Hildegundis, schau nicht so traurig – ich habe dir ja gleich gesagt, dass du als Grafentochter nicht so eine gute Partie machen wirst. Du hast doch wohl auch nicht wirklich geglaubt, dass die Verlöbnisverhandlungen mit deinem Vater vom Herzog ernst gemeint waren, oder?"

Hildegundis sah Hrotswith wütend an, denn sie war keineswegs traurig. Sie ärgerte sich lediglich darüber, wie Hrotswith sich mal wieder aufspielte. Frithuwif ahnte, was in der Freundin vorging und fragte, um Hrotswith von Hildegundis abzulenken: „Hast du deinen Bräutigam schon mal gesehen?"

„Nein, aber er ist mir beschrieben worden. Er ist 18 Jahre alt, groß und stattlich, ein großartiger Reiter und Meister der Fechtkunst. Dem Jagdvergnügen geht er besonders gern nach – das wird sicher herrlich, wenn ich ihn dabei begleite!" Hrotswith hatte die Augen geschlossen und strahlte.

Doda, die bisher geschwiegen hatte, sagte nun: „Ich werde für dich beten, Hrotswith, dass dich dein Bräutigam mit Liebe und Achtung behandeln wird."

Diese Bemerkung riss Hrotswith aus ihren Tagträumen. Ärgerlich sah sie Doda an. „Ja, was denkst du denn! Natürlich wird er mich mit Liebe und Achtung behandeln! Es war schließlich sein Wunsch, mich zur Frau zu nehmen!"

*

267

Fast zwei Wochen später, in den letzten heißen Augusttagen, kam endlich die Nachricht, dass sich der Zug des jungen Prinzen näherte. Wie es die Sitten erforderten, machten sich Theophanu und die Stiftsdamen auf, ihm entgegen zu reiten. Auf einer lichten Ebene, wo genug Platz für alle Reiter war, trafen die beiden Gruppen aufeinander und hielten in einiger Entfernung von einander an. Theophanu, diesmal im Damensitz, wie alle anderen Stiftsdamen auch, ritt mit Hrotswith und Prinz Widukind voraus, flankiert von den Soldaten der Äbtissin. Hrotswith suchte die Gruppe des Prinzen nach einem 18jährigen Recken auf einem temperamentvollen Streitross ab, konnte ihn jedoch nicht entdecken. Aus der Gruppe lösten sich dann zwei Reiter, die ebenfalls von Soldaten begleitet wurden. Einer der Reiter, der auf einem starkknochigen Schlachtross saß, war ein groß gewachsener, grauhaariger Mann, der die 50 wohl schon überschritten hatte. An seiner Seite, auf einem kleinen, zotteligen Schimmel ritt ein untersetzter Junge, der die Gruppe der Äbtissin mit hochrotem Kopf aufgeregt musterte. Hrotswith sah von einem zum anderen, bis ihr die Erkenntnis kam, dass nur dieser pummelige Junge ihr strahlender Bräutigam sein konnte. Ihre Lippen wurden noch schmaler, als sie sie aufeinander presste.

Der Grauhaarige räusperte sich und sagte: „Ich grüße Euch, Hochedle Äbtissin Theophanu. Mein Name ist Gunther. Hier bringe ich meinen Herrn, Prinz Karl, den Sohn des Herzogs von Niederlothringen, dem ich als Hofmarschall diene. Er ist gekommen, um seine Braut, die Hochedle Prinzessin Hrotswith, heimzuholen."

Theophanu nickte und sah dann den Prinzen an. „Seid willkommen auf Astnide, Prinz Karl. Hier ist Eure Braut, Prinzessin Hrotswith, die Euch entgegengeeilt ist."

Sie deutete mit einer Handbewegung auf Hrotswith, die starr neben ihr saß und den Prinzen fassungslos anstarrte. Er hatte aber auch so gar nichts gemein mit den Beschreibungen, mit denen sie die anderen Mädchen noch neidisch machen wollte. Er war klein, dick und hing auf dem Pferd wie ein Mehlsack.

„Habt Dank für Eure Begrüßung, Hochedle Äbtissin Theophanu. Und auch Euch, Edle Hrotswith danke ich, dass Ihr mir das Willkommen in Astnide durch Euren Anblick versüßt", leierte Prinz Karl herunter.

„Auswendig gelernt", raunte Frithuwif Hildegundis zu.

Die flüsterte zurück: „Ein großartiger Reiter? Wohl eher nicht!"

Hrotswith bemühte sich unterdessen, ihre Enttäuschung in den Griff zu bekommen und Haltung zu bewahren. Doch ihre Stimme klang etwas krächzend als sie den Prinzen nun offiziell begrüßte: „Seid Willkommen Prinz Karl. Ich habe Eure Ankunft herbeigesehnt."

Alle warteten, dass sie noch etwas sagen würde. Aber Hrotswith bekam kein Wort mehr heraus. So blieb es also bei dieser etwas knappen Begrüßung.

Die beiden Gruppen formierten sich nun zu einem Zug, wobei die beiden Brautleute nebeneinander ritten. Doch keiner von beiden sagte ein Wort und beide waren froh, als sie endlich Astnide erreichten. Dort angekommen, bemerkten nicht nur Hildegundis und Frithuwif wie ungelenk der junge Herzog aus dem Sattel stieg. Er fühlte die Blicke, wurde rot und murmelte: „Ich war längere Zeit nicht zu Pferd unterwegs."

Hrotswith, die das gehört hatte, schossen die Tränen der Enttäuschung in die Augen. Und das vor den Anderen! Wie konnte man sie nur so demütigen! Sie drehte sich um und rannte davon.

Prinz Widukind eilte ihr sofort hinterher. Im Kreuzgang hatte er sie dann eingeholt. Unsanft griff er ihre Handgelenke.

„Was soll das? Warum führst du dich so auf? Willst du alles gefährden?", fuhr er seine Base an.

Wütend riss Hrotswith sich los. „Du hast mir erzählt, er wäre von stattlicher Gestalt, ein guter Reiter! Er würde das Jagen lieben! Ha! Nichts davon ist wahr! Er ist klein und dick – und reitet auf einem Damenpferd!" Hrotswith kämpfte wieder mit den Tränen.

Widukind überlegte einen Moment. Dann sagte er: „Er ist reich! Und er wird einmal sehr mächtig sein – das heißt, du wirst es sein, wenn du deine Karten richtig ausspielst. Jetzt reiß dich zusammen, du weißt, die ganze Familie zählt auf dich! Was glaubst du, warum ich mir solche Mühe gemacht habe, diese Vermählung zustande zu bringen?" Widukind hatte seine Base an den Schultern gepackt und schüttelte sie.

Hrotswith wischte sich die Tränen ab und wurde langsam wieder ruhiger. Als Widukind überzeugt war, dass sie keine Schwierigkeiten mehr machen würde, bot er ihr seinen Arm an und führte sie dann zum Refektorium, zu dem alle anderen schon vorgegangen waren, um dort ein festliches Abendmahl einzunehmen.

Am nächsten Morgen, nach der Frühmesse, bemerkte Theophanu, dass Hrotswith nicht zum Morgenmahl erschienen war. Sie sah auch, dass Prinz Widukind sich suchend umblickte.

„Habt Ihr meine Base gesehen, Hochedle Äbtissin?", fragte Widukind. „Es ist heute schon zu dieser frühen Stunde so heiß, vielleicht ist ihr nicht wohl. Ich werde Hildegundis nach ihr schicken", meinte die Äbtissin und legte ihre Hand auf den Arm des Prinzen, so dass diesem gar nichts anderes übrig blieb, als sie zu Tisch zu geleiten.

Theophanu war klar, dass Hrotswith bei aller gespielten Kaltschnäuzigkeit nun doch von einer gewissen Panik vor der bevorstehenden Hochzeit erfasst worden war. Zumal der Bräutigam von seinem Äußeren her ja wohl gar nicht ihren Vorstellungen entsprach. Es war der Äbtissin nicht entgangen, dass Prinz Widukind einen eher rauen Umgang mit seiner Base pflegte. In diesem heiklen Moment fand sie es daher angebracht, Hildegundis nach ihr sehen zu lassen, die sie für sehr einfühlsam hielt.

Als sie am Tisch Platz genommen hatte, rief Theophanu Hildegundis zu sich und sagte ihr leise, dass sie sich nach Hrotswith umsehen sollte. Hildegundis war davon nicht begeistert, musste der Äbtissin aber gehorchen. Nach längerem Suchen fand sie Hrotswith schließlich im Garten, wo sie unter einem Baum hockte. Sie hatte den Kopf in ihren Armen vergraben und schluchzte leise vor sich hin. Zögernd trat Hildegundis näher. Sie fühlte sich plötzlich hilflos.

„Hrotswith?", sagte sie leise. „Hrotswith, alle vermissen dich. Dein Bräutigam ist auch schon unruhig."

Hrotswith hob den Kopf. „Bist du gekommen, um dich an meinem Unglück zu weiden?"

„Aber nein. Die Äbtissin hat mich geschickt", antwortete Hildegundis und ließ sich neben Hrotswith nieder.

Bisher hatte sie die Prinzessin mit dem hochnäsigen Gehabe nicht leiden können. Was war sie oft gemein zu ihr gewesen! Hildegundis hatte daher auch eine gewisse Schadenfreude empfunden, als sie Hrotswiths Bräutigam sah. Doch sie konnte nicht anders – sie fühlte jetzt mit ihr. Hildegundis konnte sich gut in andere Menschen hineinversetzen und verstand genau, was Hrotswith jetzt fühlte. Wie leicht hätte dies ihr eigenes Schicksal sein können!

„Ich kann gut verstehen, dass du Angst hast. Ich hatte das gleiche Gefühl, als mein Vater mir von den Verlöbnisverhandlungen erzählte."

„Du hast gut reden – du musst ihn ja jetzt nicht heiraten!", antwortete Hrotswith trotzig.

Hildegundis schwieg. Was sollte sie auch sagen? „Vielleicht ist er ja doch ganz nett", meinte sie dann etwas hilflos.

„Ganz nett? Hast du gesehen, wie er aussieht?" Hrotswiths Stimme überschlug sich fast.

Dann fiel Hildegundis etwas ein. Sie sagte: „Aber er ist immerhin der einzige Sohn des Herzogs von Niederlothringen. Ich habe in Köln gehört, dass sich viele Mädchen wünschen seine Frau zu werden!"

Hrotswith wischte sich mit dem Ärmel die Nase ab. „Wirklich?", fragte sie unsicher.

„Aber ja! Und du hast ganz Recht: Ich als Tochter eines Grafen hatte da wirklich keine Chance!"

Hrotswith wischte sich noch einmal mit dem Ärmel durchs Gesicht. Sie dachte angestrengt nach und nickte dann. „Ja, nicht wahr, du siehst jetzt ein, dass ich Recht hatte. Ja, er wird einmal ein sehr mächtiger Mann sein. Und ich bin dann seine Frau. Viele werden mich beneiden, nicht wahr?"

„Natürlich! Alle werden dich beneiden, wenn du in Niederlothringen Hof hältst", beeilte sich Hildegundis zu bestätigen.

Hrotswith straffte die Schultern, holte tief Luft und reckte wieder das Kinn nach vorn. „Ja, es war so kindisch von mir, mich so zu benehmen, wo doch ein solch bedeutender Mann um meine Hand anhält!" Energisch erhob sie sich.

Auch Hildegundis stand auf. Als sie sich ihre Kleider glatt strichen, sah Hrotswith auf einmal auf. Eine Spur von Unsicherheit war in ihr Gesicht zurückgekehrt. Sie sagte leise: „Trotzdem ist er ein schlechter Reiter!"

„Aber", platzte es da aus Hildegundis heraus, „Zumindest brauchst du keine Angst zu haben, dass er dich einholt, wenn du es nicht mehr bei ihm aushältst!"

Hrotswith starrte sie an – dann mussten beide Mädchen wie auf ein Kommando lachen. Als sie sich wieder beruhigt hatten, meinte Hrotswith: „Vielleicht hast du recht und er ist wirklich ganz nett."

Dann reckte sie wieder das Kinn vor, wie es so typisch für sie war und sagte: „Reich ist er auf jeden Fall!" Dann sah sie Hildegundis ernst an und fügte leise hinzu: „Danke, Hildegundis."

Hildegundis lächelte sie an. Arm in Arm gingen sie dann zum Refektorium zurück.

*

Drei Tage später, in den frühen Morgenstunden, brach Prinz Karl mit seiner Braut Hrotswith, Prinzessin Waltswith, Prinz Widukind und seinem Gefolge in seine Heimat auf. Das ganze Stift war auf den Beinen, um Abschied zu nehmen. Hrotswith schien sich nun gefangen zu haben und saß gefasst auf ihrem Pferd. Ihrem Bräutigam zuliebe ritt sie wieder im Damensitz, obwohl sie nun eine mehrtägige Reise vor sich hatte. Die Mädchen liefen noch eine Strecke mit, bis sie schließlich stehen blieben und dem Zug hinterher winkten.

Als der Brautzug immer kleiner wurde, gingen die Mädchen zurück zum Stift – nur Hildegundis stand noch immer da und sah den Reitern hinterher. Sie hatte Mitleid mit Hrotswith, die einem ungewissen Schicksal entgegen zog.   Vielleicht findet sie doch noch ihr Glück, dachte Hildegundis hoffnungsvoll und fühlte sich gleichzeitig unendlich erleichtert, dass ihre eigene Zukunft nun erst einmal wieder völlig offen war.

18. Gerichtstag zu Michaelis

Wenige Tage nach Hrotswiths Abreise kam wieder ein Bote nach Astnide. Diesmal war es ein Bote von König Heinrich. Theophanu versammelte alle Stiftsdamen, um eine freudige Nachricht zu verkünden: „König Heinrich hat meine Bitte erhört und erlaubt, dass wir sechs Tage vor und sechs Tage nach dem Fest unserer Stiftspatrone Cosmas und Damian einen Markt abhalten dürfen!"

In den ausbrechenden Jubel hinein sagte Doda zu ihren beiden Freundinnen: „Das Patronatsfest ist am 27. September, das heißt, Michaelis fällt auch in diese Zeit."

„Das ist wunderbar! Wenn meine Familie kommt, können alle direkt auch die Markttage erleben!", freute sich Hildegundis.

Markttage waren etwas Besonderes und Hildegundis konnte sich nur an ein einziges Mal erinnern, dass sie mit ihren Eltern ein solches Fest besucht hatte – abgesehen von der Reise nach Köln natürlich. Diese Stadt kam ihr wie ein einziger Markttag vor.

Nur der König konnte einer Ansiedlung das Recht verleihen, Markttage abzuhalten. Astnide hatte nun für einmal dieses Recht erhalten, Theophanu war aber bestrebt, ein dauerhaftes Marktrecht zu bekommen – dies war der erste Schritt, um aus dem Stift und der Ansiedlung eine Stadt werden lassen.

Am nächsten Tag gab die Äbtissin den Mädchen Bescheid, dass nun der Ritt nach Borbeck anstehe. Reganwi ritt auch mit, da Theophanu der Ansicht war, ein wenig Ablenkung würde ihr gut tun. Darauf, das Gestüt zu sehen, freuten sich die Mädchen besonders. Auch Theophanu hatte ein Glitzern in den Augen, das verriet, wie gern sie diesen Ritt unternahm.

Der große Hof in Borbeck lag an einem kleinen Weiher und war sehr gut befestigt – er wirkte fast wie eine Burg. Er war von kleinen Wäldchen umgeben, die

274

Schatten spendeten, aber nichts von der gefährlichen Dichte der großen Wälder an sich hatten, die auf der anderen Seite von Astnide lagen.

„Ich bin besonders gern im Sommer hier", erzählte Theophanu. „Die Luft ist hier immer noch angenehm, wenn es in Astnide schon sehr stickig wird."

Auf den Weiden sah man einige Jungpferde und etliche Stuten grasen. Zufrieden blickte Theophanu hinüber.

„Im nächsten Februar werden wir einige Fohlen bekommen. Hauptmann, Ihr könnt Euch schon mal die Jährlinge ansehen. Die, die Ihr für geeignet haltet, werden wir großziehen, die anderen verkaufen. Ich möchte, dass Ihr und Eure Männer gut beritten seid, das ist wichtig in diesen unsicheren Zeiten."

Der Hauptmann nickte zustimmend. Er war froh, dass seine Herrin in diesem Punkt die gleiche Ansicht vertrat wie er selbst.

Auch in Borbeck blieb das Nahen der Äbtissin nicht unbemerkt. Eilfertig kam der Verwalter des Gestütes Theophanu und ihrer Begleitung entgegen.

„Hochedle Äbtissin, welche Freude, dass Ihr uns so unerwartet besucht", rief er schon von weitem. „Gerade wollte ich einen Boten zu Euch nach Astnide schicken, denn heute Morgen erhielten wir zu unserer Freude noch einen überraschenden Besuch: Der Edle Hashim al Rasud ist eingetroffen!"

„Hashim ist hier?", rief Theophanu und schien für einen Augenblick die ihrer Stellung angemessene Zurückhalten zu vergessen. Behände sprang sie vom Pferd und warf einem der Stalljungen die Zügel zu.

Aus dem Haus trat ein fremdartig gekleideter Mann mit schwarzen Haaren, die unter einer turbanähnlichen Kopfbedeckung hervorlugten und einem ebensolchen gepflegten Bart. Er breitete seine Arme aus und trat der Äbtissin lachend entgegen. Neugierig betrachteten ihn die beiden Mädchen, die nun auch von den Pferden stiegen.

„Das ist bestimmt ein Muselmann", raunte Hildegundis ihrer Freundin zu, „In Köln habe ich Männer gesehen, die ähnlich gekleidet waren. Reganwi hat mir dann erklärt, dass sie aus dem Morgenland kommen und zu dem fremden Propheten beten."

„Wirklich?", staunte Frithuwif und starrte den Fremden neugierig an.

Währenddessen hatten sich Theophanu und der Fremde umarmt und sich herzlich begrüßt. Theophanu drehte sich nun zu den Mädchen um: „Mädchen, kommt näher und begrüßt den Edlen Hashim al Rasud. Er kommt aus Byzanz und handelt mit den edelsten Pferden. Es ist immer eine Freude, ihn zu Gast zu haben. Hashim, dies sind meine Zöglinge, die Edlen Reganwi, Hildegundis und Frithuwif, Stiftsdamen in Astnide."

„Welch bezaubernde Blumen der Weiblichkeit unter Eurer Fürsorge heranwachsen, Edle Theophanu", sagte er mit weicher, ein wenig fremd klingender Stimme und verneigte sich nach morgenländischer Sitte vor den Mädchen. „Und noch dazu mit hohem Mut und Tapferkeit ausgestattet, wie ich hörte", fügte er dann hinzu und warf Theophanu einen bedeutsamen Blick zu.

„So ist die Kunde von den jüngsten Ereignissen bereits zu Euch gedrungen?", fragte die Äbtissin lächelnd.

„Allerdings. Doch, um der Wahrheit die Ehre zu geben, ich kam kurz nach Eurer Abreise in Köln an und hörte dort von den Geschehnissen. Ihr müsst mir alles genau erzählen, Edle Theophanu, Ihr wisst doch, wie wir Morgenländer Geschichten lieben!"

„Dazu werden wir nach dem Abendmahl genug Zeit haben. Hauptmann, schickt einen Boten zurück nach Astnide und lasst ausrichten, dass die Mädchen und ich über Nacht in Borbeck bleiben – wir werden erst Morgen gegen Abend nach Astnide zurückkehren."

Der Verwalter, der während des Gesprächs dabei gestanden hatte, verneigte sich kurz und beeilte sich dann alles für die Übernachtung der vornehmen Gäste herrichten zu lassen.

Während alle zum Haus gingen, um eine kleine Erfrischung zu sich zu nehmen, sagte Reganwi leise zu den beiden Mädchen: „Ich habe schon davon gehört, dass die Äbtissin sich gern mit diesem Pferdehändler hier in Borbeck trifft. Er ist ein Jugendfreund und sie kann sich hier mit ihm viel ungezwungener unterhalten als daheim in Astnide."

„Ist er wirklich ein Heide?", fragte Frithuwif neugierig.

„Er hat einen anderen Glauben als wir. Darum wäre ein Treffen in Astnide problematisch. Da läuft alles nach dem Protokoll ab. Hier ist die Äbtissin nicht die Fürstin, die unter ständiger Beobachtung des Volkes steht, hier kann sie einfach nur Theophanu sein. Der Verwalter ist ein enger Vertrauter, der zu schweigen versteht. Und ihr müsst mit dieser Situation natürlich auch sehr diskret umgehen und dürft nicht mehr erzählen, als das, was die Äbtissin selbst darüber sagt", fügte Reganwi dann noch ernst hinzu.

Die Mädchen versprachen eifrig, Stillschweigen über dieses Treffen zu bewahren und waren nun sehr gespannt, was der Fremde aus dem Morgenland erzählen würde.

Nachdem sich alle ein wenig gestärkt hatten, ging man zu den Stallungen, wo auch die Pferde untergebracht waren, die Hashim mitgebracht hatte. Es waren vier Hengste und zwei Stuten, deren kleine, edle Köpfe darauf hinwiesen, dass sie der gleichen Rasse angehörten wie Theophanus Hengst und Hildegundis' Stute. Die Tiere wurden von Männern betreut, die Hashim aus seiner Heimat mitgebracht hatte. Theophanu ließ durchblicken, dass sie sich für beide Stuten und einen der Hengste interessierte, um ihre Zucht weiter auszubauen. Danach besichtigten alle gemeinsam die Pferde der Äbtissin, die von Hashim gebührend bewundert wurden.

„Werdet Ihr auch Pferde von hier mit in Eure Heimat nehmen, Hashim?", erkundigte sich Frithuwif.

„Nein, edle Dame. Das Blut unserer Pferde wird rein gehalten und darf sich nicht mit dem anderer Rassen mischen. So halten wir es schon seit über 1000 Jahren. Es gibt allerdings einen Hengst und eine Stute, deren Abstammung ich kenne und die ich sehr gern mitnehmen würde", antwortete Hashim und sah Theophanu mit seinen dunklen Augen lächelnd an.

„Von Silberstern werde ich mich nicht trennen. Und die Stute ist nicht mehr mein Eigentum", erwiderte Theophanu verschmitzt.

Überrascht sah Hashim sie an. Dann wanderte sein Blick zu Hildegundis. „Ihr müsst der Äbtissin einen wahrlich großen Dienst erwiesen haben, dass sie Euch derart großzügig belohnt hat, Edle Hildegundis."

Hildegundis wurde rot und antwortete diplomatisch: „Die Äbtissin ist die Güte selbst."

„Gebt es auf, Hashim", meinte Theophanu lachend. „Hildegundis ist die geborene Diplomatin. Sie wird Euch nicht mehr verraten. Nehmt es also einfach so hin: Diese beiden Pferde werdet Ihr nicht bekommen!"

Den ganzen Nachmittag verbrachten Theophanu, die Mädchen und der byzantinische Pferdehändler auf den Weiden. Die Äbtissin wirkte ganz verändert; sie lachte und scherzte mit Hashim und den Mädchen und erzählte fröhlich von ihrer Jugend, als sie Hashim kennen lernte, der damals noch seinen Vater begleitete, um von ihm den Pferdehandel zu lernen.

Abends erzählte Hashim dann von seinen Reisen und Erlebnissen an den Höfen der Mächtigen. Seine Geschichten waren farbig ausgeschmückt und führten den gebannt lauschenden Mädchen im Schein der Kerzen fremdartige Länder und wunderbare Paläste vor Augen. Es war schon spät, als endlich alle zu Bett gingen. Reganwi, Frithuwif und Hildegundis teilten sich ein Zimmer.

„Ich hätte ihm noch die ganze Nacht zuhören können. Schade, dass wir morgen schon zurück müssen", sagte Hildegundis, als sie unter die Decken kroch.

„Ja, du hast Recht", antwortete Frithuwif und gähnte. „Ich glaube, ich werde heute Nacht wunderbar träumen."

„Ihr werdet Hashim bald wieder sehen. Er kommt zu den Markttagen nach Astnide, ich hörte, wie er das eben noch mit der Äbtissin besprach", sagte Reganwi.

„Verkauft er dort seine Pferde?"

„Nein, Frithuwif. Er verkauft seine Pferde nur direkt an Fürsten und Könige. Die Äbtissin gestattet ihm immer hier in Borbeck Station zu machen, wenn er ihr Pferde verkauft. Da nun aber die Markttage anstehen, wird er natürlich bleiben, um sich das anzusehen."

*

Am nächsten Morgen lud der Pferdehändler Theophanu und die Mädchen ein, seine Pferde auszuprobieren. Das ließen sie sich natürlich nicht zweimal sagen. Theophanu wollte ja sowieso die beiden Stuten kaufen, doch die Entscheidung, welchen Hengst sie erstehen sollte, viel ihr nicht leicht. Die Mädchen gaben sich alle Mühe, sie dabei zu beraten. So verbrachten sie einen fröhlichen Tag, der für alle nur viel zu schnell vorüber ging. Selbst Reganwi hatte für einige Stunden ihren Kummer vergessen. Die Sonne stand schon ziemlich tief, als Theophanu schließlich zum Aufbruch mahnte.

Die Äbtissin und der Pferdehändler verabschiedeten sich sehr herzlich von einander und auch die Mädchen drehten sich noch einige Male im Sattel um und winkten ihm zu. Auf dem Rückweg wurde Reganwi dann immer stiller. Langsam kehrten ihre Sorgen wieder zurück. In einigen Tagen würde ihr Vater anreisen, um das Verlöbnis zwischen ihr und Widukind perfekt zu machen. Was konnte sie nur tun? Wie sollte sie das verhindern?

Hildegundis, die sich gerade noch lebhaft mit Frithuwif über Hashims schöne Pferde unterhalten hatte, bemerkte den Stimmungsumschwung bei ihrer großen Freundin. Sie warf Frithuwif einen Blick zu und beide hielten ihre Pferde an, um Reganwi, die hinter ihnen ritt, in die Mitte zu nehmen.

„Du denkst an deinen Vater, nicht wahr?", fragte Hildegundis.

„Tassilo ist auch so unglücklich. So habe ich meinen Bruder noch nie erlebt. Wie können wir euch bloß helfen?", meinte Frithuwif.

Reganwi zuckte nur hilflos mit den Schultern. Jetzt hielt auch Theophanu an und drehte sich um.

„Reganwi, ich werde mit deinem Vater sprechen und ihn um Aufschub bitten. Ich werde ihm vorschlagen, dass Verlöbnis am Festtag Mariä Empfängnis zu feiern, wenn die Kinderkrone bei uns eintrifft. Das gibt einen sehr festlichen Rahmen – und Tassilo und dir erstmal Zeit. Ich kann Tassilo deinem Vater jetzt vorstellen, vielleicht macht dein Ritter ja einen so positiven Eindruck auf ihn, dass er seine Entscheidung noch mal überdenkt. Mehr kann ich leider nicht für euch tun."

Reganwi lächelte die Äbtissin dankbar an. „Habt Dank für Eure Unterstützung, Hochedle Äbtissin. Uns kann nur noch ein Wunder helfen. Aber es ist gut, erstmal Zeit zu gewinnen."

*

In den Tagen nach ihrer Rückkehr nach Astnide begannen schon bald die Vorbereitungen auf die Markttage. Je näher der 21. September rückte, desto mehr Menschen kamen nach Astnide. Händler, Bauern, Gaukler und Musikanten strömten aus allen Richtungen herbei und bauten ihre Stände und Bühnen auf.

Dann war es endlich soweit: Offiziell eröffnet wurden die Markttage durch eine feierliche Messe. Hildegundis versuchte unter all den vielen Menschen ihre Familie zu entdecken, obwohl sie wusste, dass ihr Vater nicht schon neun Tage vor Michaelis mit der gesamten Familie die Burg verlassen konnte. Doch die Zeit wurde ihr nicht lang. Mit Doda und Frithuwif lief sie immer wieder zwischen den Buden der Händler herum, denn es gab ständig etwas Neues zu entdecken. Dabei kamen sie auch am Haus des Goldschmieds vorbei.

Als sie das Haus sah, blieb Hildegundis plötzlich stehen und fasste Frithuwif am Arm.

„Weißt du noch, was wir tun wollten? Wir wollten uns bei Meister Konrad bedanken, dass er uns aus dem Wald geführt hat und uns unauffällig bei ihm umsehen, um herauszubekommen, ob er etwas mit dem geheimen Kult zu tun hat. Wie konnten wir das bloß vergessen?“

„Na, es ist eben so viel passiert inzwischen. Aber du hast Recht, das sollten wir jetzt tun!“, antwortete Frithuwif.

Bevor Doda protestieren konnte, hatte Frithuwif schon die Ladentür geöffnet und trat ein. Hildegundis und Doda folgten ihr.

Da die Blendläden geschlossen waren, herrschte im Innern des Ladens ein dämmeriges Licht, an das sich die Augen der Mädchen erst gewöhnen mussten. Sie stellten allerdings rasch fest, dass sie allein waren, Meister Konrad war nicht da.

„Komisch, er wird doch seinen Laden nicht unverschlossen lassen. Er hat schließlich Gold und Silber hier“, meinte Frithuwif verwundert.

Hildegundis nickte und antwortete: „Er ist sicher gleich wieder da. Wir müssen uns schnell umschauen!“

Auf dem Arbeitsplatz des Meisters lagen einige angefangene Schmuckstücke. Ein Teil des Tisches war von einem weichen Tuch bedeckt. Frithuwif zog das Tuch weg und rief schnell die beiden anderen her: „Seht euch das an! Auf diesen Silberplättchen sind Zeichen eingeritzt! Es sind aber keine Buchstaben – es sind bestimmt Runen!“

„Schnell, deck es wieder zu, ich glaube es kommt jemand!", rief Doda ängstlich.

Jetzt hörten auch Frithuwif und Hildegundis, dass sich Schritte näherten. Die Tür wurde aufgerissen und ein Mann betrat die Werkstatt. Es war tatsächlich Meister Konrad. Verdutzt hielt er inne, als er die drei Mädchen sah.

„Was soll das? Was tut ihr hier?", schnarrte er.

„Nun, Gott zum Gruße, Meister Konrad", antwortete Frithuwif, die sich als erste gefangen hatte. Wir wollten uns bei Euch noch einmal herzlich bedanken, dass Ihr uns aus dem Wald zurückgeführt habt."

„Und natürlich wollten wir auch gern Euren Schmuck ansehen", kam Hildegundis der Freundin zu Hilfe.

„Ihr habt euch schon bedankt. Und zu sehen gibt es hier nichts. Ich muss jetzt arbeiten, also raus mit euch!", antwortete Meister Konrad unwirsch und drängte die drei Mädchen schnell zur Tür hinaus.

Nachdem die drei sich ein Stückchen entfernt hatten, blieben sie stehen, um die Sache zu besprechen.

„Also, wenn ihr mich fragt, ich finde das höchst verdächtig", meinte Frithuwif. „Er will seine Arbeit nicht zeigen, auf dem Schmuck sind seltsame Zeichen und er lief ganz allein im Wald herum – das deutet doch alles darauf hin, dass er etwas mit diesem Geheimkult zu tun hat. Vielleicht ist er sogar der Anführer!"

„Das passt schon alles ganz gut zusammen, aber ich kann immer noch nicht verstehen, warum er uns dann trotzdem geholfen hat", sagte Hildegundis nachdenklich.

„Bist du sicher, dass du Runen gesehen hast?", fragte Doda nach. „Na, es waren halt seltsame Zeichen – so viele Runen habe ich ja auch noch nicht gesehen!", antwortete Frithuwif etwas ungehalten.

„Es bleibt uns nur eins übrig – wir müssen ihn weiter beobachten!", stellte Hildegundis fest.

Damit waren alle einverstanden. Arm in Arm zogen die Mädchen dann zum nächsten Zuckerbäckerstand, um sich dort etwas zum Naschen zu kaufen.

Am Mittag des nächsten Tages kam Gewa eilig zu Hildegundis gelaufen, die mit ihren Freundinnen im Schulzimmer Latein übte.

„Herrin, es kam ein Bote aus Werden an, der berichtet, dass Eure Eltern heute morgen übergesetzt haben. Sie werden in Kürze hier eintreffen!"

Hildegundis sprang erfreut auf, ließ alles stehen und liegen und rannte in den Hof hinaus. Frithuwif und Doda eilten ihr nach. Als sie sie im Hof eingeholt hatten, sagte Doda atemlos: „Hildegundis, wir freuen uns mit dir. Aber du kannst deinen Eltern nicht entgegenlaufen. Was soll die Äbtissin denken! Das schickt sich doch nicht. Komm, wir gehen zu ihr, sie ist bestimmt auch informiert worden."

Zögernd folgte Hildegundis Doda. Sie hatte ja Recht.

Gewa war ihrer Herrin auch hinterhergelaufen und stand jetzt unschlüssig im Hof. Sie hatte immer noch Angst, Graf Thietmar entgegen zu treten. Stets hatte sie das Gefühl, dass der Graf auf den Grund ihrer Seele sehen und all ihre Geheimnisse entdecken konnte. Was dann passieren würde, hatte sie sich schon tausendmal vorgestellt. Der Tod auf dem Scheiterhaufen war dabei noch die harmloseste Strafe.

Sie wischte sich den Schweiß von der Stirn. Seit der Sonnenwendfeier war ihre Angst noch größer geworden. Es hatte sie zwar niemand vermisst, doch sie wusste auch nicht, wie sie eigentlich wieder nach Hause gekommen war. Sie wusste nur, dass sie am nächsten Morgen auf ihrem eigenen Lager mit rasenden Kopfschmerzen erwachte. Auch Una konnte sich nicht erinnern, was in der Nacht noch geschehen war. Und dann ihre Herrin! Als Hildegundis hörte, dass Gewa sich krank fühlte, war sie sofort gekommen, hatte ihr einen Kräutertee gebracht und ihr befohlen, erst einmal liegen zu bleiben und sich auszuruhen. Wie schlecht hatte Gewa sich dabei gefühlt – sie hinterging ihre Herrin, die sich so um sie sorgte!

Der Hufschlag vieler Pferde riss Gewa aus ihren Gedanken. Schnell sprang sie zur Seite, als die Soldaten den Zug des Grafen Thietmar in den Hof geleiteten. Hinter den Soldaten ritt der Graf auf seinem schwarzen Hengst, an seiner Seite Martin. Beide suchten mit den Blicken nach Hildegundis, die sie schließlich bei der Äbtissin, im Kreis der Stiftsdamen, die sich zum Empfang aufgestellt hatten, entdeckten. Dann hielten sie an, stiegen ab und überließen ihre Pferde den eilfertig herbei laufenden Stallknechten. Graf Thietmar begrüßte die Äbtissin, bevor er endlich seine Tochter in die Arme schließen konnte.

„Fast hätte ich mit deiner Mutter gewettet, dass du die Stufen hinunter gesprungen kommst, um uns zu begrüßen. Aber sie hat wieder einmal Recht gehabt: Sie war davon überzeugt, dass dein Aufenthalt in Astnide schon jetzt nicht ohne Wirkung ist!"

„Aber Vater! Ich bin doch auch kein kleines Mädchen mehr!"

Graf Thietmar hielt Hildegundis ein Stückchen von sich weg und betrachtete sie liebevoll. „Nein, da hast du Recht. Du bist sehr viel erwachsener geworden. Komm, begrüße deine Mutter und deine Geschwister!"

Martin hatte sich bescheiden im Hintergrund gehalten, sah jetzt aber die Möglichkeit, Hildegundis zu begrüßen. Er machte eine formvollendete kleine Verbeugung und sagte: „Ich grüße Euch auf das Herzlichste, Edle Hildegundis!"

Hildegundis sah ihn verblüfft an, lachte dann und nahm ihn einfach in die Arme.

„Martin! Ich weiß, dass du die höfischen Umgangsformen beherrscht. Aber ich bin es doch – Hildegundis!"

Martin wurde rot und sah verlegen zu Graf Thietmar hinüber. Der wusste auch nicht, ob dies jetzt der richtige Zeitpunkt war, seiner Tochter zu erklären, dass sie Martin nun nicht länger als Spielkamerad ansehen konnte und auch ihren Umgang mit ihm dementsprechend ändern musste. Er entschied sich, dies auf später zu verschieben und für den Moment zu ignorieren. In diesem Augenblick hörte Hildegundis auch ihren Namen rufen: „Hildegundis! Hildegundis! Sieh mal, ich habe ein eigenes Pferd!"

Es war ihr kleiner Bruder Altfrid, der auf einem zotteligen kleinen Falben an den Wagen vorbeigetrabt kam. Geschickt sprang er aus dem Sattel und warf sich der großen Schwester in die Arme. Die hatte nicht viel Zeit für ihn, denn inzwischen war auch Gräfin Elisabeth vom Wagen heruntergestiegen, gefolgt von ihren Töchtern Agana und Herika, die von der Magd Imma beaufsichtigt wurden und einer Amme, die den kleinen Folkmar auf den Armen trug.

Glücklich umarmte Hildegundis ihre Mutter. Sie schloss die Augen. Wie gut es tat, den wohlbekannten Duft aus Lavendel und Rosen einzusaugen, den sie immer mit ihrer Mutter verband. Fast ein halbes Jahr hatten sie sich nicht mehr gesehen! Beide sprachen kein Wort, sondern hielten sich nur innig umschlungen.

Dem kleinen Altfrid wurde das schließlich zu lang. Ungeduldig zerrte er mit einer Hand an Hildegundis Kleid, in der anderen hielt er die Zügel seines kleinen Pferdes fest.

„Hildegundis! Du musst dir unbedingt Hägar ansehen! Vater hat ihn für mich bei einem Wikinger gekauft – und, weißt du überhaupt schon –"

„Altfrid, gib dein Tier jetzt einem der Knechte und lass Hildegundis ihre anderen Geschwister begrüßen!", unterbrach Graf Thietmar seinen Sohn.

Schmollend fügte Altfrid sich und sah zu, wie Hildegundis Agana und Herika umarmte und den kleinen Folkmar bestaunte, der die Schwierigkeiten bei seiner Geburt längst überwunden zu haben schien, er war jedenfalls ein kräftiger kleiner Kerl geworden.

Gräfin Elisabeth konnte den Blick nicht von ihrer Ältesten wenden. „Wie sich das Kind gemacht hat!", meinte sie zu ihrem Gatten. „Sie wächst zu einer Schönheit heran. Zusammen mit der Erziehung hier in Astnide und dem Wohlwollen des Königs dürfte es nicht schwierig sein, eine andere gute Partie für sie auszuhandeln."

„Du hast Recht, meine Liebe. Ich habe die Sache mit Niederlothringen inzwischen auch überwunden – wer weiß, wozu das gut war!"

Der Grafenfamilie wurde dann ein Quartier zugewiesen, wo sie sich einrichten konnte. Danach gab es einen kurzen offiziellen Empfang bei Theophanu, bei dem auch Gräfin Elisabeth und ihre Kinder die Gelegenheit hatten, die Äbtissin zu begrüßen.

Agana sah sich alles ganz genau an. Sie war sehr beeindruckt von der aufwändigen Dekoration des Empfangssaales. Auch die Äbtissin wurde von dem kleinen Mädchen so intensiv studiert, dass es Theophanu auffiel.

„Nun, Agana, gefällt es dir hier in Astnide?", fragte sie lächelnd.

Agana nickte. „Ja, Hochedle Äbtissin."

„Möchtest du auch einmal hier Stiftsdame werden?"

„Nein."

„Nein? Ich dachte es gefällt dir."

„Ja. Ich finde es hier ja auch sehr schön. Aber ich möchte nicht Stiftsdame, sondern lieber Äbtissin werden!"

„Agana!", fuhr Graf Thietmar seine Tochter entsetzt an.

Theophanu hingegen lachte. „Lasst sie nur, Graf Thietmar. Das Mädchen weiß, was sie will. Und ich werde ja auch nicht ewig leben", fügte sie hinzu.

Nach dem Empfang hatte Theophanu zu einem Festmahl geladen. Doch vorher setzte Altfrid sich durch und zog Hildegundis mit zum Stall, um sein Pferdchen zu bewundern.

„Das ist wirklich ein hübscher kleiner Falbe", meinte Hildegundis anerkennend und streichelte den breiten Hals des Tieres, das auf seinem Rücken einen dunklen Aalstrich hatte.

„So klein ist er gar nicht! Erwachsene Wikinger reiten auf diesen Pferden!", begehrte Altfrid auf.

Hildegundis sah ihn zweifelnd an, dann wechselte sie das Thema: „Was wolltest du mir noch erzählen?"

Altfrid strahlte, als er antwortete: „Ich werde Junker bei Ritter Tassilo!"

„Wirklich? Wie schön! Er bleibt noch ein Weile hier, das heißt, dass du dann auch hier in Astnide bleibst!"

Glücklich umarmte Hildegundis ihren kleinen Bruder.

Beim Essen musste Hildegundis dann noch einmal das Ereignis mit dem verhinderten Königsmord schildern. Äbtissin Theophanu, Ritter Tassilo, Reganwi, Frithuwif und Doda kamen dazu, und es wurde bis spät in die Nacht erzählt. Gräfin Elisabeth wurde wieder angst und bange, als sie sich die Gefahr vor Augen hielt, in der ihre Tochter geschwebt hatte, während Altfrids Blick voller Bewunderung an seiner großen Schwester hing.

*

Der Michaelistag begann am nächsten Morgen mit einer Heiligen Messe. So voll hatte Hildegundis die Kirche noch nicht gesehen. Beim Einzug der Stiftsdamen suchte sie in der Menge nach ihrer Familie und freute sich, als sie sah, wie stolz ihre Mutter zu ihr hinüberblickte. Gräfin Elisabeth erlebte ihre älteste Tochter ja zum ersten Mal als Stiftsdame. Die Goldene Madonna war in die Kirche gebracht worden, um allen, die zum Michaelistag und zum Marktfest angereist waren, die Gelegenheit zu geben, das berühmte Bildnis zu verehren.

Nach dem Gottesdienst strömte die Menge hinaus auf den Platz vor der Kirche, um den die Marktbuden aufgebaut waren. In einer Prozession zogen die Stiftsdamen nun hinter ihrer Äbtissin hinaus auf den Platz. Vor Theophanu schritt der Hauptmann, der ein großes Schwert in den Händen hielt. Die Grafenfamilie hatte in der ersten Reihe Platz gefunden.

„Sieh dir das Schwert an, Martin. Damit kann man aber nicht gut kämpfen, der Griff ist über und über mit Ornamenten verziert, da kann man ja gar nicht richtig zugreifen!", flüstert Altfrid seinem großen Freund Martin zu.

„Das stimmt. Dieses Schwert ist aber auch nicht zum Kämpfen bestimmt. Es ist ein Zeremonialschwert, das der Äbtissin voran getragen wird, um deutlich zu machen, dass sie an diesem Ort die Gerichtshoheit hat", klärte Martin den kleinen Grafensohn bereitwillig auf.

Theophanu hatte inzwischen auf einem eigens für sie bereit gestellten Stuhl Platz genommen, der Hauptmann mit dem Schwert stand links neben ihr, rechts die Pröpstin. Nun bestand die Möglichkeit für die Einwohner des Ortes und die ortsansässigen Bauern, ihre Streitigkeiten und Anliegen vor die Äbtissin zu bringen. Etwas verlegen traten schließlich zwei Bauern vor.

„Nun, um was geht es?", fragte die Äbtissin und betrachtete beide aufmerksam.

„Dieser hier hat mir meine Kuh und mein Kalb gestohlen!", klagte der eine Bauer und zeigte auf seinen Nebenmann.

„Das ist nicht wahr! Die Kuh weidete auf meiner Wiese und hat dort auch gekalbt. Also gehören beide mir!", konterte der Beschuldigte.

Theophanu zog die Augenbrauen hoch und fragte den Ankläger: „Warum weidete deine Kuh auf der Wiese deines Nachbarn?"

Verlegen blickte der zu Boden und antwortete schließlich: „Mein Zaun ist seit einiger Zeit kaputt, da ist sie hinüber gelaufen."

„Ich habe ihm so oft gesagt, dass er endlich den Zaun reparieren solle!", ereiferte sich der Angeklagte. „Als die Kuh dann wieder auf meiner Wiese war und dort auch ihr Kalb zur Welt brachte, habe ich sie schließlich bei mir behalten. Jetzt gehören sie mir, schließlich fressen sie mein Gras!"

Theophanu sah beide streng an, so dass sie verlegen auf ihre Fußspitzen starrten und ihre Mützen in den Händen kneteten.

„So hört jetzt mein Urteil: Die Kuh wird wieder ihrem vorigen Besitzer übergeben, da beide übereinstimmend bestätigt haben, dass sie ursprünglich sein Eigentum war. Das Kalb behält der Angeklagte, als Entschädigung für das Abweiden seiner Wiese, und da es dort zur Welt kam – der nächste Fall!"

Von den Unmutsbekundungen der beiden Streitparteien und vom Lachen und Beifallklatschen der Umstehenden blieb die Äbtissin unberührt.

Nachdem noch einige Streitfälle geklärt worden waren, trat ein bärtiger Mann vor, hinter dem sich schüchtern eine Frau und drei Kinder aufstellten. Verwundert betrachteten Hildegundis und ihre Freundinnen die seltsam anmutende Kleidung des Mannes. Er räusperte sich, dann sagte er mit einem fremd klingenden Akzent: „Hochwürdigste Äbtissin, mein Name ist Abraham Ben Yussuf. Ich bin aus Venedig gebürtig und handle mit edlen Kräutern und Ölen. Mein Wunsch ist es, mich in Eurer Ansiedlung niederzulassen und meinen Handel zu betreiben. Dies sind Hagar, mein Eheweib und meine Kinder – wir sind mosaischen Glaubens."

„Das sind Juden!", flüsterte Hildegundis Frithuwif zu.

Ein Raunen ging durch die umstehende Menge. Die wenigsten von ihnen hatten schon einmal einen Juden aus der Nähe gesehen.

„Nun, Abraham Ben Yussuf, führt Ihr vielleicht ein Empfehlungsschreiben mit Euch? Dies würde meine Entscheidung vereinfachen."

„Natürlich, Hochwürdigste Äbtissin. Dies ist ein Empfehlungsschreiben des Dogen von Venedig. Meine Familie ist dort sehr angesehen."

Mit einer tiefen Verbeugung übereichte Abraham Ben Yussuf der Äbtissin ein Pergament, das mit drei Siegeln verziert war. Theophanu brach die Siegel auf und las aufmerksam, was dort geschrieben stand. Dann blickte sie den Bittsteller freundlich an.

„Der Doge findet gütige Worte für Euch, Abraham. Ich will seinem Urteil vertrauen und Euch das Bleiberecht für Astnide gewähren. Es soll zunächst für drei Jahre gelten, danach kann es erneuert und auf unbegrenzte Zeit ausgedehnt werden. Ihr könnt Euch das Schriftstück, in dem dies festgeschrieben wird, in den nächsten Tagen abholen. Möge Astnide für Euch und Eure Familie zur neuen Heimat werden und Euer Handel blühen und gedeihen!"

Abraham und seine Familie verbeugten sich tief und bedankten sich herzlich bei der Äbtissin. Die Menge, die die Fremden zunächst misstrauisch beäugt hatte, applaudierte nun freudig. Man war beruhigt, dass das Bleiberecht zunächst auf drei Jahre beschränkt war. Außerdem hatten die letzten Worte der Äbtissin vielen der Umstehenden klar gemacht, dass ein gutes Handelsgeschäft für die ganze Gemeinschaft von Vorteil sein konnte.

Nach einigen weiteren Entscheiden gab es eine kurze Mittagspause. Theophanu ließ den Stiftsdamen und ihren Gästen einen kleinen Imbiss im Refektorium reichen. Dieser war noch nicht beendet, als eine Wache den Raum betrat und meldete, dass Abt Heithanrich von Werden in Kürze im Stift eintreffen werde.

„Pünktlich, wie jedes Jahr!", sagte die Äbtissin lächelnd und befahl frische Gedecke für die Gäste bereitzustellen. Dann erhob sie sich und ging hinaus, um den Abt draußen in Empfang zu nehmen. Die anderen Stiftsdamen folgten ihr, ebenso die Grafenfamilie. Kaum hatten sie sich im Hof aufgestellt, als sich schon das Hufgetrappel der Herannahenden vernehmen ließ. Es erschienen zwei berittene Soldaten, hinter denen der Abt ritt – auf einem braunen Maultier, wie Hildegundis erstaunt feststellte.

Ihm folgte ein Ochsenkarren, auf dem, zwischen kleinen Fässchen und Kisten, vier weitere Mönche saßen. Zwei berittene Soldaten bildeten dann den Schluss.

„Warum reitet der Abt auf einem Maultier?", fragte Hildegundis ihre Mutter, die hinter ihr stand. „Er ist doch auch ein Fürst!"

„Für Kirchenfürsten schickt es sich nicht, ein Pferd zu reiten – zumindest nicht, wenn sie in offizieller Mission unterwegs sind. Das würde viel zu kriegerisch aussehen und wäre mit der christlichen Botschaft nicht vereinbar. Sie wollen aber auch keinen Esel nehmen, denn unser Herr Jesus Christus ritt auf einem Esel in Jerusalem ein, und es wäre anmaßend, es ihm gleichtun zu wollen", erklärte Gräfin Elisabeth ihrer Tochter. „Nur dem Papst steht übrigens ein weißes Maultier zu", fügte sie dann noch hinzu.

Während der Abt von seinem Reittier stieg und die Mönche vom Wagen kletterten, fiel Graf Thietmar etwas anderes auf und er meinte zu Tassilo: „Der rechte Ochse hat eine blutende Flanke und die Soldaten sehen etwas mitgenommen aus – sollte der Abt unterwegs überfallen worden sein?"

Tassilo kam nicht dazu zu antworten. Abt Heithanrich ging mit ausgebreiteten Armen auf Äbtissin Theophanu zu und rief laut: „Gepriesen sei der Herr, dass wir Astnide lebend erreicht haben! Wir sind überfallen worden, haben aber nur einige Fässer Bier eingebüßt."

„Wie schrecklich! Kommt, Ihr müsst Euch stärken und uns dann alles erzählen!", antwortete Theophanu, nachdem sie der Sitte gemäß einen Wangenkuss mit dem Abt ausgetauscht hatte.

Der Abt schilderte den Überfall, der scheinbar an derselben Stelle stattgefunden hatte wie damals, als Theophanu, Hildegundis und Frithuwif die Opfer waren. Graf Thietmar und Tassilo wollten sofort mit den Soldaten der Äbtissin los reiten, um die Übeltäter zu finden, doch der Abt riet ihnen davon ab.

„Bedenkt, wie viel Zeit inzwischen vergangen ist, mit dem Ochsenkarren kamen wir nur langsam voran, zumal ein Tier noch verletzt wurde."

Das mussten die beiden einsehen. Abt Heithanrich kam nun dazu, die übrigen Mitglieder des Stiftes und der Grafenfamilie zu begrüßen.

„Ah, die kleine Hildegundis! Ich erinnere mich noch genau, als du mit deinem Vater bei mir übernachtet hast. Inzwischen hat man ja schon große Dinge von dir gehört. Und dies ist sicher der kleine Folkmar, der in mein Kloster eintreten wird", meinte der Abt, der zielsicher auf die Amme mit dem Kind auf dem Arm zugesteuert war.

Gräfin Elisabeth war etwas blass geworden. Die Vorstellung, ihren jüngsten Sohn schon bald wieder hergeben zu müssen, behagte ihr nicht besonders, obwohl sie mit der Entscheidung ihres Gatten durchaus einverstanden war. Folkmar würde im Kloster nicht nur ein gottgefälliges Leben führen, er wäre dort auch sehr viel sicherer als in der Welt draußen, wo Fehden und Kriege zum Alltag gehörten.

„Folkmar ist ja erst ein halbes Jahr alt. Es wird also noch einige Jahre dauern, bis ich ihn Euch zuführen kann, Hochwürdigster Abt", meinte Graf Thietmar und winkte Altfrid zu sich. „Doch ich erbitte Euren Segen für meinen Sohn Altfrid, der ab heute als Junker in den Dienst Ritter Tassilos tritt."

Der Abt machte das Kreuzzeichen vor Altfrid und sagte: „Gott segne dich, Altfrid. Der, der dieses Stift gegründet hat und dessen Namen du trägst, schütze dich und führe dich siegreich durch die Kämpfe, die du zu bestehen haben wirst."

Nachdem der Abt und die Mönche sich ein wenig gestärkt hatten, begann der zweite wichtige Teil des Michaelistages: Die jährlichen Abgaben wurden entrichtet. Ein Tisch wurde herbeigeschafft, und die jungen Stiftsdamen halfen der Pröpstin, die großen Pergamente zu entrollen, auf denen die Abgabepflichtigen verzeichnet waren. Auch der Abt und sein Prior setzten sich dazu. Da einige der großen Fronhöfe dem Werdener Kloster und dem Stift Astnide gemeinsam gehörten, war es Tradition, dass der Abt zu Michaelis nach Astnide kam und man die Abgaben zusammen entgegennahm.

Die Fronbauern traten nun einer nach dem anderen vor. Die Pröpstin verlas die Abgabeschuld, die Bauern ließen ihre Wagen vorfahren, die Stiftsdamen halfen bei der Kontrolle, ob die richtigen Mengen von Weizen, Mehl, Fleisch, etc. geliefert worden waren und das Gesinde des Stiftes lud die Waren ab und verbrachte sie in die Vorratshäuser. Der dem Kloster Werden zustehende Teil wurde gesondert gelagert. Er würde zu einem späteren Zeitpunkt, unter strenger Bewachung, nach Werden gefahren werden.

Diese Prozedur zog sich bis zum Abend hin. Alle waren froh, als es vorbei war und dass der nächste Tag frei dafür war, sich auf dem Markt tummeln zu können. Die Waren, die die Werdener Mönche mitgebracht hatten, waren auch zum Verkauf bestimmt. So richteten die Mönche sich auch einen Verkaufsstand ein. Während Hildegundis mit Doda und Frithuwif sowie ihrer gesamten Familie auf den Markt ging, wollte Reganwi lieber im Stift bleiben. Sie wartete noch immer auf die Ankunft ihres Vaters, der eigentlich schon am Vortag hätte eintreffen sollen. Sie war nervös und hatte keinen Sinn für die Zerstreuungen des Marktes.

Tassilo wünschte, er hätte irgendetwas für sie tun können. Er ließ Altfrid mit seiner Familie gehen, um dem Jungen die Gelegenheit zu geben, dies noch einmal auszukosten, denn die Grafenfamilie wollte schon am nächsten Tag zurück zur heimischen Burg reisen. Als er so allein über den Markt schlenderte, kam Tassilo bei einem Zuckerbäckerstand vorbei. Da kam ihm die Idee, Reganwi einige der köstlichen Pasteten mitzubringen, um sie aufzuheitern. Er konnte sich nicht recht entscheiden, welche der vielen Sorten er kaufen wollte und hatte auf einmal den ganzen Arm voll.

Nun musste er mit seiner süßen Ware vorsichtig durch das Gedrängel balancieren. Er hatte das Tor fast erreicht, als auf einmal zwei große Windhunde von hinten an ihn heran sprangen und versuchten nach den Pasteten zu schnappen. Ärgerlich wollte Tassilo sie verscheuchen und wehrte sie mit seinem freien Arm ab, wobei er sich bemühte, weder seine kostbarc Fracht zu verlieren, noch auf dem von den vielen Menschen aufgeweichten Boden auszurutschen. Das verstanden die Hunde aber wohl als Aufforderung zum Spielen und versuchten noch aufdringlicher die leckere Beute zu erhaschen. Jetzt wurde Tassilo auch energischer und schlug nach den Hunden.

„Wagt es ja nicht, meine Hunde zu schlagen!", schnarrte da eine Stimme hinter ihm.

Tassilo drehte sich um und sah einen berittenen Mann mittleren Alters, dessen Kleidung und Pferd darauf schließen ließen, dass er zum Adel gehörte. Die Reiter hinter ihm gehörten offensichtlich zu seinem Gefolge.

„Dann ruft Eure Hunde gefälligst zurück!", rief Tassilo ärgerlich.

„Bursche, was wagst du, so mit mir zu sprechen!"

Zornig drängte der Reiter mit seinem Pferd auf Tassilo ein. Der wollte zurückweichen, stolperte dabei aber über die Hunde, die ihm immer noch um die Beine sprangen. Unwillkürlich riss Tassilo im Fallen die Arme hoch, wodurch die Pasteten in die Luft geschleudert wurden, direkt am Kopf des Pferdes vorbei, das vor Schreck fast senkrecht in die Luft stieg. Der Reiter hatte keine Chance – er fand sich genauso wie Tassilo im Matsch liegend wieder. Zufrieden waren nur die Hunde. Gierig machten sie sich über Pasteten her, die nun ebenfalls herrenlos herumlagen.

Reganwi ging gerade am Tor vorbei, als sie durch den Lärm und die Menschenmenge, die sich schnell um das Geschehen gebildet hatte, aufmerksam wurde. Schnell bahnte sie sich einen Weg durch die Menge und wurde blass. Sie sah zwei völlig beschmutzte Männer, die sich wütend beschimpften. Der eine war Tassilo, der andere – ihr Vater!

19. Was geschah mit der Kinderkrone?

Fassungslos starrte Reganwi die beiden Männer an, die sich wütend Beschimpfungen an den Kopf warfen. Es war nur eine Frage der Zeit, wann sie sich gegenseitig an die Gurgel gingen. Das konnte doch einfach nicht wahr sein! Wie schön hatte sie sich das Treffen der beiden ausgemalt! Sie hätte ihrem Vater vorsichtig alle Vorzüge ihres Liebsten geschildert und ihn dann erst mit Tassilo bekannt gemacht. Und nun das! Was sollte sie tun? Reganwi fuhr sich mit den Händen durch ihr sorgfältig gekämmtes Haar, drehte sich um und lief den Tränen nahe zum Stift zurück. Jetzt konnte nur noch Theophanu helfen!

Reganwi fand die Äbtissin in ihrem Arbeitszimmer, in ein Pergament vertieft. Überrascht sah Theophanu auf, als Reganwi in ihr Zimmer stürmte. Sie sah sofort, dass etwas Ungewöhnliches geschehen sein musste, da Reganwi in einem derart aufgeregten Zustand zu ihr kam.

„Was ist denn passiert, Kind?"

„Mein Vater – und Tassilo – sie dürfen nicht kämpfen! Was sollen wir nur tun?"

„Nun beruhige dich erst einmal, Reganwi. Dein Vater ist hier?"

Reganwi nickte und strich sich eine Haarsträhne aus dem Gesicht. „Ja. Er muss gerade erst eingetroffen sein. Irgendwie ist er mit Tassilo in Streit geraten, und jetzt stehen sie vor dem Tor und schreien sich an. Oh, Hochwürdige Äbtissin, wir müssen unbedingt verhindern, dass sie miteinander kämpfen!"

Theophanu stand auf und sagte nur: „Komm!"

Mit schnellen Schritten, aber ohne ihre Würde aufzugeben, lief Theophanu über den Hof, gefolgt von Reganwi. Als sie bei den Soldatenunterkünften vorbeikamen, genügte ein Wink der Äbtissin und die Männer, die gerade keinen Dienst hatten und mit der Pflege ihrer Waffen oder ihres Pferdegeschirrs beschäftigt waren, sprangen sofort auf, griffen zu ihren Schwertern und folgten den beiden Frauen.

Als sie das Tor passiert hatten, sahen sie, dass Graf Thietmar inzwischen dazu gekommen war und alle Hände voll zu tun hatte, die beiden Streithähne auseinander zu halten. Das herumstehende Volk johlte, ein Kampf unter Adeligen wäre ein Markttagsvergnügen, was man nicht alle Tage geboten bekommt.

Doch Theophanus Präsenz, die von den Soldaten unterstützt wurde, die hinter ihr Aufstellung nahmen, ließ die aufgeheizte Stimmung schnell abkühlen. Mit ihrer befehlsgewohnten Stimme sagte sie laut, aber ruhig: „Graf Roland, Ritter Tassilo. Dies ist nicht der Ort, einen Streit auszutragen. Ihr seid beide willkommen in Astnide, doch nur, wenn Ihr in Frieden kommt. Seid Ihr dazu bereit?"

Beide schwiegen zunächst. Da trat Reganwi hinter der Äbtissin hervor und rief: „Vater!"

Nun zuckten die Männer zusammen. Graf Roland war es einigermaßen peinlich, dass seine Tochter ihn so sah und Tassilo wurde schlagartig klar, mit wem er sich da angelegt hatte. So machte er auch den ersten Schritt und sagte: „Graf Roland, ich habe wohl etwas heftig reagiert. Natürlich stand es mir keineswegs zu, Eure Hunde zu züchtigen. Bitte verzeiht mir."

Graf Roland sah den jungen Mann überrascht an. Das verwunderte ihn schon sehr, dass dieser Ritter, dessen Temperament er eben noch erlebt hatte, plötzlich friedfertig wie ein Lamm war. Doch er wusste auch, dass er nun vor der Äbtissin ebenfalls ein Zeichen des Entgegenkommens geben musste. Er räusperte sich, sah von Tassilo zu Theophanu, dann zu seiner Tochter und zurück zu Tassilo und sagte: „Nun ja. Ich war wohl auch zu hart. Ich habe ja gesehen, wie Euch die Tiere bedrängt haben. Eberhard, nun nimm die Biester endlich an die Leine!", fuhr er dann einen Soldaten seiner Begleitung an.

Die Hunde, die das Zuckerwerk fast vertilgt hatten, waren ziemlich überrascht und sich überhaupt keiner Schuld bewusst, als sie nun ziemlich ruppig angeleint und vom Rest der Leckereien weggezerrt wurden.

„Also gut, Ritter Tassilo. Beenden wir die Sache, damit wir keinen Unfrieden in dieses gottesfürchtige Haus tragen. Hochedle Äbtissin, ich folge gern Eurer Einladung, doch erlaubt, dass ich mich erst in einen respektablen Zustand bringe, bevor ich Euch offiziell begrüße."

Graf Thietmar und seine Familie, die das Geschehen ebenfalls beobachtet hatte, waren ebenso erleichtert wie Reganwi, dass der Streit so gut ausgegangen war. Alle machten sich nun auf den Weg in das Stift. Das Volk verlief sich schnell, denn nun gab es nichts mehr zu sehen. Reganwi hatte jetzt endlich Gelegenheit, ihren Vater zu begrüßen.

Dieser hielt sie davon ab, ihn zu umarmen und brummte: „Siehst du nicht, wie beschmutzt meine Kleidung ist? Es tut nicht Not, dass du die deinige auch noch verdreckst!"

Seine Laune war noch immer nicht die Beste. Mit finsterem Blick sah er Tassilo nach, der sich schnell zurückzog. Dieser junge Heißsporn war schuld daran, dass er nicht so, wie er es sich vorgestellt hatte, mit allem Prunk seiner Reiterei in Astnide hatte auftreten können, sondern dreckig wie ein Straßenköter von der Äbtissin gesehen worden war. Doch das würde er ihm schon noch heimzahlen! Nur gut, dass sein hochwohlgeborener zukünftiger Schwiegersohn, Prinz Widukind, diesen Auftritt nicht miterlebt hatte.

Vor dem Abendessen machte Graf Roland der Äbtissin seine Aufwartung und geleitete sie anschließend zum Essen ins Refektorium.

„Graf Roland, ich hoffe, Ihr habt das unglückliche Zusammentreffen von heute Nachmittag überstanden und tragt es Ritter Tassilo nicht nach. Ich halte ihn nämlich für einen ganz vernünftigen jungen Mann, der –„ begann Theophanu, als sie von Graf Roland unterbrochen wurde.

„Hochedle Äbtissin, ich freue mich darauf, nun endlich Prinz Widukind wieder zu treffen. Ihr habt sicher dafür Verständnis, dass ich das Ereignis des heutigen Tages so schnell wie möglich vergessen möchte – und dafür ist eine Verlobungsfeier genau das Richtige!"

Theophanu konnte nichts mehr dazu sagen, denn sie hatten das Refektorium erreicht. Maßlos erstaunt musste Graf Roland feststellen, dass er zwar zwischen der Äbtissin und Reganwi saß, doch dass der Tischherr seiner Tochter nicht Prinz Widukind war, wie er erwartet hatte, sondern eben dieser freche junge Ritter!

Theophanu ließ all ihren Charme spielen, als sie Graf Roland nun erklärte: „Prinz Widukind ist noch nicht von den Hochzeitsfeierlichkeiten seiner Schwester zurückgekehrt."

„Wenn wir das frühzeitig gewusst hätten, hätten wir natürlich einen Boten zu dir gesandt", fiel Reganwi ein. Sie wollte die Lüge lieber auf sich nehmen, denn sie war der Äbtissin schon dankbar, dass sie ihrem Plan zugestimmt hatte. Er hätte auch so schön funktioniert, wenn nicht die Sache mit den Pasteten gewesen wäre!

Reganwi war außerordentlich erleichtert gewesen, als sie hörte, dass Prinz Widukind nach Hrotswiths Hochzeit zunächst zurück nach Sachsen musste. Sie hatte dann mit der Äbtissin besprochen, keinen Boten zu ihrem Vater zu senden, um ihm dies mitzuteilen, sondern diese wunderbare Gelegenheit zu nutzen, damit Tassilo bei ihrem Vater einen guten Eindruck machen könnte. So war auch die Tischordnung entsprechend gestaltet worden.

Graf Roland brummte etwas Unverständliches und konnte kaum das Tischgebet abwarten, bevor er den ersten Becher Wein herunterstürzte. Reganwi nippte nur an ihrem Essen, der Appetit war ihr vergangen. Tassilo sah, wie unglücklich sie war und hatte das Gefühl, etwas unternehmen zu müssen.

„Ihr reitet einen prächtigen Goldfuchs, Graf Roland", meinte er dann in einem verzweifelten Versuch, ein freundliches Gespräch anzufangen.

„Ich glaube kaum, dass Ihr etwas von Pferden versteht, Ritter Tassilo, da Ihr meine Windspiele ja auch für räudige Straßenköter gehalten habt!", war die knurrige Antwort des Grafen.

Das verärgerte Tassilo nun derart, dass er schon den Mund zu einer passenden Antwort geöffnet hatte, als er Reganwis Hand auf seinem Arm spürte.

„Mach' es nicht noch schlimmer", flüsterte sie ihm zu.

Doch diese kleine Geste war ihrem Vater nicht entgangen. „Was hast du mit diesem Ritter zu flüstern, Reganwi! Benimmt sich so eine Braut? Hochedle Äbtissin, ich bestehe darauf, dass meine Tochter bei Euch in strenge Klausur genommen wird, bis zu ihrer Vermählung!"

Das war Reganwi zu viel. Sie sprang auf und lief weinend hinaus. Theophanu war nun auch im höchsten Maße verärgert über Graf Rolands Verhalten. Doch die Regeln mussten eingehalten werden.

„Natürlich. Wenn Ihr darauf besteht, Graf Roland, soll es so geschehen. Ich werde ihr allerdings nicht verbieten, die Messe zu besuchen oder in der Kirche ihre Andacht zu halten", sagte sie kühl.

Tassilo wäre am liebsten hinter Reganwi hergelaufen, um sie zu trösten. Nun war die Sache ganz verfahren! Er hatte den versteckten Hinweis der Äbtissin wohl verstanden, dass er Reganwi ja immer noch beim Messbesuch oder beim Stundengebet treffen konnte. Doch das war nur ein geringer Trost.

Hildegundis, Frithuwif und Doda hatten von ihren Plätzen aus das Ganze gespannt verfolgt. Sie waren entsetzt, denn Reganwi mochten sie alle gern und Frithuwifs Bruder Tassilo hatten auch die anderen beiden Mädchen ins Herz geschlossen.

„Wir müssen irgendetwas tun, um ihnen zu helfen", flüsterte Hildegundis.

„Ja, nur was? Mein Bruder müsste schon einen Drachen erschlagen, um diesen herzlosen Mann gnädig zu stimmen", meinte Frithuwif und sah Graf Roland finster an, fast, als wolle sie ihn selbst zum Kampf herausfordern.

Auch Graf Thietmar taten die Entwicklungen der letzten Stunden Leid für seinen jungen Freund und Verbündeten Tassilo. Er wusste aus eigener Erfahrung, wie schwierig es für den jüngeren Sohn eines unbedeutenden Adeligen war, eine Braut aus gutem Hause zu bekommen, noch dazu, wenn so hochkarätige Konkurrenz wie ein leibhaftiger Prinz mit im Spiel war.

Gräfin Elisabeth fühlte auch mit den beiden unglücklich Verliebten und ihr kam eine Idee.

„Wie wäre es, Lieber", sagte sie zu ihrem Gatten, „wenn Du Tassilo von dem Auftrag erzählst, den du vom König bekommen hast? Der König hat dir doch die Wahl deiner Begleiter freigestellt. Wenn du nun Tassilo mitnimmst, könnte diese Auszeichnung doch ein günstiges Licht auf den jungen Mann werfen. Vielleicht steht Reganwis Vater ihm dann doch ein wenig wohlwollender gegenüber."

Graf Thietmar nahm die Hand seiner Frau und küsste sie. „Das ist eine ausgezeichnete Idee, Elisabeth! Ich hätte ihn sowieso gern dabei. Sogleich werde ich ihn fragen."

Er wartete das Ende des Essens erst gar nicht ab, sondern gab Tassilo einen versteckten Wink, ihn außerhalb des Refektoriums zu treffen.

Tassilo sah Graf Thietmar fragend an, als sie sich dann im Gang trafen. Der Graf blickte sich vorsichtig nach allen Seiten um, ob es vielleicht einen Lauscher gab, dann trat er nahe an den jungen Mann heran und sprach mit gedämpfter Stimme: „Tassilo, ich habe vom König einen ehrenhaften und zugleich heiklen Auftrag erhalten. Ihr wisst, die Kinderkrone, das königliche Geschenk für die Goldene Madonna, soll Anfang Dezember hier in Astnide eintreffen. Es ist jedoch zu gefährlich, wenn die Krone tatsächlich erst mit dem König hier ankommt. Er hat sich daher entschlossen, die Krone schon viel früher aus der Pfalz von Aachen hierher zu schicken. Daher", jetzt sank die Stimme des Grafen zu einem Flüstern herab, „habe ich den Auftrag erhalten, sie bereits im November zu holen. Die Krone wird dann hier im Stift sicher verwahrt, bis zum Tag der Krönung."

Tassilo war beeindruckt. „Graf Thietmar! Das ist wirklich eine große Ehre, dass der König Euch dieses kostbare Kleinod anvertraut! Wisst Ihr schon, wie Ihr die Krone tarnen werdet?"

„Nun, ich habe gedacht, ich nehme nur wenige Männer mit und wir tarnen uns als fränkische Weinhändler. Und jetzt komme ich zu dem Punkt, warum ich Euch das alles erzählt habe: Der König hat mir die Wahl meiner Begleiter überlassen und ich hätte Euch gern dabei!"

Tassilo ergriff erfreut die Hand des Grafen. „Ich danke Euch! Ihr könnt auf mich zählen, Graf Thietmar! Wann geht es los?"

Graf Thietmar drehte sich in diesem Moment blitzschnell um und hob die Hand. „Still! Habt Ihr nicht auch gerade ein Geräusch gehört?"

Tassilo stand ganz still und lauschte. Doch es war nichts zu hören. Auch Graf Thietmar konnte nichts Verdächtiges mehr hören und fühlte sich nun wieder sicher. Er fuhr fort: „Wir werden uns in zwei Wochen im Stift in Rellinghausen treffen. Hier erhalten wir unser Gespann mit den Weinfässern und lassen unsere Streitrösser dort zurück. Unsere Rückkehr nach Astnide sollte dann am Tag nach dem Allerheiligenfest erfolgen. Wir werden ebenfalls zunächst wieder im Rellinghausener Stift Station machen und uns unserer Tarnung entledigen."

„Das ist ein guter Plan. Wie gesagt, Ich erachte es als Ehre Euch dabei zu unterstützen!", bekräftigte Tassilo seine Zusage.

„Dann sind wir uns einig. Vermeidet es nach Möglichkeit, jemanden einzuweihen. Allerdings habe ich mir folgendes überlegt…".

Die Stimme des Grafen sank zu einem Flüstern herab, als er Tassilo seinen Plan darlegte.

„Ihr könnt Euch auf mich verlassen, Graf Thietmar!", sagte der junge Ritter, als der Graf geendet hatte. Die beiden Männer gaben sich noch einmal die Hand, dann gingen sie zurück zum Refektorium.

Hätten Graf Thietmar und Tassilo sich noch einmal umgedreht, hätten sie bemerken können, wie sich aus dem Schatten einer Säule eine kleine, dunkle Gestalt löste und eilig davon huschte.

*

Am nächsten Morgen brach die Grafenfamilie nach der Frühmesse auf, um zur heimatlichen Burg zurückzukehren. Gräfin Elisabeth fiel der Abschied besonders schwer. Sie ließ nicht nur ihre erstgeborene Tochter in Astnide zurück, sondern vertraute nun auch ihren ältesten Sohn Altfrid einem neuen Erzieher an.

Altfrid hatte seine ersten Tage als Junker bei Tassilo gut gemeistert. Da auch Hildegundis zunächst noch in seiner Nähe blieb, konnte Altfrid sich bei der Verabschiedung ganz tapfer geben.

„Mach dir keine Sorgen, Mutter", sagte er, als Gräfin Elisabeth ihn auf die Stirn küsste. Agana umarmte Hildegundis und Altfrid kurz und stieg dann mit hocherhobenem Haupt auf den Wagen. Sie freute sich darauf, daheim auf der Burg nun tatsächlich das Älteste der Grafenkinder zu sein.

Der Abschied von Martin fiel Hildegundis wieder besonders schwer. Wie schön war es gewesen, mit ihm über den Markt zu laufen, sich gegenseitig auf die Gaukler aufmerksam zu machen und gemeinsam Leckereien zu naschen!

Hildegundis hatte das Versprechen, das sie Martin beim Abschied in Köln gegeben hatte, gehalten. Ein wenig verlegen überreichte sie ihm ein gesticktes Tüchlein, dass zwei sich gegenüberstehende Greifen zeigte. Martin war hocherfreut.

„Ich werde es stets bei mir tragen", sagte er leise und steckte das Tüchlein dann schnell unter sein Wams.

Währenddessen verabschiedete sich Graf Thietmar von seinem Sohn. Er klopfte ihm auf die Schulter und sah ihn stolz an: „Du wirst der Familie Ehre machen, nicht wahr, Altfrid?"

„Ja, Vater!", antwortete der Junge ernsthaft.

Dann verabschiedete sich der Graf auch von Hildegundis. Als er sie umarmte flüsterte er ihr ins Ohr: „Tassilo wird dir in Kürze ein Geheimnis anvertrauen. Geh' sorgsam damit um!"

Hildegundis war sehr erstaunt und nickte wortlos. Als sie ihren Vater fragend ansah, schüttelte der nur kurz den Kopf. Hildegundis verstand: Mehr konnte er ihr jetzt nicht sagen. Gräfin Elisabeth nahm Hildegundis auch noch einmal in die Arme.

„Ich bin sehr stolz auf dich, Hildegundis", sagte sie. „Besonders, da du jetzt endlich die Wildheit und die Abenteuerlust abgelegt hast."

Hildegundis lächelte nur und verstand nun, warum ihr Vater ihr nicht mehr erzählt hatte. Ihre Mutter wäre bestimmt nicht damit einverstanden gewesen, hätte sie gewusst, dass Hildegundis schon wieder an der Schwelle eines neuen Abenteuers stand. Denn was anderes sollte die geheimnisvolle Andeutung ihres Vaters bedeuten?

Endlich waren alle auf den Wagen und Graf Thietmar bestieg seinen Rappen. Er winkte Hildegundis und Altfrid noch einmal zu und gab dann das Zeichen zum Aufbruch. Hildegundis legte ihrem kleinen Bruder den Arm um die Schultern. Sie verstand gut, wie er sich jetzt fühlte. Beide blickten den schweren Wagen nach, bis sie ihren Blicken entschwunden waren.

Zum Glück für Reganwi und Tassilo kehrte Prinz Widukind mit seiner Base Waltswith erst drei Tage nach Graf Rolands Abreise nach Astnide zurück. Der Graf hatte eine Nachricht für den Prinzen hinterlassen, dass er zur Krönung der Goldenen Madonna am 8. Dezember wieder im Stift sein wolle und dann auch die Verlobung bekannt geben würde. Widukind ärgerte sich, dass er den Grafen verpasst hatte, doch als er vom Gesinde die Geschichte erfuhr, wie es zu dem Zerwürfnis zwischen Graf Roland und Ritter Tassilo gekommen war, kehrte seine gute Laune schnell zurück. Das geschah diesem Habenichts Recht! Zweitgeborener Sohn eines unbedeutenden Grafen und ihm die Braut streitig machen wollen – gut, dass Reganwis Vater so reagiert hatte. Er bedauerte allerdings, dass Reganwi am öffentlichen Leben des Stiftes nicht mehr teilnahm und tatsächlich nur zu den Messen und Stundengebeten im Kreise der anderen Stiftsdamen zu sehen war.

„Eine Anordnung ihres Vaters, Graf Roland, der ich mich natürlich verpflichtet fühle", antwortete Theophanu knapp, als der Prinz sie darauf ansprach.

Hildegundis wartete nun mit Spannung darauf, wann Tassilo sie in das von ihrem Vater angekündigte Geheimnis einweihen würde. Zu gern hätte sie schon mit Frithuwif darüber gesprochen. Aber das traute sie sich dann doch nicht. Zu ernst hatte die Warnung ihres Vaters geklungen.

Fast zwei Wochen musste Hildegundis sich gedulden – als Frithuwif dann zu ihr kam und mit verwundertem Gesicht erzählte, dass ihr Bruder sie und Hildegundis um eine vertrauliche Unterredung gebeten habe, wusste sie, nun war es soweit.

Die schönsten Tage des Oktobers schienen vorbei zu sein, es war kühl geworden und nieselte. Der Kräutergarten des Stiftes war daher völlig verlassen, als die drei sich dort trafen. Die Mädchen hatten sich große Tücher über den Kopf gezogen und waren daher von weitem nicht zu erkennen.

„Warum können wir uns nicht irgendwo treffen, wo wir ein Dach über dem Kopf haben? Was soll überhaupt diese Geheimniskrämerei?", raunzte Frithuwif ihren Bruder an.

„Es hat etwas mit meinem Vater zu tun, richtig?", fragte Hildegundis gespannt.

Frithuwif sah die Freundin erstaunt an.

„Er hat nur eine wage Andeutung gemacht, ich weiß auch nur, dass Tassilo uns mehr dazu erzählen wird", fügte Hildegundis erklärend hinzu.

Tassilo nickte. „Was ich euch jetzt erzähle, müsst ihr unbedingt für euch behalten. Es geht um Folgendes: …", dann schilderte Tassilo den Plan, die Kinderkrone getarnt als Weinlieferung bereits im November nach Rellinghausen und dann nach Astnide zu bringen.

„Ihr seid die Einzigen, die außer der Äbtissin davon wissen. Ich erzähle euch davon, weil wir hier in Astnide unbedingt jemanden haben müssen, der unser absolutes Vertrauen besitzt. Die Äbtissin wird zum Zeitpunkt unserer Rückkehr in Gerresheim weilen. Wir haben das so abgemacht, um alle, die sich die Krone möglicherweise mit Gewalt beschaffen wollen, abzulenken. Niemand wird vermuten, dass die Krone nach Astnide gebracht wird, wenn Theophanu nicht selbst da ist, um sie entgegenzunehmen. Sollte am Tag nach Allerheiligen weder Graf Thietmar noch ich oder ein von uns gesandter Bote in Astnide eintreffen, so ist uns etwas zugestoßen. Dann schickt ihr den Hauptmann mit seinem schnellsten Pferd zum König und lasst ihn folgende Botschaft ausrichten: ‚Die Lilie ist gepflückt worden.' Merkt euch diesen Satz!"

Die Mädchen murmelten den Satz nach und nickten. „Was sollen wir dann tun, Tassilo?", fragte Frithuwif. „Dann wartet ihr ab. Der König wird entscheiden, was dann zu tun ist. Er kennt die Route, auf der wir reisen und wird Nachforschungen anstellen lassen. Aber", meinte Tassilo, als er die besorgten Minen der Mädchen sah, „Das ist ja nur für den Notfall gedacht. Es wird schon alles glatt gehen, macht euch keine Sorgen!"

Als die Mädchen zurück zum Dormitorium gingen, sagte Frithuwif: „Ob der König mit diesem seltsamen Blumen-Satz wirklich etwas anfangen kann? ‚Die Lilie ist gepflückt worden', klingt ja nicht sehr dramatisch."

„Hmm", machte Hildegundis und dachte nach. Dann hellte sich ihre Meine auf einmal auf und sie sagte: „Ich weiß, warum der König das verstehen wird: Meine Mutter hat mir die Krone mal beschrieben: Sie besteht aus einem Goldreif, auf dem vier Lilien befestigt sind. Reif und Lilien sind über und über mit Edelsteinen verziert. Es ist also eine Lilienkrone. Wenn die Lilien gepflückt sind, bedeutet das, die Krone ist geraubt worden!"

*

Zwei Tage nach dieser geheimen Unterredung wollte sich Ritter Tassilo zusammen mit seinem neuen Junker Altfrid aufmachen, ,um mal wieder in die Heimat zu reisen', wie Tassilo überall erzählt hatte. Altfrid würde er erst unterwegs einweihen, hatte er Hildegundis erzählt, da er noch so jung sei und er nicht wisse, ob er ihm ein solches Geheimnis schon anvertrauen könne. Hildegundis war zwar überzeugt davon, versprach aber auch ihrerseits, nichts zu verraten.

Doch als der Morgen der Abreise kam, stürmte Altfrid aufgeregt ins Dormitorium, um seine Schwester zu suchen.

„Hildegundis! Ritter Tassilo ist krank! Ganz schlimm krank, ich glaube, er stirbt gleich! Schnell, schnell, komm mit!"

Er machte auf dem Absatz kehrt und lief zurück. Die Mädchen, die gerade beim Ankleiden waren, erschraken furchtbar. Auch Gewa, die Hildegundis das Haar kämmte, wurde weiß wie die Wand. Hildegundis und Frithuwif ließen alles stehen und liegen und rannten hinter dem Jungen her.

Doda rief ihnen nach: „Ich sage Reganwi und Äbtissin Theophanu Bescheid!" Zu Waltswith, die wie erstarrt dastand sagte sie: „Geh du zu Reganwis Kammer, ich laufe zum Gemach der Äbtissin."

Waltswith nickte und machte sich schnell auf den Weg, während Doda noch die Dienerinnen beauftragte, die heilkundige Stiftsdame Swanhild zu Tassilos Kammer zu schicken.

Als Hildegundis und Frithuwif hinter Altfrid in Tassilos Kammer stürzten, bot sich ihnen ein erschreckendes Bild: Der junge Ritter wälzte sich stöhnend auf seinem Lager, wobei er sich immer wieder den Bauch festhielt. Seine Stirn war schweißnass, das kastanienbraune Haar klebte daran. Er hielt die Augen geschlossen und hatte scheinbar gar nicht registriert, dass die Kinder ins Zimmer gekommen waren. Frithuwif eilte bestürzt zu ihm.

„Tassilo!“, rief sie und legte eine Hand auf seine Stirn. „Er glüht ja richtig!“, sagte sie mit einem verzweifelten Blick zu Hildegundis.

Da öffnete sich die Tür der Kammer wieder und Doda trat mit der Äbtissin ein. Kurz danach erschien Waltswith mit Reganwi, die sich beim Anblick ihres Liebsten entsetzt die Hände vors Gesicht schlug.

Theophanu blickte sich in dem vollen Raum um und sagte energisch: „Alle raus hier! Frithuwif, du bleibst. Hildegundis, sieh nach, wo Swanhild bleibt. Alle anderen – raus!“

Alle beeilten sich, den Anordnungen der Äbtissin schnell Folge zu leisten.

Auf dem Weg zu Swanhild, die oft in ihrer kleinen Kräuterkammer arbeitete, traf Hildegundis auf Gewa, die die heilkundige Stiftsdame bereits mitbrachte.

„Gut, dass Ihr schnell kommt, Swanhild“, sagte Hildegundis zu der Älteren. „Es sieht schlimm aus!“

Dann fiel ihr Blick auf Gewa, die kalkweiß im Gesicht war und dunkle Ränder unter den Augen hatte.

„Gewa! Geht es dir etwa auch nicht gut? Bei allen Heiligen – ob das ein Ausbruch der Pestilenz ist?“

Auch die andere Stiftsdame sah sich das Mädchen nun besorgt an. „Tut dir etwas weh, Kind?", fragte sie.

„Nein, nein, Herrin. Macht Euch um mich keine Sorgen. Ich war nur so erschrocken, als ich die Nachricht von der Krankheit des Ritters hörte", beeilte sich Gewa Hildegundis zu beruhigen. Ach, wenn ihre Herrin nur wüsste!

„Es ist wohl besser, du ruhst dich etwas aus", meinte Hildegundis immer noch besorgt. „Ich bringe die Edle Swanhild selbst zu Ritter Tassilo, du kannst gehen", fügte sie dann hinzu.

Swanhild betrat Tassilos Kammer und schickte nun auch Frithuwif hinaus.

Hildegundis sah, dass die Freundin geweint hatte und nahm sie in den Arm.

„Ach, Hildegundis, ob Tassilo wohl sterben muss?", fragte Frithuwif verzweifelt.

„Sollen wir in die Kirche gehen? Die anderen sind bestimmt auch dort", fragte Hildegundis.

„Ich will erst wissen, was Tassilo hat!", antwortete Frithuwif und wischte sich die Nase am Ärmel ab. Ihr alter Kampfgeist kam zurück. Die Freundinnen mussten eine ganze Weile warten, bis sich die Tür endlich wieder öffnete. Die Äbtissin trat heraus und beim Anblick ihrer besorgten Miene, sank der Mut der Mädchen. Theophanu sah sie freundlich an und seufzte.

„Ich wünschte, ich könnte euch eine bessere Nachricht bringen. Doch leider kann Swanhild noch nicht sagen, an welcher Krankheit der Ritter leidet. Wir sind uns allerdings einig, dass es nichts Ansteckendes ist, denn er weist keinerlei Zeichen für Ausschlag oder Ähnliches auf. Lauft nun und lasst Euch kaltes Wasser und Tücher geben. Das bringt ihr her. Wir müssen kalte Umschläge machen, damit das Fieber sinkt."

„Hochedle Äbtissin, da ist noch etwas. Ritter Tassilo wollte doch eigentlich heute los, um sich im Geheimen mit meinem Vater in Rellinghausen zu treffen."

Die Äbtissin sah sich erst um, ob auch niemand in der Nähe war, bevor sie antwortete. „Ja, ich weiß. Du bist sehr umsichtig, Hildegundis. Gut, dass du daran gedacht hast. Ich kann allerdings keinen Boten schicken, denn wir wollten ja gerade vermeiden, dass jemand von Astnide deinen Vater in Rellinghausen sieht. Er wird eine Weile warten und dann ohne Tassilo aufbrechen. So ist es am Sichersten."

Hildegundis hatte schon auf der Zunge zu sagen, dass sie ja selbst den Boten machen könne, doch sie schluckte das hinunter. Es war ihr klar, dass die Äbtissin sie niemals allein nach Rellinghausen reiten lassen würde.

Auf dem Weg zur Küche begegnete den Mädchen Prinz Widukind, der sie anhielt.

„Was ist das für ein Laufen und Tuscheln?", fragte er. „Ist etwas passiert?"

„Ritter Tassilo ist erkrankt, er hat hohes Fieber", antwortete Hildegundis knapp.

„Hmm, das tut mir aber leid", meinte Widukind daraufhin, konnte ein schadenfrohes Grinsen aber nicht ganz unterdrücken. Die Mädchen wollten weitereilen, doch Widukind hielt Frithuwif am Arm fest.

„Nun sag mir nur noch, ob die holde Reganwi an seinem Krankenlager wacht."

„Nein. Sie ist in der Kirche und betet für ihn", entgegnete Frithuwif kurz und riss sich los.

Als sie weiterliefen, meinte Hildegundis: „Warum hast du ihm das verraten? Jetzt wird er sie dort wieder belästigen!"

„Ja, du hast Recht. Aber ich wollte auf keinen Fall, dass dieser Widerling zu meinem armen Bruder geht und Reganwi dort sucht!"

Doch die Mädchen hätten sich keine Sorgen zu machen brauchen. Prinz Widukind traf Reganwi nicht mehr in der Kirche an. Da sie Tassilo nicht pflegen durfte, und sie Widukind in der Kirche nicht begegnen wollte, war sie frühzeitig in ihre Kammer zurückgekehrt.

*

Gewa war unterdessen über den Markt gelaufen, zum Haus der Kräuteralma. Alma öffnete die Tür und sah das Mädchen erstaunt an. Vorsichtig blickte sie sich um, ob jemand sie beobachtete, dann winkte sie Gewa schnell herein.

„Gewa! Was ist passiert? Du weißt doch, es ist gefährlich für uns, wenn du dich hier blicken lässt!"

„Oh, Alma! Ritter Tassilo geht es so schlecht – er hat hohes Fieber, alle haben Angst, dass er stirbt – und dann bin ich Schuld!"

„Ach, du Gänschen! Hast du dich von der Panik etwa anstecken lassen? Hab keine Angst, der Ritter wird nicht sterben! Und jetzt schnell hinaus mit dir und lauf zurück zum Stift. Und komm nicht wieder her!"

Mit diesen Worten schob Alma das verängstigte Mädchen wieder zur Tür hinaus.

*

Die nächsten Tage im Stift waren von der Sorge um Tassilo erfüllt. Das Fieber war schwer in den Griff zu bekommen, und noch immer war er nicht ansprechbar. Swanhild setzte all ihre Kräuterkenntnisse ein, um ihm zu helfen. Es dauerte jedoch eine ganze Woche, bis endlich eine Besserung zu bemerken war. Swanhild ließ eines Morgens nach Frithuwif schicken, als die Mädchen im Unterricht bei der Scholasterin saßen.

Nach ihrer Rückkehr erzählte sie Hildegundis glücklich: „Er hat endlich die Augen wieder aufgemacht und sogar etwas Hühnerbrühe zu sich genommen!"

Doch Tassilo war sehr geschwächt und es dauerte noch weitere drei Tage, bis er sein Lager überhaupt, und dann auch nur für wenige Stunden, verlassen konnte.

Es ging nun auf Allerheiligen zu und die Äbtissin machte sich zur Abreise nach Gerresheim bereit. Die Spannung unter den Eingeweihten – Theophanu, Tassilo, Hildegundis und Frithuwif – wuchs. Gern wäre die Äbtissin geblieben, doch der Plan musste eingehalten werden. So verabschiedete sich Theophanu schweren Herzens und ritt mit ihrer üblichen Begleitung los. Hildegundis und Frithuwif winkten ihr zum Abschied. Kurz darauf brach auch Widukind zu einer mehrtägigen Reise auf. Das freute besonders Reganwi, die nun ungestört ihre Klausur verlassen und Tassilo besuchen konnte – Theophanu hatte die Weisung hinterlassen, dass ihr dies gestattet war.

Dann kam der Allerheiligentag. Die beiden Mädchen waren so aufgeregt, dass sie sich kaum auf ihre Psalmen konzentrieren konnten. Die Scholasterin konnte sich die Unkonzentriertheit ihrer Zöglinge nicht erklären. Sogar Hildegundis, ihre beste Schülerin, musste sie mehrmals rügen! Endlich ging der Tag vorbei und der nächste Morgen brach an. Hildegundis und Frithuwif waren vor allen anderen wach. Ja, sie hatten die letzte Nacht kaum geschlafen. Immer wieder gingen Hildegundis die gleichen Gedanken durch den Kopf. Wann würde ihr Vater kommen? War alles gut gegangen? Ob sie die Krone wohl einmal sehen dürften?

Den Vormittag über waren die Mädchen noch zuversichtlich. Doch der Mittag ging vorüber und schließlich auch der Nachmittag, ohne dass Reiter zu hören oder zu sehen waren. Schließlich brach der Abend an.

„Ich verstehe das nicht!", klagte Hildegundis. „Warum kommen sie nicht?"

„Vielleicht hatten sie einen Achsbruch und haben Rellinghausen noch nicht erreicht", meinte Frithuwif.

„Aber er könnte doch wenigstens einen Boten schicken, er weiß doch, dass wir warten! Außerdem sollen wir doch einen Boten zum König schicken, wenn er heute nicht eintrifft. Also muss er genug Zeit eingeplant haben."

Immer wieder liefen Hildegundis oder Frithuwif zum Tor und sogar ein Stück den Weg entlang, in der Hoffnung, dass endlich Graf Thietmar oder ein Bote von ihm erscheinen würde. Doch außer einem Bauern, der mit seinem Esel vorbei eilte, war niemand zu sehen. Es war schon dunkel, als die Mädchen ein letztes Mal zusammen zum Tor gingen. Schweigend standen sie mit ihren Fackeln da und starrten in die Nacht hinaus. Dann kam Wind auf und Regen setzte ein. Die beiden fröstelten. Sie zogen sich Tücher über den Kopf und gingen betrübt zurück zum Stift. Wo war Graf Thietmar? Und was war mit der Kinderkrone geschehen?

20. Gefangen in der Höhle

Hildegundis und Frithuwif gingen trotz des Regens mit langsamen Schritten zurück, als wollten sie die Entscheidung, die sie nun treffen mussten, noch ein bisschen aufschieben. Doch sie wussten, sie mussten handeln, zuviel hing davon ab, dass sie jetzt das Richtige taten.

„Lass' uns sehen, wie es meinem Bruder geht, vielleicht kann er uns raten", brach Frithuwif schließlich das Schweigen.

Hildegundis stimmte zu.

Doch als die beiden Mädchen vorsichtig an die Tür zu Tassilos Kammer klopften, öffnete ihnen Altfrid. Mit gedämpfter Stimme erklärte er: „Ritter Tassilo schläft jetzt. Die Edle Swanhild sagt, es darf ihn niemand stören. Sie hat ihm einen Kräutertrank gemacht, der ihn zwei Tage lang schlafen lässt. Sie hat gesagt, dass wäre das Beste, damit er wieder zu Kräften kommt."

Stolz fügte Altfrid dann hinzu: „Und ich wache über seinem Schlaf!"

Trotz der ernsten Situation musste Hildegundis lächeln. Wie hatte sich ihr kleiner Bruder doch verändert!

„Das machst du auch ganz großartig, Altfrid!", sagte sie und fügte hinzu: „Komm, Frithuwif, lass uns gehen", und zog die Freundin mit sich fort. „Jetzt bleibt uns nur noch Reganwi", meinte Hildegundis dann, als sie allein im Kreuzgang waren. „Wir müssen sie einweihen!"

Frithuwif nickte und die Mädchen eilten schnell zu Reganwis Kammer. Als Reganwi öffnete und die beiden Mädchen dort stehen sah, erschrak sie zunächst: „Ist etwas mit Tassilo? Geht es ihm schlechter?", fragte sie besorgt.

„Nein, nein", beruhigte Hildegundis sie und Frithuwif fügte hinzu: „Wir brauchen deinen Rat und deine Hilfe, lass uns bitte ein, damit niemand hört, was wir dir mitteilen wollen!"

Gespannt ließ Reganwi die beiden Mädchen in ihre Kammer. Als sie dann die Geschichte von dem getarnten Kronentransport hörte, wurden ihre Augen immer größer.

„Heute Abend, im Dunklen, können wir nichts mehr machen. Aber morgen früh, noch vor dem Morgenlob, da werden wir drei einen Ausritt zum Wald, Richtung Rellinghausen, machen. Vielleicht finden wir dort schon irgendeinen Hinweis, was Graf Thietmar zugestoßen sein könnte. Wenn wir dort nichts finden, reiten wir zurück und schicken den Boten zum König, genauso, wie dein Vater es dir aufgetragen hat, Hildegundis. So, jetzt wird es Zeit für die Vesper. Kleidet euch um und verhaltet euch wie immer, damit niemand Verdacht schöpft."

Als sie die fragenden Blicke der Mädchen bemerkte, fügte Reganwi hinzu: „Ich glaube nun auch, dass es hier in Astnide jemanden gibt, der mit dem Kult zu tun hat und uns schaden will. Swanhild hat mir im Vertrauen erzählt, dass sie davon überzeugt ist, dass Tassilos Krankheit eine Vergiftung ist! Keine Sorge, Frithuwif, er hat das Schlimmste überstanden. Ich hätte auch noch gar nicht davon gesprochen, doch jetzt verstehe ich die Zusammenhänge: Jemand wollte nicht, dass Tassilo zu Graf Thietmar stößt, um ihn bei dem Transport der Krone zu unterstützen. Man hat ihm Gift gegeben, um ihn unschädlich zu machen. Doch wer immer das auch war, er hat nicht mit uns gerechnet!"

Reganwi sah sehr entschlossen aus, als sie dies sagte. Das gab auch den beiden Mädchen wieder Mut. Sie stimmten Reganwis Plan zu und gingen dann, um sich auf die Vesper vorzubereiten.

Am nächsten Morgen trafen die drei sich in aller Frühe. Das Stift schien noch zu schlafen. Auch im Stall war niemand zu sehen, als die Mädchen ihre Pferde sattelten.

„Meinst du nicht, wir sollten eine Nachricht hinterlassen?", wandte sich Hildegundis an Reganwi. „Sonst schicken sie noch einen Suchtrupp hinter uns her."

Reganwi überlegte und sah in diesem Moment Gewa an der Stalltür vorbei-laufen. Hildegundis sah sie auch – ein Blickaustausch mit Reganwi genügte, dann war klar, dass die dieselbe Idee hatten.

„Gewa!", rief Hildegundis laut und das Mädchen schreckte zusammen, als hätte es den leibhaftigen Teufel gesehen. Zögernd kam sie näher, da sie Hildegundis in dem frühen Dämmerlicht kaum erkennen konnte.

„Herrin? Seid Ihr es?", fragte sie ungläubig. „Ja, komm hier herein!", ant-wortete Hildegundis ungeduldig.

Gewa erschrak ein weiteres Mal, als sie im Stall auch Reganwi und Frithuwif erblickte.

„Gewa, höre jetzt genau zu: Reganwi, Frithuwif und ich müssen einen Auf-trag erfüllen, es soll aber niemand davon wissen. Wir werden in den Wald, Richtung Rellinghausen reiten, kommen aber bald wieder zurück. Wenn uns jemand vermissen sollte, so sagst du, dass die Äbtissin uns beauftragt hat, in ihrem Namen etwas zu er-ledigen. Hast du das verstanden?"

Hildegundis sah Gewa eindringlich an. Als Hildegundis den Wald erwähnte, hatte sie erschreckt die Augen aufgerissen. Jetzt rief sie voller Angst: „Nein, Herrin, nein, das könnt Ihr nicht tun! Nicht in den Wald reiten, bitte, bitte nicht!"

Das Mädchen warf sich Hildegundis zu Füßen und umklammerte den Saum ihres Kleides.

Hildegundis war verwundert und gerührt zugleich. Sie fasste Gewa bei den Armen und zog sie hoch.

„Gewa, ich bin sehr bewegt, dass du dich so um mich sorgst. Aber du brauchst keine Angst zu haben. Wir sind zu dritt und reiten auch nicht zu tief in den Wald hinein. Wir sind schnell wieder da!", meinte sie zuversichtlich.

Gewa musste dann beiseite treten, um die Mädchen mit ihren Pferden vorbei-zulassen. Sie sah zu, wie die drei sich in die Sättel schwangen und wollte noch den

Steigbügel ihrer Herrin umklammern, doch Hildegundis hatte ihr Pferd schon in Bewegung gesetzt. Verzweifelt sah Gewa ihnen nach, bis sie zum Tor hinaus ritten. Was sollte sie tun? Es war niemand da, den sie fragen und dem sie von der Gefahr erzählen konnte, der ihre Herrin nun geradewegs in die Arme ritt. Unschlüssig stand sie in der Mitte des Hofes. Warum sandten ihr die Götter keine Hilfe? Wenn es doch nur ein Zeichen geben würde! Da begannen die Glocken zur Frühmesse zu läuten. Und auf einmal wusste Gewa, was sie zu tun hatte. Sie raffte ihre Röcke und rannte über den Hof, an den verwunderten Wächtern vorbei zum Tor hinaus, Richtung Wald. Vielleicht kam sie ja noch rechtzeitig.

*

Hildegundis, Frithuwif und Reganwi trabten schweigend nebeneinander den Weg entlang, der zum Wald führte. Es war kalt geworden und der Regen des Vortages ging immer wieder in leichten Schneefall über. Allen gingen die verschiedensten Gedanken durch den Kopf, und alle drei machten sich große Sorgen. Wenn der Schneefall heftiger würde, wären die Spuren schnell verschwunden.

Dann hatten sie den Waldrand erreicht. Hildegundis übernahm die Führung. Aufmerksam blickten die Mädchen auf den Waldboden, ob sich vielleicht Spuren eines Unfalls oder Kampfes entdecken ließen. Es war ganz still, nur das Knirschen des Sattelleders, das Klirren des Geschirrs und die Tritte der Pferde waren zu hören. Selbst die Vögel schienen die Luft anzuhalten.

Da riss auf einmal Hildegundis' Stute den Kopf hoch. Hildegundis hielt sofort an und sah angestrengt in die Richtung, in die das Pferd blickte. Es hatte die Ohren gespitzt und sog durch die geweiteten Nüstern die Luft ein.

„Was ist los?", flüsterte Frithuwif, die auf ihrem Schecken hinter Hildegundis ritt und nun auch angehalten hatte.

„Da ist etwas vor uns", antwortete Hildegundis ebenso leise.

Dann hörten sie das Knacken von Ästen, als die Tritte eines Menschen sich einen Weg durch das Gestrüpp bahnten. Nur schemenhaft konnten sie eine Gestalt erkennen, die in einiger Entfernung aus dem dichten Unterholz trat. Neugierig ritt Hildegundis näher. Vielleicht gehörte der Mann zu ihrem Vater, wollte Hilfe holen und hatte sich dabei verirrt! Die beiden anderen folgten ihr. Fast hatten sie den Mann erreicht, als dieser aufblickte und die Reiterinnen wahrnahm.

„Meister Konrad!", rief Hildegundis erstaunt.

Auch der Mann erschrak, als er sich erkannt fühlte und hastete zurück in das Unterholz. Hildegundis trieb ihr Pferd auf dem Weg entlang bis zu der Stelle, wo Meister Konrad verschwunden war. Dort angekommen, mussten sie absteigen und ihre Pferde am Zügel führen, denn nur ein schmaler Pfad führte in das Unterholz hinein.

Als sie eine Weile gegangen waren, meinte Hildegundis: „Mir ist so, als ob dies der Weg zu der Höhle sei, zumindest dieses letzte Stück, das wir gerade gegangen sind."

„Ja, das stimmt! Sieh, da ist der vom Blitz getroffene Baum, an dem sind wir damals auch vorbeigekommen!", fiel Frithuwif ein.

„Dann müssen wir jetzt sehr vorsichtig sein", meinte Reganwi leise und sah sich besorgt um.

Vorsichtig gingen sie weiter. Plötzlich blieb Hildegundis wieder stehen, bückte sich und hob etwas vom Boden auf.

„Was ist, was hast du da gefunden?", wisperte Frithuwif.

Hildegundis drehte sich wortlos um und hob ihre Hand hoch, in der sie ein kleines Tuch hielt. Sie war sehr blass geworden. Frithuwif versuchte sich an Hildegundis Pferd vorbeizudrängeln, um das Tuch näher in Augenschein nehmen zu können. Dann sagte sie zu Hildegundis: „Das sieht ja aus wie das Greifentuch, das du gestickt hast!"

317

„Ja, es ist das Greifentuch, das ich gestickt und Martin geschenkt habe! Es muss ihnen etwas zugestoßen sein – vielleicht hat Martin es hier als Zeichen zurückgelassen!"

In diesem Moment hoben die Pferde wie auf ein Kommando die Köpfe. Gleichzeitig hörten die Mädchen neben sich das Knacken von Ästen. Doch bevor sie reagieren konnten, sprangen aus den Büschen zahlreiche Männer und stürzten sich auf sie und die Pferde. Einige Minuten lang war der Wald erfüllt vom Wiehern und Stampfen der Pferde, von den Hilferufen der Mädchen und den Flüchen der Männer. Dann wurde es wieder still. Nur einige abgebrochene Zweige und der aufgewühlte Boden gaben noch Hinweise darauf, dass hier ein verzweifelter Kampf stattgefunden hatte. Außerdem war ein kleines Tuch mit zwei aufgestickten Greifen unbemerkt unter einem der Sträucher liegen geblieben.

*

Hildegundis spürte, wie man sie unsanft auf den Boden legte. Durch den dicken Stoff ihres Winterkleides und des Umhangs, den sie trug, konnte sie felsigen Boden fühlen. Ihre Hände und Füße waren gefesselt, und auch um den Mund hatte man ihr einen Knebel gebunden, so dass sie keinen Laut von sich geben konnte. Doch am Unangenehmsten war der Sack, den ihr die Männer über den Kopf gestülpt hatten. Er roch scheußlich, wer weiß, was vorher darin transportiert worden war! Außerdem war er so dicht, dass sie nichts sehen konnte.

Schließlich wurde der Sack mit einem Ruck weggezogen und der Knebel aus ihrem Mund entfernt. Hildegundis hörte, wie sich Schritte entfernten und atmete erleichtert die saubere Luft ein. Sie blinzelte und versuchte sich zu orientieren. Es war ziemlich dunkel, doch als ihre Augen sich an das Licht gewöhnt hatten, sah sie, dass die Quelle des Lichts Fackeln waren, die ihren flackernden Schein an die felsigen Wände einer Höhle warfen.

Schlagartig wusste Hildegundis, wohin man sie gebracht hatte: Dies war die Höhle des Geheimkultes! Als sie neben sich ein Stöhnen hörte, stellte sie fest, dass dies Reganwi war, die neben ihr lag. Auch sie war gefesselt, aber man hatte ihr ebenfalls den Knebel und den Sack bereits abgenommen.

„Reganwi!", rief Hildegundis leise.

Doch sie bekam nur ein Stöhnen zur Antwort. Stattdessen bewegte sich auf Reganwis anderer Seite etwas und eine leise Stimme fragte: „Hildegundis?"

„Frithuwif!"

„Ach, Hildegundis, ich danke dem Allerhöchsten, dass du lebst! Ich habe schon Schlimmes befürchtet. Mir haben sie zuerst den Sack und den Knebel abgenommen, dann Reganwi. Da sah ich, dass sie am Kopf verletzt ist. Vielleicht ist sie auf den Steinen aufgeschlagen, als diese Unholde sie zu Boden warfen. Mir tun auch noch alle Knochen weh!"

„Reganwi ist verletzt?", besorgt rutschte Hildegundis näher an die Freundin heran und betrachtete sie. Da sah sie, dass Reganwi sich die Stirn aufgeschlagen hatte. Ein kleines Blutrinnsal hatte sich den Weg von der Stirn an der Schläfe hinunter gebahnt. Reganwi hatte die Augen geschlossen und schien bewusstlos zu sein.

„Hildegundis, weißt du wo wir sind? In der Höhle, die wir so lange gesucht und nicht wieder gefunden haben!"

„Ja, das war auch mein erster Gedanke."

„Was haben die wohl mit uns vor?"

„Das kommt darauf an, wer ,die' sind. Ich hoffe fast, dass es die Räuber sind, die uns damals überfallen wollten und die auch den Abt von Werden ausgeraubt haben. Denn dann werden sie Lösegeld erpressen wollen. Wenn es aber die Anhänger des heidnischen Kultes sind…"

„Was meinst du Hildegundis? Warum sprichst du nicht weiter? Du machst mir Angst!"

319

„Still! Da kommt jemand!"

Beide Mädchen hielten den Atem an und horchten, als sich leichte Schritte scheinbar tastend und vorsichtig näherten. Dann wurde eine kleine, schmächtige Gestalt erkennbar. Hildegundis glaubte, ihren Augen nicht zu trauen, als sie erkannte, wen sie da vor sich hatte: „Gewa!!"

„Oh, Herrin, Ihr lebt und seid unverletzt!"

Das Mädchen sank erschöpft neben Hildegundis nieder und musste erst einmal wieder zu Atem kommen. Hildegundis sah, dass sie nass geschwitzt war. Wahrscheinlich war sie den ganzen Weg vom Stift bis zur Höhle gerannt. Doch woher kannte sie den Weg? Hatte sie zufällig alles beobachtet? Doch das konnte auch später noch geklärt werden. Jetzt hieß es, schnell zu handeln.

„Gewa, wie gut, dass du uns gefunden hast! Schnell, wir müssen fliehen, bevor dich jemand entdeckt! Mach unsere Fesseln los!"

Gewa bemühte sich, mit ihren steif gefrorenen Fingern die Knoten von Hildegundis' Fesseln zu lösen. Als sie die Handfesseln endlich aufgeknüpft hatte, schickte Hildegundis sie zu Frithuwif.

„Hilf der Edlen Frithuwif, meine Fußfesseln kann ich auch selbst lösen."

Während das Mädchen zu Frithuwif herüberhuschte, sagte diese: „Was machen wir denn mit Reganwi? Sie ist immer noch ohne Bewusstsein."

„Wir müssen versuchen, sie wach zu bekommen. Wenn uns das nicht gelingt, müssen wir sie irgendwie aus der Höhle schaffen und draußen verstecken, bis wir mit Hilfe zurückkommen. Und dieses Mal müssen wir uns unbedingt den Weg merken!"

„Das wird nicht nötig sein, edle Dame", tönte da eine höhnische Stimme aus der Dunkelheit und das Geräusch von Schritten verriet, dass der Besitzer der Stimme näher kam.

Hildegundis wusste, dass sie diese Stimme kannte. Und dann sah sie das von einer Fackel beleuchtete grinsende Gesicht des ehemaligen Pferdeknechts ihres Vaters über sich.

„Gernot! Was fällt dir ein!", rief Hildegundis empört, als der entlaufene Leibeigene ihr rechtes Handgelenk packte und ihr damit den Arm auf den Rücken drehte. Schnell hatte er auch ihr linkes Handgelenk gefasst und fesselte ihr nun die Hände auf dem Rücken. Dann stieß er Hildegundis brutal zurück auf den Boden. Sie konnte einen Schmerzensschrei nur mit Mühe unterdrücken. Gewa war wie erstarrt neben Frithuwif hocken geblieben.

„Mit dem Befehlen ist es nun vorbei, Edle Hildegundis. Hier habe ich das Sagen", meinte Gernot selbstzufrieden, als er nun zu Frithuwif ging und ihr ebenfalls die Hände auf den Rücken band. „So, da wird euch die Lust vergehen, euch befreien zu wollen. Gewa, was ist los, was hockst du da? Du brauchst diesen vornehmen Damen nicht mehr zu dienen – du gehörst jetzt zu uns! Geh' hinüber in die andere Höhle und mach dich da nützlich!"

Gewa warf einen langen Blick auf Gernot und gehorchte dann stumm.

„Wenn mein Vater davon hört, wird er dich vierteilen lassen!", rief Hildegundis wütend und versuchte, die Hände aus den Fesseln zu lösen. Doch sie waren so fest gebunden, dass sich nichts bewegte. Gernot warf den Kopf in den Nacken und lachte laut auf.

„Dein Vater, Hildegundis, wird niemandem mehr schaden!"

„Was hast du ihm angetan?"

„Noch nicht viel. Er hat nur ein paar Schrammen abbekommen, weil er sich nicht ohne Widerstand gefangen nehmen lassen wollte. Das ist er selbst Schuld. Sein Lehnsherr, der König, wird sicher ein hübsches Lösegeld für ihn zahlen. Danach werde ich ihn dann endgültig umbringen."

„Du Bestie!!", schrie Hildegundis wütend und strampelte verzweifelte gegen die Fesseln an. Wie gern hätte sie sich auf ihn gestürzt! Gernot lachte wieder und hockte sich dann neben Reganwi, die bleich und regungslos dalag. Er stieß sie leicht an, wobei ihr Kopf auf die Seite rollte. Jetzt wurde sein Gesicht wieder ernst.

„Na, das wird dem Herrn nicht gefallen, dass sein hübsches Vögelein sich das Genick gebrochen hat, aber wir können es ja nicht ändern", murmelte er. Dann stand er auf und verschwand im hinteren Teil der Höhle.

Hildegundis und Frithuwif sahen sich entsetzt an.

„Ist sie wirklich tot?", wisperte Frithuwif.

„Ich weiß nicht. Es sah gerade so aus, als ob ihre Lieder gezuckt hätten, es ist in diesem Licht aber schwer zu erkennen – doch, da, sieh nur! Sie macht die Augen auf!", rief Hildegundis erfreut.

Reganwi öffnete die Augen und verzog das Gesicht vor Schmerzen. Sie stöhnte und wollte sich mit der rechten Hand an die Stirn greifen, als sie merkte, dass sie gefesselt war. Doch dieser Schreck erweckte ihre Lebensgeister, nun war Reganwi hellwach. Sie setzte sich mühsam auf und blickte sich um – und sah in die besorgten Gesichter von Hildegundis und Frithuwif.

„Was ist denn passiert?", murmelte Reganwi mit schwerer Stimme.

„Dem Allmächtigen sei Dank, dass du lebst! Wir sind überfallen worden, weißt du nicht mehr? Gerade als Hildegundis das Tüchlein fand, das sie Martin als Geschenk gegeben hatte. Sie haben uns gefesselt, geknebelt und Säcke über den Kopf gezogen, damit wir nicht sehen konnten, wohin sie uns bringen. Aber wir wissen es trotzdem: Es ist die Höhle des Geheimkultes, wir haben sie sofort wieder erkannt!", erklärte Frithuwif.

„Gernot, der entlaufene Leibeigene meines Vaters, ist der Anführer der Räuber. Vielleicht hat er auch mit dem Kult zu tun. Auf jeden Fall wissen wir schon, dass er meinen Vater auch hier gefangen hält, in einer Höhle, die mit dieser verbunden ist.

Er will erst vom König Lösegeld erpressen und ihn dann umbringen", fügte Hilde-gundis hinzu.

„Dann ist es ja nur gut, dass wir Gewa beauftragt haben, Bescheid zu geben, wenn man uns vermisst. Es wird sicher schon ein Suchtrupp unterwegs sein. Noch sind die Spuren frisch, sie werden uns sicher schnell finden und uns befreien", mein-te Reganwi zuversichtlich.

Hildegundis und Frithuwif sahen sich an. Dann sagte Hildegundis: „Ich fürchte, es wird erstmal keinen Suchtrupp geben. Gewa ist nämlich auch hier!"

„Gewa ist hier?", wiederholte Reganwi erstaunt.

„Ja, wir waren auch ziemlich überrascht. Sie kam plötzlich an, ganz außer Atem, und löste mir die Fesseln. Da habe ich natürlich gedacht, sie ist uns aus Sorge gefolgt und hat alles beobachtet. Doch dann kam Gernot dazu und sagte, sie gehöre jetzt zu ihnen", erläuterte Hildegundis.

„Demnach ist Gewa also die Verbindung zum Stift! Sie hat den Mitgliedern des Kultes geholfen!", folgerte Reganwi.

„Meinst du wirklich? Ich kann mir das kaum vorstellen." Hildegundis war nicht überzeugt.

Frithuwif fiel noch etwas anders ein: „Als Gernot dachte, du hättest das Ge-nick gebrochen, sagte er, dass das dem ‚Herrn' nicht gefallen würde. Also scheint Meister Konrad noch nicht hier zu sein, sonst hätte er ihn ja schnell dazu geholt!"

„Meister Konrad, wieso Meister Konrad?", wunderte sich Reganwi.

„Hildegundis und ich haben ihn schon lange im Verdacht. Wir sind über-zeugt, dass er der Kopf des Geheimkultes ist. Denk nur an den seltsamen Zufall, als wir ihn im Wald trafen und er uns nach Hause führte. Dann haben wir Schmuck-stücke mit merkwürdigen Zeichen in seiner Werkstatt gefunden, die er schnell vor uns zu verbergen suchte. Und dann heute – als wir nach Spuren suchten, lief er vor uns davon, in den Wald hinein! Wahrscheinlich hat er dann seine Männer alarmiert, die uns schließlich überfallen haben!"

„Ja, was du sagst, klingt tatsächlich so, als sei er schuldig. Trotzdem – ich kenne Meister Konrad schon so lange, ich kann mir nicht vorstellen, dass er etwas mit dem Kult zu tun hat!"

„Wir müssen auf jeden Fall versuchen, hier heraus zu kommen", meinte Hildegundis nun energisch. „Reganwi, deine Hände sind nicht auf dem Rücken gefesselt, weil Gernot ja dachte, du seiest tot. Wenn ich ganz nahe zu dir herüberrutsche, kannst du versuchen, meine Fesseln aufzuknüpfen?"

„Ja, lass es uns probieren!"

Mühsam rutsche Hildegundis näher zu Reganwi und drehte ihr den Rücken zu, damit Reganwi an ihre Fesseln herankam. Reganwi bemühte sich, die dicken Stricke zu fassen zu bekommen. Das war mit gefesselten Händen und Fingern, die durch das Einschüren und die Kälte steif geworden waren, nicht einfach. Es schien eine Ewigkeit zu dauern, bis sich endlich ein Knoten zu lösen begann. Fieberhaft arbeitete Reganwi weiter, bis die Fesseln so locker waren, dass Hildegundis ihre Hände heraus ziehen konnte. Sie streckte einmal kurz ihre Arme und machte sich dann hastig daran, ihre Fußfesseln zu lösen. Danach machte sie Reganwi und Frithuwif die Hände frci, sodass sie sich anschließend selbst von den Fußfesseln befreien konnten.

Hildegundis und Frithuwif halfen Reganwi aufzustehen, da ihr noch ein bisschen schwindelig war. Dann nahm Hildegundis die Fackel aus der Halterung und sagte: „Ich glaube, wir müssen da lang. Gernot und Gewa sind in die andere Richtung gegangen und ich bin mir fast sicher, dass dies der Gang ist, durch den wir damals auch gekommen sind. Wenn wir Glück haben, stehen unsere Pferde in dem kleinen Vorraum, wo wir sie damals abgestellt hatten. Dann können wir fliehen und Hilfe holen, um meinen Vater zu befreien!"

„Und wenn Wachen bei den Pferden sind?", fragte Reganwi.

„Dann müssen wir uns etwas anderes einfallen lassen!", antwortete Frithuwif zuversichtlich.

Vorsichtig betraten die drei Mädchen den Gang. Hildegundis ging mit der Fackel vorweg, hinter ihr Reganwi und zum Schluss Frithuwif. Immer wieder blieben sie stehen und lauschten, ob sich vielleicht von der anderen Seite her jemand näherte. Doch sie hatten Glück, es kam niemand. Unbehelligt erreichten sie die Vorhöhle, in der tatsächlich ihre Pferde standen. Der Busch war wieder vor den Eingang gezogen worden, so dass es nicht sehr hell war. Hildegundis entdeckte sofort Grani, den Rapphengst ihres Vaters. Sie erkannte auch den braunen Wallach, den Martin ritt. Er war also auch gefangen!

„Die beiden Zugpferde, die dort drüben stehen, haben bestimmt den Wagen mit den Weinfässern gezogen", meinte sie dann leise zu den beiden anderen. Plötzlich hörte sie Schritte, die sich von der offenen Seite der Höhle her näherten.

„Schnell, versteckt euch zwischen den Pferden!", rief Hildegundis mit unterdrückter Stimme und kauerte sich zwischen Granis Vorderbeinen nieder, wie sie es zu Hause auf der Burg zum Entsetzen ihrer Mutter so oft getan hatte. Der Hengst begrüßte sie mit einem freundlichen Schnauben, das er in ihre blonden Locken blies.

Reganwi hatte sich an ihre Stute geschmiegt, Frithuwif duckte sich hinter ihren Schecken. Alle Drei hielten den Atem an. Die Schritte näherten sich. Es war ein Mann, der ein Pferd am Zügel führte. Grani drehte den Kopf nach hinten und stieß ein zorniges Wiehern aus, als er den fremden Hengst witterte. Dieser antwortete ohne Zögern. Der Mann stieß einen unwilligen Laut aus und riss sein Pferd scharf am Zügel. Reganwi spähte über den Hals ihrer Stute hinweg – und eine Welle der Erleichterung durchflutete sie, als sie den Mann erkannte. Noch nie war sie so froh gewesen ihn zu sehen. Sie trat aus ihrem Versteck hervor und rief freudig: „Prinz Widukind!"

Der Prinz blieb abrupt stehen und starrte Reganwi an, als würde er einen Geist sehen.

325

„Reganwi!!", rief er fassungslos.

„Prinz Widukind – wie gut, dass Ihr uns gefunden habt! Schnell, lasst uns fliehen, damit wir Hilfe für Graf Thietmar und die anderen holen können!"

Der Prinz starrte sie immer noch an, als auch Hildegundis und Frithuwif aus ihren Verstecken traten. Da schrie Frithuwif auf: „Passt auf, Prinz Widukind, hinter Euch!"

Sie hatte mehrere Männer entdeckt, die nun ebenfalls auf den Eingang der Höhle zukamen.

Prinz Widukind drehte sich jedoch nicht um. Langsam gewann er seine Fassung wieder. Mit seinem typischen Grinsen sagte er dann: „Keine Sorge, Edle Frithuwif. Diese Männer werden mir nichts tun. Sie gehören zu mir – und sie werden Euch alle nun wieder gefangen nehmen. Ja, holde Reganwi, die Nachricht von Eurem angeblichen Tod hatte mich tief betrübt. Noch mehr betrübt mich aber jetzt, dass Ihr mich hier gesehen und erkannt habt. Es ist Euch doch sicher klar, dass ich Euch und die beiden Mädchen nicht laufen lassen kann, oder?"

Sprachlos starrte Reganwi ihn an. Sie konnte noch nicht glauben, dass sich die schon sicher geglaubte Rettung nun in das Gegenteil verwandelt hatte. Hildegundis ging es ebenso. Frithuwif fasste sich als erste.

„Ihr? Ihr seid es also? Ihr steckt hinter allem?", ereiferte sie sich.

Prinz Widukind lachte nur. Inzwischen waren die Männer herangekommen und begannen auf einen Wink Widukinds hin, den Mädchen wieder die Hände auf dem Rücken zu fesseln. Sie ließen dies ohne Gegenwehr geschehen, die Übermacht war einfach zu groß.

„Bringt sie in die kleine Höhle, zu den anderen Gefangenen!", befahl Prinz Widukind.

Das einzig Gute ist, dass ich nun meinen Vater wieder sehen werde, dachte Hildegundis, als sie abgeführt wurden. Wieder ging es durch den langen, dunklen

Gang, der nur von der Fackel des vorangehenden Mannes erleuchtet wurde. Nachdem sie die Höhle mit dem Opferaltar erreicht hatten, wandte sich der Mann mit der Fackel nach links. Für nicht Eingeweihte fast unsichtbar, gab es dort einen Spalt, der in einen weiteren, noch engeren Gang führte. Der Gang schien immer enger und niedriger zu werden, bis er schließlich unvermittelt in einer weiteren Höhle mündete. Diese war bedeutend größer und höher als die erste. An der gegenüberliegenden Wand brannte ein großes Lagerfeuer, über dem ein Ferkel geröstet wurde. Mehrere Frauen waren mit der Zubereitung beschäftigt. Hier war auch in der Wand ein Spalt zu sehen, der nach draußen führte – das war der zweite Ausgang, den die Männer damals benutzt hatten, als Frithuwif und Hildegundis in der Höhle Schutz gesucht hatten. Der Spalt war allerdings so schmal, dass ein erwachsener Mann sich nur mühsam hindurch zwängen konnte.

Als die Gruppe die Höhle betrat, sprang Gernot, der am Feuer gesessen hatte, überrascht auf. Hildegundis sah, dass er das Schwert ihres Vaters in den Händen hielt.

„Was soll das bedeuten?", fragte er erstaunt.

Prinz Widukind, der als Letzter hinterher gekommen war, trat nah an ihn heran und zischte: „Was das bedeuten soll? Deine Gefangenen sind entkommen! Um ein Haar wären sie auf ihren Pferden auf und davon! Zum Glück war ich gerade vorne an der Höhle, so dass sie mir direkt in die Arme liefen. Muss ich denn alles selber machen? Bringt sie jetzt zu den anderen Gefangenen, wir überlegen später, was wir mit ihnen tun werden!"

Gernot verbeugte sich verlegen und stammelte: „Ja, Herr." Dann übernahm er die Führung.

An der Wand sah Hildegundis mehrere Kisten und einige Weinfässer liegen. Doch es blieb ihr keine Zeit sich weiter umzusehen, unsanft wurde sie von den Männern weiter gestoßen. Links vom Lagerfeuer gab es erneut eine schmale Öffnung

327

in der Wand, hinter der sich ein weiterer Gang befand. Die Männer führten die Mädchen durch diesen allerdings sehr kurzen Gang. Dahinter befand sich eine weitere, kleine Höhle, in der es stockfinster war. Hildegundis hörte das leise Klirren von Eisenketten.

Das Licht der Fackel beleuchtete nur mangelhaft die Gestalten, die mit diesen Ketten an die Wand gefesselt waren, doch Hildegundis erkannte ihren Vater trotzdem.

„Vater!", rief sie, riss sich los und stürzte zu Graf Thietmar.

„Hildegundis?", fragte dieser ungläubig.

„Ja, Vater, ich bin es!", antwortete Hildegundis, während ihr die Tränen über die Wangen liefen. Trotz des schlechten Lichtes hatte sie erkannt, dass Graf Thietmar etliche Wunden erlitten hatte. Sein rechter Oberschenkel war verletzt und nur notdürftig verbunden worden. Der Verband war blutgetränkt. Außerdem war sein linker Ärmel zerrissen und blutbefleckt. Auch an der rechten Schläfe hatte er eine Schnittwunde.

Die Gestalt neben ihm bewegte sich nun auch und sagte: „Hildegundis? Was machst du denn hier?"

„Martin!", rief Hildegundis glücklich. Er lebte! Auch Martin hatte einige Blessuren davon getragen, schien aber nicht lebensgefährlich verletzt zu sein.

Neben Martin lagen noch zwei weitere Männer, doch Hildegundis hatte keine Zeit mehr, näher hinzusehen. Gernot zerrte sie zu der gegenüberliegenden Wand, in der ebenfalls Eisenringe befestigt waren. Reganwi und Frithuwif waren schon daran gefesselt worden, nun geschah mit Hildegundis das Gleiche.

„Hier binden wir normalerweise unsere Opfertiere an – aber irgendwie passt das ja auch!", sagte Gernot und kicherte leise in sich hinein, als er Hildegundis festmachte.

„Du Hund! Wenn du meiner Tochter etwas antust, dann…", fuhr ihn Graf Thietmar an und zerrte an seiner Kette.

„Herr Graf, Ihr könnt mir nicht mehr drohen – jetzt habe ich die Gewalt über Euer Leben und das Eurer Tochter! Ihr werdet nun dafür büßen, dass Ihr mich so schlecht behandelt habt!"

„Das hast du dir selbst zuzuschreiben! Du hast meine Pferde misshandelt – dafür war ich noch viel zu gut zu dir!"

„Nun, auch Eure Pferde sind jetzt in meiner Hand, und ich kann mit ihnen tun, was mir beliebt. Glaubt ja nicht, dass Ihr oder Eure Tochter diese Höhle je lebend verlassen werdet!"

Graf Thietmar stieß einen Wutschrei aus und bäumte sich gegen seine Ketten auf. Doch Gernot schlug ihn mit dem Knauf des Schwertes ins Gesicht, so dass er bewusstlos zusammenbrach. Die Mädchen schrieen entsetzt auf. Gernot nahm die Fackel dem anderen Mann aus der Hand und überprüfte, ob die Fesseln auch bei allen richtig saßen.

„Ihr habt es bequem genug so. Ihr braucht kein Licht", sagte er dann und ging mit anderen Männern hinaus. Das Geräusch der Schritte verhallte nach und nach, und der Schein der Fackel wurde immer schwächer, bis sie schließlich von völliger Dunkelheit umgeben waren. Sie waren nun endgültig in der Höhle gefangen!

21. Unerwartete Hilfe

„Vater?", rief Hildegundis halblaut ins Dunkel, sehen konnte sie nichts. Sie hörte nur das Klirren der Ketten und ein Stöhnen von Gegenüber, dann antwortete Martin: „Er kommt gerade wieder zu sich, Hildegundis."

Es folgte ein weiteres Stöhnen, dann hörte Hildegundis die Stimme ihres Vaters: „Hildegundis? Geht es dir gut? Hat dieser Unhold dir etwas angetan?"

„Nein, Vater mir geht es gut. Frithuwif und Reganwi auch. Aber du bist verletzt!"

„Ach, das ist nichts weiter. Ein Schwerthieb hat mich am Bein getroffen; das andere sind nur kleine Schrammen. Aber jetzt erzähle, wie seid ihr hierher gekommen?"

Hildegundis berichtete, unterstützt von Reganwi und Frithuwif, von Tassilos Krankheit, von der sie nun wussten, dass es eine Vergiftung war, von ihrem Aufbruch, dem Treffen mit Meister Konrad, dem Überfall im Wald, Gewas Erscheinen und ihrer missglückten Flucht.

Reganwi sagte: „Ich könnte mich dafür ohrfeigen, dass ich so arglos aus meinem Versteck kam, als ich Prinz Widukind sah. Hätte ich doch nur abgewartet! So habe ich uns alle verraten und erneut in die Gefangenschaft gebracht!"

„Grämt Euch darüber nicht, Reganwi", antwortete Graf Thietmar. „Niemand konnte ahnen, welches Spiel Widukind spielt. Mir ist es ähnlich gegangen. Wir waren mit unserem Weinkarren fast in Rellinghausen, als uns ein einzelner Reiter entgegenkam. Ich habe mir nichts dabei gedacht, denn unsere Tarnung war gut und wir waren gut bewaffnet. Ich habe den Wagen gelenkt, zwei Männer saßen bei den Fässern und Martin ritt hinterher. Was konnte ein einziger Reiter uns da schaden! Als er dann näher kam, erkannte ich Prinz Widukind. Natürlich war ich besorgt, wie ich ihm unsere Tarnung erklären sollte, denn er würde mich ja auch erkennen. Aber ich war keineswegs beunruhigt, eine Gefahr sah ich nicht. Dann hielt Widukind neben unserem Wagen, direkt neben dem Kutschbock. Er grinste und fragte mich, ob ich die Fracht denn sicher verpackt hätte. Ich war erstaunt, denn aus seinen Worten entnahm ich, dass er von dem geheimen Transport der Krone wusste. Dann sagte er, dass er die Krone nun in königlichem Auftrag an sich nehmen würde. In diesem Moment rief mir Martin eine Warnung zu, denn aus dem Wald stürmten bewaffnete Männer heran. Ich drehte mich um und erhielt von Widukind den Schwerthieb ins Bein. Hätte ich mich nicht weggedreht, hätte er mir den Schädel gespalten – Martin hat mir das Leben gerettet! Es gab dann einen kurzen Kampf, doch die Übermacht war zu groß. Die beiden Männer, die auf den Fässern saßen, wurden schwer verwundet, ich weiß nicht, ob sie noch leben. Wir wurden gefangen genommen, erhielten Säcke über den Kopf und wurden dann hierher verschleppt. Martin hat übrigens tatsächlich dein Tüchlein fallen lassen, Hildegundis, um eine Spur zu hinterlassen. Und dann hatte dieser Hundesohn Widukind auch noch die Frechheit, einen Boten mit meinem Siegelring nach Rellinghausen zu senden und nach meinem Pferd zu schicken! Aber das war bestimmt Gernots Idee. Er will sich nicht nur an mir, sondern auch an dem Hengst rächen und wollte ihn darum unbedingt in seine Gewalt bekommen."

„Und die Kinderkrone?", fragte Hildegundis leise.

„Sie haben sie natürlich gefunden und wahrscheinlich auch hierher gebracht", antwortete ihr Vater betrübt.

„Aber was will Widukind damit? Es weiß doch jeder, wem sie gehört!", ereiferte sich Frithuwif.

„Widukind will dem König schaden", erklärte Graf Thietmar und fuhr fort: „Ich bin jetzt auch davon überzeugt, dass er es war, der den Anschlag auf Heinrich geplant hatte. Da ihm das nicht geglückt ist, versucht er nun, das Ansehen des Königs in den Dreck zu ziehen. Wenn die Kinderkrone geraubt werden konnte und am angekündigten Tag nicht zur Verfügung steht, wirft das ein schlechtes Licht auf den König. Er wird als schwach gelten. Dann hat Widukind – und er hat bestimmt noch Verbündete unter dem sächsischen Adel – leichtes Spiel, einen Kandidaten nach seinem Geschmack zum Herrscher zu machen. Vielleicht strebt er sogar selbst den Thron an."

„Aber was wird das Volk dazu sagen? König Heinrich ist doch recht beliebt!", wandte Hildegundis ein.

„Ja, beim christlichen Adel! Es gibt aber gerade in diesen Regionen noch viele, die dem alten Glauben anhängen. Ihnen ist Heinrich zu fromm und zu streng gegenüber den heidnischen Bräuchen. Darum war die Äbtissin auch so bemüht, diesem heidnischen Treiben ein Ende zu machen, sie wusste, das schwächt nicht nur ihre Stellung, sondern auch die des Königs."

„Vater, warum hat Prinz Widukind sich dann mit Gernot und seinen Räubern zusammengetan?"

„Ich fürchte, Gernot ist nicht nur der Anführer der Räuber, sondern hat auch mit diesem Kult zu tun. Es kann kein Zufall sein, dass das Versteck der Räuber und die Kultstätte der Heiden am gleichen Ort sind. Das hat Widukind ausgenutzt. Mit den Räubern hatte er eine schlagkräftige Truppe zur Verfügung, die ihm auch noch willig folgte, weil sie das gleiche Ziel hat: Die Absetzung König Heinrichs!"

„Aber wie hat Widukind die Informationen erhalten, wie ist meine Stute damals in die Hände der Heiden gefallen?", hakte Hildegundis nach.

„Diese Frage habe ich auch noch nicht beantworten können, Hildegundis. Es muss jemanden im Stift geben, der ihm geholfen hat, der sich dort auch unauffällig bewegen kann."

„Wir haben Meister Konrad, den Goldschmied, im Verdacht", sagte Frithuwif. „Wir können uns nämlich nicht erinnern, ihn bei den Gottesdiensten gesehen zu haben. Und dann sein seltsames Verhalten, sein Auftauchen im Wald – er muss etwas damit zu tun haben!"

„Aber von dem Plan, wie die Kinderkrone getarnt wird, konnte er doch nichts wissen – wie hätte er davon erfahren sollen? Doch still jetzt, ich höre Schritte!"

Tatsächlich näherte sich jemand, bald konnten die Gefangenen auch den Schein von Fackeln sehen. Gernot erschien mit drei anderen Männern.

„So, habt ihr euch gut unterhalten? Ich hoffe es für Euch, denn ihr werdet euch jetzt trennen müssen", sagte er mit einem frechen Grinsen. Währenddessen hatten die anderen Männer begonnen, die Ketten der Mädchen zu lösen.

„Was habt ihr vor?", fuhr Graf Thietmar ihn an.

„Wir werden die drei Jungfrauen für ein Ritual fertig machen. Eure Tochter und ihre Freundinnen können sich glücklich schätzen – sie werden Wotan geopfert!"

Die Mädchen schrieen auf und wehrten sich mit aller Macht, fortgebracht zu werden, hatten aber gegen die kräftigen Männer keine Chance. Auch Graf Thietmar und Martin rissen mit Leibeskräften an ihren Ketten, doch ohne Erfolg. Hilflos mussten sie mit ansehen, wie die Mädchen in den Gang gezerrt wurden.

Gernot ging als Letzter, drehte sich aber noch einmal zu Graf Thietmar um und sagte: „Prinz Widukind hat sie uns überlassen, für ihn sind sie nicht mehr von Wert. Außerdem kann er sie sowieso nicht am Leben lassen, da sie ihn nun erkannt haben. Doch ich kann Euch beruhigen – Ihr werdet Eurer Tochter bald nachfolgen!"

Gernot lachte hämisch und folgte dann den anderen. Graf Thietmar und Martin blieben im Dunkel zurück.

Die Mädchen wurden wieder in die große Höhle gebracht. Rechts neben dem Lagerfeuer gab es eine Nische, die Hildegundis zuvor nicht bemerkt hatte. Dort stand die Kräuteralma mit zwei anderen Frauen und schien auf sie zu warten. Sie hatten üppige Blumenkränze geflochten, die sie in den Händen hielten.

„Du bist doch die, die sie Kräuteralma nennen, nicht wahr?", fragte Reganwi.

„Ja, das stimmt."

„Ich habe viel von deiner Heilkunst gehört – du hilfst doch sonst den Menschen, warum tust du hier mit, bei diesem heidnischen Unsinn, bei diesem Menschenopfer?"

„Das versteht Ihr nicht. Das, was Ihr in Eurer christlichen Verblendung Unsinn nennt, hat mir die Kraft gegeben, als Heilerin tätig zu sein!", zornig funkelte Alma die gefesselte Reganwi an.

Reganwi erwiderte ihren Blick ruhig. „Menschen zu töten, das soll Kraft für Gutes geben? Nein, Alma, aus einer schlechten Tat kann nichts Gutes erwachsen!"

„Schluss jetzt, mit dem Reden! Wir werden euch nun für das Opferritual schmücken", herrscht Alma sie an, da sie nicht wusste, was sie sonst entgegnen sollte. Sie setzte Reganwi einen Blumenkranz auf den Kopf. Reganwi ließ dies ruhig geschehen. Die Ruhe, die Reganwi ausstrahlte, gab auch Hildegundis und Frithuwif wieder Mut. Auch sie wehrten sich nicht, als man ihnen ebenfalls Kränze aufsetzte.

Dann bekamen alle drei ein Amulett mit Runen umgehängt. Anschließend wurden sie von den Männern in den Gang gebracht, der zur Opferhöhle führte. Hier war in einer Ecke Stroh aufgeschüttet worden und Gernot befahl ihnen, sich dort niederzulassen. „Hier werdet ihr nun warten, bis das Ritual beginnt!", sagte er und ließ die Mädchen dann allein.

Schweigend saßen die drei auf dem Stroh und dachten verzweifelt über eine Fluchtmöglichkeit nach. Da hörte Hildegundis ein Geräusch. Noch bevor sie die anderen aufmerksam machen konnte, stand Gewa vor ihnen – mit einem Messer in der Hand!

„Gewa!", rief Hildegundis, als ihre Dienerin mit dem Messer zu ihr hinhuschte.

„Oh, Herrin, dreht Euch schnell um, damit ich Eure Fessel durchschneiden kann!"

Hildegundis kam dieser Aufforderung natürlich sofort nach. Auch Reganwi und Frithuwif schöpften sofort wieder Hoffnung. Erst die Fesseln loswerden, dann war die Flucht schon nicht mehr unmöglich! Während Gewa noch bemüht war, die starken Stricke durchzuschneiden, ertönte hinter ihr auf einmal eine zornige Stimme: „Was tust du da! Verräterin!"

Unbemerkt hatte Gernot sich genähert und entdeckt, dass Gewa die Gefangenen gerade befreien wollte.

Erschreckt sprang Gewa hoch und sah Gernot entsetzt an.

„Aber Gernot, ihr könnt sie doch nicht einfach töten, sie war immer gut zu mir!"

„Du meinst, du kannst das einfach bestimmen? Nein, Gewa, damit hast du dich gegen uns gestellt und darauf steht die Todesstrafe!"

Mit diesen Worten entriss Gernot ihr das Messer, holte aus und stach zu. Hildegundis hatte sich in der Zwischenzeit natürlich wieder herumgedreht und die Auseinandersetzung der beiden angespannt verfolgt.

In dem Moment, als Gernot das Messer in Gewas Herz stechen wollte, trat Hildegundis mit aller Kraft nach seinen Beinen. Das brachte ihn aus dem Gleichgewicht, so dass er stolperte und mitten im Schwung auf Gewa stürzte. Sein Messer traf das Mädchen nun zwar trotzdem, aber aus einem anderen Winkel. Gernot rappelt sich auf und sah Gewa mit blutender Brust da liegen. Er griff nach dem Messer, das ihm entfallen war und murmelte mit einem Blick auf das wie tot daliegende Mädchen.

„Nun kann sie auch hier liegen bleiben und ihre letzten Momente bei ihrer geliebten Herrin verbringen!" Dann ließ er die Mädchen wieder allein.

Hildegundis beugte sich zu Gewa hinüber.

„Wie geht es ihr?", fragte Reganwi leise.

„Ich weiß nicht", antwortete Hildegundis, während ihr Tränen über die Wangen liefen. Gewas Treue war wirklich erschütternd!

„Da! Sie bewegt sich!", rief jetzt Frithuwif, die auch gespannt herübergeschaut hatte. Gewa öffnete die Augen und sah Hildegundis' Gesicht über sich.

„Herrin", sagte sie leise.

„Nicht sprechen, das strengt zu sehr an", antwortete Hildegundis.

Doch Gewa schüttelte energisch den Kopf, obwohl ihr das ziemliche Schmerzen zu bereiten schien. Dann fingerte sie mühsam an ihrem Gürtel nach einem kleinen Ledersack. Es dauerte eine Weile, bis sie ihn geöffnet hatte. Sie griff hinein und holte ein kleines Messer heraus.

„Es ist zwar klein, aber auch sehr scharf", sagte sie mühsam. Hildegundis begriff. Sie drehte Gewa schnell wieder den Rücken zu. Mit vielen Unterbrechungen und unter größter Anstrengung schaffte Gewa es dann, Hildegundis die Fessel zu durchschneiden.

Hildegundis nahm ihr dann schnell das Messer ab und befreite auch Frithuwif und Reganwi. Dann kümmerten sich alle drei um die Verletzte. Hildegundis bettete Gewas Kopf in ihrem Schoß, während Frithuwif sich Fetzen aus ihrem Kleid riss und Reganwi half, daraus einen Verband zu machen. Gewa hatte die Augen dabei zunächst geschlossen. Als sie sie wieder öffnete, sah sie wieder in Hildegundis' Augen.

„Danke, Gewa. Du hast dein Leben für uns gewagt."

Gewa schloss die Augen wieder, doch Hildegundis sah, dass sie weinte.

„Nein", sagte sie dann und versuchte erneut den Kopf zu schütteln. „Nein, Herrin, Ihr müsst fliehen, kümmert Euch nicht mich!"

„Was redest du da? Wir werden alles tun, um dir zu helfen!"

„Ach, Herrin, wenn Ihr wüsstet!"

Sie schwieg einen Moment und schien einen inneren Kampf mit sich auszufechten. Dann fuhr sie fort: „Ich habe gehört, dass Gott alle Sünden vergibt, wenn man sie bekennt und aufrichtig bereut – ist das wahr?"

Hildegundis sah sie erstaunt an. Dann sagte sie ernst: „Ja, das ist wahr."

„Dann muss ich Euch jetzt etwas erzählen. Ich habe Schlimme Dinge getan, aber ich bereue sie aufrichtig."

Langsam und mühsam begann Gewa zu erzählen.

Sie berichtete, wie sie die Kräuteralma kennen gelernt hatte, und wie diese ihr half und freundlich zu ihr war, als sie die gerade gekaufte Schüssel zerbrach. Gewa erzählte weiter, wie froh sie war, als sich die Gelegenheit bot, der Kräuteralma ihre Güte zu vergelten. Sie stockte, als sie nun auf die Entführung des Pferdes zu sprechen kam.

„Herrin, glaubt mir, ich hatte keine Ahnung, welche Absichten sie mit dem Pferd hatten!"

Hildegundis war sehr blass geworden, als ihr klar wurde, dass ihre eigene Dienerin den Heiden ihr Pferd ausgeliefert hatte. Sie schluckte und sagte leise: „Sprich weiter, Gewa."

Das Mädchen erzählte dann von der Reise nach Köln, wo sie das Gespräch zwischen Reganwi und Hildegundis belauscht hatte.

„Auch Euch muss ich um Verzeihung bitten, Edle Reganwi. Als die Kräuteralma von mir erfuhr, dass Ritter Tassilo um Eure Hand anhalten würde, hat sie dies sofort an Prinz Widukind weitergegeben."

Jetzt verstanden alle, wieso Prinz Widukind so schnell um Reganwis Hand angehalten hatte.

Schließlich gestand Gewa, dass sie, unbemerkt von Ritter Tassilo und Graf Thietmar, deren Gespräch über die Tarnung der Kinderkrone und den Termin der Reise mitgehört hatte.

„Auch das habe ich der Kräuteralma erzählt – sie war immer besonders freundlich zu mir, wenn ich Informationen hatte. Aber als dann die Sache mit Ritter Tassilo passierte – da bin ich zu ihr hingegangen, denn ich habe mir große Sorgen gemacht, dass er sterben würde!"

„Was war das mit Ritter Tassilo?", fragte Reganwi sofort.

Gewa erzählte zögernd weiter: „Die Kräuteralma hatte einen Trank bereitet, den ich Ritter Tassilo heimlich in seinen Wein tun sollte. Sie sagte, dies würde ihm nur ein wenig Unwohlsein bescheren – gerade genug, damit er zum vereinbarten Zeitpunkt nicht zu Graf Thietmar stoßen könnte. Als er aber dann so krank wurde…"

„Er hätte wirklich sterben können!", rief Frithuwif entrüstet und Gewa brach erneut in Tränen aus.

In Hildegundis kämpften die widerstrebensten Gefühle miteinander. Gewa war nicht nur mitschuldig am Tod ihres Pferdes, ihr Verrat hätte Tassilo das Leben kosten können – und was aus ihnen allen wurde, war noch völlig offen. Andererseits tat ihr das schwer verletzte, verzweifelte Mädchen auch unendlich leid.

Hildegundis sah erst Reganwi, dann Frithuwif bittend an. Die beiden verstanden ihre stumme Frage – erst nickte Reganwi, dann, zunächst zögernd, aber dann bestimmt, auch Frithuwif. Hildegundis strich Gewa, deren Kopf noch immer auf ihrem Schoß lag, sanft übers Haar. Dann sagte sie: „Gewa, ich verzeihe dir. Du hast große Schuld auf dich geladen, aber du hast dein Leben eingesetzt, um uns zu retten. Und du bereust deine Taten – jetzt müssen wir aber sehen, dass wir von hier fortkommen!"

„Herrin, ich kann es nicht glauben, dass Ihr mir wirklich verzeihen könnt, aber ich danke Euch für Eure freundlichen Worte", sagte Gewa und griff nach Hildegundis' Hand, um sie zu küssen.

Da erklang das rollende Geräusch eines kleinen Steinchens, das unabsichtlich von einem Fuß getroffen und zur Seite gestoßen wird. Es kam jemand. Diesmal war es Frithuwif, die es zuerst hörte.

„Schnell, steckt die Hände hinter eure Rücken, es darf niemand merken, dass wir nicht mehr gefesselt sind!", raunte sie den anderen zu. Dann erschien der Umriss eines Mannes im Gang. Er trat vorsichtig näher, sah sich um und leuchtete ihnen mit einer Fackel ins Gesicht.

„Meister Konrad!", entfuhr es Hildegundis.

„Also doch!", murmelte Frithuwif.

Meister Konrad hatte ein Kurzschwert in der Hand. Er trat zu Reganwi, die ihm am nächsten lag und sagte leise: „Lasst mich Eure Fesseln lösen, damit wir schnell entfliehen können – draußen warten Ritter Tassilo und einige Männer!"

„Das geht nicht!", widersprach Hildegundis, „Mein Vater, sein Junker und zwei verletzte Männer sind in der hintersten Höhle, die müsst Ihr auch befreien!"

„Dann lebt Graf Thietmar also noch? Wir hatten das Schlimmste vermutet. Ah, ich sehe, Ihr seid bereits befreit, das ist noch besser. Wir machen es dann so: Ich gehe kurz zurück und sage Bescheid. Ritter Tassilos Männer machen die Pferde los und geben Alarm, das wird für genug Aufmerksamkeit sorgen. Alle werden herausgelaufen kommen. Dort werden sie von Ritter Tassilo und seinen Männern in Empfang genommen. Ich verstecke mich hinter dem Opferaltar, dann eile ich, um die anderen zu befreien, in die hinterste Höhle. Danach komme ich mit den anderen Gefangenen wieder hier vorbei und wir können die Höhle verlassen – bleibt also hier und verhaltet Euch still, bis ich wieder komme!"

Nach diesen Worten huschte Meister Konrad wieder in den Gang zurück, doch nicht bevor er noch mal aufmerksam gehorcht hatte, ob sich auch niemand näherte. Die Minuten, bis er zurückkam, kamen den Mädchen wie eine Ewigkeit vor.

Immer wieder horchten sie auch in die andere Richtung, ob von dort jemand zu ihnen in die Opferhöhle kam. Alles blieb ruhig. Endlich kam auch Meister Konrad zurück.

„Gleich geht's los – bleibt auf Eurem Platz!", raunte er ihnen zu und versteckte sich hinter dem Opferaltar. Da konnte man auch schon entferntes Wiehern, Stampfen und Rufen vernehmen. Ein junger Mann kam durch den Gang von draußen gerannt, lief an den Mädchen vorbei in den Gang zur zweiten Höhle und rief immer wieder: „Die Pferde sind los! Die Pferde sind los!"

Schon bald lief er zurück, gefolgt von den Männern, die die Mädchen überfallen hatten, den Frauen, die ihnen die Kränze aufgesetzt hatten und, zum Schluss, Gernot. Nur die Kräuteralma war nicht dabei. Gernot warf im Vorübereilen nur einen kurzen Blick auf die Mädchen, die die Arme hinter dem Rücken hielten, als ob sie noch gefesselt wären. Gewa lag leblos zwischen ihnen und hatte die Augen geschlossen. Den Verband, den sie dem verletzten Mädchen angelegt hatte, hatte Reganwi sorgsam unter Gewas blutdurchtränktem Gewand verborgen. Sie hoffte, dass dies von Gernot unbemerkt blieb, denn sonst hätte er gewusst, dass seine Gefangenen nicht mehr gefesselt waren – wer hätte Gewa sonst verbinden können? Doch Reganwis Sorge blieb unbegründet, Gernot hastet hinter den anderen her.

Sobald alle in dem Gang, der nach draußen führte, verschwunden und ihre Schritte verhallt waren, kam Meister Konrad aus seinem Versteck, um in den anderen Gang zu gehen und die restlichen Gefangenen zu befreien. In der einen Hand hielt er eine Fackel, die er aus einer Wandhalterung genommen hatte, in der anderen sein Kurzschwert. Es konnte ja sein, dass er noch auf einen Nachzügler traf.

Wieder verstrichen die Minuten für die Mädchen unendlich langsam. Während sie warteten, sahen sie nach Gewa.

„Ist sie bewusstlos?", fragte Frithuwif.

„Ja", antwortete Reganwi, „Sie hat ziemlich viel Blut verloren. Lasst uns zur Muttergottes beten, dass sie ihr Leben erhält."

Endlich hörten sie Schritte aus der Richtung, in die Meister Konrad gegangen war. Gespannt blickten die Mädchen zum Ausgang des Ganges. Dann sprang Hildegundis auch schon auf, sie hatte ihren Vater erkannt, der von Meister Konrad und Martin gestützt wurde. Seine Verletzung musste doch schwerer sein als er zugegeben hatte, denn er konnte sein linkes Bein kaum bewegen.

„Die Krone! Wir müssen noch die Krone holen!", brachte Graf Thietmar mühsam hervor, als er sich erschöpf von der Anstrengung auf dem Strohlager niederließ.

„Ich hole sie, Vater", sagte Hildegundis und lief auch schon los, bevor jemand protestieren konnte.

„Warte, ich komme mit!", rief Martin und folgte ihr.

Hildegundis nahm sich eine Fackel und eilte in die große Höhle.

„Dort hinten sind die Weinfässer, da ist auch bestimmt die Krone!"

Die Kinder liefen hin und suchten fieberhaft zwischen den Fässern.

„Sie ist in einer schlichten Holzkiste versteckt", sagte Martin. Dann rief er: „Hier ist sie!" Er zog eine einfache Kiste hervor, wie sie zum Aufbewahren von alltäglichen Gegenständen, wie Trinkbechern, im Hause benutzt wurde.

„Mach' sie auf, damit wir sehen, ob die Krone auch wirklich darin ist!", sagte Hildegundis.

Martin öffnete die Kiste, die über kein Sicherheitsschloss verfügte, da dies ja der Tarnung widersprochen hätte. Hildegundis hielt die Fackel ganz nah an die geöffnete Kiste. Zunächst sah sie nur dicke Tücher aus wertvollen Stoffen, die kunstvoll bestickt waren, doch als sie diese wegnahm, kam darunter tatsächlich die Kinderkrone zum Vorschein. Martin hob sie vorsichtig hoch, damit Hildegundis sie näher betrachten konnte. Das Licht ihrer Fackel wurde tausendfach reflektiert.

„Wie schön!", hauchte Hildegundis und berührte sie vorsichtig mit einem Finger.

Die Krone bestand aus einem Goldreif, von dem sich vier Lilien erhoben. Der ganze Reif war über und über mit großen Edelsteinen geschmückt, die in allen Farben leuchteten. Manche davon schienen antik zu sein, in sie waren zierliche Bilder geschnitzt, wie sie die vornehmen Römer gern als Schmuck trugen. Alle diese wertvollen Steine waren in filigranen Fassungen gefasst. An der oberen und unteren Kante des Goldreifs lief ein Band aus kostbaren Perlen. Hildegundis war sich sicher, noch nie etwas Schöneres gesehen zu haben.

Ein Ruf aus der anderen Höhle brachte die Kinder schnell in die Realität zurück. Sie hüllten die Krone vorsichtig wieder in die Tücher ein, schlossen die Kiste und trugen sie gemeinsam durch den Gang zu den anderen.

Als sie die Opferhöhle erreichten, bot sich ihnen ein völlig neues Bild: Gernot war gerade dabei, Reganwi zum Opferaltar zu zerren, wobei er ihr das Schwert, das er Graf Thietmar entwendet hatte, an die Kehle hielt. Widukind hatte Frithuwif ergriffen und hielt sie vor sich fest, während er ihr ebenfalls mit seinem Schwert drohte. Vor ihm stand Tassilo, wütend aber hilflos. Sein Schwert lag auf dem Boden. Meister Konrad lag bewusstlos neben Graf Thietmar.

Als Hildegundis und Martin dazu kamen, sagte Widukind gerade: „Ich dachte mir doch, dass das mit den Pferden nur eine Finte war. Gut, dass wir nachsehen kamen, was sich hier in der Höhle tut und noch besser, dass wir Meister Konrad so leicht überwältigen konnten. Und jetzt sage ich es euch zum letzten Mal: Wo ist die kleine Hildegundis? Wenn Ihr das Leben Eurer Schwester retten wollt, so antwortet mir jetzt endlich!"

Martin erkannte die Situation, ließ sofort die Kiste los, zog sein Kurzschwert und stürzte mit einem Schrei auf Gernot zu. Der ließ überrascht Reganwi los, die sich sofort in Sicherheit brachte. Hildegundis hatte die Kiste allein nicht halten können, sie stürzte sie also mit einem lauten Krach zu Boden. Der Deckel sprang auf und die Krone rollte heraus. Davon abgelenkt, hatte auch Widukind sich umgedreht, was

Frithuwif die Möglichkeit gab, sich aus seinem Griff zu befreien. Das nutzte Tassilo sofort aus, um sein Schwert aufzuheben und zu einem Hieb gegen Widukind auszuholen. Doch Widukinds Reflexe funktionierten: Er parierte den Hieb und setzte nach. Tassilo konnte ihn zwar leicht an der Stirn verwunden, doch schien ihm das nicht viel auszumachen. Es war ihm ein Leichtes, den angeschlagenen Tassilo zurückzudrängen. Hieb folgte auf Hieb und Tassilo fiel es immer schwerer, sich zu verteidigen.

Währenddessen entspannte sich ein Kampf zwischen Martin und Gernot. Martin hatte zwar die bessere Technik, Gernot jedoch die größere Körperkraft. Das versuchte er auszunutzen und Martin, seinen alten Widersacher, den er für sein unseliges Schicksal verantwortlich hielt, zu ermüden. Hildegundis, die das Duell angespannt verfolgte, sah, dass Martin mit der Zeit unaufmerksamer wurde. Sie kannte ja seine Schwachstelle. Wie konnte sie ihn darauf aufmerksam machen, ohne dass Gernot das mitbekam?

Dann fiel ihr etwas ein und sie rief Martin zu: „Manus sinister, Martine!"

Hildegundis hoffte, dass Martin seinen Lateinunterricht nicht vergessen hatte und verstand, dass sie ihn auf seine linke Hand aufmerksam machen wollte, die er wieder gefährlich ungeschützt seinem Gegner darbot. Doch sie konnte die Wirkung ihrer Worte sofort sehen. Martin nahm seine linke Hand zurück und verdoppelte seine Anstrengungen. Dass Hildegundis ihm zusah, motivierte ihn zusätzlich. Er machte eine Finte und konnte Gernot einen empfindlichen Hieb am Arm beibringen. Das überraschte diesen derart, dass er sein Schwert fallen ließ. Blitzschnell drehte er sich um und rannte zurück in Richtung der großen Höhle. Martin lief sofort hinterher.

Widukind drängte Tassilo dagegen immer mehr zurück, Richtung Höhlenwand. Aus den Augenwinkeln hatte er mitbekommen, dass Gernot geflohen war, doch das entmutigte ihn nicht. Tassilo würde er bald besiegt haben und Graf Thietmar war zu schwer verletzt, um kämpfen zu können. Er konnte immer noch die Krone an sich bringen und seinen Plan, wenn auch geändert, ausführen. Tassilo konnte

343

Widukinds Hiebe kaum noch parieren und Widukind gelang es, ihn an der linken Schulter treffen.

„Gebt es auf, Tassilo! Eure Kräfte sind am Ende – und Reganwi könnt Ihr auch nicht retten. Bevor ich mit der Krone verschwinde, werde ich sie töten. Erst sie – dann die anderen Jungfern!“

Dies machte Tassilo nun unglaublich wütend. Er legte all seine Willenskraft in einen einzigen Hieb – und es gelang, er konnte Widukind das Schwert aus der Hand schlagen. Widukind hatte damit überhaupt nicht gerechnet, wollte zurückweichen, stolperte jedoch und stürzte hin. Tassilo setzte sofort nach und hielt Widukind das Schwert an die Kehle.

„Gebt Ihr nun auf?“, keuchte der Ritter und Reganwi sah besorgt, dass Tassilo sehr geschwächt wirkte. Doch Widukind nickte resigniert. In diesem Moment sah er für sich keine Chance mehr. Vielleicht gab es später eine bessere Möglichkeit zu fliehen, doch jetzt … . Seine Verbündeten waren davon gelaufen, er war verletzt, hatte sein Schwert verloren und stand zwei bewaffneten Männern gegenüber. Meister Konrad war inzwischen wieder zu sich gekommen und hatte auch sofort zu seinem Schwert gegriffen, um Tassilo beizustehen.

„Ich hole die Ketten, wir müssen ihn gut fesseln, damit er uns nicht auch noch entkommt!“, sagte Meister Konrad und ging auch sofort los, um seinen Vorsatz auszuführen, während Tassilo Widukind weiter in Schach hielt.

Martin kam zurück und musste enttäuscht berichten, dass Gernot entkommen war.

„Er war plötzlich verschwunden – ich verstehe das nicht! Aus der großen Höhle führte doch nur ein Gang in dieses dunkel Verlies, in dem wir saßen!“

Da fiel Hildegundis etwas ein: „Es gibt in der großen Höhle einen zweiten Ausgang! Ich habe ihn gesehen, er ist sehr schmal und schlecht zu entdecken, es passt auch nur ein Mann hindurch – so muss er entkommen sein!“

Auch die Soldaten des Stifts, die draußen die anderen Leute aus der Höhle festnehmen konnten, hatten Gernot nicht bemerkt. Es war, als wäre er vom Erdboden verschluckt worden.

„Gut gemacht!", sagte Graf Thietmar trotzdem anerkennend zu Tassilo und Martin, „Schade, dass ich nicht helfen konnte."

„Ja, dann wäre uns dieser Halunke Gernot bestimmt nicht entkommen!", stimmte Martin zu. Der Graf fuhr fort: „Ich bin wirklich stolz auf dich Martin. Du hast dich heute erneut im Kampf bewährt. In gar nicht so langer Zeit werde ich wohl froh sein, dich als Ritter Martin zu meinen Verbündeten zählen zu können!"

Martin freute sich über das Lob, wurde aber auch ein wenig verlegen. „Herr Graf, ein großer Teil des Lobes gebührt aber auch Eurer Tochter. Hätte Hildegundis mich nicht gewarnt, wäre der Kampf wohl nicht so gut ausgegangen."

„Siehst du Vater, Mutter hat doch Recht: Latein kann auch für Jungen nützlich sein!", rief Hildegundis.

Graf Thietmar lachte und sagte: „Vielleicht verzeiht deine Mutter mir ja, dass ich es war, der dich diesmal in ein Abenteuer geschickt hat, wenn ich ihr das erzähle!"

Meister Konrad kam nun mit den Ketten wieder und Prinz Widukind wurde sorgsam damit gefesselt. Dann machten sich alle zum Aufbruch bereit. Ein Soldat wurde als Bote nach Astnide geschickt, um dort Nachricht vom glücklichen Ausgang der Geschichte zu geben und einen Wagen für die Verletzten mitzubringen, die nicht in der Lage waren, auf ein Pferd zu steigen. Die Anhänger des Kultes standen gefesselt, mit hängenden Köpfen dar – sie hatten sich ganz in ihr Schicksal ergeben.

Frithuwif beschäftigte aber noch eine Frage. „Meister Konrad", begann sie, „Ihr müsst uns verzeihen, aber wir hatten Euch im Verdacht, zu den Anhängern des Kultes zu gehören."

Überrascht blickte der Goldschmied auf. „Wie kommt Ihr denn darauf?"

„Wir haben Euch zweimal im Wald getroffen, in der Nähe der Höhle. Dann gab es Schmuckstücke mit seltsamen Zeichen in Eurer Werkstatt. Und Ihr scheint ja auch den Weg zur Höhle zu kennen!"

Verlegen starrte Meister Konrad auf seine Schuhspitzen. „Nun, dann macht es wohl keinen Sinn mehr, mein Geheimnis weiter zu hüten: Ich bin Jude – nur die Hochedle Äbtissin Theophanu weiß davon. Ich war der einzige dieses Glaubens in Astnide, bis die Familie des Händlers Abraham sich dort niederließ. Doch ich hatte mich schon so daran gewöhnt, in den Wald zu gehen, um meine Gebete dort nach den Gesetzen des Mose zu verrichten, dass ich nicht mehr daran dachte, dies zu ändern. So habe ich den Wald gut kennen gelernt. Die Höhle kannte ich allerdings nicht, ein kleines Tüchlein mit zwei gestickten Greifen hat uns heute auf die richtige Fährte gebracht. Die Schmuckstücke, die Ihr gesehen habt, waren mit hebräischen Zeichen versehen. Es war eine Auftragsarbeit für einen reichen jüdischen Händler in Köln."

„Dann hat sich ja alles wunderbar aufgeklärt – doch wie kommt es, dass du hier bist Tassilo? Wir hatten von Altfrid gehört, dass Swanhild dir einen Schlaftrunk gegeben hat, der dich zwei Tage lang durchschlafen lassen sollte", wollte Reganwi nun wissen.

„Doda hat Frithuwif und Hildegundis vermisst. Sie wollte zu mir, doch ich schlief ja. Altfrid hat ihr dann erzählt, dass ihr drei auch zu mir wolltet. Da auch eure Pferde verschwunden waren und Gewa dazu, machte Doda sich große Sorgen und dachte, dass ihr euch in irgendein Abenteuer stürzen würdet – sie wusste ja nichts von der Krone. Doda sprach dann mit Swanhild, die mir einen anderen Trank einflößte, der mich schnell wieder aufweckte und mir meine Kräfte zurückgab. Als ich aufwachte und Doda mir von eurem Verschwinden berichtete, war mir natürlich sofort klar, dass etwas mit unserem Plan schief gelaufen sein musste. Swanhild warnte mich allerdings, dass die Wirkung des Trankes nicht lange anhalten würde – und ich glaube, jetzt ist es soweit, dass sie nachlässt, meine Knie werden ganz wackelig."

Tassilo setzte sich und wischte sich mit einer Hand den Schweiß von der Stirn. Dann fuhr er fort: „Ich habe anschließend einen Trupp Soldaten zusammengestellt und bin Richtung Wald geritten, in der Hoffnung, dort eine Spur von euch oder Graf Thietmar zu finden. Dann traf ich auf Meister Konrad, der aus dem Wald kam und mir sofort erzählte, dass ihr wohl überfallen worden seid. Wir haben uns gemeinsam auf den Weg gemacht, das Tüchlein gefunden und schließlich die Pferde in der Vorhöhle entdeckt. Wir haben uns alle versteckt gehalten – bis die Pferde unbeaufsichtigt waren. Anschließend haben wir beschlossen, dass sich zunächst Meister Konrad auf Erkundung begibt, da er seine Anwesenheit ja immer noch mit einem Zufall begründen konnte, wenn er entdeckt werden sollte. Nachdem er mit euch gesprochen hatte, habe ich gewartet, bis er wieder in der Höhle war und habe dann die Pferde losgemacht und aufgescheucht. Einige sind in den Wald gelaufen, Euer Hengst, Graf Thietmar, fing allerdings sofort einen Kampf mit Widukinds Fuchs an. Den Rest kennt ihr."

Hildegundis hatte inzwischen die Kinderkrone wieder aufgehoben und sorgsam den Staub des Höhlenbodens von ihr abgewischt.

„Seht mal, der Reif hat durch den Sturz ein paar Risse bekommen!", rief Hildegundis bestürzt den anderen zu.

„Lasst mich mal sehen", meinte Meister Konrad und nahm das wertvolle Stück vorsichtig in die Hand. „Das kann ich reparieren und überarbeiten. von außen wird es kein Mensch merken – vielleicht. Auf jeden Fall muss ich innen einen neuen Reif einziehen, um die Krone zu stabilisieren", murmelte er.

Nun hatten auch Frithuwif und Reganwi die Gelegenheit, die Krone einmal aus der Nähe zu betrachten. Auch sie waren überwältigt von der filigranen Arbeit und den großen Edelsteinen. Allen war bewusst, dass sie nie wieder die Möglichkeit haben würden, der Krone so nahe zu kommen.

Es dauerte nicht lang, dann kehrte der Bote mit einem Wagen aus Astnide zurück. Der Kutscher hatte die Pferde im Galopp gehen lassen, um möglichst schnell bei den Verwundeten anzukommen. Die Soldaten hatten in der Zwischenzeit die Pferde wieder eingefangen und halfen nun dabei, die Verletzten auf dem schmalen Pfad im Wald zur Lichtung zu bringen, wo der Wagen wartete. Auch die Gefangenen wurden zur Lichtung gebracht. Sie mussten nun gefesselt und zu Fuß zurück nach Astnide laufen. Einige Soldaten nahmen sie zwischen sich, während andere die überzähligen Pferde führten.

Graf Thietmar und die beiden verletzten Soldaten, die inzwischen auch aus der hintersten Höhle befreit worden waren, wurden auf den Wagen gelegt, der mit Schaffellen und Decken weich gepolstert worden war. Als man sie ebenfalls auf den Wagen hob, kam Gewa wieder zu sich, die Bewegung hatte ihr große Schmerzen bereitet. Als sie dann Graf Thietmar neben sich liegen sah, durchfuhr sie ein gewaltiger Schreck.

„Herr, lasst ihr mich jetzt zum Henker bringen?", stammelte sie.

Der Graf sah sie verwundert an und meinte dann: „Du sprichst im Fieber, Mädchen. Meine Tochter hat mir erzählt, dass du dein Leben für sie gewagt hast, ich werde dich reich belohnen!"

Glücklich schloss Gewa wieder die Augen, dann verlor sie erneut das Bewusstsein. Graf Thietmar hielt die kleine Kiste mit der Krone ganz fest in seinen Armen.

Als sie auf dem Heimweg neben Frithuwif ritt, sah Hildegundis zu Tassilo und Reganwi, die vor ihnen waren und sich immer wieder glücklich ansahen. Da fiel ihr auf einmal etwas ein und sie sagte zu Frithuwif: „Weißt du was? Jetzt hat Tassilo einen Drachen erschlagen!"

Frithuwif sah die Freundin zunächst verständnislos an, dann dämmerte ihr, was Hildegundis meinte. Sie lachte und sagte: „Du denkst an das Bankett damals, als ich sagte, mein Bruder müsse schon einen Drachen erschlagen, um Reganwis Vater gnädig zu stimmen? Ja, du hast Recht. Jetzt kann er gegen eine Heirat der beiden nichts mehr einwenden, denn Tassilo hat seiner Tochter das Leben gerettet!"

22. Die Krönung

In Astnide wurden die Heimkehrer begeistert begrüßt. Die Pröpstin nahm die Kiste mit der Kinderkrone in Verwahrung und schickte sofort einen Boten nach Gerresheim, um die Äbtissin von dem glücklichen Ausgang des Kronentransportes zu unterrichten. Swanhild, die heilkundige Stiftsdame, hatte alle Hände voll zu tun, die Verletzten zu versorgen. Um Tassilo, bei dem die Wirkung des Trankes und die Nachwirkungen des Schwertkampfes sich nun voll bemerkbar machten, kümmerte Reganwi sich diesmal selbst, jetzt war es ihr gleich, ob sich das schickte oder nicht.

Als sie sah, dass ihr Vater in guten Händen war und auch Martins kleine Verletzungen versorgt wurden, kümmerte sich Hildegundis um Gewa, die immer noch bewusstlos war. Ihr Leben hing an einem seidenen Faden. Hildegundis, Frithuwif und Doda, die erleichtert war, dass ihre Freundinnen unversehrt zurückgekehrt waren, unterstützten sie dabei. Sie legten dem Mädchen nasse Tücher auf die Stirn, um das Fieber zu bekämpfen, wechselten den Verband und beteten für sie.

Nach zwei Tagen schlug Gewa endlich wieder die Augen auf und blickte um sich. Das Fieber schien gewichen zu sein. Hildegundis eilte sofort zu ihrem Vater, um die gute Nachricht zu überbringen. Mit Hilfe einer Krücke und halb auf Martin gestützt, humpelte Graf Thietmar in das Krankenzimmer. Gewa sah ihn ängstlich an.

Graf Thietmar entgegnete ihren Blick ernst und sagte: „Hildegundis hat mir alles erzählt Gewa. Du weißt, wie sehr ich heidnischen Aberglauben verachte und wie streng ich dagegen vorgehe. Aber ich habe dir mein Wort gegeben und das gilt. Du hast dein Leben eingesetzt, um Hildegundis zu retten. Du hast bereut und meine Tochter hat dir verziehen. So werde auch ich dir verzeihen. Zur Belohnung für deinen mutigen Einsatz wirst du eine Aussteuer von mir erhalten, die es dir ermöglichen wird, ein kleines Stück Land auf meinen Besitztümern zu bewirtschaften – zusammen mit deinem Mann, wenn die Zeit gekommen ist. Ich denke, Gunnar wird sich sehr darüber freuen!"

Gewa wurde rot und stammelte Dankesworte. Dass der Graf das bemerkt hatte, dass sie Gunnar gut leiden konnte! Aber er hatte eine bevorzugte Stellung im Haushalt des Grafen und ein mittelloses Mädchen würde er bestimmt nicht zur Frau nehmen. Durch das großzügige Geschenk des Grafen standen die Dinge aber nun anders – jetzt war eine gemeinsame Zukunft mit Gunnar tatsächlich möglich.

Als der Graf gegangen war, kam Una, um Gewa zu besuchen. Sie hatte schon länger keine richtige Gelegenheit mehr gehabt, mit Gewa zu sprechen. Die Dinge, die in letzter Zeit passiert waren, hatten sie ziemlich verstört und sie hatte sich auch von der Kräuteralma ferngehalten. Gewa berichtete ihr nun überglücklich von der Wendung ihres Schicksals und von den Ereignissen, die dazu geführt hatten. Sie drängte Una, ihrer Herrin Doda ebenfalls ihre Teilnahme an dem Geheimkult zu gestehen und um Verzeihung zu bitten. Nach einigem Nachdenken entschloss Una sich dann, dem Rat der Freundin zu folgen.

Doda war natürlich entsetzt, als sie den stockend hervorgebrachten Worten Unas lauschte. Doch auch sie war zur Vergebung bereit. So konnte auch Una dem bevorstehenden Fest erleichtert entgegensehen.

Inzwischen war auch Theophanu nach Astnide zurückkehrt und hatte sich ausführlich Bericht erstatten lassen. Sie bedauerte, dass die Rädelsführer, Gernot und die Kräuteralma, nicht hatten gefasst werden können, war jedoch froh, dass der Hauptdrahtzieher, Prinz Widukind, in sicherem Gewahrsam in ihrem Gefängnis saß – da die Äbtissin die Gerichtshoheit in Astnide hatte, gab es im Stift auch einen Kerker. Dort waren auch die anderen Gefangenen untergebracht worden.

Nachdem die Äbtissin dann die Verletzten besucht und sich überzeugt hatte, dass alle gut versorgt wurden, ging sie zur Pröpstin und ließ sich die Kinderkrone zeigen. Auch sie war ergriffen von der feinen Handwerkskunst, die dieses Werk zustande gebracht hatte, aber bestürzt von der Beschädigung, die die Krone erlitten hatte. Meister Konrad würde sie das kostbare Kleinod aber gern zur Reparatur anvertrauen. Ihr war auch die historische Bedeutung dieses Königsschatzes bewusst. Und dieser Schatz würde in Kürze offiziell der Goldenen Madonna und damit Astnide gehören! Behutsam legte sie die Krone zurück in die Kiste. Theophanu beschloss, Meister Konrad noch Gold und Edelsteine aus ihrem Privatbesitz zur Verfügung zu stellen, damit er die Krone so schön wie möglich wieder herstellen konnte.

*

Das Wetter war nun recht winterlich geworden. Der Boden war gefroren und immer wieder setzte leichter Schneefall ein. Im Stift wartete alles gespannt auf die Nachricht von der Ankunft des Königs im Gerresheimer Stift. Ein Reiter auf einem guten Pferd konnte die Distanz zwischen Gerresheim und Astnide zwar in gut einem Tag schaffen, für einen langsam ziehenden Festzug mit vielen Fußgängern mussten dafür aber drei Tagesreisen veranschlagt werden. Das war die richtige Reiselänge für die feierliche Ankunft, den ‚Adventus', eines Herrschers. Möglichst viele Untertanen sollten die Gelegenheit bekommen, ihren Souverän in all seiner Pracht mit eigenen Augen sehen zu können, darum wurden die letzten Tage der Reise eines Königs immer besonders gestaltet.

Es war um die Mittagszeit, als dann endlich ein fremder Reiter auf einem schäumenden Pferd in den Hof des Stiftes gesprengt kam. Er wurde sofort zur Äbtissin vorgelassen und berichtete, dass der König in zwei Tagen in Gerresheim erwartet würde. Theophanu ließ sofort alles für ihre Abreise herrichten. Am nächsten Morgen würde sie in aller Frühe aufbrechen, um noch vor dem König im Gerresheimer Stift anzukommen. Dort würde sie dann auf sein Eintreffen warten, um dann gemeinsam mit ihm nach Astnide zu ziehen. Als Gastgeberin war es ihre Pflicht, diesem hohen

Besuch weit entgegen zu reiten, um ihn auf ihren Besitztümern willkommen zu heißen.

Auch im Stift lief nun alles auf Hochtouren. Viel war schon erledigt worden,
doch jetzt mussten Boten in alle Richtungen gesandt werden, um die Bevölkerung
vorzubereiten. Außerdem wurde der Weg, den der König nehmen würde, so weit wie
möglich abgesteckt. An die Leute wurden Tücher und Fahnen ausgegeben, und es
wurden genaue Instruktionen erteilt, wie man sich bei der Ankunft des Königs zu
verhalten habe. Von diesem Zeitpunkt an bis zur Ankunft des Königs an den Grenzen
von Astnide wurde nun ein ständiger Botendienst eingerichtet, der im Stift über den
Fortschritt des Königszuges berichtete.

Es war kurz nach der Morgenmesse, als der letzte Bote auf den Hof ritt und
verkündete, dass der König in ungefähr fünf Stunden Astnide erreichen würde. Die
Pröpstin hatte jetzt alle Fäden in der Hand und dirigierte Stiftsdamen und Bedienstete. Die Stiftsdamen, Ritter und Adeligen, die sich Stift befanden, hatten ihre besten
Kleider angelegt und formierten sich zu einem Zug. Unterstützt wurden sie von Abt
Heithanrich, der mit seinen Mönchen schon am Vorabend aus dem Werdener Kloster
nach Astnide gekommen war. Die Nachricht hatte sich auch in der Siedlung blitzschnell herumgesprochen, dass nun endlich der ersehnte Moment nahte. Die ansässi-
ge Bevölkerung und viele, die extra angereist waren, um die Ankunft des Königs und
die Krönung der Goldenen Madonna mitzuerleben, säumten bereits den abgesteckten
Weg oder schlossen sich dem Zug aus dem Stift an. Es herrschte eine ausgelassene,
aufgeregte Stimmung. Die Leute am Wegesrand hielten Tücher und Fahnen bereit.

Auf halber Wegstrecke zum Waldrand, ungefähr einen Kilometer von Astnide entfernt, trafen dann beide Gruppen, die des Königs und die Leute aus Astnide,
zusammen. Die Stiftsdamen und die Mönche sangen dem König zur Begrüßung im
Wechsel den alten Segensspruch ‚benedicte qui venit' – gesegnet sei, der da kommt.
Beide Gruppen bildeten nun einen Zug, wobei Stiftsdamen und Mönche den Anfang

353

machten. Dahinter ritt der König und an seiner Seite die Äbtissin. Beide trugen kostbare Gewänder und waren mit wertvollem Goldschmuck ausgestattet. Ihre Pferde trugen silberbeschlagenes Geschirr und reich bestickte Satteldecken.

Da sie jetzt nur im Schritttempo vorwärts gehen konnten, ging an jeder Seite ein Knappe, der das jeweilige Pferd am Zügel führte. Dies geschah auch zur Sicherheit der Bevölkerung. Heinrich ritt einen prächtigen braunen Hengst mit breiter Blesse, der zwar kräftiger war als Theophanus Silberstern, diesem in Sachen Temperament aber nicht nachstand. Die wehenden Fahnen und Tücher sowie die vielen winkenden Menschen waren für die Tiere aufregend, so dass sie nervös tänzelten. Da war es gut, dass sie von den Knappen am Zügel geführt wurden. König und Äbtissin mussten zudem ihre Hände freihaben, denn neben dem prachtvollen Schauspiel, dass dieser Adventus bot, gab es noch einen Aspekt, warum die Bevölkerung gern daran teilnahm: Es war Sitte, dass der ankommende König und sein Gastgeber die jubelnde Bevölkerung mit kleinen Geldgeschenken belohnte. So hatten Heinrich und Theophanu vorn über ihren Sätteln große Lederbeutel liegen, aus denen sie mit beiden Händen Kupfermünzen griffen und sie unter das Volk warfen.

Die Menschen am Wegesrand jubelten und schwenkten ihre Fahnen, sie breiteten ihre Tücher vor dem König aus, so dass er darüber reiten konnte. Immer wieder erscholl der Ruf: „Benedicte qui venit!" Das hatte man schließlich lang genug eingeübt. Waren der König und seine Begleitung vorüber, stürzten sich alle auf die am Boden liegenden Münzen, bevor sie sich dem Zug anschlossen.

So gelangte Heinrich dann schließlich zum Stift. Die mitgezogene Bevölkerung wurde aus der Stiftsküche noch mit Gebäck versorgt und zerstreute sich dann in dem glücklichen Bewusstsein, einem historischen Ereignis beigewohnt zu haben.

Zwei ehemalige Einwohner waren nicht dabei. Sie wanderten einsam auf den winterlichen Straßen Richtung Osten und versuchten trotz des Wetters so schnell wie möglich voran zu kommen. Gernot und die Kräuteralma hatten ihr Leben retten können und waren den Soldaten entkommen. Doch nun waren sie Flüchtlinge und vogelfrei. Sie hatten niemanden, unter dessen Schutz sie sich stellen konnten. Es blieb ihnen nur die wage Hoffnung, irgendwo in der Fremde ein neues Leben anzufangen.

*

Nach der Ankunft sollte dem König und seinen Begleitern zunächst ein wenig Ruhe und Erholung von der Reise gewährt werden. Heinrich wollte jedoch unbedingt die Stiftskirche sehen. Theophanu übernahm natürlich selbst die Führung und berichtete von den Schwierigkeiten, die ihre Vor-Vorgängerin Mathilde gehabt hatte, den roten und weißen Marmor aus Italien geliefert zu bekommen.

„Ich sehe, Äbtissin Mathilde hat sich durch den Aachener Dom Karls des Großen inspirieren lassen", bemerkte Heinrich zufrieden, als er die Gestaltung des Westwerks näher in Augenschein nahm. Dieser Bauteil wirkte wie eine verkleinerte Version des Aachener Oktogons. Auch die Farbgebung, die durch den verschieden farbigen Marmor hervorgerufen wurden, entsprach der der achteckigen Pfalzkapelle, die Kaiser Karl hatte bauen lassen.

„Auch ich stamme – wie Ihr selbst, Majestät – aus der Linie der Ottonen, die Karl den Großen sehr verehren. Es ist mir ein großes Anliegen, die Traditionen unserer Ahnen zu wahren – und deutlich zu machen, dass Astnide nur dem Souverän verpflichtet ist. Äbtissin Mathilde wollte dies hier zum Ausdruck bringen und ich werde ihr darin folgen. Dieser Bau soll für alle Zeiten Zeugnis davon geben!", bemerkte Theophanu nicht ohne Stolz.

Dann zeigte sie ihm auch die umgearbeitete Krone, die nun mit zusätzlichen Edelsteinen und zarten Ornamenten aus Golddraht verziert war. Der König war hoch zufrieden und sehr beeindruckt von der Arbeit.

Dann gab es noch eine unerfreuliche Angelegenheit zum Abschluss zu bringen. Heinrich hatte schon in Gerresheim von Theophanu erfahren, dass der Raub der Kinderkrone vereitelt, der heidnische Kult zerschlagen und der Attentäter auf des Königs Leben gefasst werden konnte. Er war darüber hoch zufrieden und drückte Theophanu dafür seine Anerkennung aus. Da es sich hierbei jedoch um Verbrechen handelte, die den Herrscher selbst betrafen, musste hier auch Heinrich als König Recht sprechen. Daher traf es sich gut, dass er sowieso in Astnide war.

Für den nächsten Morgen war daher die Abhaltung eines öffentlichen Gerichts verkündet worden, bei dem der Verrat des Prinzen Widukind zur Anklage gebracht werden sollte. Auf dem Marktplatz war ein kleines Podest gebaut worden, worauf sich Stühle für den König, die Äbtissin, ihre Stiftsdamen und die Adeligen befanden. Das Volk hatte sich bereits versammelt, als Heinrich mit den anderen im Gefolge auf den Marktplatz kam. So etwas hatte es in Astnide noch nicht gegeben – der König war anwesend und saß über einen hochrangigen Adeligen zu Gericht! Nachdem alle Platz genommen hatten, sagte der König: „Bringt den Gefangenen her!"

Die Menschen bildeten schnell eine Gasse, als zwei Soldaten den mit Ketten gefesselten Widukind vor den König führten. Er bot ein trauriges Bild. Während der zwei Wochen, die er nun einkerkert gewesen war, hatte er weder Gelegenheit zum Waschen, noch zum Kleiderwechsel gehabt. Seine Kleidung war verschmutzt und teilweise noch vom Kampf zerrissen und blutbefleckt.

Der König erhob sich und begann mit lauter Stimme zu reden. „Prinz Widukind – Ihr habt große Schuld auf Euch geladen! Ihr habt Euren Lehnseid gebrochen und Eurem König an Stelle von Rat und Hilfe Tod und Verderben bringen wollen! Noch dazu habt Ihr die ritterlichen Pflichten ins Gegenteil verkehrt: Statt wehrlose Frauen zu schützen, wolltet Ihr sie umbringen. Mit dem Raub der Kinderkrone habt Ihr nicht mich, sondern die Muttergottes selbst bestohlen! Darüber hinaus habt Ihr einen heidnischen Aberglauben unterstützt! Alle diese Vergehen können nur eine Strafe nach sich ziehen: Den Tod!"

Aus den Zuschauerreihen kamen zustimmende Rufe und Applaus, Prinz Widukind hingegen ließ den Kopf hängen. Der König fuhr fort: „Da Ihr Euch nicht Eurem Stande gemäß verhalten und Euch unter die niederen Räuber begeben habt, sollt Ihr – bevor ich mein endgültiges Urteil verkünde – zunächst eine Strafe erhalten, die Euch wieder Demut lehrt – bringt den Hund herbei!"

„Den Hund? Was bedeutet das?", fragte Frithuwif ihren Bruder, neben dem sie saß und das Gerichtsschauspiel verfolgte.

Tassilo grinste und meinte nur: „Das wirst du gleich sehen!"

Graf Thietmar grinste ebenfalls und sagte: „Seht euch Prinz Widukind an, er weiß genau, was das heißt!"

Tatsächlich hatte Widukind, der bis dahin reglos alles angehört hatte, erschreckt den Kopf hochgerissen. Die Menge johlte, als ein Soldat nun einen struppigen Hund an einem Strick herbeizerrte. Dies war wohl der räudigste Straßenköter, den die kleine Siedlung zu bieten hatte. Er war mittelgroß, hatte ein graues, struppiges Fell, das noch nie mit einer Bürste in Kontakt gekommen war, und sabberte unaufhörlich. Ihm schwante nichts Gutes, er hatte den Schwanz eingekniffen und winselte. Widukind sah ihn angeekelt an und machte einen Schritt zurück. Die Menge lachte.

„Ist er auch gut gefüttert worden?", fragte der König und konnte ein Lächeln nicht unterdrücken.

„Ja, Herr", antwortete der Soldat, der den Hund am Strick hielt und grinste, „seit gestern Abend hat er die feinsten Abfälle zu fressen bekommen!" Wieder johlte das Volk, denn viele ahnten schon, was nun kam.

„Löst ihm die Eisenfesseln!", befahl der König. Während dies geschah, sagte er zu Widukind: „Prinz Widukind, Ihr werdet diesen Hund nun auf den Arm nehmen und von hier bis zu der Fahne dort hinten und dann wieder zurück tragen. Bildet eine Gasse, Ihr Leute! Solltet Ihr das Tier unterwegs laufen lassen oder einen Fluchtversuch unternehmen, so wird Euch der Soldat, der Euch folgt, mit seinem Schwert vom Leben zum Tode befördern. Wie gesagt, diese Strafe soll Euch Demut lehren – je nachdem, wie Ihr sie bewältigt, wird mein Urteil über Euer weiteres Schicksal ausfallen!"

Der Soldat übergab Widukind mit einem breiten Grinsen den Strick, an den der Hund gebunden war, trat hinter ihn und zog sein Schwert.

Das so genannte Hundetragen war eine Strafe, die ausschließlich für Adelige verhängt wurde. In Astnide war dies noch nie zuvor vorgekommen. Die Länge der Strecke, über die der Hund getragen werden musste, war variabel. Für Widukind betrug sie circa 200 m.

Widukind starrte das Tier immer noch voller Ekel an. Doch er hatte keine Wahl. Er näherte sich dem Hund, der ihn misstrauisch ansah und bückte sich dann schnell, um ihn zu fassen und hochzuheben. Doch der Hund sprang rechtzeitig zur Seite und knurrte vernehmlich. Widukind landete mit dem Gesicht voran im Straßendreck. Der Hund winselte und versuchte zu fliehen, doch Widukind gelang es noch gerade rechtzeitig, das Ende des Stricks zu fassen zu bekommen. Für die Zuschauer war dies ein großer Spaß. Wann hatte man schon die Gelegenheit, einem Prinzen dabei zuzusehen, wie er einen räudigen Hund einfangen musste?

Widukind zog nun den Hund an seinem Strick nah zu sich heran und diesmal gelang es ihm, das Tier zu packen. Mühsam hob er es hoch und versuchte mit aller Kraft es festzuhalten, denn der Hund war nach wie vor bestrebt, seine Freiheit wiederzuerlangen. Er strampelt mit seinen Beinen, doch Widukind hatte ihn eisern im Griff. Dann machte er sich auf den Weg. Unterwegs wurde er immer wieder vom Pöbel gestoßen und angespuckt. Der Weg schien endlos zu sein, denn durch den ständigen Kampf mit dem Tier kam Widukind nur langsam voran. Dann passierte das, worauf schon alle gewartet hatten: Dem Hund, der mit verdorbenen Abfällen gefüttert worden war, bekam dieser schaukelnde Transport überhaupt nicht – er begann, sich zu übergeben. Widukind biss die Zähne zusammen und ging weiter. Er versuchte, zu ignorieren, dass sich das Erbrochene des Hundes nun zum größten Teil an seiner eigenen Kleidung befand.

Dann endlich war es geschafft – Widukind hatte das Ende der abgesteckten Strecke erreicht und war wieder vor König Heinrich angekommen. Nun durfte er den Hund absetzen, der schleunigst das Weite suchte. König Heinrich sah ihn an und sagte dann: „Prinz Widukind, Ihr habt Eure Strafe mannhaft ertragen. Nun liegt Euer Schicksal in Eurer eigenen Hand. Ich frage Euch: Bereut Ihr Eure Taten?"

Widukind räusperte sich – er verstand, dass Heinrich ihm damit eine Brücke bauen wollte und er nun die richtigen Worte wählen musste. Er kniete nieder, senkte den Kopf und antwortete: „Mein König und Herr – ja, ich bereue aus tiefster Seele und erbitte Eure Verzeihung."

Heinrich schwieg einen Moment und auf dem Marktplatz herrschte gebannte Stille. Das nächste Wort des Königs würde über Tod oder Leben des Prinzen entscheiden. Heinrich erhob sich von seinem provisorischen Thron.

„Gut. Ihr bereut Eure Taten aufrichtig und habt mich um Verzeihung gebeten. Als Christenmensch werde ich Eure Bitte erfüllen. Ich verzeihe Euch, Prinz Widukind! Allerdings verlange ich, dass Ihr Euren Lehnseid nun vor Gott und all diesen Zeugen erneut ablegt und mir Treue schwört."

Widukind blieb knien und leistete den verlangten Eid. Beifälliges Gemurmel und Applaus sowie Hochrufe auf den König erklangen von den umstehenden Menschen. Die Großherzigkeit des Königs begeisterte das Volk. Da sie durch die Strafe des Hundetragens nicht um ein Schauspiel gekommen waren, konnten sich jetzt auch die Einwohner von Astnide gnädig zeigen.

Dann sagte Heinrich: „Erhebt Euch Prinz Widukind. Ihr seid nun wieder mein Freund und Verbündeter und werdet heute Abend bei dem Festmahl an meiner

Seite sitzen. Aber – bei allen Heiligen – nehmt vorher ein Bad und lasst Euch frische Kleider geben, Ihr riecht abscheulich!"

Ein fröhliches Lachen war die Antwort der Menge auf diese Bemerkung des Königs. Auch Widukind versuchte ein schiefes Grinsen und zog sich dann schnell in seine Gemächer zurück, um sich zu reinigen.

Hildegundis, die mit allen anderen das Schauspiel verfolgt hatte, fragte nun ihren Vater: „Glaubt der König wirklich, dass Prinz Widukind jetzt sein Freund ist?" „Nein, natürlich nicht, Hildegundis. Der König ist tief enttäuscht und schwer getroffen von dem Verrat, den Widukind begangen hat, wahrscheinlich hätte er ihn am liebsten vierteilen lassen. Aber als König kann er nicht nur seine eigenen Bedürfnisse berücksichtigen, er muss weiterdenken. Hätte er Widukind hinrichten lassen, hätte das in Sachsen eine große Unruhe ausgelöst, die vielleicht sogar in einem Krieg geendet hätte. Gerade am Beginn einer Herrschaft ist so etwas sehr gefährlich. Heinrich ist noch nicht lange im Amt und muss so viele Verbündete wie möglich um sich sammeln. Daher war es klug von ihm, Widukind diese Brücke zu bauen. Er verdankt Heinrich nun sein Leben und wird dies auch nicht so schnell vergessen. Trotzdem wird der König immer ein wachsames Auge auf ihn haben. Er ist zwar fromm und dass er ihm verziehen hat, war nicht nur so dahingesagt, aber die Sache mit dem Freund war eher eine Warnung an Widukind, sich nun auch wirklich so zu verhalten."

Nun wurden die anderen Gefangenen vorgeführt. Auch hier ließ der König Gnade walten. Sie mussten allerdings dem heidnischen Glauben abschwören und gemeinsam das christliche Glaubensbekenntnis sprechen. Dankbar, dass sie ihr Leben retten konnten, kamen alle dieser Aufforderung eifrig nach. Theophanu war mit dieser Handhabung der Angelegenheit sehr einverstanden. Sie wusste, die Kunde von der Großherzigkeit des Königs und ihrer eigenen Unbeirrbarkeit, die Sache mit dem

Kult aufzuklären, würden auch die letzten heimlichen Heiden in Astnide bekehren –
besser, als es ein hartes Strafgericht vermocht hätte.

Am Abend wurde dann ein vergleichbar bescheidenes Mahl gehalten, da am
nächsten Tag die Krönung der Goldenen Madonna mit einem großen Fest gefeiert
werden sollte. Wie der König es versprochen hatte, ließ er Widukind an seiner linken
Seite sitzen, an seiner Rechten die Gastgeberin Theophanu. Widukind verhielt sich
ziemlich still und versuchte, einen Blickkontakt mit Reganwi, Tassilo oder den anderen, an den letzten Ereignissen beteiligten Personen, zu vermeiden. Direkt nach dem
Essen zog er sich dann auch zurück. Reganwi atmete erleichtert auf. Obwohl sie Widukind nicht unbedingt den Tod gewünscht hatte, fand sie es doch beklemmend, mit
dem Mann in einem Raum zu sein, der sie erst mit aller Gewalt zu seiner Braut machen und schließlich töten wollte.

Tassilo raunte ihr zu: „Sei unbesorgt. Morgen früh, noch vor der Krönungszeremonie, wird er abreisen. Widukind ist nicht besonders erpicht darauf, deinem Vater zu begegnen.“

Hildegundis hatte seine Worte gehört und zupfte Graf Thietmar, der neben
ihr saß, am Ärmel.

„Vater, wenn Morgen Graf Roland kommt…“

„Ich weiß, worauf du hinaus willst, Hildegundis. Ich verspreche dir, dass ich
alles tun werde, damit Graf Roland erfährt, wer seine Tochter gerettet hat. Dann wird
deine Freundin sicher bald eine schöne Hochzeit feiern!“

Hildegundis lächelte und nickte zufrieden.

Am nächsten Morgen, noch vor dem Beginn der Krönungszeremonie, gab es
im Empfangzimmer der Äbtissin ein Ritual im kleineren Kreis: In Anwesenheit von
König Heinrich, der Äbtissin, Graf Thietmar und Hildegundis wurde Martin in den
Rang eines Knappen erhoben.

„Martin, du hast mir als Junker treu gedient und deine Fertigkeiten in den ritterlichen Künsten fleißig trainiert. Doch darüber hinaus hast du dich im Kampf bewährt und bist gegen Gegner angetreten, die dir an Alter und Körperkraft überlegen waren, um deine Gefährten, bedrängte Jungfern und ein Kleinod des Reiches zu schützen. Dies zeugt von hohem Mut und wahrer ritterlicher Gesinnung. Von heute an darfst du dich Knappe nennen!"

Mit diesen Worten überreichte Graf Thietmar Martin einen kostbaren Dolch mit echter Damaszener Klinge. Auch der König gratulierte ihm und versicherte, dass er sich schon auf den Tag freuen würde, an dem er Martin zum Ritter schlagen würde. Um seine Verdienste um die Wiederbeschaffung der Kinderkrone zu würdigen, versprach ihm der König außerdem einen jungen Hengst aus seinem eigenen Stall, damit würde er später als Ritter auch über ein wertvolles Streitross verfügen.

Martin war überglücklich – besonders als Hildegundis ihm versprach: „Mein Geschenk wird wieder etwas länger auf sich warten lassen, Martin. Ich werde dir ein neues Tüchlein sticken, viel schöner als das erste. Vielleicht wird es dir ja auch so von Nutzen sein, wie das andere!"

*

Dann war es soweit: Ein feierliches Geläut begann und die Menschen strömten zur Kirche, wo schon viele, die einen guten Platz haben wollten, versammelt waren. Für den König und die Adeligen waren vor dem Altarraum Stühle bereitgestellt worden, alle anderen mussten dem Geschehen wie üblich stehend oder kniend folgen. Der Einzug der Äbtissin und ihrer Stiftsdamen, der sonst so gern von der Bevölkerung miterlebt wurde, erhielt diesmal keine so große Beachtung, obwohl Abt Heithanrich ebenfalls mit seinen Mönchen einzog. Alle reckten die Hälse und wollten den König sehen. Der Einzugsgesang der Stiftsdamen war gerade verklungen, da erschollen Fanfaren und Trommeln begannen zu schlagen. Soldaten des Königs bildeten schnell eine Gasse in der Menschenmenge. Theophanu trat nach vorn an den Altar, wo die Statue der Goldenen Madonna aufgestellt worden war.

Von ihrem Platz im Chorgestühl konnte Hildegundis nun am anderen Ende der Kirche Weihrauch aufsteigen sehen. Da gab Theophanu auch schon das verabredete Zeichen und die Stiftsdamen stimmten den feierlichen Gesang ‚Ecce mitto angelum meum …' an, der schon seit der Zeit der Römer einem Herrscher zu Ehren gesungen wurde, um ihn bei seinem Gang durch die Kirche zum Altar hin zu begleiten. Mit den lateinischen Worten, die ‚ich sende meinen Engel' bedeuten, sollte darauf hingewiesen werden, dass der König von Gott für sein Amt erwählt wurde und ihm ein Engel Gottes als Bote voranschritt. Hinter dem Priester, der den Weihrauch aufsteigen ließ, sah Hildegundis nun voller Stolz ihren Vater. Er zog zwar immer noch das linke Bein etwas nach, hatte sich aber nicht die ehrenvolle Aufgabe nehmen lassen wollen, das Samtkissen mit der Kinderkrone zu tragen.

Die Kinderkrone war, nach ihrer Reparatur durch Meister Konrad, bis zu diesem Tag in der Schatzkammer des Stiftes aufbewahrt worden. Der Goldschmiedemeister hatte seine Kunstfertigkeit eingesetzt – und das Ergebnis war geradezu atemberaubend, die Krone schien noch schöner und kostbarer als zuvor zu sein. Hinter ihm schritt König Heinrich, ganz in Purpur gekleidet und mit seiner Krone geschmückt. Ihm folgten nun die anderen Adeligen, unter denen sich nun auch Graf Roland befand, der gerade noch rechtzeitig eingetroffen war.

Dann hatte der Zug den Altar erreicht. Der Priester verneigte sich vor dem Altar und stellte sich nun ebenfalls davor, so dass sich die Goldene Madonna jetzt in der Mitte zwischen der Äbtissin und ihm befand. Auch Graf Thietmar verneigte sich, trat dann einen Schritt zur Seite und stellte sich seitwärts auf. Jetzt kam König Heinrich. Nachdem er sich verneigt hatte, beendeten die Stiftsdamen den Gesang. Es herrschte Stille in der Kirche.

Da erhob König Heinrich die Stimme: „Gott segne diesen glücklichen Tag, an dem ich mein Gelübde einlösen und der Goldenen Madonna die Krone meines Ahnen verehren kann!"

Dann nahm er die Krone von dem Kissen und setzte sie der Goldenen Madonna behutsam auf. Der Chor der Stiftsdamen begann ein jubilierendes Gloria, während der König, die Äbtissin und der Priester gemeinsam vor der Goldenen Madonna niederknieten. Graf Thietmar kniete seitwärts davon; auch alle anderen Menschen in der Kirche sanken nun auf ihre Knie, im festen Bewusstsein, einen äußerst feierlichen Moment mitzuerleben. Danach wurde gemeinsam eine Heilige Messe gefeiert.

Vor dem Schlusssegen trat Theophanu noch einmal vor den Altar und sprach zu den versammelten Gottesdienstteilnehmern: „Ich danke unserem großherzigen Herrscher König Heinrich nochmals für seine edle Gabe, die wir hüten und ehren wollen. Im Andenken an diesen großen Tag soll von nun an und für alle Zeiten gültig, die Krönung der Himmelskönigin und Gottesmutter Maria am Ehrentag Maria Lichtmess gefeiert werden!"

Der Jubel des Volkes war die Antwort. Maria Lichtmess wurde am 2. Februar gefeiert, das bedeutete, man musste nicht mehr gar so lange warten, bis sich dieses feierliche Schauspiel wiederholen und man die kostbare Krone wieder sehen würde.

Nach dem Auszug wurde Heinrich vom jubelnden Volk gefeiert. Natürlich hatte er dafür sorgen lassen, dass sich an diesem Tag niemand Sorge um Essen oder Trinken machen musste. Überall in den Gebäuden des Stiftes, wo es möglich war, waren lange Tische aufgestellt worden, die sich unter gebratenen, gesottenen und gebackenen Köstlichkeiten bogen. Bierfässer waren herangeschafft worden und überall erklang Musik. Musiker, Gaukler und Bänkelsänger waren in Scharen angereist, um die Edlen und das Volk zu unterhalten.

Als die Adeligen sich dann aufmachten, zur Festtafel im Refektorium zu schreiten, trat Hildegundis wie selbstverständlich zu Martin. Dieser erinnerte sich jedoch daran, dass dem Grafen der vertraute Umgang der beiden in Köln nicht so recht gefallen hatte. Martin wusste aber, dass er besonders seit seinem Einsatz in der Höhle bei Graf Thietmar sehr hoch in der Gunst stand. Warum es also nicht wagen? Er nahm seinen ganzen Mut zusammen und sprach Graf Thietmar an.

„Herr Graf, ich bitte um Eure Erlaubnis, Eure Tochter Hildegundis zur Tafel führen zu dürfen."

Der Graf sah ihn etwas überrascht an, blickte zu seiner Tochter, sah, dass Hildegundis strahlte und lächelte dann.

„Es sei dir gewährt!", antwortete er. Eigentlich ein viel versprechender junger Mann, dieser Martin, dachte der Graf. Eine Verschwägerung mit einem talentierten Ritter aus dem Frankenland hatte auch große Vorteile, zumal Martin ja der älteste Sohn eines Grafen war, der als nicht ganz unvermögend galt. Vielleicht müsste man gar nicht nach irgendwelchen entfernt lebenden Heiratskandidaten suchen – Graf Thietmar nahm sich vor, diese Angelegenheit zu Hause mit der Gräfin durchsprechen, es blieb ja noch genug Zeit, Hildegundis zu vermählen.

Die große Halle war bald erfüllt von fröhlichen Gesprächen und Lachen. Hildegundis sah erleichtert, dass ihr Vater Graf Roland zur Seite nahm und beharrlich auf ihn einredete, wobei dieser des Öfteren eine Geste der Überraschung machte. Anschließend ging Graf Thietmar mit ihm zusammen zu Tassilo. Selbst auf die Entfernung hin konnte Hildegundis erkennen, dass Reganwis Vater den jungen Ritter nun recht freundlich begrüßte.

Reganwi, die die Szene auch von weitem mitverfolgt hatte, eilte nun schnell herbei, um ebenfalls ihren Vater zu begrüßen. Im Gegensatz zum letzten Mal nahm Graf Roland seine Tochter nun fest in die Arme und drückte sie an sich. Der Schock, dass er sie fast verloren hätte, steckte ihm noch tief in den Gliedern. Alle vier setzten sich dann zusammen an die Tafel, wobei sie sich angeregt unterhielten. Hildegundis war sicher, dass ihr Vater noch gute Vermittlungsarbeit für das junge Paar leisten

365

würde. Dann wandte sie sich wieder Martin zu, der Altfrid gerade zum dritten Mal erzählen musste, wie es war, als er zum Knappen erhoben wurde.

Da trat Frithuwif zu ihr und sagte: „Ach, Hildegundis, ist es nicht schön, wie sich alles zum Guten gewendet hat? Ich bin richtig glücklich!"

Hildegundis zog die Freundin neben sich auf die Bank, strahlte sie an und sagte: „Ja, ich bin es auch!"

„Aber ich hoffe, dass es jetzt keine langen Reden mehr gibt, ich kann die Braten nämlich schon riechen!" Genießerisch schloss Frithuwif die Augen.

„Also wirklich, Frithuwif! Das Tischgebet wirst du schon noch abwarten können!", hörten sie da Doda sagen, die mit Waltswith zu ihnen kam. Hildegundis und Frithuwif sahen sich an und fingen an zu lachen. Doda würde sich nie ändern! Als selbst Waltswith mit einstimmte, konnte auch Doda nicht anders und lachte mit.

Die Mädchen mussten sich dann aber auch nicht mehr lang gedulden, denn nach dem Tischgebet wurden die köstlichen Speisen, deren Duft Frithuwif schon in die Nase gestiegen war, herein getragen. Am Ehrentisch an der Kopfseite des Saals hob Theophanu ihren Kelch und prostete dem König, der neben ihr saß, zu.

Sie sagte: „Majestät, ich kann Euch nicht genug danken für dieses kostbare Geschenk. Ihr habt Astnide und mir damit einen großen Dienst erwiesen. Die Markttage haben gezeigt, dass Astnide durchaus in der Lage ist zu wachsen und eine Stadt zu werden. Es kamen dreimal mehr Händler, als wir gedacht hatten. Die Krone wird den Ruhm der Goldenen Madonna mehren. Und dann Eure Anwesenheit bei der Krönung – davon wird man noch in 100 Jahren reden! Es wäre so schön, wenn ich öfter Eure Gastgeberin sein dürfte!"

Der König blickte der Äbtissin fest in die Augen, legte seine Hand auf ihr Handgelenk und sagte leise: „Im nächsten Jahr werde ich Euch das Marktrecht auf Dauer verleihen, Theophanu. Und – ich werde wiederkommen. Ich werde als Kaiser wiederkommen, wenn das Westwerk der Kirche vollendet ist, denn die Empore ist für einen Kaiser gemacht."

Theophanu nickte und lächelte. Sie wusste, Heinrich würde sein Versprechen halten – und Astnide guten Zeiten entgegen gehen.

ENDE